K. A. McKeagney
Underground Love

PIPER

Zu diesem Buch

Pollys bis dahin völlig unaufgeregtes Leben nimmt in einer Nacht eine aufregende Wendung: In der U-Bahn flirtet ein gut aussehender Unbekannter hemmungslos mit ihr und küsst sie hingebungsvoll. Völlig überwältigt von ihren Emotionen führt das eine zum anderen, doch bevor Polly ihre Gedanken sortieren kann, steigt der Fremde wieder aus. Durch Zufall erfährt sie vom geheimen Dating-Phänomen »Tubing«. Via Twitter verabredet man sich zu sexy Blind Dates in überfüllten U-Bahnen. Der Reiz liegt im Verbotenen, und für das kurzlebige Vergnügen riskiert man, erwischt und wegen Erregung öffentlichen Ärgernisses angezeigt zu werden. Deshalb gibt es strenge Vorschriften: keine Aufmerksamkeit auf sich lenken und vollkommene Anonymität wahren. Plötzlich ist sich Polly sicher: Der Mann muss sie versehentlich für sein Date gehalten haben! In der Hoffnung, den Fremden wiederzusehen, vereinbart sie ihr erstes Treffen …

K. A. McKeagney studierte in Bristol und Brunel Psychologie und Kreatives Schreiben. Für ihre Abschlussarbeit, die die Grundlage für ihren ersten Roman »Underground Love« bildete, erhielt sie den Curtis Brown Prize. Sie hat als Redakteurin für Gesundheits- und Verbraucherthemen und für medizinische Fachzeitschriften in London gearbeitet. Derzeit schreibt sie an ihrem zweiten Roman.

K. A. McKeagney

UNDERGROUND Love

Roman

Aus dem Englischen
von Lene Kubis

PIPER

Mehr über unsere Autoren und Bücher:
www.piper.de

Wenn Ihnen dieser Roman gefallen hat, schreiben Sie uns unter Nennung des Titels »Underground Love« an *empfehlungen@piper.de*, und wir empfehlen Ihnen gerne vergleichbare Bücher.

FSC
www.fsc.org
MIX
Papier aus verantwortungsvollen Quellen
FSC® C083411

Deutsche Erstausgabe
ISBN 978-3-492-23567-9
Juli 2019

Titel der englischen Originalausgabe:
»Tubing«, first published by RedDoor Publishing,
www.reddoorpublishing.com, Burgess Hill 2018

Umschlaggestaltung: zero-media.net, München
Umschlagabbildung: FinePic®, München (Wortmarke LOVE, Herzchen);
Kuan Teoh/EyeEm/Getty Images (Rolltreppe)
Satz: Satz für Satz, Wangen im Allgäu
Gesetzt aus der Quadraat
Druck und Bindung: CPI books GmbH, Leck
Printed in the EU

Für Dan, meine einzige Konstante

1. KAPITEL

Sie stand da, den Rücken an die Toilettentür gedrückt. In den verspiegelten Fliesen über dem Spülkasten konnte sie ihr Spiegelbild erkennen, ihre mit Mascara und Eyeliner verschmierten Wangen. Ihr Haar sah auch nicht viel besser aus: Um ihren Scheitel stand ein Heiligenschein aus krausem Haar, während ihr die restlichen Strähnen schlaff wie Seetang über die Schultern hingen. In ihrer Kehle begann es zu drücken, und schon strömten ihr wieder Tränen über die Wangen.

»Polly?«

Sie hielt den Atem an.

»Bist du da drin?«

Jemand stieß ihr die Tür in den Rücken. Mist. Sie hatte sich eine Kabine ausgesucht, die kein Schloss hatte.

»Polly!«

Es war Alicia. Polly verbarrikadierte sich nun schon eine halbe Stunde lang auf der Toilette, während ihre Freundin vorn in der Bar auf sie gewartet hatte.

Wieder rammte sie ihr die Tür in den Rücken, aber Polly rührte sich nicht vom Fleck.

»Bitte lass mich in Ruhe«, stieß sie kaum hörbar durch ihre zusammengebissenen Zähne hervor.

Sie waren in einer Bar in der Chancery Lane. Es war ein ziemlich nobler Schuppen – an der mit dicken Glasfliesen verkleideten Wand hing abstrakte Kunst, und das Licht war blau getönt. Sie hatten sich einen Tisch im hinteren Teil des Raums gesucht und sich einen Pitcher Mojito bestellt, den sie sich teilten. Leider hatte Polly an diesem Abend nicht sonderlich viel Spaß gehabt, was aber nicht an Alicia, ihrer Saufkumpanin, lag. Nein, sie war einfach zu abgelenkt gewesen von ihren eigenen Sorgen.

Polly kannte Alicia erst seit ein paar Wochen. Sie war die neue Empfangsdame in ihrem Büro. Die Rolle passte perfekt zu ihr: Immer wieder schaffte sie es, die normalerweise eher träge Redaktion aufzumuntern und in Schwung zu bringen.

Wie oft hatte Polly schon kichernd hinter ihrem Laptop gesessen, während Alicia die Avancen ihrer meist mittelalten Verehrer abwehrte – und das immer auf äußerst charmante Weise, was nicht zuletzt an ihrem Südlondoner Akzent lag. Die Männer klebten an ihr wie die Fliegen, denn Alicia konnte man einfach nicht übersehen. Heute trug sie einen schmalen Bleistiftrock und ein neonpinkes Bustiertop, das so eng war, dass ihre Brüste beinahe herausplumpsten, wenn sie sich nach vorn lehnte.

»Also, Süße«, sagte Alicia, nachdem der dritte Pitcher serviert worden war. »Ich habe dich jetzt stundenlang vollgequatscht. Wie geht es dir denn so?«

Sie hatte zwar tatsächlich eine halbe Ewigkeit ohne Punkt und Komma geredet, aber Polly machte das nichts aus. Heute war sie ohnehin nicht sonderlich gesprächig. Gerade brach bei ihr die Phase an, in der man von zu viel Alkohol auf leeren Magen einfach nur hundemüde wurde.

»Ganz okay«, meinte sie. Klar, es hätte schon mehr zu sagen gegeben, aber sie hoffte einfach, dass sie drum herumkommen würde.

»Nur okay? Da steckt doch sicher mehr dahinter, oder?« Polly blickte zu Alicia, die sie erwartungsvoll anstrahlte.

»Ach, weißt du, es ist nur das Übliche ... Nur das Übliche.« Sie versuchte mit den Schultern zu zucken, aber ihr ganzer Körper war plötzlich schwer wie Blei.

»Wie geht es denn deinem Typ? Oliver – so heißt er doch, oder?«

Polly nickte knapp.

»Was macht er noch mal?«

»Er ist orthopädischer Chirurg.«

»Nicht schlecht«, meinte Alicia, und ihre Augen leuchteten auf. »Da hast du dir also tatsächlich einen Arzt geangelt. Hat er vielleicht ein paar attraktive Freunde?«

Polly lächelte, antwortete aber nicht.

»Seid ihr denn schon lange zusammen?«

»Heute auf den Tag genau drei Jahre«, erwiderte Polly schnaubend.

»Ihr habt Jahrestag? Heute?!«

Polly nickte.

»Und warum zum Teufel sitzt du dann mit mir hier herum und betrinkst dich?«

Polly rutschte noch tiefer in ihren Sitz und begann an ihrem Strohhalm herumzuspielen.

»Oh«, sagte Alicia.

»Wir haben nie eine große Sache draus gemacht«, meinte Polly, die plötzlich das Gefühl hatte, sich rechtfertigen zu müssen. Natürlich hatte sie sich trotzdem Hoffnungen gemacht – leider umsonst. Sie und Oliver hatten sich heute Morgen nur kurz gesehen. Er hatte ihr einen flüchtigen Kuss auf die Stirn gedrückt und war dann zur Tür geflitzt. Im Gehen hatte er ihr noch schnell zugerufen, dass er den ganzen Tag operieren müsse und sie nicht auf ihn warten solle.

»Willst du drüber reden, Süße?«, fragte Alicia sie jetzt.

Polly merkte, wie ihr die Tränen in die Augen traten.

Als sie vorhin angekommen waren, war die Bar noch ganz leer gewesen, aber jetzt, ein paar Stunden später, war es hier rappelvoll. Von der Mischung aus Geplapper, Lachen und Technomusik bekam sie Kopfschmerzen. Sie sah zum Nebentisch, an dem eine Menge junger Männer saßen, die nur auf ein Zeichen von Alicia und ihr zu warten schienen. Diese Bar war wirklich der letzte Ort, an dem sie gerade sein wollte. Sie musste hier raus.

»Ich muss mal auf die Toilette«, sagte sie mit zittriger Stimme, schnappte sich ihre Handtasche und sprang auf.

»Ach, Süße, nun wein doch nicht«, meinte Alicia und wollte nach ihrer Hand greifen, aber Polly stand bereits.

»Es geht schon«, sagte sie und schluckte. Sie hatte einen riesigen Kloß im Hals. »Ich brauch nur mal eine Minute für mich.«

Polly musste sich ihren Weg zur Toilette durch die Menge bahnen. Sie hatte es beinahe geschafft, als sie hörte, wie jemand ihren Namen rief. Sie drehte sich um.

»Polly? O Gott, das bist ja wirklich du. Was machst du denn hier?«

Es war Charlotte, Olivers große Schwester. Die glitt jetzt so mühelos durch das Meer von Bargästen, als teile es sich auf ein geheimes Zeichen hin für sie. So war das immer bei Charlotte: Sie strahlte eine solche Selbstsicherheit aus, dass es stets wirkte, als würde sie einfach über den Dingen schweben. Obendrein sah sie heute mal wieder fantastisch aus. Das dunkelgrüne Wickelkleid betonte ihre tolle Figur, ihr Make-up war perfekt, und ihr weiches, blondes Haar hatte sie sich lässig aus dem Gesicht gekämmt. Polly warf einen Blick auf ihr eigenes Outfit und krümmte sich, als sie merkte, dass sie Turnschuhe trug. Ihre High Heels hatte sie im Büro unter ihrem Schreibtisch stehen lassen.

Charlotte bedachte Polly mit zwei Luftküsschen, und Polly konnte ihr schweres, süßes Parfüm riechen. »Ich wusste gar nicht, dass du den Laden kennst«, meinte sie und musterte Polly einmal von Kopf bis Fuß. »Hätte nicht gedacht, dass die Bar dein Ding ist.«

»Normalerweise komme ich auch nicht hierher. Ich habe nur auf einen Feierabenddrink vorbeigeschaut.«

»Ist Oliver denn auch dabei?«, fragte Charlotte und sah sich eifrig nach ihrem Bruder um.

»Nein, nur ich und eine Freundin aus dem Büro«, erklärte Polly verlegen.

»Oh«, meinte Charlotte etwas verdutzt. »Ich dachte, ihr zwei ...«

»Charlotte!«, rief plötzlich jemand. Beide Frauen drehten sich zu einem Mann mit dick gerahmter Brille um, der sein Glas in die Höhe hob und sich mit einer Geste danach erkundigte, ob Charlotte noch etwas trinken wollte.

»Bin gleich da«, rief diese zuckersüß zurück, ehe sie sich wieder an Polly wandte. »Himmel, ich kann es überhaupt nicht erwarten, von hier abzuhauen. Ich Trottel bin wieder einmal dazu verdonnert worden, den Chirurgen, die zu Besuch sind, die Sehenswürdigkeiten und Geheimtipps Londons zu zeigen. Ich müsste schon richtig fett werden und aufhören, mich zu waschen, damit mir das in Zukunft erspart bleibt«, meinte sie sarkastisch. »Es ist zu schade, dass Oliver nicht hier ist«, fuhr sie dann fort. »Er hätte sie völlig verwirrt, wenn er mit ihnen lang und breit über die neuen Diagnostikrichtlinien für Gelenkspiegelungen zur Behandlung von Meniskusrissen diskutiert hätte.« Sie gluckste. Als sie merkte, dass Polly den Witz nicht verstanden hatte, hörte sie abrupt auf zu lachen.

Bei der Erwähnung von Olivers Namen waren Polly sofort wieder Tränen in die Augen geschossen.

»Er hat doch nicht …?« Sie griff nach Pollys Hand und drückte ihre Finger fest zusammen. »Nein. Gut.«

»Was?«, fragte Polly und entriss Charlotte ihre Hand. Warum hatte sie so fest zugedrückt? Es hatte richtig wehgetan.

»Nichts. Ich muss auch dringend los.« Und wieder schien die Menge bereitwillig Platz zu machen, als Charlotte sich zum Gehen wandte. Polly dagegen musste sich das letzte Stück Weg bis zur Toilette wie gewohnt erkämpfen, während ihr die Tränen nur so über die Wangen strömten.

Sie lauschte aufmerksam. Erst als sie sicher war, dass Alicia weg war, begann sie langsam ihren Hinterkopf gegen die Tür der Toilette zu schlagen. Den leisen Knall, der dabei zu hören war, empfand sie als höchst befriedigend. Polly wusste genau, was sie brauchte, um sich wieder besser zu fühlen. Sie machte einen Schritt nach vorn, klappte die Toilettenbrille nach oben und übergab sich. Sie musste sich gar keinen Finger mehr in den Hals stecken – sie konnte sich auf Kommando erbrechen, seit sie vierzehn war.

Zwanzig Minuten später verließ sie die Damentoilette. Der Tisch, an dem sie vorher mit Alicia gesessen hatte, war mittlerweile von den jungen Männern vom Nebentisch in Beschlag genommen worden. Von Alicia fehlte jede Spur. Polly machte sich direkt auf den Weg nach draußen.

Sobald sie vor der Bar stand, warf sie einen Blick auf die Uhr. 00:23 Uhr. In drei Minuten fuhr die letzte U-Bahn. Das Telefon zeigte fünf Anrufe in Abwesenheit an, und das Symbol für die Mailbox blinkte zornig in der Ecke des Displays. Polly entschied sich dafür, es nicht weiter zu beachten, und überquerte die verkehrsreiche Hauptstraße, um dann die Station Holborn zu betreten. Sie rannte gerade zum Bahnsteig, als sie auch schon das Türsignal hörte, das die Abfahrt der Bahn ankündigte. Die letzten Stufen flog sie regelrecht die Treppe hinab und bog um die Ecke. Sie war sich fast sicher, dass sie die Bahn verpassen würde. Aber dann raste wie aus dem Nichts jemand an ihr vorbei und schaffte es irgendwie, einen Arm und ein Bein durch die Tür zu strecken, sodass diese sich wieder vollständig öffnete. Polly nutzte die Chance und sprang in den Waggon.

Die U-Bahn war brechend voll. So war das immer mit der letzten Bahn. Es gab keine freien Plätze, weshalb Polly sich in die kleinere, weniger volle Nische am Ende des Abteils stellte. Die Luft war zum Ersticken. Für Juni war das Wetter in London ungewöhnlich warm, und die Hitze staute sich im Untergrund, sodass es hier auch nachts noch feucht und drückend war. Polly lehnte sich an den kühlen Türrahmen und schloss die Augen. Der Alkohol hatte sie furchtbar müde gemacht.

Um sich abzulenken, dachte sie an Essen. Gerade brauchte sie dringend ein wenig Trost – und den verschaffte ihr zum Bespiel der Gedanke an eine Scheibe Brot, dick mit Butter und Nuss-Nugat-Creme bestrichen. Sie konnte den süß-salzigen Aufstrich förmlich auf der Zunge schmecken. Polly beschloss, auf dem Heimweg in einem Spätverkauf noch ein Baguette, wenn nicht sogar in Scheiben geschnittenes Weißbrot zu kaufen. Dazu noch eine Packung Vollmilch, um alles hinunterzuspülen. Und vielleicht noch ein Abführmittel, wenn es dort welches gab.

Die Bahn war inzwischen in der nächsten Station angekommen und hielt abrupt. Weitere Nachtschwärmer drückten sich in den Waggon und drängten Polly noch weiter nach hinten. Widerwillig öffnete sie die Augen und verteidigte das bisschen Platz, das ihr in der Ecke noch blieb.

In diesem Moment entdeckte sie ihn. Er spiegelte sich in der getönten Scheibe des Fensters, und sie konnte sehen, dass er sie anstarrte. Im ersten Moment dachte sie, das Licht spiele ihr einen Streich – dass eine Spiegelung so reflektiert wurde, dass es nur so wirkte, als würde er sie ansehen. Als sie aber langsam den Kopf zur Seite drehte, tat er es ihr nach. Und dann schauten sie sich direkt in die Augen.

Sie konnte nicht sagen, wie lange er sie schon beobachtet hatte. Er machte auch keinerlei Anstalten wegzusehen oder zu verbergen, dass er sie anstarrte. Er stand einfach vollkommen ernst und reglos da und verschlang sie regelrecht mit seinen Blicken. Polly starrte verblüfft zurück und sah sich dann um, um herauszufinden, ob vielleicht irgendetwas hinter ihr sein Interesse geweckt haben könnte. Aber da war nichts, und als sie wieder zu ihm sah, hatte er seinen Blick noch immer nicht von ihr gelöst.

Polly konnte kaum fassen, wie schön er war. Sein Gesicht war wie aus Stein gemeißelt, atemberaubend und perfekt symmetrisch. Seine hohen Wangenknochen und seine Augenbrauen leuchteten förmlich, wodurch seine dunkelbraunen Augen beinahe schwarz wirkten. Seine Haut war gebräunt, und sein dichtes, von der Sonne leicht ausgeblichenes, ein wenig gewelltes Haar hatte er sich aus dem Gesicht gekämmt.

Er war beinahe zu schön, um wahr zu sein. Nicht eine Falte, eine Linie oder auch nur der kleinste Fleck entstellte sein Gesicht – er war tatsächlich vollkommen makellos. Keiner von beiden rührte sich. Aber sie starrten sich immer noch an, und irgendetwas Seltsames ging ganz eindeutig vor. Polly war sich nicht sicher, was es war, aber in jedem Fall nahm es all ihre Sinne in Beschlag. Sie hörte zwar immer noch das Rattern der Bahn und das Geplauder um sich herum, aber alles erschien ihr plötzlich leicht verschwommen, wie unter Wasser. Sie konnte sich nur noch auf ihn konzentrieren.

So verharrten sie noch ein paar Sekunden lang, dann riss Polly sich los und blickte zur Seite. Trotzdem konnte sie es sich nicht verkneifen, auch noch seinen perfekten Körper von oben bis unten zu mustern.

Als die Bahn die Station verließ, näherte er sich ihr ganz langsam. Polly sah zu den anderen Fahrgästen, die nichts zu bemerken schienen. Die meisten konzentrierten sich eher auf eine Gruppe italienischer Mädchen, die sich laut unterhielten und grell kicherten, während zwei junge Männer um sie herumschlichen wie Pfaue.

Kurz bevor ihre Körper sich berührten, blieb der schöne Fremde stehen. Nur wenige Millimeter trennten sie noch, als sie sich erneut in die Augen sahen. Polly hielt den Atem an, bis sie spürte, wie er seine Handflächen sanft auf ihre legte. Seine Berührung war federleicht. Zart wie Puder. Beinahe dachte Polly, sie hätte sie sich nur eingebildet. Er presste die Lippen aufeinander, so, als stellte er sich vor, wie es wohl wäre, sie zu küssen. Sie sah, wie sein Adamsapfel hervortrat und er schluckte. Ohne darüber nachzudenken, lehnte sie sich nach vorn. Als ihre Lippen sich trafen, löste diese sachte Berührung in ihren Nervenenden ein regelrechtes Feuerwerk aus. Sie schloss die Augen, dann küssten sie sich. Erst noch ganz zögerlich. Dann bahnte seine Zunge sich ihren Weg in ihren Mund. Er ließ ihre Hände los und legte seine um ihre Taille. Ihr ganzer Körper bebte. Er zog sie an sich, bis sie sich überall berührten und Polly etwas Hartes, Drängendes an ihrer Hüfte spürte. Vorsichtig presste er Polly gegen die harte, kalte Metalltür. Der Druck auf ihren Lippen ließ nach. Der Kuss endete. Polly öffnete die Augen und sah, dass seine Gesichtszüge weicher geworden waren. Ein verschmitztes Lächeln trat auf seine Lippen.

Er beobachtete sie aufmerksam, während er seine Hände

nach unten wandern ließ. Kurz vor ihrem Po machte er halt, aber sie wollte gar nicht, dass er aufhörte. Anscheinend interpretierte er ihren Blick richtig, denn seine Hände glitten jetzt weiter hinab, bis sie an ihren Oberschenkeln angekommen waren. Wieder hielt er inne, sah sie an. Und sie nickte langsam. Plötzlich wurden seine Bewegungen dringlicher. Hastig schob er seine Hände unter ihren Rock, sodass sie auf ihren nackten Oberschenkeln lagen. Sofort begann ihre Haut, heftig zu kribbeln, und jedes Härchen an ihrem Körper stellte sich auf. Er drückte seine Fingerspitzen in ihr Fleisch und ließ sie langsam an ihren Schenkeln hinaufwandern. Als er schließlich eine Hand in ihr Höschen schob, stockte ihr der Atem. Er drückte zu, kniff sie sanft, neckte sie, ehe er seinen Finger tief in sie hineinschob. Als er fester zustieß und den Finger noch weiter in sie versenkte, stöhnte Polly auf. Ihr Magen verknotete sich lustvoll, als er immer wieder zustieß, schneller und schneller, heftiger und heftiger.

Die Dunkelheit des Tunnels wich wieder dem grellen Licht der Station Oxford Circus, und Polly konnte einen leisen Aufschrei nicht unterdrücken. Ihr ganzer Körper wurde von Empfindungen überflutet und vollkommen überwältigt, sie fühlte sich quicklebendig. Während ihre Erregung langsam verebbte, klammerte sie sich an ihn und öffnete dann langsam die Augen. Er lächelte sie an, aber ihr fiel plötzlich wieder ein, wo sie sich gerade befand. Um Himmels willen! Polly sah sich beschämt um, doch niemand schien etwas bemerkt zu haben. Rasch strich sie ihre Klamotten glatt.

Er lehnte sich zu ihr, sodass seine perfekte Wange ihre streifte. »Wir sollten uns wiedersehen«, wisperte er ihr zu. Ihr Herz begann zu flattern.

»W-wie meinst du das?«, stotterte sie bebend.

Aber sie bekam keine Antwort. Der Fremde war schon auf

dem Weg zur offenen Waggontür. Sie konnte nur zusehen, wie er ausstieg und den Bahnsteig entlangschlenderte.

Sie betete darum, dass er sich noch einmal umdrehte. Aber diesen Gefallen tat er ihr nicht.

2. KAPITEL Ganz langsam wurde Polly wach. Sie lag im Bett. Durch die dünnen Jalousien strömte Tageslicht. Ihre Augenlider waren schwer und klebrig, ein sicheres Anzeichen dafür, dass sie vergessen hatte, sich abzuschminken, ehe sie schlafen gegangen war. Sie verfluchte sich selbst dafür. Bestimmt hatte sie das gesamte Kopfkissen mit Mascara besudelt!

Polly hätte liebend gern weitergeschlafen, aber ihre Kehle brannte, und sie hatte schreckliche Kopfschmerzen. Sie lag zusammengekrümmt auf der linken Seite, und ihr zusammengequetschter Arm und ihre Schulter taten höllisch weh. Vorsichtig wälzte sie sich auf die andere Seite und versuchte gleichzeitig, ihre Wirbelsäule zu strecken und ihren Arm zu befreien. Die Augen immer noch halb geschlossen, drehte sie sich nach rechts und tastete den Nachttisch nach einem Glas Wasser ab. Ihre Hand identifizierte den Sockel der Nachttischlampe, ihr Handy, die aufgeklappte Rückseite des Taschenbuchs *Die Frau in Weiß*, Lippenbalsam, ein Haargummi, an dem noch ein paar rote Strähnen hingen, eine Tube mit Feuchtigkeitscreme – aber kein Wasser. Sie zog ihren Arm wieder unter die Decke. Als dabei ihr Oberarm ihre nackte Brust berührte, hielt sie inne. Sie ließ ihre Hände weiter an ihrem Körper hinabgleiten, bis sie an einem Handtuch ankamen, das um ihre Hüften geschlungen war. Warum trug sie keinen Schlafanzug?

Sie lag da, bemitleidete sich selbst und versuchte sich einen

Reim darauf zu machen, weshalb sie nackt, durstig und mit einem Gesicht voller Make-up im Bett lag. Und wieso fühlte ihr Kopf sich an, als wäre ein Traktor darübergefahren?

Sie hörte Oliver in der Küche herumwerkeln. Als sie ihm zurufen wollte, dass er ihr ein Glas Wasser bringen solle, merkte sie, dass sie keinen Ton herausbekam. Ihre Kehle war so trocken, dass sie nur ein leises Krächzen zustande brachte. Und dann traf die Erinnerung sie wie ein Fausthieb. Die Bahn. Er. Sein Gesicht, das sich langsam ihrem näherte. Sofort riss sie die Augen auf, und ihr Körper wurde stocksteif.

»Guten Morgen, Pol«, trällerte Oliver und drückte die Tür mit dem Fuß auf. Er trug Boxershorts mit einem weit aufklaffenden Hosenstall und hielt zwei Teetassen in der Hand.

Sie lag vollkommen reglos da und hielt die Ecken ihrer Decke fest umklammert.

»Alles klar bei dir?«, fragte er und legte den Kopf schief.

Sie ließ die Bettdecke los. »Ja, alles tipptopp«, antwortete sie und merkte, dass ihr linkes Auge zuckte.

»So siehst du aber gar nicht aus.« Er stellte die Tassen auf dem Nachttisch ab und ließ sich neben sie plumpsen.

»Na ja«, meinte sie vorsichtig. »Ich glaube, ich hab gestern ein bisschen zu tief ins Glas geschaut.«

Sobald sie nach Hause gekommen war, war sie direkt in die Küche gegangen und hatte sich ein ordentliches Glas Whiskey eingegossen. Sie hasste Whiskey eigentlich, aber etwas anderes hatte sie nicht gefunden. Oliver hatte mehrere Sorten zu Hause. Er hielt sich für eine Art Connaisseur, was Whiskey betraf. Sie hatte ein Glas hinuntergekippt und sich dann rasch ein zweites eingeschenkt. Die tröstliche Wärme hatte sie schnell eingelullt.

Vorsichtig zog sie das Handtuch unter der Decke zurecht, sodass es auch ihre Brust bedeckte, steckte es fest, so gut sie konnte, und setzte sich dann auf. Oliver reichte ihr eine Tasse. Es war die, die sie ihm damals geschenkt hatte, als sie zusammengezogen waren. Darauf war ein Bild von Kenneth Williams im OP-Kittel zu sehen, und darunter stand *»Ooh Matron!«*. Er wiederum hatte ihr ein Paar antike, mit Rubinen und Smaragden besetzte Ohrringe geschenkt.

Sie nippte zögerlich an dem Tee und sah neidisch zu, wie Oliver das brühheiße Getränk einfach in sich hineinschüttete. Sie war fest davon überzeugt, dass seine Mundhöhle mit Asbest verkleidet war.

»Hach, das tut gut.« Er seufzte genüsslich. »Na, wo hast du dich gestern Abend herumgetrieben?«

»Ach, ich bin etwas trinken gegangen. Mit Alicia, meiner Kollegin«, erwiderte Polly und versuchte immer noch die Ereignisse des gestrigen Abends für sich einigermaßen zu sortieren.

Oliver zog eine Grimasse. »Und wo genau bist du mit unserem Vamp abgestürzt?«

Sie funkelte ihn an.

»War nur ein Witz. Aber du musst schon zugeben, dass sie eine ziemlich wilde Nudel ist.« Er hatte die Empfangsdame nur einmal kurz getroffen, als er Polly im Büro abgeholt hatte. Die beiden hatten maximal fünf Worte miteinander gewechselt. »War's denn nett?«, erkundigte er sich.

Polly konnte keinen klaren Gedanken fassen. Sie konnte gerade nur daran denken, wie sich die Finger des Fremden in ihrem Schritt angefühlt hatten.

»Erde an Polly!«, sagte Oliver und wedelte mit seiner Hand vor ihrem Gesicht herum, als sie nicht antwortete.

»Sorry, was hast du gesagt?«, murmelte sie und versuchte sich wieder aufs Gespräch zu konzentrieren.

»Gestern Abend – war es nett? Wo wart ihr?«

»Oh, in irgendeiner neuen Bar in der Chancery Lane«, meinte sie. An den Namen konnte sie sich nicht erinnern. Sie gab sich wirklich alle Mühe, sich vollkommen normal zu verhalten, aber sie schaffte es einfach nicht, ihm in die Augen zu sehen.

»Muss ziemlich hoch hergegangen sein. Du warst völlig neben der Spur, als du in die Wohnung getorkelt kamst.«

Nervös sah sie ihn an. Sie konnte sich überhaupt nicht daran erinnern, dass sie sich gestern Abend begegnet waren.

»Puh, das weiß ich gar nicht mehr. Hab ich dich aufgeweckt?«

»Nein, aber ich habe dich gehört.«

Sie konnte einen leisen, erleichterten Seufzer nicht unterdrücken.

»Du hast eine halbe Ewigkeit im Bad herumrumort«, fuhr er fort. »Als ich heute Morgen reinkam, herrschte das reinste Chaos. Deine Klamotten lagen überall verstreut, und mitten auf dem Fußboden war eine riesige Pfütze.«

Sie erinnerte sich vage daran, dass sie versucht hatte zu duschen, ehe sie ins Bett gegangen war. Es hätte sich zu komisch angefühlt, sich einfach neben ihren Freund zu legen, nachdem sie etwas mit einem anderen Mann gehabt hatte. Also hatte sie sich hastig ausgezogen, ohne sich weiter um ihren Rock und ihr Top zu kümmern, das man nur mit der Hand waschen durfte. In der Dusche hatte sie sich dann bemüht, so schnell wie möglich blitzsauber zu werden. Sobald aber das Wasser ihre Schenkel und ihren Schritt berührt hatte, hatte sie wieder am ganzen Körper dieses Kribbeln gespürt. Unmöglich, dem Drang zu widerstehen, ihre Finger in sich hineinzuschieben. Sie hatte die Augen geschlossen, an sein Gesicht gedacht und prompt den Duschkopf fallen gelassen, sodass er unkontrolliert herumgespritzt und das ganze Bad unter Wasser gesetzt hatte.

»Oh«, meinte sie gedankenverloren.

Es dauerte ein paar Sekunden, bis ihr auffiel, dass Oliver verstummt war. Er sah sie ernst an.

»Was ist?«, fragte sie und hatte plötzlich Angst, dass er vielleicht doch Gedanken lesen konnte.

»Ich habe gestern versucht, dich anzurufen. Hast du meine Nachrichten denn nicht bekommen?«

»Nein ... doch, aber erst sehr spät«, meinte sie und erinnerte sich an die fünf verpassten Anrufe.

»Eigentlich hatte ich ein Dinner für uns organisiert.«

»Was?«, sagte Polly. »Aber du hast doch gesagt, du hättest Notdienst.«

»Ja, das habe ich.« Er blickte verlegen auf die Bettdecke und begann an einem kleinen Fussel herumzuspielen. »Ich habe eben versucht, romantisch zu sein. Ich wollte dich überraschen.«

Polly sah ihn verwundert an. »Aber du hast doch gesagt, dass ich nicht auf dich warten soll.«

»Ich weiß«, meinte er verärgert. »Aber ich wollte ... Ach, vergiss es einfach.«

»Was wolltest du?«, fragte Polly.

»Spielt keine Rolle. Ist nicht wichtig.«

»Doch, sag es mir.«

»Ich habe ein Überraschungsdinner organisiert, aber du hast ja nicht abgehoben, also konnte ich dich nicht erreichen. Schätze mal, das geschieht mir recht.«

Bilder des vergangenen Abends schossen durch Pollys Kopf. Sie schloss die Augen und begann ihren Nasenrücken mit Daumen und Zeigefinger zu massieren.

»Reg dich nicht auf«, meinte Oliver, rückte näher und legte einen Arm um sie. »Ist doch meine Schuld. Ich hätte es dir sagen sollen. Zumindest, dass ich eine Überraschung plane.«

Sie öffnete die Augen und sah ihn an. Er schenkte ihr ein verhaltenes Lächeln. Sofort hatte sie ein schlechtes Gewissen; sie wollte es wiedergutmachen. Also küsste sie ihn. Erst erwiderte er den Kuss, sobald sie aber ihre Zunge in seinen Mund schieben wollte, presste er die Lippen aufeinander. So schnell würde sie nicht aufgeben! Polly ließ ihr Handtuch aufklaffen und drückte sich an ihn. Er wich zurück.

»Mach mal halblang, Pollylein«, sagte er.

»Warum denn?«, fragte sie und bedeckte seine Wangen und seinen Hals mit kleinen Küssen.

»Wir müssen uns für die Arbeit fertig machen, und außerdem ... bist du ja noch ganz ungewaschen.«

»Macht doch nichts.« Sanft knabberte sie an seinem Ohrläppchen.

»Nein. Los jetzt!« Er schubste sie weg, und Polly sah ihn enttäuscht an.

»Gutes Mädchen«, sagte er. Dann stand er auf und verschwand im Bad.

Polly ließ sich wieder aufs Bett sinken und hörte kurz darauf, wie er die Dusche anstellte. Sie konnte sich nicht erinnern, wann sie zum letzten Mal miteinander geschlafen hatten. Zu Beginn ihrer Beziehung war ihr Sexleben noch ganz okay gewesen. Aber seit sie zusammenwohnten, war Oliver ziemlich träge und gemütlich geworden, was diese Sache anging. Vielleicht war er zu sehr damit beschäftigt, ihr gemeinsames Kuschelnest zu bauen? Dieser Gedanke jagte Polly einen Schauder über den Rücken. Sie hatten sich auf einem Blind Date kennengelernt – allerdings war Polly ursprünglich nicht mit Oliver verabredet gewesen, sondern mit einem gewissen Ben, dem Bruder einer Kommilitonin. Das Date war von Anfang an ein echtes Desaster gewesen. Ben war zu spät gekommen. Eine Dreiviertelstunde hatte sie allein im Restaurant gesessen und sich dabei sehr unwohl gefühlt. Als er schließlich auftauchte, trug er Jeans und T-Shirt. Sie hatte sich mit ihrem Outfit – ein kurzes, schwarzes Kleid und Schuhe mit hohen Absätzen – richtig Mühe gegeben. Sie fühlte sich entsetzlich overdressed – schon seit dem Moment, in dem sie das Restaurant betreten hatte. Irgendwie hatte sie gedacht, dass ein Laden, der *The Royal* hieß, ziemlich schick sein musste, aber die meisten Gäste waren eher leger gekleidet und lungerten an bunt zusammengewürfelten Tischen herum. Als Ben vor ihr stand, musterte er sie von Kopf bis Fuß und sagte dann sarkastisch: »Oha!« Er wollte ihr einen Kuss auf die Wange geben, aber Polly riss den Kopf so hektisch nach vorn, dass er stattdessen ihr Ohr traf.

Die Konversation schleppte sich steif und unbeholfen dahin. Entweder unterbrachen sie sich gegenseitig, oder sie verfielen in unangenehmes Schweigen, weil beiden der Gesprächsstoff ausging. Polly trank viel zu viel Wein und war schon bald ziemlich angeschickert, weil sie ihr Essen kaum angerührt hatte. Leider war es kein schöner Rausch, den sie da hatte. Die bedrückende Atmosphäre, die zwischen ihnen herrschte, ließ sie nervös und zynisch werden. Immer wieder machte sie Kommentare, die sie eigentlich gar nicht so meinte. Ben schien seinen Spaß daran zu haben und verbrachte den Rest des Abends damit, alles, was sie sagte, zu hinterfragen. Und das ging Polly so richtig auf den Geist.

Als schließlich die Rechnung kam, entschuldigte er sich und meinte, er müsse auf die Toilette. In einem Anfall von Verfolgungswahn befürchtete Polly plötzlich, dass er sich aus dem Staub machen und sie auf der Rechnung sitzen lassen würde. Nach ein paar Minuten stand sie auf, um ihm zu folgen, und fand ihn schließlich in dem Gang, der zu den Toiletten führte. Ben telefonierte, und Polly verbarg sich hinter einer

Ecke, ehe er sie bemerkte. Sie konnte es sich nicht verkneifen, ein wenig zu lauschen.

»Was zum Teufel hast du dir nur dabei gedacht? Die Frau ist ein richtiger Albtraum!« Pause. »Nein, ich bin nicht gemein! Sie hat sich einfach komplett zugesoffen. Jetzt kam eine horrende Rechnung, und sie hat ihr Essen kaum angerührt. Bestimmt denkt sie, dass ich jetzt für alles bleche. Ich hasse diese verdammten Magersüchtigen!« Pause. »Sis, natürlich ist sie anorektisch. Oder sie hat Bulimie. Moment mal, du wolltest mich doch hoffentlich nicht mit einer unheilbar kranken Frau verkuppeln, oder?!« Er lachte dröhnend.

Polly hörte nicht weiter zu. Sie eilte zurück zum Tisch und griff nach ihrem Mantel, während ihr die Tränen nur so über die Wangen strömten.

Als sie schon am Ausgang stand und gerade die Hand nach dem Türgriff ausstrecken wollte, fasste jemand um sie herum und öffnete die Tür für sie. »Bitte sehr.«

Polly sah auf. Es war Oliver.

»Oh«, sagte er, als er ihr verheultes Gesicht sah. »Ist denn alles okay bei dir?«

»Geht schon«, murmelte sie und schob sich an ihm vorbei.

»Bist du dir sicher?«

Irgendetwas in seiner Stimme ließ sie innehalten. Er klang so ... aufrichtig besorgt. Wieder sah sie ihn an, und ihre Unterlippe begann zu beben.

»Hey, Polly, was machst du da? Wo willst du hin?«, dröhnte plötzlich Bens Stimme hinter ihnen.

»Ich muss dringend hier raus«, murmelte Polly. Oliver warf einen prüfenden Blick auf Ben und führte sie dann sanft aus dem Restaurant und auf den Bürgersteig.

»Hättest du vielleicht noch Lust auf einen Kaffee mit mir?«, fragte er.

Sie nickte. Brachte kein Wort heraus, weil sie Angst hatte, dass sie dann sofort wieder zu weinen anfangen würde.

Eigentlich war Oliver nicht Pollys Typ. Zum einen war er blond und ziemlich groß. Er war Prop in einem Rugby-Team gewesen, bis seine Knie nicht mehr mitgespielt hatten. Deswegen hatte er zwar immer noch eine recht bullige Statur, aber seit er aufgehört hatte zu spielen, hatten seine Muskeln sich in Fett verwandelt. Dennoch sah er gut aus. Man merkte ihm an, dass er sich wohlfühlte in seiner Haut, und seine Figur passte zu ihm. Und er war beinahe neun Jahre älter als sie.

Als er erwähnte, dass er Chirurg war, machte sie sich sofort darauf gefasst, dass er ihr einen endlosen Vortrag über seinen Job halten würde, aber das tat er nicht. Er war charmant, lustig und nett. Sie erzählte ihm, was auf dem Blind Date passiert war, erwähnte aber nicht, dass Ben sie als magersüchtig bezeichnet hatte. Oliver sagte, dass er liebend gern mit ihr ausgehen würde. Und sie nahm die Einladung an.

Sie hörte, wie Oliver die Dusche abstellte und den Duschvorhang mit den klackernden Plastikringen beiseiteschob. Langsam setzte sie sich auf und steckte das Handtuch wieder fest. Erst jetzt fielen ihr die vier Fingerabdrücke oben an ihrem rechten Schenkel auf. Es hatten sich bereits violett-gelbe Ringe darum gebildet. Sie legte ihre Finger darauf und drückte zu. Die Haut fühlte sich ganz zart an und war sehr empfindlich. Polly schloss die Augen. Wer dieser Fremde wohl gewesen sein mochte? Wieder kribbelte es überall.

»Das Bad ist jetzt frei.«

Sie öffnete die Augen und sah Oliver am Türrahmen lehnen. Hastig zog sie das Handtuch über die Abdrücke.

»Es ist gleich acht«, sagte er.

Sie erwiderte nichts. Eigentlich musste sie in einer Viertelstunde los, wenn sie nicht zu spät zur Arbeit kommen wollte. Widerwillig machte sie Anstalten aufzustehen, musste aber innehalten: Ihr war schrecklich schwindlig, und die Kopfschmerzen waren noch heftiger geworden. Schließlich kam sie in einen wackligen Stand und tappte auf Oliver zu, der immer noch in der Tür lehnte. Als sie an ihm vorbeiging, gab er ihr einen Klaps auf den Po, und sie warf ihm einen wütenden Blick zu.

Schließlich stand sie im Bad, in dem pures Chaos herrschte. Überall waren ihre triefend nassen Klamotten verstreut. Oliver hatte das Bad einfach in dem Zustand belassen, in dem er es vorgefunden hatte. Und so, wie es aussah, hatte er ihren Rock als Badvorleger benutzt.

3. KAPITEL

Polly kam eine halbe Stunde zu spät zur Arbeit. Es hatte Ewigkeiten gedauert, bis sie bereit gewesen war, das Haus zu verlassen – irgendwie funktionierte die Kommunikation zwischen ihrem Gehirn und ihrem Körper immer noch nicht so richtig.

Polly fuhr wie jeden Tag mit der U-Bahn ins Büro. Kurz sah sie sich um, ob *er* vielleicht auch in der Bahn war. Fehlanzeige. Natürlich nicht.

Polly bildete eine Hälfte der Rechtsabteilung einer Zeitung namens *London Voice*. Die andere Hälfte war James, ein Rechtsanwalt, der nur einmal pro Woche Lionel zuliebe vorbeikam, dem Chefredakteur der Zeitung. Pollys Job bestand darin, die Akten abzulegen und sich um andere Verwaltungsaufgaben zu kümmern, bis James sich der Sache selbst annehmen konnte. Sie hatte keinerlei juristische Ausbildung und hatte die Stelle auch nur bekommen, weil Oliver ein paar Strippen gezogen hatte – seine Eltern kannten jemanden, der jemanden kannte, der …

Irgendwie hatte sie sich die Arbeit bei einer Londoner Zeitung immer ganz anders vorgestellt. Sie hatte sich eine vibrierende Redaktion ausgemalt, eine Art Bienenstock, in dem ständig die neuesten Neuigkeiten durch den Raum schwirrten. Insgeheim hatte sie gehofft, irgendein erfahrener Journalist würde das verborgene Talent entdecken, das in ihr schlummerte, und sie daraufhin unter seine Fittiche nehmen. In Wahrheit war die *London Voice* eine Gratiszeitung mit einer quasi nicht existenten Leserschaft, die kurz vor dem Zusammenbruch stand. Ihr erstes Jahr hatte die Zeitung nur überlebt, weil Lionel immer weiter sein eigenes Geld in das Projekt gepumpt hatte. Polly hatte schon darüber nachgedacht, sich einen anderen Job zu suchen, aber sie wollte nicht undankbar erscheinen, nachdem Olivers Eltern sich so für sie ins Zeug gelegt hatten. Also hatte sie beschlossen, auf einen passenden Zeitpunkt zu warten. Der einzige andere fest angestellte Journalist der Zeitung war Ron, und der war auch nicht gerade der klassische Starjournalist; sein letzter großer Wurf war die Geschichte über einen Betrugsskandal im sozialen Wohnungsbau gewesen. Polly hatte es sich irgendwann angewöhnt, immer ein Notizbuch bei sich zu tragen und darin Ideen für Artikel zu notieren, die sie dann später Lionel vorschlagen wollte. Gerade wartete sie noch auf eine gute Gelegenheit, sie ihm zu präsentieren; mittlerweile hatte sie schon drei Seiten mit Ideen gefüllt.

Das Gute an ihrem Kater war, dass er sie von allen anderen Gedanken abhielt. Den Vormittag über versteckte sie sich hinter dem Laptop, konzentrierte sich einzig und allein auf ihre aktuellen Aufgaben und bewegte sich nur so viel wie nötig. Alicia schickte ihr ein paar Nachrichten, um sich zu erkundigen, was gestern Abend los gewesen sei, aber Polly ignorierte sie. Von ihrem Platz aus konnte sie sehen, dass Alicia permanent an der Strippe hing. Oliver gegenüber hatte sie ohnehin schon ein höllisch schlechtes Gewissen, da wollte sie nicht auch noch Alicia mit in ihr Schlamassel hineinziehen.

Zur Mittagszeit fühlte Polly sich langsam wieder wie ein normaler Mensch. Ihr Magen war so leer, dass es beinahe wehtat. Normalerweise ging sie zum Mittagessen immer zu dem Biofeinkostladen in der Tottenham Court Road – dort gab es einige Salate in passabler Größe, die nicht mehr als vierhundert Kalorien hatten –, aber heute brauchte sie etwas mit ein bisschen mehr Substanz. Sie vermutete, dass sie mindestens ein Pfund verloren hatte, weil sie weder gestern Abend noch heute Morgen etwas zu sich genommen hatte – da hatte sie sich eine Belohnung verdient.

Es gab ein kleines Café gegenüber der Redaktion. Sie war noch nie dort gewesen, obwohl sie fast jeden Tag daran vorbeiging. Auf der Kreidetafel, die vor dem Café hing, wurden üppig belegte Sandwiches, Fleischpasteten und Pfannengerichte angepriesen – und dem Versprechen auf ein bisschen fettiges, ungesundes Essen konnte sie unmöglich widerstehen.

Es war ein kleiner, feuchter Laden mit karierten Tischdecken und tomatenförmigen Ketchupflaschen. Es roch nach Pommes frites und schmutzigen Bratpfannen. Am Sandwichtresen herrschte Hochbetrieb, aber sie musste nur ein paar Minuten warten, bis sie drankam. Sie bestellte ein Baguette mit Käse, Schinken, Tomaten und extra Mayonnaise. Als sie zusah, wie die Kellnerin mit ihren pummeligen Händen ihren Sandwich zubereitete, begannen ihre Geschmacksknospen erwartungsvoll zu kribbeln. Sie wusste, dass sie sich später furchtbar aufgedunsen fühlen und einen ordentlichen Kohlenhydratekater haben würde, aber ihr Körper verzehrte sich nun einmal nach Salz und Speisestärke. Sie holte sich eine Flasche Mineralwasser aus dem Kühlschrank und bezahlte.

Als sie sich zum Gehen wandte, entdeckte sie Alicia in der Nähe des Tresens. Sie hatte einen ganzen Tisch in Beschlag genommen, schmökerte in einem Magazin und nuckelte an ihrer Diätcola. Polly konnte gar nicht fassen, dass sie sie vorhin einfach übersehen hatte. Als sie sie jetzt bemerkte, zog sie den Kopf ein und eilte zur Tür; sie wollte momentan nichts lieber, als allein an ihrem Schreibtisch das Baguette zu verschlingen. Sie zog gerade die Tür auf, als Alicia nach ihr rief.

Beinahe hätte sie einfach so getan, als hätte sie nichts gehört, aber als eine Frau mit einem Kinderwagen durch die Tür kam, war sie gezwungen, noch einmal einen Schritt zurück zu machen. Also drehte sie sich zu Alicia um und zwang sich zu einem Lächeln.

Alicia winkte fröhlich, und Polly ging widerstrebend zu ihr, woraufhin ihre Kollegin einen Stuhl für sie unter dem Tisch hervorzog.

»Hey, Süße, wie geht es dir denn?«, erkundigte sie sich, als Polly sich neben ihr niederließ. »Ich habe dir heute ein paar Mails geschickt, hast du die gar nicht gesehen?«

»Ich hatte wirklich eine Menge zu tun, da bin ich gar nicht dazu gekommen, meine Mails zu checken«, meinte Polly ausweichend und zwang sich, Augenkontakt mit Alicia zu halten. Irgendwo hatte sie mal gelesen, dass man Lügner daran erkannte, dass sie immer beiseitesahen.

Alicia klappte ihr Magazin zu, damit Polly ihr Essen auf dem Tisch abstellen konnte. »Ich wollte nur sichergehen, dass bei dir alles okay ist. Was ist denn gestern Abend passiert?«

»Was meinst du?«, fragte Polly und sah auf Alicias Teller, auf dem sich noch Reste von Spiegelei, Pommes und einer Bulette befanden.

»Du bist aufs Klo gegangen und warst dann wie vom Erdboden verschluckt.«

»Ach so, ja. Mir ging es nicht besonders, und dann bin ich einfach nach Hause gefahren.«

»Wäre cool gewesen, wenn du Bescheid gegeben hättest, Lady. Ich habe nach dir gesucht und mir richtig Sorgen gemacht.«

»Oh«, sagte Polly, die sofort ein schlechtes Gewissen hatte. »Sorry.«

»Kein Ding. Bin nur erleichtert, dass es dir gut geht.«

Polly sah auf ihr Baguette und biss sich auf die Unterlippe. Ihr Magen grummelte schmerzhaft. Sie konnte nicht länger warten. Also riss sie die Verpackung ab und nahm einen großen Bissen. Als der Geschmack ihren Mund zum Leben erweckte, stöhnte sie leise auf.

Alicia gluckste.

»Was ist?«, fragte Polly verunsichert und legte ihr Baguette wieder ab.

»Nichts. Ist einfach schön zu sehen, wie sehr du dein Essen genießt.«

Polly hasste es, vor anderen Menschen zu essen, besonders wenn es Frauen waren. Sie stellte sich dann immer vor, wie sie sich ausrechneten, wie viele Kalorien und wie viel Gramm Fett sie in sich hineinschlang.

»Lass dich nicht von mir abhalten«, ermutigte Alicia sie. Zögernd griff Polly wieder nach ihrem Mittagessen und nahm einen kleinen Bissen.

Es dauerte nicht lange, bis Alicia voll in Fahrt war. Polly gab sich alle Mühe, ihr irgendwie zu folgen, aber das Essen war so lecker, dass sie sich kaum auf etwas anderes konzentrieren konnte. Alicia schien das gar nicht zu bemerken und sich mit Pollys gelegentlichem Nicken und ein paar »Jepps« zufriedenzugeben. Als Alicia schließlich verstummte, sah Polly sie an.

»Du bist heute nicht ganz bei der Sache, oder?«, fragte die Empfangsdame.

»Hm?«, erwiderte Polly und versuchte krampfhaft, sich die letzten Sätze des Gesprächs in Erinnerung zu rufen.

»Du hast kein Wort von dem, was ich gesagt habe, mitbekommen.«

Polly errötete; es war ihr schrecklich peinlich, dass Alicia sie ertappt hatte.

»Tut mir leid«, sagte sie und legte den Rest des Baguettes wieder ab. »Ich bin gestern erst spät ins Bett gegangen und war heute Morgen ganz schön fertig.«

»Gab wohl Probleme in der U-Bahn, was?«, fragte Alicia und zog keck die rechte Augenbraue nach oben.

»Was?«, platzte es aus Polly heraus. Irgendetwas in Alicias Tonfall hatte sie alarmiert. Sie klang, als spielte sie auf etwas Bestimmtes an.

»Die U-Bahn ... Du hast doch gesagt, dass du gestern erst spät nach Hause gekommen bist.«

»Ja, und?«

»Wow, Mädchen, war doch nur eine Frage!« Alicia hob beschwichtigend die Hände. »Fuck, da muss ja tatsächlich was passiert sein!«

Polly starrte sie an und fragte sich, ob sie einfach nur paranoid war. Sie überlegte hin und her und beschloss dann, einen Schluck Wasser zu trinken.

»Ich ... ähm ...« Sie zögerte ein paar Sekunden und hatte plötzlich keine Ahnung mehr, wohin dieses Gespräch führen sollte. »Da waren diese zwei Leute in der Bahn ...«

»Ja?«

»Sie haben irgendwie ... Na, du weißt schon.«

»Was?«

»In der Ecke des Waggons ...« Polly verstummte und beobachtete, wie Alicia reagierte.

»Los, spuck es schon aus, Lady.« Langsam wurde Alicia ungeduldig.

»Du weißt schon ... Sie haben was gemacht, wofür sie vielleicht besser nach Hause gegangen wären.«

»Sie haben gevögelt?!« Alicias Augen leuchteten auf.

»Nee, sie haben sich nur angefasst. Rumgemacht.«

»Ja und?« Alicia gab ein leises Quietschen von sich. »Bist du etwa noch nie auf dem Heimweg in der U-Bahn ein bisschen versaut drauf gewesen? Ein bisschen Gefummel, ein bisschen Dirty Talk, bis man dann daheim ist und ...« Alicia stieß mit ihrer Zungenspitze von innen an ihre Wange.

»Nein, nein, das war was anderes. Die kannten sich vorher nicht. Zumindest hatte ich den Eindruck«, korrigierte sie sich schnell.

»Echt?«, fragte Alicia und rückte näher. »Und was ist dann passiert?«

»Sie standen beide einfach nur da. Dann kam er auf sie zu und hat angefangen, sie zu küssen und zu berühren, aber das war total komisch, weil sie kein Wort miteinander gewechselt haben.«

»Ganz schön verdorben«, meinte Alicia anerkennend.

Ein paar Sekunden schwiegen beide. Polly war nicht sicher, was sie sagen sollte. Aber Alicia begann sowieso plötzlich, ihr von einer neuen amerikanischen Reality-Show über Dragqueens zu erzählen, die Polly unbedingt ansehen sollte.

»Wunderschönen Nachmittag, die Damen«, ertönte eine Stimme hinter ihnen. Beide drehten sich um und sahen Jas mit einem eingepackten Sandwich in der Hand dastehen. Er war einer der Techniker, die auch in ihrem Haus arbeiteten. Polly plauderte zwar manchmal ein bisschen mit ihm, war sich aber nicht sicher, was genau er eigentlich machte – sie wusste nur, dass es etwas mit Servern und Backends zu tun hatte. Sein Büro lag ein paar Stockwerke über ihrem.

»Ich habe zufällig euer Gespräch mitbekommen.« Er deutete auf die Schlange, die um den Sandwichtresen herumführte. »Da dachte ich, ich schau mal vorbei und kläre euch auf.«

»Sorry, aber diese Unterhaltung ist privat«, fauchte Alicia verärgert darüber, dass er sie mitten im Satz unterbrochen hatte.

»Tut mir leid«, meinte Jas verlegen. »Ich habe nur gehört, dass es um die Sache mit dem *Tubing* ging.«

»Was meinst du?« Polly wurde plötzlich hellhörig.

Jas ließ sich auf einen Stuhl plumpsen. Obwohl er mit Polly redete, konnte er seinen Blick nicht von Alicia abwenden. Die wiederum sah entnervt zur Seite.

»Na, man begegnet Fremden in der U-Bahn und ... na ja, macht Sachen mit ihnen. Ich hab es auch schon ausprobiert.« Er grinste breit, als Alicia ihm langsam doch ein wenig Aufmerksamkeit schenkte und den Kopf leicht zurücklegte.

»Ehrlich?!«, fragte Polly baff.

»Ja. So wahr ich hier sitze.«

»Aber sicher doch«, meinte Alicia nur sarkastisch.

Polly starrte ihn ungläubig an. »Auf welcher U-Bahn-Linie denn?«

»Ich glaube, es war die Central Line ... Doch, genau die war es«, meinte er und nickte lässig.

»Um wie viel Uhr?«, quetschte Polly ihn weiter aus.

»Was ist das hier? Ein Kreuzverhör?«

»Nein«, erwiderte Alicia. »Sie versucht nur, deine Schwindelei auffliegen zu lassen.« Sie sah Polly an und schnaubte. »Glaubst du dem Aufschneider etwa?«

»Wie oft hast du das denn schon gemacht?«, versuchte Polly das Gespräch am Laufen zu halten. In ihrem Bauch flatterten Schmetterlinge umher.

»Schon ein paarmal.«

Alicia verdrehte die Augen.

»Und wie funktioniert das?«, ließ Polly nicht locker. »Ich meine, woher weiß man überhaupt, wer Lust darauf hat?«

»Es wird arrangiert. Die Leute vereinbaren Treffen in festgelegten Bahnen zu festgelegten Uhrzeiten. Dann gibt einer dem anderen ein Signal, und ab geht die Post«, erwiderte er grinsend. »Man nennt das *Tubing*. Kommt von dem englischen Wort für U-Bahn – *Tube*.«

4. KAPITEL

Tubing. Das Wort ging Polly nicht mehr aus dem Kopf, bis es ihr schließlich herausrutschte. Sie räusperte sich und sah sich nervös um. Zum Glück schien niemand sie gehört zu haben.

Nach dem Gespräch mit Jas hatte sie es kaum erwarten können, zurück ins Büro zu kommen und sich hinter ihren Laptop zu klemmen. Leider musste sie feststellen, dass James an dem Schreibtisch hinter ihrem Platz genommen hatte und sich durch den gigantischen Stapel an Papierkram arbeitete, den sie ihm hingelegt hatte. Und so hatte er direkten Blick auf ihren Bildschirm.

Sie ließ sich auf ihren Stuhl fallen und tat den restlichen Nachmittag so, als würde sie arbeiten. Sie öffnete ein Dokument und scrollte immer wieder hinauf und hinunter, vergrößerte und verkleinerte die Ansicht, aber in Wirklichkeit machte sie rein gar nichts. Irgendwann driftete sie völlig ab und ließ sich von dem Tastengeklacker und dem leisen Gemurmel im Büro sanft einlullen.

Und dann wanderten ihre Gedanken zu *ihm* – dem Mann aus der U-Bahn. Es war das erste Mal, dass sie wirklich richtig über alles nachdachte. Sie gab sich der Erinnerung ganz hin und ließ keine Sekunde ihrer Begegnung aus. Jedes Mal, wenn sie sich vorstellte, wie er sie berührt hatte, begann es in ihrem Magen so heftig zu flattern, dass sie es kaum aushielt. Beinahe meinte sie, seine glühenden Finger auf ihrer Haut zu spüren, und auch in sich ... Sie konnte immer noch nicht richtig fassen, was da geschehen war. Es kam ihr wie ein Traum vor! Polly schob ihren Rock hinauf und betrachtete die leichten Abdrücke auf ihrem Schenkel, die seine Fingerspitzen hinterlassen hatten. Aber schon im nächsten Augenblick ekelte sie sich vor sich selbst. Was hatte sie sich nur dabei gedacht? Er war ein Fremder, und doch waren sie einander so nahegekommen. Wieder legte sie die Fingerspitzen auf die Male. Sie drückte zu, immer fester und fester, bis sie vor Schmerz nach Luft schnappte.

Um sechzehn Uhr brach James endlich auf. Sobald sie hörte, wie er seine Aktentasche zuschnappen ließ, fühlte sie sich augenblicklich quicklebendig, und die Lethargie, die sie den ganzen Nachmittag lang gelähmt hatte, war wie weggeblasen. Noch ehe er zur Tür hinaus war, hatte sie schon die Suchmaske von Google geöffnet. Sie war wahnsinnig neugierig!

Zuerst versuchte sie es mit dem Begriff »Tubing«. Sie klickte sich durch ein paar Seiten, auf denen man große Gummireifen mieten konnte, um sich auf ihnen den Fluss hinabtreiben zu lassen. Nach ungefähr sieben weiteren Seiten mit ähnlichen Suchergebnissen sah sie ein, dass es sinnlos war. Stattdessen tippte sie jetzt »Sex U-Bahn-Waggon« ein. Neben ein paar Pornoseiten stieß sie noch auf diverse YouTube-Videos. Angeblich waren darin Leute zu sehen, die Sex in der Bahn hatten, aber sie wusste nicht einmal, wen genau sie beobachten sollte, und schon gar nicht, was die Leute da wirklich machten. Sie drückte auf *Play* und fiel vor Scham fast vom Stuhl, als lautes Stöhnen durchs Büro dröhnte. Sie hatte vergessen, den Ton leise zu stellen. Ein paar Kollegen drehten sich irritiert zu ihr um, aber niemand sagte etwas. Wahrscheinlich guckten die meisten von ihnen selbst gerade Pornos.

Sie wandte sich wieder ihren Suchergebnissen zu, um ein

paar der Artikel auf irgendwelchen Nachrichtenseiten zu lesen. In einem ging es um ein Paar, das Oralverkehr in einem Zug gehabt hatte und angezeigt worden war, weil sie sich danach eine Zigarette angezündet hatten. Im nächsten Artikel ging es um einen Sexfilm, der mit Mobiltelefonen aufgenommen worden war und in dem ein halbes Dutzend Leute zu sehen war, die es in einem überfüllten russischen Pendlerzug miteinander trieben.

Sie hatte gar nicht gemerkt, dass es schon nach siebzehn Uhr war und die meisten ihrer Kollegen das Büro bereits verlassen hatten. Es war totenstill. Polly ließ ihren Blick über die leeren Schreibtische wandern. So ausgestorben hatte sie das Büro noch nie erlebt ... Anscheinend hatten heute wegen des guten Wetters alle pünktlich Schluss gemacht.

Sie grübelte gerade, welche Begriffe sie als Nächstes eingeben sollte, als Alicias Stimme ertönte. »Na, machst du heute etwa Überstunden, Süße?«

Sofort erstarrten Pollys Finger. Ihr war nicht aufgefallen, dass Alicia noch hier war.

»Ich habe heute noch ein bisschen Kram abzuarbeiten«, log Polly, ohne aufzusehen, und tat so, als wäre sie furchtbar beschäftigt.

»Übertreib es nicht«, sagte Alica und sammelte ihre Sachen zusammen. »Wir verdienen wirklich nicht genug, um auch noch zu überziehen.«

Es dauerte eine halbe Ewigkeit, bis Alicia das Büro endlich verlassen hatte. Zuerst fiel ihr die Handtasche herunter, dann konnte sie ihren Generalschlüssel nicht finden, dann klingelte ihr Handy, und sie plauderte zehn Minuten lang an der halb geöffneten Bürotür. Polly wurde unfreiwillige Zeugin davon, wie Alicia irgendeinem Kerl ins Ohr gurrte und Polly dabei ansah und Grimassen zog, als wollte sie sie am Gespräch beteiligen.

Irgendwann brach sie schließlich auf und winkte ihr mit einer perfekt manikürten Hand zu.

Polly beschloss, es mit »Sex Untergrund« zu versuchen. Großer Fehler. Sie fand nichts als Masochismus-Seiten. Daraufhin änderte sie die Eingabe in »Sex London Untergrund« – und stieß auf zahlreiche weitere Videos, in denen die Leute offenbar Sex in der U-Bahn hatten. Nichts davon erschien ihr wirklich interessant.

Polly zermarterte sich das Hirn, wie sie die Sache anders umschreiben könnte. Kaum zu glauben, dass nichts dabei herausgekommen war, als sie »Tubing« eingegeben hatte. Sie versuchte es ein weiteres Mal mit dem Begriff, nur um ganz sicherzugehen, dass sie nichts übersehen hatte.

Um halb sechs traf schließlich das Putzteam ein. Die Leute schnaubten entnervt, während sie versuchten, um sie herum aufzuräumen. Also gab Polly auf.

Um 19:15 Uhr kam sie müde, frustriert und schlecht gelaunt zu Hause an. Oliver war schon da und bereitete das Abendessen zu, irgendein Pastagericht mit Hühnchen. Eigentlich hatte sie sich direkt vor den Fernseher werfen wollen, aber sobald sie die Wohnung betrat, wirbelte er herum und versuchte die Soße zu strecken, damit sie auch etwas vom Essen abhaben konnte. Sie sagte, dass sie keinen Appetit habe – nach ihrer Schlemmerei zu Mittag hätte sie sich zum Abendessen höchstens eine kleine Schüssel Müsli genehmigt –, aber er bestand darauf.

Manchmal kam es ihr wirklich so vor, als wäre er regelrecht besessen vom Essen: Jeden Tag nahm er ausnahmslos drei herzhafte Mahlzeiten zu sich – selbst wenn er erst um vierzehn Uhr aufstand, schaffte er sein Pensum noch. Für ihn war das Essen ein richtiges Ritual, in das er sie gnadenlos mit einbezog. Sie kam sich vor wie seine Patientin. Nachdem sie ein paar Monate zusammen gewesen waren, hatte er immer wieder erwähnt, dass sie zu mager sei und sich ordentlich ernähren müsse.

Zuerst fand sie das noch ganz niedlich: Er sorgte sich und kümmerte sich um sie. Aber seit sie vor einem Jahr zusammengezogen waren, hatte sie über drei Kilo zugelegt, und seine permanente Besorgnis begann sie zu zermürben. Eigentlich hatte Polly abends immer nur Müsli oder eine Scheibe Toast gegessen, aber diesem Treiben hatte Oliver ein Ende gesetzt. Langsam befürchtete sie wirklich, dass er eine Art *Feeder* war, der das Essen als Ersatz für Sex benutzte.

Sie hatten sich gerade an den Tisch gesetzt, als ihr Handy klingelte. Polly sprang auf, um es aus ihrer Tasche zu holen. Einen verrückten Moment lang dachte sie, es könnte *er* sein – vielleicht war er irgendwie an ihre Nummer gekommen?

»Lass es doch, Polly«, meinte Oliver.

»Könnte aber wichtig sein«, erwiderte sie. Als sie nach dem Handy griff, raste ihr Herz vor Aufregung.

Es war ihr Dad. Seufzend hob sie trotzdem ab. Immerhin hatte er sie vor dem riesigen Berg Kohlenhydrate gerettet, den Oliver vor ihr aufgetürmt hatte. Allein von dem Duft lief ihr schon das Wasser im Mund zusammen.

Sie redete mit ihrem Dad über das heiße Wetter und ihren Job. Nach ein paar Minuten kam er auf den Punkt. Er hätte ihr gar nichts erklären müssen – Polly wusste sowieso, weshalb er angerufen hatte.

»Ich will dich nicht beunruhigen, Liebes, aber es gibt schlechte Neuigkeiten. Es geht um deine Mutter.«

Polly war kein bisschen beunruhigt – einen solchen Anruf nahm sie immerhin einmal pro Monat entgegen.

»Es geht ihr gar nicht gut.«

»Mhm.«

»Der Arzt hat gesagt, wir sollen uns keine Sorgen machen, aber ...« Er verstummte. Als Kind hatte Polly gedacht, dass es ganz normal sei, dass ihre Mutter ständig krank war – sie kannte es ja nicht anders. Als sie älter wurde, fielen ihr aber doch einige Unstimmigkeiten auf. An einem Tag hatte ihre Mutter sich beklagt, dass ihr linkes Bein so steif sei, dass sie sich nicht bewegen könne. Am nächsten Tag war es plötzlich das rechte gewesen. Oder sie sagte, dass sie den ganzen Morgen über furchtbare Rückenschmerzen gehabt habe, die sie ans Bett gefesselt hätten – und dann erwischte Polly sie putzmunter im Garten beim Rauchen. Sie hatte ihre Beobachtungen ihrem Dad gegenüber angesprochen, aber der hatte nur gemeint, dass die Krankheit ihrer Mutter nun einmal so sei – vollkommen unberechenbar. Und dass sich deswegen von einem Moment auf den anderen alles ändern könne.

»Wenn wir doch endlich eine eindeutige Diagnose hätten! Vielleicht klappt es dieses Mal ... Wir müssen es einfach versuchen und das Beste hoffen.«

Einen Moment lang schwiegen beide.

Irgendwann räusperte sich ihr Dad. »Na, gerade geht es ihr ganz gut, und morgen kommt der Arzt noch mal vorbei und sieht nach ihr. Er hat auch gemeint, dass er sie an einen Spezialisten weitervermitteln wird.«

Er klang erschöpft. Ihr Dad war schon Mitte siebzig, zwanzig Jahre älter als seine Frau. Seine Rente hatte er nie wirklich angetreten, war direkt vom Ingenieur zum Krankenpfleger geworden. Sie wollte ihn trösten, weil sie wusste, dass er aufrichtig besorgt war, aber sie brachte es einfach nicht über sich, das lächerliche Verhalten ihrer Mutter ernst zu nehmen.

»Ist bei dir alles in Ordnung, Dad?«

»Bei mir? Na klar, bin fit wie ein Turnschuh.« Sie stellte sich vor, wie er schnaufend und keuchend ein kleines Tänzchen aufführte, nur um es zu beweisen. »Vielleicht könntest du uns ja mal besuchen kommen. Sie würde sich freuen.«

Polly wusste, dass es ihrer Mutter vollkommen gleichgültig war, ob sie kam oder nicht.

Da hörte sie ein leises Klicken in der Leitung. Sie fragte sich, ob ihre Mutter vom anderen Telefon aus das Gespräch belauschte. Wahrscheinlich.

»Ich hab gerade ziemlich viel Stress in der Arbeit.«

»Ich bin mir ganz sicher, dass deine Kollegen Verständnis dafür haben, wenn du ihnen sagst, dass es deiner Mutter nicht gut geht.«

»Ich weiß nicht.« Polly wollte endlich auflegen. Sie sah hinüber zu Oliver, der sich die Pasta nur so in den Mund schaufelte. »Ich sollte auflegen, Dad. Oliver hat Abendessen gekocht.«

»Dann denk doch mal drüber nach und gib mir Bescheid.«

»Mache ich.«

»Oh, und ehe du auflegst: Vielleicht solltest du mir mal deine Büronummer geben, damit ich dich erreichen kann, falls der Ernstfall ... Na, wenn ich dich dringend schnell sprechen muss.«

»Ruf doch auf meinem Handy an.«

»Da kann ich dich aber auch oft nicht erreichen.« Obwohl er jahrelang als Ingenieur gearbeitet hatte, konnte ihr Dad sich einfach nicht an die kabellose Kommunikation gewöhnen. Sie hatte schon oft versucht, ihm die Sache mit dem Mobilfunk zu erklären, aber er behauptete, dass das einfach nichts für ihn sei.

Um ihn endlich loszuwerden, gab sie ihm die Telefonnummer und verabschiedete sich.

Oliver hatte seine Portion mittlerweile komplett verputzt. Sie aß ein paar Happen von ihrem Teller und ließ den Rest übrig – das Essen war bereits kalt geworden.

5. KAPITEL

Die nächsten Tage über versuchte Polly während der Arbeit weiter, im Internet etwas über *Tubing* herauszufinden. Sie konnte nicht anders: Die Erfahrung war so intensiv gewesen, dass sie sich auf nichts anderes mehr konzentrieren konnte. Da James erst in einer Woche wieder im Büro sein würde, musste sie gerade nicht einmal so tun, als würde sie arbeiten. Nach einer Weile war Polly von ihrer Suche völlig erschöpft. Sie hatte jede Suchmaschine ausprobiert, jedes Forum, jeden Blog und jede Social-Network-Seite durchforstet, die ihr in den Sinn gekommen waren. Nichts. Nicht einmal ein Verweis auf *Tubing*. Das ergab doch keinen Sinn! Wenn es dieses Phänomen gab, musste doch im Internet etwas dazu zu finden sein!

Kurz spielte sie mit dem Gedanken, sich auf Facebook zu erkundigen, ob einer ihrer Freunde vielleicht davon gehört hatte. Diese Idee verwarf sie aber schnell wieder – schließlich hätte Oliver dann Wind davon bekommen. Stattdessen aktualisierte sie ihren Status auf *völlig entnervt*.

Seit sie nach London gezogen war, war Facebook zu einer Art Lebensader für sie geworden. Es kam ihr vor, als würde es mit dem Alter immer schwerer werden, neue Freunde zu finden. Sie hatte all ihre Lieben in Bristol zurückgelassen, wo sie studiert hatte. Olivers Kumpel waren zwar ganz okay, aber sie waren alle um einiges älter als sie und hatten irgendwelche wichtigen Jobs als Ärzte oder Anwälte. Sie hatte nun mal wenig mit ihnen gemeinsam. Wenn sie sich mit ihnen unterhielt, kam es ihr immer so vor, als spräche sie mit den Eltern einer Freundin.

Auf Facebook warteten ein paar neue Freundschaftsanfragen auf Polly. Eine kam von einer Frau, mit der sie zur Schule gegangen war und mit der sie kaum je geredet hatte. Die andere von einem Typ, von dem sie vermutete, dass sie sich aus dem Literaturkritikseminar an der Uni kannten. Sie nahm beide Anfragen an; es war ganz egal, ob sie sie kannte oder nicht. Jetzt fehlten ihr nur noch hundertvierundvierzig neue Freunde, um die tausend voll zu machen.

Am Freitag ging sie hoch zu Jas in den siebten Stock, obwohl sie wusste, dass das keine gute Idee war.

»Hey, Polly«, sagte er zu ihr, als sie zögernd sein Büro betrat. Polly sah sich in seinem Zimmer um. Tatsächlich war sie nie zuvor in diesem Raum gewesen, hatte immer nur kurz den Kopf hineingesteckt. Es war ziemlich eng hier, und da am anderen Ende des Zimmers ein großes, quadratisches Porzellanwaschbecken angebracht war, vermutete sie stark, dass es früher mal eine Besenkammer gewesen war. Es war mit Teilen von Schaltungsanordnungen und ausgebauten Festplatten vollgestopft. Sogar auf der Kante des Waschbeckens waren ein paar Geräte aufgetürmt. Ein muffiger Geruch erfüllte die Luft und erinnerte Polly an den Mief, der einem morgens aus dem Zimmer eines Jugendlichen entgegenschlug. Vermutlich kam der Geruch vom Waschbecken oder dem überquellenden Mülleimer, vielleicht aber auch von der grüngrauen Kruste auf den Tellern und Tassen, die jeden freien Zentimeter des Raums bedeckten. Sie entdeckte eine Tasse, die ihr vor ein paar Monaten abhandengekommen war. Ihr fehlte der Henkel.

Eine Weile plauderten sie miteinander über irgendwelche Belanglosigkeiten, dann sagte sie, dass sie ein Problem mit ihrer Tastatur habe – die Leertaste hinge fest. Er erklärte ihr, dass er ihr in dem Fall nicht helfen könne – er war nur für Probleme mit dem Netzwerk zuständig, nicht für die Hardware. Eigentlich hatte sie das ohnehin schon gewusst. In diesem Moment hätte sie beinahe gekniffen. Sie wollte schon zur Tür hinaus, blieb dann aber doch stehen und drehte sich noch einmal um.

»Sag mal, Jas, wegen dieser Sache, über die wir letztens beim Lunch gesprochen haben ...«

»Hm?«, machte er und kehrte abwesend an seinen Computer zurück. Die langen Codes auf seinem Bildschirm spiegelten sich in seinen Brillengläsern.

»Was für'n Ding?«

»Na, dieses *Tubing*«, erwiderte Polly verschämt.

Jas grinste sie breit an. »Ja, was ist damit?« Er tat so, als würde er nebenbei weiterarbeiten.

»Ich habe mich nur gefragt, wie du davon erfahren hast.« Sie zupfte ein wenig abblätternde Farbe vom Türrahmen.

»Wow, Polly, ich hätte ja nie gedacht, dass du dich für solche Sachen interessierst!« Er sah sie an.

»Nein, nein«, meinte sie eilig. »Es geht ja nicht um mich, sondern um eine Freundin.« Sie krümmte sich, als sie das sagte.

Sofort änderte sich Jas' Gesichtsausdruck. Seine Augen wurden so groß, dass sie schon Angst hatte, sie würden aus seinen Augenhöhlen treten und über die Schreibtischplatte kullern. »Nein ... Es geht doch nicht etwa um Alicia?!«

Polly dachte einen Moment lang nach. Sollte sie? Dann nickte sie langsam.

Jas sprang auf und hüpfte aufgeregt hin und her. »Sie ist so verdammt versaut – wusste ich es doch!«

»Jas!«, rief Polly nervös. »Das bleibt aber zwischen uns, okay? Ich habe versprochen, es niemandem zu erzählen!«

»Ich werde schweigen wie ein Grab«, versicherte er ihr. Seine Augen leuchteten, wahrscheinlich steckte er bereits mitten in einer schmutzigen Fantasie mit Alicia in der Hauptrolle.

»Also?«, sagte Polly. »Wie hast du Wind davon bekommen?«

»Was? Ach so, ja. Ich war in so einem ... ähm ...« Er sah sie verlegen an. »In so einem Online-Chat.«

Polly starrte verwirrt zurück.

»Du weißt doch, was ich meine, oder?«

Sie hatte keine Ahnung, wovon er sprach.

»Okay, okay. Es war ein Sex-Chat«, gab er zu und errötete leicht. »Da haben ein paar Typen drüber geredet.«

»Aber wie hast du es geschafft, da mitzumachen? Hast du ein Treffen arrangiert?«

Einen Moment lang rührte er sich nicht, dann wirbelte er auf seinem Stuhl herum und erhob sich.

»Setz dich, Polly«, sagte er und zog einen freien Stuhl heran.

Sie nahm Platz, und er tat es ihr nach.

»Ich werde jetzt ganz ehrlich sein, so wie du eben in Bezug auf Alicia. Wir können einander doch vertrauen, oder?«

»Natürlich.« Die Schmetterlinge flatterten wie wild in Pollys Bauch herum.

»Ich habe es in Wirklichkeit noch nie ... ausprobiert.« Er sah sie an. »Das *Tubing*, meine ich.«

Sofort zerfielen sämtliche Schmetterlinge zu Staub. »Oh.« Sie konnte ihre Enttäuschung kaum verbergen.

Beide schwiegen und vermieden es, einander in die Augen zu sehen.

»Nun, und was haben sie in dem Chat darüber erzählt?«, fragte Polly schließlich.

»O Gott, das klang echt richtig scharf. Der Typ fing an ...«

»Nein, nein, das meine ich nicht«, unterbrach Polly ihn. »Ich meine, wie kommt es zu diesen Begegnungen? Wenn sich beim *Tubing* Fremde treffen, woher wissen sie dann, wem sie sich gefahrlos nähern können?«

»Keinen Schimmer. Ich habe es gegoogelt, aber ich konnte nichts zu dem Thema finden. Ich glaube, das ist eine sehr geheime Angelegenheit – da dürfen nur Leute mitmachen, die eingeweiht sind. Keine Normalsterblichen wie du und ich, Polly.« Er lachte. Polly nicht. »Das, oder ...« Er verstummte.

»Oder was?«

»Du weißt doch, wie die Typen sind. Ist wahrscheinlich alles nur Humbug. Eine versaute Fantasie eben.«

»Nein, das ist es auf keinen Fall.«

Jas sah sie überrascht an. »Was willst du damit sagen? Polly? Raus mit der Sprache!«

»Nichts, nichts«, meinte sie hastig und ging rückwärts Richtung Tür.

Jas saß da und schüttelte ungläubig den Kopf. »Polly!«, sagte er. »Also, Alicia ist eine Sache, aber du ...« So schnell sie konnte, eilte sie die Treppe hinab.

Als sie abends nach Hause kam, war sie richtig deprimiert – ein mieser Start ins Wochenende. Oliver fragte sie die ganze Zeit, was denn los sei – und davon ging es ihr nur noch mieser. Jetzt hatte sie ihn nicht nur betrogen, sondern hatte obendrein auch noch schlechte Laune, weil sie nicht wusste, wie sie es wieder tun konnte. Je schwieriger sich die Sache mit dem *Tubing* gestaltete, umso mehr wollte sie es. Eigentlich waren sie für Samstagabend mit Olivers Freunden zum Dinner verabredet. Sie fühlte sich aber dazu nicht in der Lage, also täuschte sie eine Migräne vor und verbrachte den Abend allein zu Hause, aß Schokolade und Käse und guckte *Romeo und Julia*. Sie kannte jede Zeile auswendig.

Immer wieder schwankte sie zwischen der Freude über

diese unvergessliche Erfahrung und der Verzweiflung darüber, dass jenes verbotene Vergnügen gerade so unerreichbar schien. Wahrscheinlich hatte die gesamte Begegnung nicht länger als vier Minuten gedauert. Ja, sie hatte ihn nur vier Minuten lang sehen und kennenlernen dürfen. Aber sie hatte nie zuvor so etwas empfunden – die Erfahrung war so ungestüm und erregend gewesen ... Sie musste ihn wiedersehen. Sie musste einfach. Die Erinnerung an ihn nahm sie vollkommen in Beschlag. In Momenten der Klarheit ahnte sie, wie lächerlich sie sich benahm, aber die Gefühle überwältigten sie, und sie konnte an nichts anderes mehr denken. Nur noch an *ihn*. Daran, wie er sie berührt hatte und wie die anderen Leute in der Bahn ganz dicht bei ihnen gestanden hatten, ohne sie zu sehen oder irgendeine Ahnung zu haben, was sich direkt vor ihrer Nase abspielte.

Am Sonntag fühlte sie sich hundeelend. Sie hatte es ein wenig übertrieben und hatte nun wirklich Migräne. Den Großteil des Tages verbrachte sie im Bett.

Am Montag waren die Fingerabdrücke auf ihrem Oberschenkel schon fast ganz verblasst. Nur vier kaum sichtbare gelbliche Male waren geblieben. Wenn sie die eigenen Fingerspitzen daraufdrückte, spürte sie gar nichts mehr. Und langsam schwand auch die Hoffnung, *ihn* jemals wiederzusehen.

6. KAPITEL

Polly verzog angewidert das Gesicht.

»Hör auf!«, sagte sie.

Sie hörte die Worte, ehe sie bemerkt hatte, dass sie sie laut ausgesprochen hatte. Das Pärchen, das ihr gegenübersaß, sah auf und guckte sich irritiert an.

Polly lächelte schwach und blickte dann schnell aus dem Fenster.

Sie saß im Bus. Seit dem *Tubing*-Zwischenfall waren jetzt zwei Wochen vergangen, und sie war immer noch keinen Schritt weitergekommen. Sie versuchte nach Kräften die Sache einfach zu vergessen. Sich hineinzusteigern hatte sie schließlich auch nicht weitergebracht. Also hatte sie beschlossen, nicht mehr mit der U-Bahn zu fahren. Doch je mehr sie sich selbst befahl, nicht mehr an *ihn* zu denken, umso häufiger kamen die Flashbacks. Und mit jedem Mal wurden sie detaillierter, bis die Erinnerung sich irgendwann zu einem Pornofilm in Spielfilmlänge ausgewachsen hatte.

Sie hatte an etwas völlig anderes gedacht, hatte gerade überlegt, welche Klamotten sie zur Reinigung bringen sollte. Da war wie aus dem Nichts das Bild vor ihrem inneren Auge erschienen, wie sie splitternackt in einem U-Bahn-Waggon stand. Er war voll bekleidet und stellte sich hinter sie, um mit den Händen über ihren nackten Rücken zu streichen. Dann fasste er sie bei den Schultern und beugte sie nach vorn, sodass sie sich auf dem Sitz vor ihr abstützen musste.

Der Waggon war rappelvoll, aber niemand schien sie zu bemerken. Er öffnete seine Hose, ließ sie zu Boden gleiten, und dann nahm er Polly von hinten. Sie war vom Schweiß ganz glitschig und stöhnte laut auf, während er immer fester in sie hineinstieß.

Es war versaut. Klar. Aber sie konnte nicht aufhören, es sich vorzustellen – und je mehr sie es versuchte, umso deutlicher wurde die Fantasie.

Ein paar Haltestellen später stieg das Pärchen aus. Polly sah wieder geradeaus und massierte ihren Hals, der von der langen Verrenkung ganz steif geworden war.

Das Pärchen hatte eine Zeitung auf dem Sitz liegen lassen. Polly lehnte sich nach vorn und schnappte sie sich. Bis Holborn dauerte es noch mindestens eine Viertelstunde. Langsam ging es ihr wirklich auf den Wecker, jeden Tag mit dem Bus zur Arbeit zu fahren – so brauchte sie eine halbe Stunde länger als mit der U-Bahn.

Sie blätterte durch die Zeitung, aber es stand nichts Interessantes darin. Bei der Geschichte über einen Bauern, der sich den Arm unter seinem Traktor eingeklemmt hatte und ihn deswegen selbst mit einem Taschenmesser hatte abschneiden müssen, blieb sie hängen. Dann las sie noch eine Story über eine Frau, die sich bei King's Cross vor eine U-Bahn geworfen hatte und dabei geköpft worden war. Grausame Geschichten las Polly besonders gern.

Sie hatte die Zeitung schon fast ganz durchgeblättert, als ihr ein Artikel über eine neue Dating-Plattform auffiel. Sie war für Leute eingerichtet worden, die sich irgendwo in London begegnet waren und sich wiederfinden wollten. In der Zeitung war ein Interview mit dem Paar abgedruckt, das die Seite ins Leben gerufen hatte.

Die Frau hatte dem Mann in einem Bus in Shoreditch gegenübergesessen. Sie hatten sich angelächelt, und er hatte ihr zum Abschied sogar zugewunken. In der Mitte des Interviews war ein Foto der beiden abgedruckt, das die Szene nachstellte. Die Frau hatte es jedenfalls schrecklich bereut, dass sie ihn nicht angesprochen hatte, und hatte schließlich eine Socialmedia-Kampagne gestartet, um ihn zu finden. Überall hatte sie ihren Aufruf gepostet: Hatte beschrieben, in welchem Bus sie gesessen hatten, um welche Uhrzeit und auch, wie genau sie aussah – sie hatte sogar einen Hashtag initiiert.

Die Sache mit dem Hashtag machte Polly sofort neugierig. Sie holte ihr Smartphone heraus und tippte *»#Tubing«* ins Suchfenster ein, fand aber zu ihrem Ärger nur noch mehr Fotos von Leuten, die auf Gummireifen Stromschnellen und verschneite Pisten hinabsausten.

»Arrrgh!«, murmelte sie. Als ihre Haltestelle kam, sprang sie auf und stampfte aus dem Bus. Sie war so abgelenkt, dass sie um ein Haar von einem schwarzen Taxi überfahren worden wäre. Es wich ihr aus, und der Fahrer beschimpfte Polly aufs Wüsteste. Sie aber hob kaum den Blick von ihrem Telefon.

Sobald Polly im Büro angekommen war, ließ sie ihre Handtasche neben ihren Tisch fallen und sich selbst auf ihren Stuhl plumpsen. Ein paar Minuten lang saß sie einfach nur da, ehe sie ihren Laptop aufklappte und *»#TubingLondon«* eintippte. Ein paar Twitter-Posts ploppten auf, hauptsächlich Fotos von Stationen und Verkehrsmeldungen. Außerdem erschien eine Karte des U-Bahn-Netzes von London. Sie starrte auf die Namen der Stationen und gab dann *»#TubingHolborn«* ein.

Sofort entdeckte sie, wonach sie suchte. Der erste Post stammte vom Vortag.

Mann sucht Mann. Central Line Richtung Westen. Holborn. Dritter Wagen. 19 Uhr heute Abend. Trage ein grünes Oberteil. #TubingHolborn

Ein User hatte den Post gelikt. Sie klickte auf den Usernamen: *@terri127re*. Das Profil war leer.

Es folgten noch ein paar weitere Posts, die schon früher in diesem Monat ins Netz gestellt worden waren. Sie klickte auf den ersten Namen, und auch der führte zu einem leeren Profil. Sie klickte auf den nächsten – wieder dasselbe.

Dann gab sie *»#TubingLeceisterSquare«* ein. Der erste Post stammte von heute.

Mann sucht Frau. Northern Line Leicester Square Southbound. Letzter Wagen um 23 Uhr. #TubingLeicesterSquare

Sie klickte auf den Namen: *@can852ran*. Es gab kein Profilbild oder irgendeine andere Information. Das Profil war erst diesen Monat eingerichtet worden.

7. KAPITEL

Polly saß in einem Pub in Maida Vale und spähte heimlich auf das Display ihres Smartphones. Es war 22:22 Uhr – sie hatte noch etwa eine halbe Stunde Zeit. Die brauchte sie mindestens, um von hier aus zum Leicester Square zu kommen.

Nervös trommelte sie mit den Fingerspitzen auf die Tischplatte.

Sie wartete darauf, dass Charlotte von der Bar zurückkam. Seit Polly und Oliver zusammen waren, bestand seine Schwester darauf, sich einmal pro Monat mit ihr allein zum Abendessen zu treffen. Charlotte behauptete, dass es ihr darum gehe, sie besser kennenzulernen. Aber in Wahrheit ging es ihr nur darum, Polly einmal pro Monat ordentlich in die Zange zu nehmen.

Als sie heute Nachmittag durch ihren Kalender geblättert und den Termin entdeckt hatte, hatte sie ihr Pech gar nicht fassen können.

»Ausgerechnet heute!«, hatte sie leise gestöhnt. Sie hatte stundenlang mit sich gerungen und schließlich doch den Mut aufgebracht anzurufen und abzusagen. Dreimal hatte sie kurz vorher gekniffen und vor dem ersten Läuten aufgelegt. Ihr war der Gedanke gekommen, dass das Dinner vielleicht ein Zeichen sein könnte, das sie wieder zur Vernunft bringen sollte. Dann aber beschloss sie, dass das Quatsch war, und ließ es endlich lange genug bei Charlotte läuten, dass diese tatsächlich abheben konnte. Mit nervöser Stimme teilte sie ihr mit, dass sie leider absagen musste, weil sie heute lange arbeiten musste. Charlotte aber weigerte sich, die Absage zu akzeptieren, und bestand darauf, einfach im Restaurant auf sie zu warten. Nein, mit Charlotte ließ sich nicht diskutieren.

Polly war also eine Stunde zu spät in dem Pub eingetroffen. Sie hatte kaum glauben können, dass Charlotte tatsächlich immer noch da war und auf sie wartete: Eigentlich hatte sie gehofft, dass sie aufgeben und nach Hause gehen würde. In ihrem Glas war noch ein kleiner Rest Rotwein, und sie blickte ihr enttäuscht entgegen.

Charlotte hatte einen Tisch ganz hinten ausgewählt, obwohl vorne an der offenen Fensterfront, die direkt hinaus auf den quirligen Bürgersteig führte, noch ein Platz frei gewesen wäre. Hier hinten war es furchtbar stickig. Polly hatte nach der Speisekarte gegriffen und sich damit Luft zugefächelt, aber Charlotte hatte sie ihr sofort aus der Hand gerissen und wieder auf den Tisch gelegt.

Außerdem hatte sie darauf bestanden, für Polly ein Hauptgericht zu bestellen, obwohl sie eigentlich nur eine Vorspeise wollte. Irgendwann hatte Polly nachgegeben und sich für einen Caesar Salad entschieden. Charlotte hatte ein Steak mit Pommes frites bestellt. Als das Essen kam, schlang Charlotte es nur so in sich hinein, während Polly mit dem vor Dressing triefenden Salat kämpfte und verzweifelt versuchte, ein paar Blätter zu finden, die trocken geblieben waren. Neidisch sah sie zu, wie sich Charlotte Fleisch und Ketchup in den Mund stopfte. Wie schaffte sie es nur, so dünn zu bleiben, obwohl sie sich ernährte wie ein Teenager? Eigentlich müsste sie fett und picklig sein bei all dem Zucker und dem Fett, aber mit ihrer Porzellanhaut und ihren feinen Gesichtszügen sah sie eher aus wie eine chinesische Puppe. Seit Polly sie kannte, war sie Single, etwas, das Polly ebenfalls nicht begreifen konnte. Es schwirrten zwar immer Männer um sie herum, aber Charlotte schien nie ernsthaft interessiert zu sein.

»Da bin ich wieder.« Charlotte stellte die Gläser auf dem Tisch ab. Polly merkte im ersten Moment gar nicht, dass sie zurück war.

»Polly«, sagte Charlotte mit schriller Stimme.

»Hm? Oh, danke«, murmelte Polly. Sie hatte um eine Diätcola gebeten, weil sie bereits ein paar Gläser Wein getrunken hatte und später noch einen halbwegs klaren Kopf haben wollte. Sie nahm einen Schluck – es war keine Diätcola.

»Und, was macht die Arbeit?«, fragte Charlotte und sank wieder auf ihren Stuhl zurück. »Oliver hat erzählt, dass es bei dir im Job ziemlich gut läuft.«

»Ja, es ist toll«, erwiderte Polly. Sie merkte, wie ihr die Zeit davonlief. Sie brauchte dringend eine Entschuldigung, damit sie so schnell wie möglich von hier verschwinden konnte.

»Und in Olivers Wohnung – ist da auch alles in Ordnung?«

Charlotte nannte die Wohnung immer so – und erinnerte Polly damit sanft daran, wem die Wohnung gehörte.

»Alles bestens«, erwiderte Polly und wischte das Kondenswasser weg, das am Glas hinabrann.

»Hat Oliver denn erwähnt, dass ich für Freitag drei Theaterkarten habe? Es sind richtig gute Plätze – wir sind im Royal Circle.«

»Stimmt«, erwiderte Polly abwesend.

Charlotte musterte sie wie eine neugierige Katze.

»Ist denn alles in Ordnung bei dir, Polly?«, fragte sie. »Du wirkst heute Abend unglaublich abwesend.«

Polly witterte ihre Chance. »Ehrlich gesagt, geht es mir nicht besonders gut, Charlotte.« Einen Moment lang überlegte sie – Periode oder Durchfall? »Ich habe gerade meine

Tage.« Das war glatt gelogen – Polly konnte sich nicht daran erinnern, wann sie zuletzt ihre Regel bekommen hatte.

»Ich habe Schmerzmittel dabei.« Charlotte griff nach ihrer Handtasche und öffnete den Reißverschluss. Über den Tisch hinweg konnte Polly sehen, dass die Handtasche perfekt gepackt und organisiert war. Charlotte fasste in ein Seitenfach und zog zwei Ibuprofen-Tabletten heraus.

»Ich habe Alkohol getrunken«, wehrte Polly ab. »Da sollte ich die wohl besser nicht nehmen.«

»Das geht schon«, sagte Charlotte und schob ihr die Tabletten zu.

»Ich möchte wirklich nicht«, erwiderte Polly. »Ich denke mal, ich sollte einfach heimgehen. Das stört dich doch nicht, oder?«

Sie war froh, dass sie sich für die Ausrede mit der Periode entschieden hatte. Charlotte war Chirurgin, so wie alle anderen Familienmitglieder auch. Sie hatte also keine Zeit für solch kleine Wehwehchen, immerhin hatte sie es regelmäßig mit schlimmen Erkrankungen zu tun. Man merkte ihr deutlich an, wie das Klagen über Regelschmerzen sie irritierte. Eine Weile sah Charlotte Polly schweigend an.

»Bist du dir ganz sicher, dass es dir nicht gut geht, Polly?«

»Wie meinst du das?«

»Ich weiß nicht … Du wirkst so anders und hast dich auch richtig herausgeputzt. So habe ich dich noch nie gesehen.«

Sofort bereute Polly es, dass sie die Schuhe mit den hohen Absätzen angezogen und sich auf der Bürotoilette noch geschminkt hatte. Sie hatte sogar den Rock ein Stück hinaufgezogen und ihr Top so weit aufgeknöpft, wie es ihr gerade noch akzeptabel erschien.

»Ich weiß nicht, wovon du sprichst«, sagte Polly so patzig, wie sie nur konnte. »Ich ziehe mich immer so an.«

»Ehrlich?«, fragte Charlotte misstrauisch. »Mir kommt es eher so vor, als hättest du heute noch andere Pläne.«

»Nein«, fauchte Polly.

Sie saßen schweigend da. Polly traute sich nicht, noch etwas zu sagen.

Irgendwann räusperte sich Charlotte. »Ich sollte jetzt sowieso los. Muss morgen schon früh im OP sein.«

Sobald sie gezahlt hatten, schoss Polly wie ein Pfeil aus der Tür.

Draußen sah sie auf die Uhr – es war 22:40 Uhr. Schnell ging sie bis zum Ende der Straße, und sobald sie sicher sein konnte, dass sie außer Sichtweite des Pubs und Charlottes war, begann sie zu rennen.

Ihr kleiner Sprint dauerte nur eine halbe Minute, dann knickte sie mit dem Fuß um. Den Rest des Wegs musste sie humpelnd zurücklegen.

Zum Glück kam in dem Moment, in dem sie das Gleis erreichte, eine Bahn, und um 22:50 Uhr war sie am Picadilly Circus. Aber an diesem Punkt verließ das Glück sie leider wieder – wegen Signalstörungen war die Picadilly Line außer Betrieb. Nach einem wilden Gehumpel durch die Coventry Street erreichte sie schließlich den Leicester Square.

Sobald sie das Drehkreuz passiert hatte, fuhr sie eilig mit dem Lift hinunter zu dem Bahnsteig, an dem die Northern Line Richtung Süden abfuhr. Überall wuselten Nachtschwärmer und Touristen herum. Sie sah auf die Anzeige – die Bahn sollte in einer Minute kommen. Das war zu früh, in der Nachricht war ja von 23 Uhr die Rede gewesen. Die andere Bahn würde in drei Minuten eintreffen, also um 23:01 Uhr. Das klang gut.

Jetzt, wo sie es nicht mehr so eilig hatte, merkte sie, wie heftig ihr Herz hämmerte und dass sie richtig schwitzte. Sie ließ sich auf eine Bank plumpsen und fächelte sich Luft zu.

Ein warmer Luftschwall kündigte die Ankunft der nächsten Bahn an, und die meisten Leute bewegten sich auf die Bahnsteigkante zu, um einzusteigen. Polly beobachtete die wenigen, die am Bahnsteig zurückblieben. Einer von ihnen musste wegen der Verabredung hier sein. Ein paar Männer standen plaudernd da, eine Touristenfamilie und dann noch eine junge Frau, die gedankenverloren vor sich hin starrte. Trotz ihres leeren Blicks wirkte sie irgendwie nervös und zupfte immer wieder an dem Gurt ihrer Tasche, der ihr über die Brust hing. Ja, sie musste es sein.

Polly konnte den Blick kaum von ihr lösen. Sie war hübsch, auf eine eher unscheinbare, mausgraue Art und Weise. Sie hatte langes, glattes braunes Haar und war stark geschminkt. Es war offensichtlich, dass sie normalerweise nicht so viel Make-up auflegte – die Farben passten nicht zu ihr, und sie hatte entweder zu tief oder zu wenig in den Farbtopf gegriffen und immer wieder die falschen Stellen ihres Gesichts erwischt. Sie trug ein hauchdünnes schwarzes, ärmelloses Kleid mit Tunnelzügen an der Taille und schwarze Ankle Boots mit Absatz. Es war ein merkwürdiges Outfit. Die Stiefel waren eigentlich nicht dafür gemacht, so gut sichtbar getragen zu werden, sondern wären besser unter einem langen Hosenbein verschwunden. Die Frau trug auch keine Strumpfhose, sodass ihre milchweißen Beine zu sehen waren.

Lautes Absatzklackern, das aus der anderen Richtung kam, riss Polly aus ihren Gedanken. Sie drehte sich um und sah eine große Blondine den Bahnsteig betreten. Sie trug ein enges rotes Kleid und eine bauchfreie Lederjacke. Die Frau ging in Mausis Richtung. Plötzlich war Polly unsicher. Vielleicht ging es ja gar nicht um Mausi – sondern um die Blondine? Beide standen jetzt am Ende des Gleises. Polly erhob sich und beobachtete die beiden. Welche von ihnen war denn nun wegen der Verabredung hier?

Die Bahn stieß aus dem dunklen Tunnel hervor und hielt mit einem lauten Quietschen. Die Türen piepten und öffneten sich. Innerhalb weniger Sekunden strömten Dutzende Passagiere heraus und überfluteten den Bahnsteig. Beide Frauen traten nach vorn, um einzusteigen. Polly folgte ihnen. Aber dann schlug Mausi einen Haken und lief zum letzten Waggon. Da fiel es Polly wieder ein: In der Nachricht war ja auch von dem letzten Wagen die Rede gewesen! Sie versuchte die Frau einzuholen und quetschte sich dann durch die nächstbeste Tür, als diese sich schon zu schließen drohte. Sie hatte es nicht in denselben Wagen wie Mausi geschafft, sondern nur in den Nachbarwagen. Aber es gab eine Tür mit einem kleinen Fenster, die die zwei Abteile miteinander verband. Und durch die Scheibe konnte sie wunderbar hinüber in den anderen Waggon spähen.

Es war ziemlich ruhig so weit hinten in der Bahn – die meisten Leute hatten sich im Mittelteil versammelt. Eine Frau mit mehreren Taschen saß auf der Bank, die sich seitlich neben der Tür mit dem kleinen Fenster befand. Polly machte schon Anstalten, über ihren Taschenberg zu klettern, um einen besseren Blick auf Mausi zu haben, als die Frau widerwillig ihre Taschen beiseiteschob. Als Polly schließlich ihren Beobachtungsposten eingenommen hatte, konnte sie sehen, wie Mausi den Riemen ihrer Tasche über ihren Kopf zog und diese neben sich abstellte. Die Bahn fuhr in den Tunnel ein. Aus Pollys Perspektive wirkte der Waggon, in dem Mausi stand, ziemlich leer. Nur eine kleine Gruppe von Leuten Mitte zwanzig unterhielt sich lebhaft am anderen Ende. Mausi verzog sich tiefer in eine Ecke des Abteils und lehnte sich an die Plastiktrennwand neben der Tür. Sie blinzelte nervös, aber plötzlich starrte sie fasziniert in eine Richtung.

Ganz langsam kam ein Mann in Pollys Blickfeld, den sie vorher nicht bemerkt hatte. Auch jetzt war nur sein Hinterkopf zu sehen. Er ging auf Mausi zu, bis er direkt vor ihr stand. Polly beobachtete gebannt, wie er mit seiner gebräunten Hand über Mausis weißen Schenkel strich. Die lehnte sich zurück und spreizte leicht ihre Beine. Dann schloss sie die Augen, während er ihren Rock langsam nach oben schob. Polly rückte dichter an das Fenster heran und erhaschte einen Blick auf den entblößten Schritt der Frau.

Als der Mann begann, sie zwischen den Beinen zu liebkosen, ließ Mausi den Kopf in den Nacken sinken. Seine andere Hand legte er flach auf ihren Hals und drückte zu. Mausis Augen waren geschlossen, ihr Mund leicht geöffnet. Polly konnte sehen, wie er sich langsam verformte, stumme Worte und Geräusche von sich gab; sie stellte sich vor, dass sie trotz des Rüttelns und Ratterns der Bahn zu hören waren. Er strich mit der Hand über ihren Hals hinab zu ihrem Busen und packte dann eine ihrer kleinen Brüste, um sie fest zu kneten. Sofort reagierte die Frau darauf, lief rot an und atmete heftig aus und ein. Polly biss sich auf die Unterlippe.

Abrupt drehte der Mann Mausi um, sodass er nun selbst an dem Durchgang lehnte und sie vor ihm stand. Es war *er*. Polly zuckte zusammen und duckte sich hektisch, bis sie auf dem Fußboden des Abteils kauerte. Die Frau mit dem großen Einkauf knurrte gereizt, als Polly dabei gegen eine ihrer Taschen trat.

»Entschuldigung!«, murmelte sie und streckte die Hand nach der Tüte aus, um sie wieder aufzustellen.

»Lassen Sie's gut sein«, murrte die Frau und bückte sich nach unten, um die Sache selbst zu erledigen.

Polly blieb noch ein paar Sekunden lang in der Hocke. Sie konnte nicht fassen, dass es wirklich *er* war.

Vorsichtig erhob sie sich und vermied es, direkt vor dem Fenster zu stehen. Die Frau auf der Bank beäugte sie misstrauisch. Polly ignorierte sie und rückte wieder näher an die Scheibe heran. Als sie sich sicher sein konnte, dass *er* nicht in ihre Richtung blickte, begab sie sich zurück in ihre ursprüngliche Position. Mausis Arm bewegte sich gerade ruckartig auf und ab, sodass Polly sich schon denken konnte, was gerade passierte.

Sie war erstaunt, wie draufgängerisch diese Frau war. Die Gruppe am anderen Ende des Wagens schien so vertieft in ihre Unterhaltung zu sein, dass sie überhaupt nicht mitbekam, was gerade passierte. Es war auch unwahrscheinlich, dass sie mehr als seinen Rücken sehen würden, wenn sie denn hinüberguckten. Aber trotzdem war Polly von der Situation ziemlich fasziniert.

Als sie wieder zu *ihm* sah, drehte er den Kopf schnell zur Seite. Einen Moment lang dachte Polly, er hätte sie entdeckt. Sie wich vom Fenster zurück und behielt trotzdem beide im Blick. Mausi war immer noch damit beschäftigt, es ihm mit der Hand zu besorgen. Er legte ihr die flache Hand auf den Kopf und drückte sie langsam nach unten, woraufhin Mausi nachgab und sich auf die Knie sinken ließ. Kurz darauf bewegte sie den Kopf rhythmisch vor und zurück. Er blickte auf sie hinab, stieß immer wieder heftig seinen Schwanz in ihren Mund, und Mausi ließ ihren Kopf immer hektischer vor- und zurückschnellen. Ein letztes Mal lehnte er sich nach vorn, dann schien alle Spannung schlagartig aus seinem Körper zu weichen. Mausi drehte sich sofort um und spuckte auf den Boden. Dann sprang sie auf und schubste ihn. Polly konnte nicht beurteilen, ob sie wirklich wütend auf ihn war oder ihn nur neckte. Er grinste sie schief an und drehte sich dann rasch um, um auszusteigen. Während er hinaus auf den Bahnsteig trat, schloss er ganz nebenbei den Reißverschluss seiner Hose.

Einen Moment lang stand Polly vollkommen baff da. Das Piepen der Türen erweckte sie aus ihrer Trance, und sie sprang ebenfalls hinaus.

Sie folgte ihm.

Da sie immer ausreichend Abstand zu ihm halten musste, hätte sie ihn beinahe aus den Augen verloren, als er in einen Seitengang abbog, um den Hauptbahnhof zu umgehen. Sie hatte keine Ahnung, wo sie sich befand, bis sie das Schild der Waterloo Station entdeckte. Da sah sie auch *ihn* wieder, gleich bei den Rolltreppen. Polly musste den ganzen Weg rennen und sich durch die vor sich hin trödelnden Menschen boxen. Sobald sie vorn angekommen war, blieb sie ruckartig stehen. Sie war jetzt ganz dicht bei ihm. Sie versteckte sich hinter einem gekachelten Pfeiler neben der Kabine der U-Bahn-Wache. Anscheinend hatte *er* Schwierigkeiten, die Schranke zu passieren. Der U-Bahn-Wärter studierte gerade seinen Pass. Dann gab er ihn *ihm* zurück und deutete auf eine andere Schranke. Wieder wischte der schöne Unbekannte mit seiner Karte darüber, und dieses Mal öffnete sich der Durchgang problemlos. Polly wartete ab, bis er um die Ecke verschwunden war, ehe sie ihre eigene Karte hervorholte und ihm durch den Ausgang folgte.

Er vergeudete keine Zeit. Als Polly aus der Station kam, stürmte er bereits über die Straße. Sie versuchte ihn einzuholen, aber die Autos schnitten ihr den Weg ab. Polly flitzte zur Ampel und drückte ungeduldig mit dem Daumen auf den Knopf, um Grün zu bekommen, während sie ihm dabei zusah, wie er die Old Vic hinunterlief und dann in The Cut einbog. Sobald die Ampel auf Gelb wechselte, schoss sie auch schon über die Straße.

In The Cut war sie schon ein paarmal gewesen. Es war eine Fußgängerzone, die an den Bögen des Bahngleises entlangführte. Die Gegend hatte sich in letzter Zeit stark gewandelt, und in jedem der Bögen befand sich mittlerweile eine neue hippe Bar oder ein Restaurant.

Er verschwand in einer dämmrigen Bar, aus der laute Sambamusik schallte. Sie blieb an der Tür stehen, während *er* auf den kleinen Tresen im hinteren Teil des Raums zusteuerte und sich einen Drink bestellte. Dann ließ er sich auf einen der Stühle fallen und nahm einen Schluck aus seiner Flasche. Pollys Herz hämmerte wie wild.

Es war Dienstag, deswegen war es in der Bar relativ ruhig. Sie nahm an einem der Tische direkt neben dem Eingang Platz, wo es ein wenig dunkler war. Nein, jetzt würde sie ihn nicht mehr aus den Augen verlieren! Sie war so nah dran ...

Polly war tief in Gedanken versunken, als die Kellnerin sich ihr näherte.

»Was zu trinken?«, fragte sie sie lustlos.

Polly sah sie mit leerem Blick an.

»Möchtest du etwas trinken?«, wiederholte die Kellnerin noch einmal langsam und betonte dabei jede einzelne Silbe.

»Ähm ... einen Wodka bitte«, erwiderte Polly. »Einen doppelten«, fügte sie dann hinzu, woraufhin die Kellnerin sich wieder an die Bar trollte.

Ein paar Minuten später kam sie zurück und servierte das Glas mit dem Wodka auf einem Silbertablett. Sobald sie sich wieder zum Gehen gewandt hatte, kippte Polly das Getränk in einem Zug hinunter. Es schmeckte ganz scheußlich, hatte aber den erwünschten Effekt. Immerhin hatte sie auch vorhin schon Alkohol getrunken, und sie merkte, wie er sie auf eine angenehme Art betäubte.

Trotzdem brachte sie es nicht über sich, zu *ihm* zu gehen.

Sie redete sich gut zu, aber jedes Mal, wenn sie beinahe aufgestanden wäre, kriegte sie doch wieder Muffensausen.

Er trank gerade sein zweites Bier, als sie beschloss, dass der Moment gekommen war. Sie griff nach ihrer Tasche und marschierte in den hinteren Teil der Bar. Die stampfenden Sambarhythmen dröhnten laut in ihren Ohren, während sie die leere Tanzfläche überquerte. Zitternd setzte sie sich auf den Stuhl neben ihm.

Er blickte in die entgegengesetzte Richtung. Ob er sie wohl schon bemerkt hatte? Sie starrte ihn unverhohlen an. Ein einzelner Scheinwerfer beleuchtete von oben sein Gesicht und ließ ihn wie eine wunderschöne, makellose Statue wirken.

Er drehte sich ungezwungen zu ihr um.

»Hat es dir gefallen, was du gesehen hast?«, erkundigte er sich und blickte wieder geradeaus. Polly brachte kein Wort heraus. Er wusste Bescheid. Er hatte bemerkt, dass sie ihn in der U-Bahn beobachtet hatte.

»Klar hat es das, ansonsten wärst du mir ja nicht gefolgt«, murmelte er dann, ohne ihre Antwort abzuwarten, während er seine Flasche leerte.

Schweigend saßen sie da. Er schien vollkommen entspannt zu sein, während Polly stumm vor sich hin litt. Sie hatte keine Ahnung, was sie sagen sollte, und fragte sich langsam wirklich, was sie eigentlich hier machte.

Der Barmann kam zu ihnen. »Wollt ihr noch etwas trinken?«

»Noch ein Bier. Und sie bekommt einen doppelten Shot«, sagte *er* und sah sie dann an. »Was soll es denn sein? Ein Gin? Oder lieber Wodka?«

Sie starrte zurück.

»Jepp.« Jetzt lächelte er. »Einen Wodka, bitte.«

Als der Barmann ihnen den Rücken zukehrte, lehnte *er* sich

dicht zu ihr. »Also, auf welcher Seite stehst du?«, fragte er sie. »Bist du eine Beobachterin, oder wirst du gern selbst aktiv? Du hast ja beides schon ausprobiert.«

Sie antwortete nicht. Konnte nur die Wärme seines Körpers spüren und das Parfüm auf seiner Haut riechen.

»Ich fände es gut, wenn du der aktiven Seite treu bleiben würdest«, meinte er dann. »Ich habe schon gehofft, dass du mich findest.«

Polly grinste über beide Backen. Sie konnte nicht anders.

»Ich auch«, sagte sie leise und sah ihm tief in die dunklen Augen.

Der Barkeeper kehrte mit den Drinks zurück. Sofort schnappte *er* sich seine Bierflasche und nahm einen Schluck. Polly versuchte nach ihrem Glas zu greifen, aber sie zitterte so sehr, dass sie das meiste des Wodkas auf dem Tresen und ihrer Hand verschüttete.

»Lass es uns wieder tun«, sagte *er*.

Sie nickte automatisch, woraufhin er sein Telefon aus seiner Hosentasche zog, bereit, ihre Nummer einzutippen. Ohne zu zögern, diktierte sie sie ihm, und er schob das Telefon zurück in seine Tasche. »Ich muss los«, kündigte er an. Und schon war er verschwunden.

Polly saß entgeistert an der Bar. War das gerade wirklich passiert? Hatte sie *ihn* tatsächlich gefunden? Sie nahm einen großen Schluck Wodka. Er schmeckte immer noch bitter, aber sie konnte ihn gebrauchen.

Dann griff sie in ihre Handtasche, um auf ihr Telefon zu sehen. 00:29 Uhr. Sie hatte die letzte U-Bahn verpasst. Normalerweise hätte sie sich jetzt geärgert, weil sie nicht gern mit den verschiedenen Bussen nach Hause fuhr, aber nicht heute Abend. Ihre Gedanken rasten, und der lange Heimweg würde ihr dabei helfen, einen klaren Kopf zu kriegen.

»He, zahlst du bitte noch?«, rief der Barmann ihr nach, als sie sich schon zum Gehen wandte.

Sie wirbelte herum, und er schob ihr ein kleines Silbertellerchen mit der Rechnung zu.

»Oh, tut mir leid«, sagte sie und schämte sich, dass sie ihren ersten Drink beinahe nicht bezahlt hätte. Um die Rechnung trotz des schummrigen Lichts lesen zu können, musste sie sie dicht vor ihre Augen halten. Die Summe stand in Fettdruck ganz unten auf dem Zettel. Vierundvierzig Pfund.

»Entschuldigung«, sagte sie zu dem Barmann, der sich von ihr abgewandt hatte und die Flaschen sortierte, die ordentlich aufgereiht auf einer Anrichte standen. Die gesamte Wand war verspiegelt, das war ihr vorhin gar nicht aufgefallen.

»Ich glaube, du hast mir die falsche Rechnung gegeben«, sagte sie.

Er griff danach und studierte sie gründlich.

»Nee«, sagte er. »Drei Bier und zwei doppelte Wodka. Das habt ihr doch getrunken, oder?«

8. KAPITEL

Die Nachricht kam zwei Tage später.

tottenham court road
central line richtung westen
morgen, 17:49
vierter waggon
zieh dich nuttig an
keine unterwäsche

Polly saß gerade im Büro. Sobald sie die Nachricht gelesen hatte, begann ihr Herz zu rasen.

»Bist du bereit, Polly?«, fragte Lionel, der vor ihrem Schreibtisch stand und sie durch seine Brillengläser ansah.

»Hm?«, machte sie, ohne von ihrem Telefon aufzublicken.

»Beichtstunde. Es ist drei Uhr.«

Sie blickte verdattert zu ihm auf. Ihre Sicht war leicht verschwommen, weil sie so lange auf das Display gestarrt hatte. Lionels großer Kopf ragte über ihr auf, und er lächelte sie an. Gerade erinnerte ihr Chef sie an einen Labrador, es fehlten eigentlich nur noch die schwarzen Lefzen und eine sabbernde Zunge, die seitlich aus seinem Mund herausbaumelte.

»Es tut mir leid, Lionel«, sagte sie. Sie blickte auf ihren Laptop. Ein automatischer Reminder ihres Terminkalenders war vor 15 Minuten aufgepoppt und verkündete den wöchentlichen Jour fixe oder auch die »Beichtstunde«, wie Lionel den Termin gern nannte. »Ich suche nur schnell meine Sachen zusammen.« Sie griff nach ihrem Notizbuch und einem Stift. Auch ihr Telefon nahm sie mit, als sie ihm in sein Büro folgte. In dem Raum war es warm und stickig. Das heiße Wetter hielt immer noch an, und die feuchte Luft in der Stadt wurde langsam unerträglich. Im Gegensatz zum restlichen Gebäude hatte Lionels Büro keine Klimaanlage, was an der schlechten Planung der Trennwände lag. Es gab nur einen Ventilator, der auf dem Schrank stand, jedoch kaum einen Effekt hatte. Irgendjemand war auf die schlaue Idee gekommen, ein Fenster zu öffnen. Notizblöcke und Zettel flatterten umher und sorgten für ein heiteres Chaos.

Der einzige freie Stuhl stand direkt neben der Tür. Polly kippte ihn zur Seite, um die Tür schließen zu können, aber sie war so fahrig, dass sie es nicht hinbekam. Lionel sprang auf und half ihr. Als er ihre zitternden Hände bemerkte, lächelte er ihr ermutigend zu.

Es war das erste Mal, dass Polly an einem dieser Meetings teilnahm. Normalerweise informierte James die Mitarbeiter über die aktuellen Entwicklungen und Vorgänge in der Rechtsabteilung, aber er hatte heute anderes zu tun und hatte Polly daher gebeten, für ihn einzuspringen. Polly freute sich darüber – das war ihre Chance, ein paar Ideen für Artikel zu pitchen. Sie hatte am Montag verschiedene Einfälle auf ihrem Notizblock skizziert und hatte sie später eigentlich ausformulieren wollen. Aber bei alldem, was die letzten Tage über los gewesen war, hatte sie leider gar nicht mehr daran gedacht. Von einem Update zu den aktuellen Geschehnissen in der Rechtsabteilung ganz zu schweigen.

Lionel eröffnete das Meeting. Sie versuchte sich zu konzentrieren und dem, was er sagte, zu folgen, aber schon nach dem ersten Satz verlor sie den Faden. Bei dem Gedanken an den morgigen Abend verknotete sich ihr Bauch. Sie konnte es wirklich nicht fassen, dass *er* sich tatsächlich gemeldet hatte. Gestern hatte sie das Telefon kaum aus der Hand gelegt, hatte sich so nach einer Nachricht gesehnt, aber jetzt, wo sie da war, war ihr beinahe schlecht vor Nervosität und Vorfreude.

»Polly ... Polly ... Hallo?« Lionel winkte ihr zu. Sie sah auf. Alle hatten sich zu ihr umgedreht und starrten sie an. »Könnten wir jetzt bitte dein Update haben?«

Polly sah ihn mit ausdruckslosem Blick an. Als ihr klar wurde, was gerade vor sich ging, sagte sie: »Natürlich.« Sie griff nach dem Notizblock auf ihrem Schoß und blätterte darin herum. Ihre Aufzeichnungen waren nicht da. Das war der falsche Block. Sie versuchte sich daran zu erinnern, was sie am Anfang der Woche notiert hatte, aber sie konnte keinen klaren Gedanken fassen.

»Ich ... ähm ...« Sie sah in die erwartungsvollen Gesichter ihrer Kollegen. Es herrschte Stille, niemand half ihr aus der Bredouille. Polly merkte, wie ihre Wangen vor Scham glühten. Irgendwann sagte sie mit dünner Stimme: »Ich glaube, mir wird schlecht.« Mit diesen Worten sprang sie auf und flitzte zur Tür, wo sie noch eine Weile an der Klinke herumfummeln musste, ehe sie sie aufbekam. Sobald sie draußen war, sauste sie auf die Damentoilette. Sie hörte, wie Alicia ihr nachrief, als sie am Empfang vorbeihuschte. »Alles okay bei dir, Hon?« Sie ignorierte sie und knallte die Tür hinter sich zu, um dann in der Kabine zu verschwinden und abzusperren.

Hastig klappte sie die Toilettenbrille nach unten und setzte sich darauf. Hier war es herrlich kühl und still. Eine dünne Schweißschicht bedeckte ihre Stirn, und sie wartete ab, bis sie langsam getrocknet war. Nach ein paar Minuten wurde sie hibbelig und stand auf, um in der Kabine auf und ab zu tigern.

»Was machst du da nur?«, flüsterte sie sich selbst zu. »Warum vermasselst du nur alles, Polly?« Das sagte sie schon lauter.

Sie blieb stehen und begann sich heftig zu schütteln, sodass ihre Arme wild um ihren Körper schlugen und ihr Kopf hektisch nickte. Als sie schließlich damit aufhörte, hing ihr das Haar wüst ins Gesicht. Sie riss an dem Gummiband, das es zu einem Pferschwanz zusammengehalten hatte. Ein paar Strähnen verfingen sich, und sie spürte ein Ziehen an der Kopfhaut. Sie riss noch fester daran, bis das Band sich ganz gelöst hatte. Als ihr das Haar lose auf die Schultern fiel, war sie wahnsinnig erleichtert.

Ein Klopfen ertönte an der Tür. Polly hielt den Atem an und rührte sich nicht.

»Süße, ist alles okay bei dir?« Alicia schwieg einen Moment. »Süße! Ich bin es doch.«

Polly stieß laut die Luft aus, froh, dass es ihre Freundin war und nicht Lionel oder ein anderer Kollege.

»Mir geht es super!«, rief Polly.

»Kann ich reinkommen?«

Nein!, dachte Polly. Sie brauchte dringend ein bisschen Zeit für sich.

»Du hast dich da jetzt schon eine ganze Weile eingesperrt«, fuhr Alicia fort, als Polly nicht reagierte. »Lionel wollte, dass ich nach dir sehe.«

»Fuck«, presste Polly zwischen den Zähnen hervor. Widerwillig entriegelte sie die Tür. Was hatte sie sich überhaupt dabei gedacht, sich auf der Toilette zu verstecken? Das war so was von jämmerlich …

Alicia stieß sofort die Tür auf, drängte sich an Polly vorbei in die Kabine und sperrte dann wieder hinter sich ab.

»Also, was ist hier los, Lady?«, fragte sie aufrichtig besorgt. Sie stand so nah bei ihr, dass Polly ihre Brüste spüren und ihren Lakritzatem riechen konnte. Sofort trat sie einen Schritt zurück.

»Nichts, mir geht es nur nicht besonders«, meinte sie. Alicia ging zum Fenster, riss es auf und zog dann ein Feuerzeug und eine Schachtel Zigaretten aus ihrer Hosentasche.

»Alle denken, dass du schwanger bist.«

»Wie bitte?!«

»Na, du bist eine Frau in ihren Zwanzigern, die fluchtartig den Raum verlassen und gerufen hat, dass ihr schlecht ist. Was erwartest du?« Sie musterte sie, die Zigarette hing aus ihrem Mund, und sie hatte das Feuerzeug gezückt. »Du bist nicht schwanger, oder?«

»Natürlich nicht!« Pollys Stimme hallte in dem gekachelten Toilettenraum wider.

Alicia zündete ihre Zigarette an und inhalierte genießerisch.

Polly starrte sie an. »Bist du dir sicher, dass das hier drin eine gute Idee ist?«

»Wer sollte denn was davon mitbekommen? Wir zwei sind doch die Einzigen, die diese Toilette jemals benutzen. Oder verpetzt du mich etwa?«

»Nein.« Irgendwie erinnerte die Situation Polly daran, wie sie früher in der Schule immer hinter dem Chemielabor Gras geraucht hatten. »Was ist mit Janice?«

Janice war die Buchhalterin.

Alicia sog geräuschvoll die Luft ein. »Janice kommt nie hierher. Ich weiß nicht mal, ob sie überhaupt solche niederen Bedürfnisse hat – Pinkeln ist doch viel zu banal für sie«, meinte sie mit säuselnder Stimme. Polly konnte nicht anders, als loszuprusten.

»Willst du auch eine?« Alicia hielt ihr die Zigarettenschachtel vor die Nase.

Polly hatte aufgehört zu rauchen, nachdem sie Oliver kennengelernt hatte. Seine strengen Blicke halfen besser gegen das Rauchen als Nikotinpflaster oder entsprechende Kaugummis. Sie überlegte kurz, sagte dann aber »Jepp«. Vom ersten Zug wurde ihr ein bisschen schwindlig.

»Also, was ist los?«

Polly war kurz verlockt, ihr einfach alles zu erzählen. Es war ewig her, dass eine Frau so ehrlich besorgt um sie gewesen war.

»Ach, so dies und das«, erwiderte sie und spielte mit ihrer Schuhspitze an einer losen Kachel herum.

»Du bist schon eine harte Nuss, Mädel. So leicht lässt du nichts raus, was?«, meinte Alicia frustriert.

Polly sah sie unter ihren Haarsträhnen hervor an, die ihr immer noch ins Gesicht hingen.

»Ich versteh schon«, meinte Alicia. »Die Männer machen Probleme, ja?«

Polly nickte langsam.

»Oliver?«

Polly schüttelte den Kopf.

»Ein anderer?« Alicia zog fachmännisch eine Augenbraue nach oben.

Polly nickte wieder.

Alicia drückte ihre Zigarette auf dem Backsteinsims des Fensters aus, ehe sie sie hinausschnipste. Polly tat es ihr nach. Dann wedelte Alicia mit der Hand durch die Luft, um den Rauch zu vertreiben.

»Wie alt bist du, Polly?«

»Achtundzwanzig.«

»Wow, das ging ja ganz schön schnell bei dir. Wohnst jetzt schon mit deinem Freund zusammen und bist sesshaft geworden.«

»Na ja, irgendwie schon.«

»Ihr habt doch eine gemeinsame Wohnung, oder?«

»Jepp.«

»Schlaft im selben Bett und habt keine Mitbewohner oder so?«

»Klar.«

»Dann hab ich leider schlechte Neuigkeiten, Süße. Das mit euch beiden klingt wirklich so, als würde es langsam ernst.«

Stille.

»Wie alt ist Oliver?«, fragte Alicia ein paar Sekunden später.

»Siebenunddreißig.«

»Oh, ich verstehe. Er ist es also, der alles in trockene Tücher bringen will.«

»Nein, nicht unbedingt, ich bin nur …«

»Warum machst du dann mit einem anderen Typ rum?«, unterbrach Alicia sie.

Polly schwieg.

»Ich verurteile dich nicht dafür, dass du dich jetzt schon so festgelegt hast. Es spricht ja nichts dagegen, sich auf jemanden einzulassen und eine gemeinsame Zukunft zu planen, wenn es das ist, was man will. Willst du es denn?«

»Ja«, erwiderte Polly leise.

»Wow, geht's vielleicht noch ein bisschen weniger enthusiastisch?« Alicia lachte.

»Ich will mit ihm zusammen sein«, verteidigte Polly sich. »Wir haben zwar unsere Probleme, aber geht das nicht jedem Pärchen so?«

»Kommt drauf an, was für Probleme das sind.«

Polly sog ihre Wangen ein und biss darauf, während sie überlegte.

»Okay. Manchmal bin ich mir nicht sicher, wie sehr Oliver wirklich auf mich steht.«

»Was meinst du?«

»Na, er ist immer sehr liebevoll und sagt, dass er mich liebt – und das glaube ich ihm auch absolut. Er ist nur nicht so gut darin, es zu zeigen.«

»Hm?«

»Na, es ist halt so, dass wir nicht immer … du weißt schon … Er kann mir nicht so gut körperlich zeigen, was er empfindet.«

»Meinst du das jetzt sexweise?«

Polly fragte sich, ob das Wort überhaupt existierte.

»Hmmm«, machte Alicia und grübelte. »Wenn es auf dieser Welt hundert Typen gibt, die für dich geeignet sind, Polly, welche Nummer hätte dann Oliver?«

»Verstehe ich jetzt nicht.«

»Sagen wir mal, jeder Mensch hat auf der Welt nur hundert Menschen, die für ihn infrage kommen. Dann wäre die Nummer eins quasi der absolute Traumkandidat, und Nummer fünfundzwanzig geht schon auch noch, aber der hat dann schon einige Mäkel. Welche Nummer hätte Oliver dann?«

»Na, er wäre schon ziemlich weit oben, weil er ein toller …«

»Sag einfach eine Nummer.«

Polly dachte kurz nach. »Neun, würde ich sagen.«

»Das ist schon ziemlich gut«, erwiderte Alicia. »Dann frage ich jetzt einfach noch mal, warum du mit diesem anderen Kerl herummachst.«

Polly schwieg.

»Wie schon gesagt: Ich will dich überhaupt nicht verurteilen«, meinte Alicia und hob beide Hände. »Willst du wissen, was ich denke?«

Polly nickte.

»Oliver klingt, als wäre er ein prima Kerl, aber ein wichtiger Teil fehlt eben.«

»Und zwar?«

»Leidenschaft! Dieses Gefühl, dass man sich sofort die Kleider vom Leib reißen will, wenn man sich sieht. Sex ist natürlich nicht alles ... Wobei, für mich eigentlich schon.« Sie lachte ihr raues, schmutziges Lachen und fuhr dann fort. »Wenn ihr keinen Sex habt, dann lebt ihr wirklich wie Mitbewohner zusammen. Weißt du, was ich damit sagen will?«

»Jepp, aber man kann eben nicht alles haben. Wir sind jetzt seit drei Jahren zusammen, da ist es normal, dass die Leidenschaft nachlässt.«

»Hm. Aber hattest du ihm gegenüber denn jemals dieses Gefühl?«

»Na ja, irgendwie schon, ich meine ...« Es brachte nichts, zu lügen. Sie hatte sich in Olivers Mitgefühl verliebt, in seine liebe Art, das war wichtiger gewesen als ...

»Wie auch immer, warum sollte man sich nicht dauerhaft so fühlen dürfen? Es sind ja nicht nur die Männer, die horny sind, weißt du? Fuck, ich bin es die ganze Zeit und werde mich sicher nicht dafür entschuldigen. Und das solltest du auch nicht.«

Polly zuckte leicht zusammen.

»Das muss dir doch nicht peinlich sein«, sagte Alicia trotzig. »Wenn dein Typ nicht so drauf steht, ist es sein Problem, nicht deins.« Sie machte eine Pause. »Weißt du was, Polly? Ich glaube, Oliver hat dich längst in eine hübsche kleine Schachtel gepackt und ein Schleifchen drum gebunden.«

Polly sah sie verwirrt an.

»Ich meine, so ist es doch – ich bin doch für alle nur ein kleines, schwarzes Mädchen aus dem Londoner Süden. Das wurde mir schon so oft gesagt, dass ich es gar nicht mehr zählen kann! Tja, ich habe auch eine krasse Kombination erwischt – ich bin nicht nur schwarz, sondern auch eine Frau mit einem großen Hintern und netten Titten. So könnte man mich kurz und bündig beschreiben. Und das ist die Schublade, in die die Welt mich gesteckt hat. Wir machen das alle, so kommen wir besser mit den Leuten klar. Das Problem ist nur: Sobald du selbst in so einer Schublade steckst, ist es wirklich leicht zu denken, dass du tatsächlich nicht mehr bist als diese Definition von dir. Nichts für ungut, Süße, aber ich wette, dass Oliver dich längst in so eine Schublade gepackt hat. Und dann kam dieser Typ anspaziert und hat sie einfach geöffnet.«

Polly spürte, wie ihr die Tränen in die Augen traten.

»Ich will dich nicht durcheinanderbringen, aber du musst wissen, dass du selbst der Boss bist. Kein anderer kann diese Entscheidungen für dich treffen, und das solltest du auch nicht erwarten. Es geht nicht darum, was Oliver will oder was Facebook oder das Scheißfernsehen für richtig hält. Es geht um dich. Wenn sich etwas nicht richtig anfühlt, dann ist es das auch nicht. Aber wenn es sich gut anfühlt, ist es auch gut. Und dann schnapp es dir. Kämpf um dein eigenes Glück und dein Vergnügen.«

9. KAPITEL

Am nächsten Morgen stand Polly wie gewöhnlich um halb acht auf und duschte. Danach zog sie einen engen Taillenrock und ein ärmelloses violettes Leinenshirt an, an dessen Kragen ein hübsches Band eingearbeitet war.

Sorgfältig steckte sie das Oberteil in den Rock, wobei sie darauf achtete, dass es straff saß und keine Beulen bildete – sie wollte nicht aufgedunsen aussehen. Im Wetterbericht hatte es gestern Abend geheißen, dass es wieder schwül werden würde, aber sie ging vorsichtshalber trotzdem noch ins Schlafzimmer, um ihre schwarze Strickjacke zu holen. Eine Sekunde zögerte sie, ehe sie den Schrank öffnete. War das wirklich nötig? Schließlich nahm sie die Jacke doch heraus und schloss leise die Schranktür. Oliver zuckte zusammen, stieß die Decke beiseite und drehte sich auf den Rücken. Sie sah ihn an. Auf einer Seite seines Kopfs war das Haar ganz platt gedrückt, auf der anderen stand es wild in alle Richtungen. In seine Wangen hatte der Kissenbezug tiefe Furchen gedrückt. Sie wartete einen Moment nervös ab, bis wieder das langsame, gleichmäßige Pfeifen aus seinen Nasenlöchern ertönte.

Im Bad kümmerte sie sich um ihr Make-up – ein wenig Mascara und ein Spritzer flüssiges Rouge auf jede Wange. Sie kramte in ihrer Schmuckschatulle, die sie auf dem Badezimmerschränkchen aufbewahrte, konnte sich aber nicht recht entscheiden, was am besten zu ihrem Outfit passte. Schließlich streifte sie ihr geschnitztes Holzarmband über und entschied sich außerdem für die zarte Goldkette mit dem runden, hohlen Anhänger, die Oliver ihr zu Weihnachten geschenkt hatte. Einen Moment lang überlegte sie hin und her, ob sie ihn wecken und bitten sollte, die Kette für sie zu schließen. Das würde ihrem Alibi zusätzlich Gewicht verleihen, aber vielleicht wäre es auch zu viel des Guten. Nach dem zehnten Versuch schaffte sie es schließlich selbst.

Sie sah in den Spiegel und atmete tief ein. Wieder spürte sie dieses Flattern in ihrem Magen. Polly fuhr mit den Fingern durch ihr Haar, um auch den letzten Knoten zu lösen, und steckte dann die Vorderpartie mit ein paar Klammern fest.

Um 8:20 Uhr schlüpfte sie in ihre Turnschuhe. Sie griff nach ihren beiden Taschen. In der kleinen Lederhandtasche befanden sich ihr Geldbeutel, die Schlüssel, das Telefon, ihr Reisepass und andere wichtige Gegenstände. In der geräumigen Tasche aus Segeltuch verstaute sie ein Buch, Stöckelschuhe, die Strickjacke und einen Regenschirm. Sie zog die Tür hinter sich zu und drückte noch zwei Mal fest dagegen, um sicherzugehen, dass sie wirklich ins Schloss gefallen war.

Sobald sie draußen war, wandte sie sich nach links und machte sich auf den Weg zur Shepherd's-Bush-Station – ihr üblicher Arbeitsweg. Die Sache mit den Bussen hatte sie aufgegeben, schließlich musste sie die U-Bahn jetzt nicht mehr meiden. Die Bauarbeiter auf der anderen Straßenseite tranken bereits ihren ersten Frühstückstee. Sie hockten auf Holzbohlen und Planken, genossen die Sonne und pfiffen Polly dreimal hinterher, einmal mehr als sonst. Polly bemerkte die junge Mutter, die mit ihren Kindern zwei Türen weiter wohnte. Gerade versuchte sie alle drei in ihr winziges Auto zu quetschen. Überall ragten kleine, um sich tretende Beine und Arme hervor, und es gab ein riesiges Geschrei. Polly lächelte ihr zu, bekam aber keine Reaktion. Die Frau starrte sie so ausdruckslos an, als befände sie sich immer noch im Halbschlaf. Am Ende ihrer Straße bog sie in eine schmale Gasse ab. Das war eine Abkürzung, die sie erst kürzlich entdeckt hatte. So kam sie direkt auf die Hauptstraße und musste die Kreuzung nicht überqueren. Auf der Hauptstraße stellte der Verkäufer des Eckladens schon die Blumen- und Zeitungsständer hinaus. Heute war er besonders früh dran. Er wurde wie immer von seinem Vater beobachtet, der ernst dreinblickend in der Ladentür stand und mit einer Stiftkappe an einem Stich dicht unter seinem Turban kratzte.

Danach erkannte sie niemanden mehr auf der Straße. Alle Menschen gingen in die gesichtslose Masse der Londoner Bevölkerung über.

Als Polly frisch nach London gezogen war, war sie von dem hektischen Treiben der Stadt vollkommen überfordert gewesen und hatte es wahnsinnig anstrengend gefunden, hier zu leben. Sie war in einem kleinen Dorf aufgewachsen, das von grünen Feldern und vielen offenen Flächen umgeben war. Das hatte sie nie so richtig zu schätzen gewusst – bis sie von dort weggegangen war. In London schien der Lärm aus allen Richtungen auf sie einzuprasseln, und zu Beginn hatten ihr all die Menschen, denen sie permanent ausweichen musste, ziemlich zu schaffen gemacht. Außerdem war sie diese Dunkelheit nicht gewöhnt. Die hohen Gebäude warfen ihre Schatten über sie, wohin sie auch ging, und die Luft fühlte sich kalt an, obwohl die Sonne schien. Sie ertappte sich immer wieder dabei, wie sie permanent die Straßenseite wechselte, um jeden noch so kleinen sonnigen Abschnitt zu nutzen. Als sie zum ersten Mal über die Waterloo-Brücke gelaufen war, hatte sie sich gefühlt, als wäre sie gerade aus einem langen, finsteren Tunnel getreten. Leider musste sie auf der anderen Seite direkt wieder hinein.

Jetzt, wo sie bereits ein paar Jahre in London lebte, hatte sie sich an den Rhythmus der Stadt gewöhnt. Es gab ein Muster, dem jeder hier unbewusst folgte, einen Tanz, den man irgendwann aus dem Effeff beherrschte. Er sorgte dafür, dass im Stadtalltag alles halbwegs reibungslos verlief. Londoner wussten, wie sie sich mühelos durch die Menschenmassen bewegen konnten. Sie sahen die Bewegungen ihrer Mitbürger quasi voraus.

Fünf Minuten nachdem sie ihre Wohnung verlassen hatte, erreichte Polly die Shepherd's-Station. Aber sie ging nicht zum Gleis. Nein, sie ging nicht hinab zur Central Line. Und sie fuhr auch nicht zur Arbeit.

Stattdessen trat sie in ein ruhiges Café, das gleich neben der Station lag. Sie bestellte sich einen kleinen Soja-Latte und nahm an einem Tisch Platz, der von der Straße aus nicht einsehbar war. Hier wollte sie bleiben, bis Oliver zur Arbeit aufgebrochen war. Dann würde sie nach Hause gehen und die Zeit bis zum Abend totschlagen.

Der Kaffee vor ihr auf dem Tisch wurde langsam kalt. Normalerweise trank sie keinen, sie fühlte sich davon hinterher immer ganz scheußlich. Aber sie brauchte irgendein Getränk, und für Alkohol war es weiß Gott noch zu früh. Sie wollte Lionel anrufen, ehe sie den ersten Schluck genommen hatte. Mit ein bisschen Glück klang ihre Stimme dann noch schön kratzig. Um zwanzig vor neun entschied sie, dass der richtige Zeitpunkt gekommen war. Es passte wunderbar, dass sie gestern so abrupt aus dem Meeting verschwunden war. Lionel klang besorgt und verständnisvoll, als sie ihm sagte, dass sie krank sei. Er wünschte ihr gute Besserung und meinte, sie solle sich schonen und nicht zu früh wieder zurück in die Redaktion kommen. Sobald sie aufgelegt hatte, schlürfte sie ihren Kaffee.

Oliver hatte heute Spätschicht im Krankenhaus, von daher wusste sie, dass er die Wohnung nicht vor halb elf verlassen würde. Um elf Uhr beschloss sie zurückzugehen.

Wieder in der Wohnung warf sie sich, immer noch in Turnschuhen und mit beiden Taschen über der Schulter, aufs Sofa. So blieb sie erst einmal liegen, starrte an die Decke, dachte nach und fühlte sich trotz ihrer unbequemen Position ziemlich wohl.

Mit zwölf hatte Polly einen Plan geschmiedet: Sie wollte zwei Jahre lang verlobt sein, ehe sie mit achtundzwanzig heiratete und dann mit dreißig ihr erstes Kind bekam. Mindestens drei sollten es sein, vielleicht sogar vier, wenn alles glatt lief. Was ihren Plan anging, lag sie immer noch ziemlich gut in der Zeit. Aber je älter sie wurde, desto mehr verwandelte sich ihr Traum in einen Albtraum. Als sie klein war, hatte sie versucht, sich vorzustellen, wie es sein würde, wenn sie erwachsen war und mit ihrem Freund zusammenlebte. Sie hatte gedacht, dass sie eine reife und selbstbewusste Frau sein würde, die ihr eigenes Leben fest im Griff hatte. Und jetzt fühlte sie sich eigentlich genauso wie damals als Kind, nur noch viel unsicherer. Es hatte keine Verwandlung in jene ominöse erwachsene Polly gegeben. Sie war einfach noch nicht so weit, und vielleicht würde sie das auch nie sein.

Auf einmal fragte sie sich, ob *Tubing* eigentlich wirklich als Fremdgehen zählte. Sie wusste, dass es das tat, aber gleichzeitig war sie in diesen fremden Mann ja auch nicht verliebt oder plante, mit ihm durchzubrennen; sie hatten sich kaum unterhalten. Einen Moment lang spielte sie sogar mit dem Gedanken, Oliver die Schuld zuzuschieben: Er war nicht interessiert, also musste sie sich an einen anderen wenden.

Ihre Gedanken drehten sich im Kreis. Sie hoffte so sehr auf eine Erleuchtung oder irgendeine Erkenntnis – aber da war nichts zu machen. Das Einzige, worauf sie immer wieder zurückkam, war das, was Alicia gesagt hatte: *Wenn es sich gut anfühlt, ist es auch gut. Und dann schnapp es dir.*

Kurz nach Mittag erhob Polly sich schließlich vom Sofa. Sie schlüpfte aus ihrer Arbeitskleidung und hinein in ein paar Leggings und ein T-Shirt. Dann sah sie fern und las ein bisschen, aber sie konnte sich auf nichts konzentrieren. Sie loggte sich auf Olivers Laptop ein und checkte ihren Facebook-Account, doch wie so oft war nichts Aufregendes passiert. Sie klickte sich durch ein paar Seiten und verlor rasch das Interesse.

Schließlich ging sie ins Schlafzimmer und legte sich aufs Bett. Es dauerte nicht lange, bis sie weggedöst war. Schlaf war immer schon ihr Trost gewesen; er verlieh allem einen neuen Glanz und sorgte dafür, dass der ganze Mist sich in Luft auflöste. Auch das heutige Schläfchen bildete da keine Ausnahme. Als um sechzehn Uhr ihr Wecker klingelte, sprang sie voll neuer Energie aus dem Bett. Sie war bereit.

Polly schlenderte in die überfüllte Tottenham-Court-Road-Station – zur Rushhour war es hier immer richtig voll. Sie war furchtbar hibbelig, was einerseits an der Aufregung lag, andererseits an den drei Whiskey-Shots, die sie zu Hause noch hinuntergestürzt hatte. Auf der Rolltreppe hielt sie sich am Handlauf fest. Polly trug rote Satinstilettos, die sie nur selten anhatte. Trotz des Satinbezugs schnitt ihr die vordere Schnalle tief ins Fleisch. Aber sie war bereit, dem heutigen Anlass zuliebe ein wenig zu leiden.

Das Ende der Rolltreppe kam unerwartet, weshalb sie sich an den Leuten neben ihr abstützen musste, bis sie die Wand erreicht hatte. Die Pendler murrten und schubsten, als sie ihnen den Weg versperrte, und Polly hätte um ein Haar einfach losgekichert. Sie fühlte sich unglaublich verdorben – all die Leute hier gingen ihrem ganz gewöhnlichen Alltag nach, während sie selbst auf dem Weg zu *ihm* war. Sie spürte, wie der Stoff ihres Rocks an ihren nackten Pobacken rieb.

Sie hielt sich dicht an der Wand, als sie weiter den Gang entlanglief. Man konnte ja nie wissen. Ihre metallbeschlagenen Absätze hallten laut auf dem gefliesten Boden und zogen die Blicke verschiedenster Männer auf sich. Sie stieg die steile Treppe hinab, die auf den Bahnsteig führte, an dem die Züge gen Westen abfuhren. Auf den Metallstufen klackerten ihre Schuhe noch lauter.

Wenige Stufen später wurden ihr die Absätze schließlich zum Verhängnis. Sie kam ins Taumeln, griff aber gerade noch rechtzeitig nach dem Geländer, ehe sie auf dem Hintern landete. Eine Horde Leute hastete an ihr vorbei, um die Bahn zu erwischen, die gerade eingefahren war. Sie hörte ein Kichern, und ein paar Pendler drehten sich zu ihr um und starrten sie an. Polly rührte sich nicht vom Fleck, bis sie weg waren. Erst dann fiel ihr auf, dass ihr Rock hinten hochgerutscht war und den Blick auf ihren nackten Hintern freigab. Als sie sich aufrichtete und ihren Rock glatt strich, hätte sie am liebsten losgeheult. Sie kniff die Augen zu.

»Alles in Ordnung, Polly. Alles gut.« Ihre Stimme hallte in dem leeren Treppenschacht wider. Der Klang tröstete sie, und sie fühlte sich gleich ein wenig ruhiger, auch wenn ihre Stimme sehr viel sicherer klang, als ihr zumute war. Sie holte tief Luft und ging weiter, allerdings mit etwas weniger Schwung als zuvor.

Auf dem Bahnsteig war es laut und hektisch. Sie sah auf die Anzeige – 17:47 Uhr. Ihr Herz begann zu hämmern. Polly folgte einer Gruppe, die gerade ausgestiegen war und jetzt auf den Ausgang zueilte. Ihre Knöchel protestierten zitternd gegen die hohen Absätze, und Polly versuchte sich ganz auf ihre aktuelle Aufgabe zu konzentrieren. Kurz bevor sie im letzten Viertel des Bahnsteigs angekommen war, blieb sie stehen. Hier müsste der vierte Wagen in etwa halten.

Langsam drehte sie sich um und lehnte sich an die Wand. Die Fliesen fühlten sich auf ihrer glühenden Haut angenehm kühl an. Sie beobachtete, wie die Touristen, Stadtbummler und Angestellten langsam eintrudelten und das Gleis erneut füllten.

Das Zischen der U-Bahn, die die Schienen entlangglitt und in die Station einfuhr, ließ sie zusammenzucken. Ein starker, warmer Luftzug lüpfte ihren Rock, und sie strich ihn hastig wieder nach unten. Nein, dieses Mal hatte es niemand bemerkt. Die warme Luft umschmeichelte ihre Oberschenkel und ihren Po. Plötzlich kribbelte es an ihrem ganzen Körper. Sie konnte es wirklich kaum erwarten, ihn wiederzusehen, seine Hände auf ihrem Körper zu spüren ... Einen Moment lang schloss sie die Augen und verlor sich in der Erinnerung an ihre erste Begegnung.

Als sie sie wieder öffnete, blickte ihr ihr Spiegelbild aus dem Fenster des Waggons entgegen, der direkt vor ihr zum Stehen gekommen war. Sie hatte sich schon Sorgen gemacht, dass ihr womöglich ein Bekannter begegnen könnte, aber tatsächlich erkannte sie sich ja selbst kaum wieder. Er hatte gesagt, sie solle sich »nuttig« kleiden, und sie hatte ihr Bestes gegeben. Ihr Haar hatte sie in große, weiche Locken gelegt. Sie hatte sowieso eine Naturwelle, aber normalerweise glättete sie ihr Haar immer. Sie war ein wenig aus der Übung und hatte zu viel Haarschaum benutzt, sodass sie jetzt eine Frisur wie eine echte Beautyqueen hatte. Auch mit dem Make-up hatte sie es ein wenig übertrieben. Die Augen hatte sie mit dickem schwarzem Eyeliner umrandet, und von der vielen Wimperntusche waren ihre Wimpern lang und verklebt. Ihre Wangen schimmerten in hellem Pink, und ihre Lippen glänzten kirschrot.

Sie ließ ihren Blick durch den Waggon schweifen und ging dann auf die Tür in der Mitte des Wagens zu. Ein Piepen ertönte, und die Türen öffneten sich. Sie holte tief Luft und boxte sich dann ihren Weg durch die Menschen.

Im Abteil standen die Passagiere dicht an dicht, auch in den Gängen zwischen den Sitzen. Polly kämpfte sich ihren Weg bis zu einer kleinen Lücke neben der Tür frei und sah sich nach etwas um, woran sie sich festhalten konnte. Die Hitze war beinahe unerträglich und die Luft schwer und abgestanden. Schließlich hielt sie sich an einem Griff an der Rückseite eines Sitzes fest und merkte, dass ihre Hände vom Schweiß ganz glitschig waren. Mit einem lauten Piepen schlossen sich die Türen der Bahn wieder, und sie rauschte in den Tunnel. Polly hatte keine Ahnung, was sie als Nächstes tun sollte, also blieb sie, wo sie war. Sie bebte vor Aufregung.

Wartete.

Und wartete.

Nichts geschah.

Die Bahn fuhr schon in die nächste Station ein, und sie wartete immer noch. Sie versuchte *ihn* irgendwo zu erspähen, aber die vielen Köpfe und Zeitungen versperrten ihr die Sicht, sodass sie nur ihr direktes Umfeld sehen konnte. Irgendwie schaffte sie es, sich umzudrehen, aber auch in der anderen Richtung konnte sie *ihn* nicht ausmachen. Eine Frau neben ihr schnaubte, und der Typ Polly gegenüber starrte sie finster an, weil sie seine Zeitung durcheinandergebracht hatte. Sie funkelte zurück und merkte, wie leichte Panik in ihr aufstieg.

»Wo steckt er?«, murmelte sie leise. Niemandem fiel auf, dass sie etwas gesagt hatte.

Ob sie wohl im falschen Abteil war? Sie öffnete den Reißverschluss ihrer Handtasche und wühlte darin nach ihrem Smartphone. Gerade als sie es entdeckt hatte, spürte sie plötzlich heiße Handflächen auf ihren Oberschenkeln und einen Körper, der sich an sie drückte. Sie erstarrte und ließ das Telefon wieder in die Tasche plumpsen. Als sie sich zu dem Mann umdrehen wollte, um ihm ins Gesicht zu sehen, drückte er seinen Kopf so fest an ihre Wange, dass es unmöglich war.

»Mach das nicht«, wisperte er. »Schau geradeaus.«

Er sprach so leise, dass sie ihn kaum verstand. Sein Atem kitzelte sie am Ohr und rief die Erinnerung an ihre letzte Begegnung in der U-Bahn wach. Sie begann zu zittern, spürte seine Stoppeln an ihrer Wange und konnte sein Rasierwasser riechen.

Um sie herum standen die Menschen so dicht gedrängt, dass man nur ihre Köpfe sehen konnte. Niemand ahnte, dass seine rauen Hände unter ihren Rock glitten und sich auf ihre Hüftknochen legten.

Er vergeudete keine Zeit und ließ die Hände direkt in Richtung ihres Schritts wandern, sodass sie ein V bildeten und seine Finger sich über ihren drahtigen Schamhärchen trafen. Seine Hände sanken immer tiefer, dann legte er zwei Finger auf je eine Seite ihrer Klitoris und schob sie in ihre feuchte Spalte. Überrascht keuchte sie auf, und er zog die Finger sofort zurück, stieß sie wieder hinein und begann sie zu massieren. Polly versuchte verzweifelt, sich irgendwie zusammenzureißen. Immer wieder linste sie zu den Leuten um sie herum, um festzustellen, ob sie irgendetwas mitbekamen. Aber die schienen alle vollkommen in sich selbst versunken zu sein, hörten Musik, starrten auf ihre Smartphones oder in ihre Zeitungen. Polly war bemüht, sich so still wie möglich zu halten, um niemandes Aufmerksamkeit zu erregen, aber es fiel ihr unglaublich schwer, da er immer heftiger und tiefer in sie hineinstieß.

Als sie sich kaum noch beherrschen konnte, biss sie sich auf die Innenseite ihrer Lippe, bis sie Blut schmeckte.

Plötzlich hörte er auf. Sie spürte, wie er mit seinen feuchten Fingern über ihre Oberschenkel fuhr und schließlich die Hände auf ihre Pobacken legte. Er knetete und quetschte sie zusammen, dann schob er die Finger zwischen ihre Pobacken und spreizte sie auseinander, um seinen Finger in ihren Anus zu schieben. Er drückte und spielte daran herum, bis er es schaffte einzudringen, was ein wenig brannte. So etwas hatte sie noch nie zuvor empfunden. Das Gefühl wurde immer stärker und stärker, je heftiger er zustieß. Sie öffnete den Mund und schrie leise auf. Ein paar Fahrgäste drehten sich mit verärgerter Miene zu ihr um. Noch ehe sie sichs versah, hatte er sie auch schon an den Armen gepackt und zurückgezogen. Sie konnte sich nicht auf den Beinen halten und wurde von ihm relativ ruppig in eine Ecke gezerrt. Die anderen Fahrgäste reagierten wie in Trance auf die Unruhe, ordneten sich ganz automatisch neu an und schlugen dann wieder ihre Zeitungen auf, Polly und dem Fremden den Rücken zugewandt.

Sobald er sie in die Ecke befördert hatte, zog er sie wieder auf die Füße. Dann drehte er sie blitzschnell so, dass sie auf die getönte Scheibe sah und keinerlei Ausblick mehr hatte. Er drückte sie ans Fenster und schob ihren Rock nach oben, um dann ihre Hand zu packen und sie in seine geöffnete Hose zu drängen. Sie griff nach dem Schaft seines Penis und drückte leicht zu, als sie die Hand nach vorn zu seiner Eichel wandern ließ und diese sanft streichelte. Er packte ihre Hand und rieb damit grob an seinem Schaft auf und ab. Sie tat, wie ihr geheißen, und bewegte ihre Hand heftiger und brutaler. Als er sich nach vorn sinken ließ, konnte sie sein kratziges Gesicht erneut an ihrer Wange spüren.

»Fester«, wisperte er. Verborgen in der kleinen Ecke des

Waggons ahmten sie die Bewegungen des anderen nach. Sie spürte, wie sein Schweiß in ihren Nacken tropfte, und konnte hören, wie sein unterdrücktes Stöhnen mit jedem Atemzug lauter wurde.

Als die Bahn in die nächste Station einfuhr, biss er sie in den Nacken und kam. Dann löste er sich von ihr, während sie immer noch heftig zitterte. Sie öffnete die Augen und atmete ein paarmal tief durch. Dann drehte sie sich um, um ihn anzusehen, schüchtern und aufgeregt zugleich. Sie wünschte sich so sehr, dass sie sich noch einmal ganz nahekommen würden.

Als sie aber in sein Gesicht blickte, erlosch ihr Lächeln schlagartig.

Erschrocken schlug sie sich die Hand vor den Mund.

Es war nicht *er*. Den Mann, der vor ihr stand, hatte sie noch nie gesehen.

Er grinste sie anzüglich an und stieg dann einfach ganz entspannt aus der Bahn.

10. KAPITEL So leise sie konnte, drehte Polly den Schlüssel im Schloss herum. Den ganzen Heimweg über hatte sie gebetet, dass Oliver nicht zu Hause sein würde, aber der schmale Lichtstreifen unter der Tür hatte diese Hoffnung sofort zunichtegemacht. Als sie vorsichtig die Tür aufstieß, konnte sie ein leises Brutzeln hören. Er kochte schon wieder – es roch nach Würstchen und Zwiebeln. Sobald sie in der Wohnung war, zog sie die Tür ganz sacht hinter sich ins Schloss, anstatt sie wie sonst einfach hinter sich zuzuwerfen. Dann tappte sie auf Zehenspitzen Richtung Schlafzimmer.

»Hey, Pollylein!«, rief Oliver und streckte den Kopf aus der Küche. Die Wohnzimmertür war offen, deswegen konnte er direkt in den Flur sehen und hatte sie sofort im Blick.

Sie erstarrte.

»Ich dachte, ich mache uns noch schnell einen Happen zu essen, ehe wir ausgehen!«

Er lächelte sie an. Sein Gesicht war von der Hitze in der Küche ganz rot und verquollen.

»Richtig«, sagte sie und überlegte, was sie tun sollte. Schnell ins Schlafzimmer huschen? Oder sollte sie direkt ins Wohnzimmer gehen und es hinter sich bringen? Am Ende beschloss sie, einfach stehen zu bleiben.

Er lächelte sie immer noch an. Als sie sich nicht von der Stelle rührte, runzelte er die Stirn.

»Was machst du denn da?«

»Was meinst du?«

»Na, was lungerst du da im Flur herum? Komm her.«

Er kam auf sie zu und streckte die Arme nach ihr aus, um sie an sich zu drücken. Sie rührte sich nicht vom Fleck. Solange sie im dämmerigen Flur stand, konnte er nicht sehen, in welchem Zustand sie sich befand. Sobald sie aber ins Licht trat, würde er wissen, wie verdorben seine Freundin war.

Als Polly sich in der U-Bahn umgedreht und in die Augen des Fremden geblickt hatte, war sie vor Schreck erstarrt. Sie war überzeugt gewesen, dass *er* es war, der sie angefasst hatte. Den sie berührt hatte.

Dieser Mann war Ende vierzig und trug einen schicken grauen Anzug mit schwarzer Krawatte. Er war gebräunt und hatte sein Haar abrasiert. Sie konnte an den Stoppeln auf seinem Kopf erkennen, dass er bereits zu Glatzenbildung neigte. In jeder anderen Situation hätte sie vielleicht gedacht, dass er für sein Alter ganz in Ordnung aussah. Aber nach dem, was sie gerade zusammen erlebt hatten, jagte ihr sein Anblick einen Schauer über den Rücken. Sein Mund war immer noch leicht geöffnet, und in seinen Mundwinkeln hingen kleine Spuckebläschen. Seine Stirn und seine Oberlippe glänzten schweißnass. Sie konnte einfach nicht fassen, wie dumm sie gewesen war! Von dem Moment an, in dem er sie zum ersten Mal angefasst hatte, hatte sie geahnt, dass etwas nicht stimmte. Die Berührungen waren viel rauer gewesen als *seine*, und er hatte auch anders gerochen ... Und dann hatte er ihr auch noch einen Finger in ihren ... Sie durfte gar nicht daran denken! Wie hatte er sie überhaupt erkannt? Wahrscheinlich war sie einfach die einzige Person in diesem Waggon gewesen, die wie eine Schlampe gekleidet war. Plötzlich kam ihr die ganze Angelegenheit vollkommen wahnsinnig vor. Was hatte sie sich nur dabei gedacht? Sie ekelte sich richtig vor sich selbst.

Noch schlimmer wurde die Situation dadurch, dass sie es nicht schaffte, rechtzeitig aus der Bahn zu steigen. Deswegen musste sie noch eine weitere Station eingequetscht zwischen den anderen Leuten verbringen, ohne zu wissen, wer gerade mitbekommen hatte, was sie und der Mann miteinander getrieben hatten. Die meisten von ihnen ignorierten sie, und dafür war sie sehr dankbar. Ein paar Menschen allerdings gafften sie unverhohlen an, und sie hatte den Eindruck, dass sie zwar nicht *genau* wussten, was vorgefallen war, aber sehr wohl ahnten, dass seltsame Dinge geschehen waren. In den drei Minuten bis zum Lancaster Gate schien die Zeit regelrecht stillzustehen.

Sobald die Türen sich öffneten, sprang Polly hinaus, so hektisch, dass sie beinahe stolperte.

Draußen angekommen, überquerte sie sofort die Straße und ging in den Hyde Park. Sie wusste nicht, was sie machen oder wohin sie sich wenden sollte, also wanderte sie einfach ziellos umher. Bei jedem Schritt schmerzten ihre Füße mehr. Sie schlüpfte aus den Schuhen und lief barfuß übers Gras. Irgendwo hatte sie mal gelesen, dass es die Aura reinigte, wenn man barfuß ging. Schlimmer konnte es mit ihr ohnehin nicht mehr werden. Das makellose Blau des Himmels war plötzlich verschwunden und finsteren Wolken gewichen. Die Stimmung im Park war düster und die Luft drückend und schwer.

Polly kam an einer kleinen grünen Hütte vorbei, die in einen Kiosk verwandelt worden war. Ihr Mund war trocken und klebrig, also kaufte sie sich eine Flasche Wasser. Sie hatte sich schon zum Gehen gewandt, beschloss dann aber, doch noch eine Packung Zigaretten dazuzunehmen. Der Mann hinterm Tresen hatte nicht erwartet, dass sie noch einmal zurückkommen würde. Deswegen ertappte sie ihn dabei, wie er sie unverhohlen anstarrte. Sie sah an sich hinab. Oje, sie hatte ganz vergessen, was sie heute anhatte! Eilig schnappte sie sich die Zigaretten und die Streichhölzer und verdrückte sich dann so schnell wie möglich.

Weil es zu nieseln begann, stellte sie sich unter einen Baum. Natürlich hätte sie auch unter der Markise des Kiosks warten können, aber sie ertrug den Gedanken nicht, von Leuten beobachtet zu werden. Sie zündete sich eine Zigarette an – hoffentlich würde diese eine kleine Sünde alle anderen einfach überdecken. Dann rauchte sie im strömenden Regen eine Zigarette nach der anderen. Und weinte.

Als der Regen schließlich nachließ, war ihre kleine Insel aus Gras von riesigen Pfützen umgeben. Höchste Zeit, nach Hause zu gehen! Ehe sie aufbrach, schnäuzte sie sich noch in ein Blatt und wischte sich das Gesicht an ihrer Schulter ab. Die Wasserlachen durchquerte sie barfuß und spürte den Schlamm unter den nackten Füßen. Die Pfützen waren viel tiefer, als sie vermutet hatte, und das Wasser reichte ihr bis über die Waden. Eigentlich fühlte es sich sogar ganz gut an, aber sobald sie in ihre Schuhe geschlüpft war, rieb der Dreck an ihren Fußsohlen und nistete sich zwischen ihren Zehen ein.

Und jetzt stand sie also im Flur, trug Klamotten wie eine echte Schlampe und hatte schlammbedeckte Beine, während ihr das Haar in Strähnen am Kopf klebte und das Make-up über ihr ganzes Gesicht verteilt war. Sie konnte sich nicht rühren.

Irgendwann trat Oliver auf sie zu und knipste das Licht an. »Wow«, sagte er, sobald er sie sehen konnte. »Was ist denn mit dir los?«

Polly erwiderte nichts.

»Ich weiß ja, dass du auf ausgeflippte Outfits stehst, aber das ... das geht ein bisschen zu weit!« Er lachte und kam näher. »Ist das Schlamm?«

Tränen traten ihr in die Augen, und ehe sie sichs versah, heulte sie auch schon wie ein Schlosshund.

»Pollylein ... Oh, Polly. Was ist passiert, Darling?«

Er nahm sie in den Arm, aber Polly blieb stocksteif, die Arme fest an sich gepresst. Er roch nach Seife und gebratenen Zwiebeln. Sie wollte ihn ebenfalls umarmen, aber sie konnte einfach nicht. Stattdessen lehnte sie die Stirn an seine Schulter und ließ ihre schmutzigen Tränen in sein T-Shirt sickern.

Sie wusste, dass sie ihm die Situation erklären musste. Ihre Gedanken rasten, und sie versuchte sich irgendeine Geschichte zurechtzulegen, bevor er sie erneut fragte. Aber von den vielen Zigaretten war ihr Kopf ganz schwer, und ihr war ziemlich schwindlig.

Noch ehe sie sich irgendetwas aus den Fingern gesogen hatte, lehnte er sich zurück und sah sie an.

»Was ist passiert? Geht es dir gut?« Er klang liebevoll und besorgt.

»Ich, ähm ... Ich habe nur ...« Sie brachte den Satz nicht zu Ende.

»Ist was in der Arbeit passiert? Oder auf dem Heimweg?«

Sie nickte. Jede noch so banale Geschichte war ihr jetzt recht.

»Erzähl es mir.«

Sie holte ein paarmal tief Luft, um Zeit zu gewinnen. Dann erinnerte sie sich plötzlich an einen Vorfall, den sie beobachtet hatte, als sie gerade nach London gezogen war. Ein Radfahrer war in eine alte Frau hineingefahren, als diese gerade die Straße überquerte. Es war ein seltsamer Anblick gewesen, wie sie einfach so durch die Luft gesegelt war, als wäre sie ein Drachen, der sich in den Speichen des Fahrrads verfangen hatte. »Ich wurde von einem Rad angefahren.«

»Du wurdest was?«

»Ich habe die Straße überquert, habe den Radfahrer nicht kommen sehen und habe dann irgendwie das Gleichgewicht verloren. Ich wurde auch noch ein Stückchen mitgeschleift.«

»War es ein Motorrad?«

»Nein, ein Rad. Wie gesagt.«

»Ein Fahrrad?« Er sah sie verwirrt an, ehe er plötzlich lächelte und dann losprustete. Sie versuchte in sein Gelächter mit einzustimmen, musste aber doch wieder weinen.

»Oh, dumme kleine Polly«, sagte er und bemühte sich darum, mit dem Lachen aufzuhören. Er drückte sie wieder fest an sich, sodass ihr Kopf an seiner Brust lag. Sie hätte ewig so verharren können.

»Wann ist das denn passiert? Direkt nach der Arbeit?« Der Bass seiner Stimme ließ seinen Brustkorb vibrieren.

»Ja ... ähm, nee.« Ihr fiel plötzlich auf, wie spät es war. »Ich war nach der Arbeit noch im Park spazieren. Und danach ist es passiert.«

»Du warst spazieren?«

»Ja, ich dachte, ein bisschen frische Luft würde mir dabei helfen, einen klaren Kopf zu bekommen.« Sie versuchte, möglichst unbeschwert zu klingen.

Er sagte nichts, sah sie nur weiter an. Vielleicht suchte er ihr Gesicht nach Hinweisen ab.

Sie würde wohl weitersprechen müssen. »Weißt du ... Jetzt, wo James nicht da ist, haben wir in der Redaktion ziemlich viel Stress. Und als ich gestern mit Dad über Mom gesprochen habe ...« Wieder begann sie zu weinen.

Oliver griff nach der Küchenrolle, die auf dem Tresen stand. Sie wollte gar nicht wissen, wie sie gerade aussah, schwarze Tränen weinend und mit Rotz im ganzen Gesicht. Er legte seine Hände auf ihre Schultern, und sie schnäuzte sich einmal kräftig. Es tat gut, den ganzen Mist loszuwerden.

»Hast du mich deswegen betrogen?«

Er sagte das so nebenbei, dass sie es beinahe überhört hätte. Dann sah sie auf und blickte ihn an. Sie musste ihn falsch verstanden haben!

»Was?!«

Er packte ihre Schultern ein wenig fester. Der Druck war gerade noch angenehm, aber auch sehr entschieden. So leicht würde er sie nicht davonkommen lassen.

»Weil du gestresst und durcheinander bist?«

Ihr blieb beinahe das Herz stehen. »Was meinst du damit?«, presste sie hervor.

»Ich kann es doch riechen.«

Sofort wurde Polly stocksteif. Er konnte den Mann an ihr riechen? Seine Berührungen? Sein Rasierwasser? Sie erinnerte sich an den feuchten, klebrigen Fleck auf der Rückseite ihres Rocks; sie hatte ihn gefühlt, als sie nach Hause gelaufen war, und hatte einen riesigen Schreck bekommen. Auch wenn es ihr gelungen war, ihn größtenteils wegzuwischen, so hatte er doch seine Spuren hinterlassen. Was, wenn dieser stechende Geruch nach ihm von ihrem Rock kam? Oder klebte noch etwas von seinem Sperma an ihrer Hand? War sie es am Ende selbst? Konnte Oliver den wohlvertrauten Geruch riechen, den sie beim Sex ausströmte? Verrieten sie jetzt ihre eigenen Körpersäfte?

»Du hast geraucht, Pol. Du stinkst nach Zigaretten. Ich dachte, mit dem Mist hättest du endlich aufgehört.«

Polly wäre um ein Haar einfach umgekippt.

»Oh«, sagte sie schwach. »Ja. Sorry.«

Er bedachte sie mit diesem Blick, den sie so hasste. Dann ließ er von ihr ab und ging in die Küche. »Komm, geh dich waschen. Das Essen ist fast fertig, und dann müssen wir los.«

»Was? Wohin denn?«

»Na, ins Theater. Charlotte hat Tickets besorgt. Sie meinte, sie hätte dir davon erzählt, als ihr letztens zusammen essen wart.«

Polly konnte sich vage daran erinnern, dass Charlotte irgendetwas zum Thema Theater gesagt hatte, aber sie war in dem Moment viel zu abgelenkt gewesen, um es wirklich zu registrieren. Sie konnte heute Abend auf keinen Fall ausgehen.

»Ich fühle mich nicht so toll, Oliver. Ich denke mal, ich gehe jetzt baden und lege mich dann hin.«

»Jetzt mach keinen Blödsinn. Sie hat die Karten doch schon bezahlt.« Er klapperte mit den Schüsseln und Tellern herum.

Das war wirklich das Letzte, was sie gerade gebrauchen konnte.

»Ich bin heute überhaupt nicht in Stimmung.«

Er streckte den Kopf aus der Küche. »Nun komm schon, zieh dich um. Das Essen ist fast fertig.«

»Ich will aber nichts essen!« Sie wollte einfach nur allein sein. Gerade konnte sie sich nichts weniger vorstellen, als sich in Schale zu werfen und dann den restlichen Abend über so zu tun, als sei alles in bester Ordnung.

»Danach geht es dir sicher besser. Ich habe dein Lieblingsessen gekocht, Würstchen mit Kartoffelbrei.«

Es war nicht Pollys Lieblingsessen, sondern Olivers.

»Nein. Ich lege mich jetzt in die Wanne, und dann gehe ich ins Bett.«

»Polly, wir haben doch schon Karten!«

Langsam wurde sie sauer. »Das ist mir egal.« Sie fühlte sich wahnsinnig unwohl in ihrer Kleidung, und ihre Füße pochten schmerzhaft. Oliver öffnete schon den Mund, um zu protestieren, stieß dann aber nur ein lautes »Pah!« aus – so, als könne er nicht fassen, wie unvernünftig sie war. Er schüttelte den Kopf. »Komm, wir essen jetzt«, sagte er und drehte sich um, womit er ihr wohl zu verstehen geben wollte, dass er ihre Kindereien nicht länger ertrug.

»Nein!«, rief sie. »Ich komme nicht mit!«

Oliver wirkte jetzt richtig verletzt. »Pol...«

»Ich will kein Abendessen. Du hast es für dich gemacht, nicht für mich. Und ich komme auch nicht mit dir und deiner Schwester mit. Hat sie denn keine eigenen Freunde, die mit ihr ausgehen?«

Ihre Stimme war hoch und gellend. In dem hohen Raum klang sie richtig schrecklich. Oliver starrte sie ungläubig an. Sie hatte noch nie vor ihm die Nerven verloren, und er wusste offenbar nicht, wie er damit umgehen sollte.

Schließlich riss sie die Wohnzimmertür auf und knallte sie hinter sich zu.

Polly saß so lange in der Wanne, bis das dampfende Wasser kalt wurde. Als sie sich vorhin hineingesetzt hatte, war es noch so heiß gewesen, dass die Stelle, in die der Mann aus der U-Bahn seinen Finger gestoßen hatte, höllisch gebrannt hatte.

Durch die Badezimmertür konnte sie hören, wie Oliver mit Charlotte telefonierte. Er erzählte ihr, dass Polly auf dem Heimweg einen Unfall gehabt habe und dass sie deswegen nicht mit ins Theater kommen würden. An seiner Antwort konnte Polly ablesen, dass Charlotte das ganz und gar nicht passte. Oliver entschuldigte sich wortreich und erklärte seiner Schwester, dass er zu Hause bleiben und sich um Polly kümmern müsse. Polly betete, dass Charlotte ihn trotzdem zum Mitgehen überreden könnte, aber er beharrte darauf, dass er daheim bleiben würde.

»Ehrlich, Charlotte, ich habe sie noch nie so aufgewühlt erlebt!« Irgendwann gab Charlotte schließlich auf.

Er klopfte an die Badezimmertür, um ihr Bescheid zu geben. Sie ignorierte ihn, woraufhin er versuchte, die Tür zu öffnen, die sie zuvor abgesperrt hatte. Bald hatte er die Botschaft verstanden und ließ sie in Ruhe.

Als sie schließlich aus der Wanne stieg, betrachtete sie ihren nackten Körper in dem bodentiefen Spiegel an der Wand. Die blauen Flecke an ihrem Oberschenkel waren jetzt komplett verschwunden. Sie drehte sich um und musterte sich von hinten. Auf ihren Pobacken waren frische rote Abdrücke zu sehen. Und an ihrem Hals entdeckte sie eine kleine Bissspur.

Sie drehte sich wieder zurück und scannte sorgfältig ihren restlichen Körper. Ihre Schlüsselbeine traten scharf hervor, und die kleine Kuhle, die sie zwischen sich bildete, war tiefer als sonst. Das Licht schien auf ihre deutlich hervortretenden Rippen, die sich von ihrem Hals bis hinab zu ihren Brüsten zogen. Sie berührte jede einzelne und gelangte dann an die Narbe hoch über ihrem Bauch. Sofort begann sie an dem kleinen Wulst herumzuzupfen. Es hatte eine Zeit gegeben, in der sie einen Finger in ihren Bauch hatte hineinstecken können. Als sie zum ersten Mal die PEG-Sonde herausgeholt hatten, mit der sie zuvor künstlich ernährt worden war, war das Loch nicht gleich wieder zugewachsen. Die zarte Haut, die sich an dieser Stelle gebildet hatte, hatte gejuckt und gekitzelt und sie verlockt, daran herumzufummeln. Also hatte sie Schicht um Schicht abgezupft, obwohl man sie deswegen immer wieder getadelt hatte. Aber Polly hatte schon gewusst, was sie tat. Es war trotzdem alles verheilt. Ihr ganzer Körper war von ähnlichen Narben übersät.

Sie war sich sicher, dass sie in den vergangenen Wochen ein paar Pfund abgenommen hatte. Als sie in der Klinik war, hatte man ihr verboten, Wagen zu benutzen. Deswegen hatte sie eine neue Methode erfunden, ihr Gewicht zu überprüfen. Stundenlang hatte sie ihren Körper eingehend betrachtet und sich so eingeprägt, wie bestimmte Stellen und Knochen aussahen. Ihre Hüften und Schlüsselbeine waren die besten Indikatoren, und auch an ihren Rippen und ihrer Wirbelsäule konnte sie ihr Gewicht gut ablesen. Sie wusste immer, dass es kritisch wurde, wenn ihre Kniegelenke und ihre Ellbogen zu stark hervortraten: Die Ärzte hatten ihren Vater dazu angehalten, diese Stellen besonders gut im Auge zu behalten.

Nach dem Baden schlüpfte sie in einen frischen Pyjama und kuschelte sich ins Bett. Sie hätte zu gern geschlafen, aber der Schlummer wollte und wollte nicht kommen. Zum ersten Mal ließ ihr Allheilmittel sie im Stich. Sie war viel zu nervös und aufgekratzt. Nicht einmal die Muskeln um ihre Augen herum konnte sie entspannen – sie musste so oft blinzeln, dass sie ihre Augen gar nicht richtig schließen konnte. Kurz spielte sie mit dem Gedanken, sich einen neuen Schlafplatz zu suchen, aber Olivers Zweiraumwohnung bot nicht genug Platz, um sich außerhalb des Schlafzimmers zurückziehen zu können.

Kurz nach Mitternacht kam Oliver ins Bett gekrochen. Polly ging immer früher schlafen als er. Normalerweise schmiegte er sich dann sofort an sie, und sie fühlte sich sicher und geborgen, während sie langsam einschlief. Heute aber hatte er sich weggedreht und lag mit dem Blick zur Wand neben ihr. Es dauerte nicht lange, bis er laut zu schnarchen begann. Eigentlich nervte dieses Geräusch sie furchtbar, aber heute half es ihr dabei, sich vorzustellen, dass alles wie immer sei.

Irgendwann schlummerte sie tatsächlich ein, doch der Frieden hielt nicht lange. Noch ehe sie ganz zur Ruhe gekommen war, war sie auch schon wieder wach. Ihre Kehle war vollkommen ausgetrocknet und ihre Nase vom vielen Weinen ganz verstopft. Eine Weile blieb sie liegen, aber mit jedem Atemzug fühlte ihre Kehle sich rauer an. Sie wollte nach dem Wasserglas auf ihrem Nachttisch greifen, aber da war keins. Sie hatte wegen des Streits mit Oliver ganz vergessen, sich eines mitzunehmen.

So wenig Lust sie auch darauf hatte – sie musste aufstehen. Sie schob die Bettdecke beiseite und versuchte sich aufzusetzen. Aber ihr Körper machte nicht richtig mit, ihre Muskeln waren träge und schlaff. Sogar ihre Augenlider, die vorhin noch so nervös geflattert hatten, waren jetzt schwer wie Blei. Polly bekam langsam Panik, wurde immer durstiger und durstiger. Sie stemmte sich mit aller Kraft nach oben und schaffte es irgendwann, die Füße auf den Boden zu stellen. Sie hoffte, dass sie wie durch ein Wunder zum Leben erwachen und sie in die Küche befördern würden, aber den Gefallen taten sie ihr nicht. Schließlich endete sie als zusammengesunkenes Häufchen neben dem Bett. Einen Moment lang lag sie einfach nur da und versuchte irgendwie ihre Augen zu öffnen, aber es gelang ihr nicht. Nach einer Weile gab sie auf und krabbelte blind auf allen vieren über die kühlen, kratzigen Holzdielen zur Schlafzimmertür. Sobald sie dort angekommen war, richtete sie sich auf und griff nach der Klinke. Als sie die Arme hob, streifte sie die zarte Haut ihrer Brüste. Sie riss die Augen auf und sah an sich hinab. Sie war nackt.

»Warum bin ich nackt?«, fragte sie laut. Ihre Stimme klang hohl und finster, fast so, als wäre es nicht ihre eigene ...

Plötzlich war sie hellwach. Sie konnte die warme, weiche Decke auf sich spüren. Zitternd versuchte sie den Traum abzuschütteln. Sie war durstig und griff nach dem Wasserglas. Natürlich war es nicht da.

Polly war unglaublich müde und kriegte kaum die Augen auf. Schließlich benutzte sie ihre Finger, um ein Augenlid nach oben zu ziehen, aber ihr Augapfel rollte immer wieder nach hinten, und sie schaffte es nicht, irgendetwas zu fokussieren. Als sie dieses Mal die Füße auf den Boden setzte, wusste sie, dass ihre Beine sie tragen würden. Leider waren sie trotzdem so schwach, dass sie sich erneut auf die Knie sinken lassen und krabbeln musste. Dieses Mal knallte sie mit voller Wucht gegen die Kommode, die parallel zum Bettende an der Wand stand. Fluchend änderte sie die Richtung, öffnete die Schlafzimmertür und kroch in den Flur.

An der Eingangstür war es eiskalt, weil ein scharfer Luftzug durch den Spalt unter der Tür wehte. Zitternd rieb sie sich die Oberarme und stellte erleichtert fest, dass sie ihren Pyjama trug. Sie lachte leise auf, bemerkte aber, dass in der Küche ein schwaches Licht brannte. Das musste das Licht der Abzugshaube über dem Herd sein. Polly konnte hören, dass der Wasserhahn lief. Jemand war da. Rasch stand sie auf und stützte sich am Türrahmen ab.

»Oliver?«, fragte sie unsicher.

Keine Antwort. Sie tastete sich an der Wohnzimmerwand entlang, bis sie im Durchgang zur Küche angekommen war. Er stand mit dem Rücken zu ihr in Boxershorts am Waschbecken.

»Was machst du da?«, fragte sie. Er beachtete sie nicht, legte den Kopf in den Nacken und stürzte ein Glas Wasser hinunter.

»Oliver?«

Nichts.

»Oliver, ignorierst du mich?«

Wieder keine Reaktion. Er bewegte sich nicht einmal, zeigte mit keiner Regung, dass er ihre Anwesenheit überhaupt registriert hatte.

»Ist es wegen vorhin? Schmollst du jetzt deswegen?«

Immer noch nichts. Was war nur los?

»Hör mal, es tut mir leid, dass ich die Nerven verloren habe. Es war einfach ein richtig beschissener Tag.«

Sie ging zu ihm und schlang ihm von hinten die Arme um

die Taille. Sein Körper war warm, und sie presste sich zitternd an ihn, hielt ihn, so fest sie konnte, und schmiegte ihr Gesicht an seinen Rücken. Er zeigte noch immer keinerlei Reaktion. Sie konnte sein Rasierwasser riechen – es kam ihr bekannt vor, war aber nicht das, was er normalweise benutzte. Überhaupt fühlte Oliver sich nicht an wie sonst. Sein Körper war härter und weniger rundlich und sein Rücken behaart und irgendwie schmierig. Polly wollte sich gerade von ihm lösen, da drehte er sich um und packte sie an den Oberarmen.

»Sieh mich nicht an!«, knurrte er.

Es war der Fremde aus der U-Bahn.

Sie schnappte nach Luft, fuhr im Bett hoch und riss die Augen auf. Sie konnte Oliver neben sich schnarchen und schnaufen hören. Polly fror entsetzlich – kalter Schweiß rann ihr übers Gesicht und über ihren Hals. Sie holte ein paarmal tief Luft und legte sich dann wieder hin. Die Bettlaken waren feucht und ihr Schlafanzug schweißgetränkt. Es war ziemlich unangenehm, und sie hätte sich am liebsten umgezogen. Aber sie konnte sich nicht von der Stelle rühren.

11. KAPITEL

Nach ihrem Albtraum konnte Polly kaum noch schlafen. Die ganze Nacht zermarterte sie sich den Kopf darüber – wie war sie nur in dieses Schlamassel hineingeraten? Sie starrte an die Zimmerdecke und wartete darauf, dass Oliver aufwachte.

Sobald sie merkte, dass er anfing, sich zu regen, setzte sie sich auf, beugte sich über sein Gesicht und beobachtete, wie er die Augen aufschlug.

»Was machst du denn da?«, fragte er erschrocken.

»Ich warte.«

»Und worauf?«

»Dass du aufwachst und ich dir sagen kann, dass es mir leidtut.«

»Oh, stimmt. Da war doch was.« Oliver wälzte sich auf die Seite und wandte ihr den Rücken zu.

»Bitte sei nicht sauer. Ich war richtig blöd zu dir, das weiß ich.«

Sie kletterte auf ihn, sodass sie sich zwangsläufig in die Augen sahen. Dann duckte sie sich unter seinen Armen hindurch, sodass er sie umarmen musste, ob er wollte oder nicht. Nach ein paar Sekunden gab er nach und drückte sie an sich. Polly fühlte sich unendlich geborgen.

In den letzten Stunden, in denen sie wach dagelegen hatte, hatte sie beschlossen, dass ihr kleiner Flirt mit dem Abenteuer, oder was auch immer es gewesen war, nun ein Ende finden musste. Sie hatte nicht vor, irgendjemandem davon zu erzählen; sie verstand ja selbst kaum, warum sie sich überhaupt aufs *Tubing* eingelassen hatte.

Aber einen Abend später kam die nächste Nachricht. Ihr Telefon befand sich in der Handtasche, die im Flur lag. Der Vibrationsalarm war aktiviert, und sie hörte das leise Brummen auf dem Flurboden nicht. Sie sah auch nicht, wie das hektische Aufleuchten des Displays den Schlund ihrer Handtasche immer wieder erhellte. In dem Moment, in dem die Nachricht kam, lag Polly an Oliver geschmiegt auf dem Sofa und sah ein Kricketspiel mit ihm an. Eigentlich hasste sie diese Sportart, aber nach allem, was passiert war, wollte sie einfach ganz nah bei ihm sein. Er wunderte sich ein wenig über ihr plötzlich erwachtes Interesse am Kricket, genoss es aber sichtlich, ihr das Spiel zu erklären. Die Nachricht blieb den Rest des Abends unbeachtet. Aber sie wartete auf Polly.

Sie entdeckte sie schließlich auf dem Weg in die Redaktion, während sie sich ihren Weg durch eine belebte Straße bahnte und überlegte, was sie zum Abendessen kochen sollte. Sie hatte beschlossen, irgendetwas Besonderes für Oliver zuzubereiten, Lamm vielleicht oder etwas mit Seebarsch. Sie war zwar keine begnadete Köchin, aber irgendetwas würde ihr schon einfallen.

In der Nähe ihres Büros in der Conduit Street gab es einen netten kleinen Feinkostladen, in dem sie in der Mittagspause die wichtigsten Zutaten kaufen wollte. Den Rest konnte sie abends auf dem Heimweg besorgen.

Ihre Pläne waren vergessen, sobald sie die Nachricht entdeckt hatte. Polly erstarrte.

noch mal lust? morgen 19:15, leicester square, piccadilly line, die bahn nach hammersmith, letzte waggontür, bis dann!

Die Menschen drängten sich wütend an ihr vorbei, und hinter ihr hatte sich ein richtiger Stau gebildet. Es dauerte einen Moment, bis sie es bemerkte und sich in einen leeren Hauseingang stellte, um eine ganze Weile einfach nur auf ihr Display zu starren. Sie hatte keine Ahnung, wie sie auf die Nachricht reagieren sollte. Ihr Daumen schwebte über dem Löschen-Button, aber dann sah sie stattdessen nach, wann genau die Nachricht angekommen war. Sie war am Sonntag um 21:57 Uhr abgeschickt worden. Es war eine andere Nummer als beim letzten Mal.

Wieder und wieder las sie die Nachricht. Wo war sie da bloß hineingeraten?!

Wurde ihre Nummer jetzt vollkommen willkürlich an jeden weitergereicht, der Interesse hatte? Wurde sie an fremde Männer in U-Bahnen vermietet wie eine … Prostituierte? Vielleicht war das der einzige Zweck der ersten Begegnung mit dem schönen Fremden gewesen – er hatte sie getestet. Der Gedanke erfüllte sie mit Grauen, und sie hätte am liebsten ihr Telefon zu Boden geschleudert.

Als sie in der Redaktion ankam, schäumte sie vor Wut. Sie stürzte zu ihrem Schreibtisch und warf sich auf ihren Stuhl. Je mehr sie über die Sache nachdachte, desto wütender wurde sie. Sie konnte nicht fassen, dass sie ahnungslos Teil eines Prostitutionsrings geworden war.

Mit der Arbeit kam sie nicht recht voran, obwohl sie dringend etwas für James fertigstellen musste. Doch sie konnte sich einfach nicht konzentrieren. Ein paarmal läutete ihr Telefon, aber da sie mit niemandem sprechen wollte, hob sie nicht ab. Irgendwann brüllte Lionel durch seine Bürotür, dass jetzt verdammt noch mal jemand abheben solle. Polly gab auf und ging ran. Es war ihr Dad. Sie hatte doch gewusst, dass es ein Fehler war, ihm die Nummer des Büros zu geben!

»Hi, Dad«, sagte sie, nachdem er sich durch eine lange Begrüßung gestottert hatte, ohne zu merken, dass seine Tochter bereits am Apparat war.

»Polly? Bist du das?«, fragte er schließlich.

»Ja.«

»Du hast dein eigenes Telefon?«

»Ja, ich habe in der Redaktion meine eigene Nummer.«

»Na, das ist ja doll.« Er klang richtig stolz. Stille. Sie sagte nichts. Es gab auch keinen Grund zu fragen, weshalb er anrief – wenn ihre Mutter einen Krankheitsschub gehabt hatte, meldete er sich oft noch mal, um sie auf den neuesten Stand zu bringen. Polly sackte auf dem Stuhl in sich zusammen und ließ ihren Kopf so tief sinken, dass er beinahe die Tischplatte berührte.

Fünf Sekunden später räusperte er sich. »Ich wollte dir nur sagen, dass es deiner Mutter jetzt wieder viel besser geht.«

»Fein.«

»Sie fühlt sich viel wohler.«

»Mhm.« Polly schaffte es nicht, die Herablassung in ihrer Stimme zu unterdrücken.

Pause.

»Ich dachte eigentlich, wir würden mal von dir hören, Liebes. Wegen des Besuchs. Du hast doch gesagt, dass du drüber nachdenkst.«

»Ja, ich weiß«, sagte sie. »Ich wollte ja auch anrufen, aber hier in der Redaktion war so viel los und ...«

»Oh, das glaube ich dir, Liebes. Ich weiß, du schuftest richtig schwer, vielleicht mehr, als du solltest«, meinte er. »Aber es ist wichtig. Ich glaube, es würde sie wirklich aufheitern. Sie wird leider langsam wieder depressiv, besonders jetzt, wo sie im Stuhl sitzt.«

Polly lief ein kalter Schauer über den Rücken. In den letzten Jahren hatte ihre Mutter begonnen, einen Rollstuhl zu benutzen. Bei ihrem letzten Besuch zu Hause hatte Polly sie allerdings zweimal dabei erwischt, wie sie auch ohne Rollstuhl ganz gut klarkam. Das erste Mal wollte sie ihr eine Tasse Tee bringen, weil ihr Vater sie darum gebeten hatte. Als sie die Wohnzimmertür öffnete, hatte sie den Eindruck, ihre Mutter habe sich eben erst in den Rollstuhl plumpsen lassen. Er rollte ein kleines Stück zurück, ganz so, als hätte sie sich zu schwungvoll wieder hineingesetzt. Beim zweiten Mal hatte sie sie gefunden, wie sie im Innenhof lag und der Rollstuhl zur anderen Seite hin umgekippt war. Polly hatte wirklich keinen blassen Schimmer, wie jemand es schaffen sollte, auf komplett ebenem Boden aus dem Stuhl zu fallen und dann auch noch in die entgegengesetzte Richtung ...

Sie griff nach ihrem Kugelschreiber und klickte nervös daran herum. Sie war kurz davor, in die Luft zu gehen.

»So ein kleiner Wochenendtrip und eine Pause von London würden dir sicher guttun, Liebes. Warum bringst du nicht Oliver mit? Wir würden ihn so gern treffen.«

Von der Vorstellung, ihre Eltern zusammen mit Oliver zu besuchen, wurde Polly ganz schlecht. Sie kam aus einem pittoresken Dorf in Dorset, aber der Bungalow, in dem ihre Eltern wohnten, war ein Betonklotz aus den Siebzigerjahren und hatte zu allem Übel auch noch einen Carport und eine Durchreiche in der Küche. Oliver kannte das Dorf gut, er war nur wenige Kilometer entfernt in Somerset auf ein privates Internat gegangen. Er dachte, sie sei in einem der großen, mit Steinen verkleideten Cottages aufgewachsen, die diese schönen, niedrigen Balken und hübsche, von Mauern umgebene Gärten hatten. So stellte er sich das eben vor – und Polly verspürte keinerlei Bedürfnis, ihn in diesem Punkt zu korrigieren.

»Na ja, denk mal drüber nach«, meinte ihr Vater, als sie nichts erwiderte.

Sie fühlte sich hundeelend: Schließlich wusste sie genau, dass ihr Vater sie sehen wollte, nicht ihre Mutter. Ihre letzte Begegnung lag nun schon ein paar Monate zurück. Damals hatte er sie in London besucht; das machte er ab und an. Eigentlich war ihr das sowieso viel lieber.

»Hast du denn vielleicht Zeit, mal wieder hier in London vorbeizuschauen?«, fragte sie hoffnungsvoll. »Wir könnten ja wieder in dieses Steakhouse gehen, das du so gern magst.«

»Das würde ich sehr gern, Darling«, meinte er. »Aber ich bin mir nicht sicher, ob deine Mutter dazu in der Lage ist. Wahrscheinlich wäre so eine Reise zu viel für sie.«

Polly überkreuzte ihre Finger.

»Na ja, und wenn du einfach alleine kommst?«

Kurz schwieg er. »Ja, das wäre toll.«

Sie verabredeten sich für übernächsten Donnerstag zum Lunch und legten schließlich auf. Nach dem Telefonat fühlte Polly sich schrecklich. Natürlich freute sie sich darauf, ihren Dad zu sehen, aber er hatte eben auch immer all die Horrorstorys über ihre Mutter mit im Gepäck, selbst wenn diese gar nicht dabei war. Allein schon die Gespräche darüber machten Polly kreuzunglücklich.

Sie sah, dass es erst 11:48 Uhr war. Noch nicht einmal Zeit für die Mittagspause.

»Verdammter Mistmorgen«, murmelte sie leise. Sie überlegte, ob sie ihren Kopf gegen ihren Computerbildschirm rammen oder sich mithilfe einer Schlinge aus Büroklammern strangulieren sollte. In diesem Moment vibrierte ihr Telefon so hektisch, dass es quer über die Tischplatte schlitterte. Es war nur eine Nachricht von ihrem Mobilfunkanbieter, der ihr eine fantastische neue Möglichkeit anbot, ihr Geld zu verschleudern. Wütend löschte sie die Nachricht und beschloss, später bei dem Anbieter anzurufen und ihm ordentlich ihre Meinung zu geigen. Sobald die Nachricht weg war, erschien die Liste der anderen Mitteilungen. Wieder las sie die Nachricht, die sie gestern Abend von irgendeinem Fremden erhalten hatte. Für wen zum Teufel hielt der sich? Und wie kam er auf die Idee, er könnte sie wie eine Nutte behandeln?

Das war der Moment, in dem sie eine Entscheidung traf. Sie würde heute Abend bei dem Treffen erscheinen und dann dem ominösen Fremden ganz genau erklären, was sie von der Sache hielt.

12. KAPITEL

Die letzte Doppeltür der U-Bahn öffnete sich, und da stand er, lehnte an dem Metallgeländer und wartete auf sie. Es war *er*, der schöne Fremde, wegen dem das Schlamassel überhaupt erst begonnen hatte. Dieses Mal gab es keine Spielchen, kein Verstecken in der Menge oder plötzliches Auftauchen. Der Waggon war beinahe leer, es bestand also ohnehin nicht die Möglichkeit, sich zu verbergen.

Er lächelte sie kühl an und kam dann auf sie zu, um sie zu begrüßen, ganz so, als wären sie alte Freunde.

Da sich ihr Tag seit dem Telefonat mit ihrem Vater nicht unbedingt zum Besseren gewandt hatte, war sie ziemlich geladen. Sie ging direkt auf ihn zu und verpasste ihm eine schallende Ohrfeige. Verwirrt legte er eine Hand an seine Wange. Polly war mindestens genauso geschockt wie er, sie hatte nicht damit gerechnet, dass sie sich so etwas tatsächlich trauen würde. Unsicher trat sie einen Schritt zurück.

Es dauerte nur ein paar Sekunden, da packte er auch schon brutal ihr Handgelenk und drehte ihr den Arm auf den Rücken. Polly begriff gar nicht richtig, was geschah – sie spürte nur den Schmerz. Weil schon die kleinste Bewegung dafür sorgen würde, dass ihr Arm sich noch weiter verdrehte, hielt sie den Atem an und blieb ganz still.

Er stieß sie auf die Waggontür zu, um sie aus der Bahn zu drängen. Ein Mann, der in ihrer Nähe saß, blickte von seiner Zeitung auf und sah sie schockiert an. Einen Moment lang zögerte er, dann stand er auf.

»Hey, was machst du da, Alter?«

»Setz dich wieder«, erwiderte er streng und verpasste dem Mann mit seiner freien Hand einen Fausthieb ins Gesicht, sodass dieser zurückprallte und wieder auf seinen Sitz sackte. Jetzt sahen auch andere Passagiere zu ihnen herüber, und ein lautes Piepen kündigte an, dass die Türen sich jeden Moment schließen würden.

Er hielt Pollys Arm immer noch fest umklammert und schubste sie hinaus. Auch auf dem leeren Bahnsteig lockerte er seinen Griff nicht, sondern zerrte sie Richtung Ausgang. Kurz bevor sie die Rolltreppen erreichten, zog er sie in einen kleinen Seitenkorridor. Dort löste er die schmerzhafte Drehung ihres Arms und griff nach ihrer Hand. Er schleppte sie hinter sich her, bis sie stolperte und zu Boden fiel. Doch er ließ nicht los, sondern schleifte sie stattdessen so lange mit, bis es nicht mehr weiterging.

Hier hinten im Gang gab es keine Neonröhren. Dieser Bereich war nicht für die Öffentlichkeit gedacht, weswegen nur eine matte Notbeleuchtung neben einem schmalen Schacht in der Wand angebracht war, die alles in ein gelbes, kränkliches Licht tauchte. Dem Geruch nach zu urteilen, befand sich hier ein Mülllager. Neben dem Schacht stapelten sich schwarze Säcke. Polly rappelte sich auf, aber in dem Moment packte er sie auch schon am Hals und drückte sie gegen die Wand. Sofort stellte sie sich auf die Zehenspitzen, um den Druck an ihrer Kehle ein wenig abzumildern.

»Warum zum Teufel hast du das gemacht?«, fragte er, das Gesicht nur wenige Zentimeter von ihrem entfernt. Sie spürte seinen heißen Atem auf ihren Wangen.

Sie blieb stumm, stand nur da und zitterte am ganzen Leib. Irgendwann ließ er sie los, wandte ihr den Rücken zu und stemmte sich gegen die gegenüberliegende Wand, als müsste er sie mit den Händen aufrechthalten. Polly ließ sich an der Mauer hinabgleiten, bis sie wieder mit beiden Füßen fest auf dem Boden stand. Eine gefühlte Ewigkeit verharrten sie beide so. Die Stimmung war zum Zerreißen gespannt. Polly wusste nicht, was sie tun sollte. Klar, eigentlich wäre es das Klügste gewesen, einfach zu gehen. Aber sie blieb.

Als er sich wieder zu ihr umdrehte, wirkte er schon viel ruhiger.

»Warum hast du mich geohrfeigt?«

»Ich ... ähm ... war sauer.« Polly klang schrill und fahrig. Sie konnte keinen klaren Gedanken fassen, geschweige denn einen ganzen, logischen Satz formulieren. Konnte nur in seine Augen blicken, die in der Dunkelheit schwach schimmerten.

»Warum?«

»Wegen dem, was letztens in der U-Bahn passiert ist.«

»Aber ich war doch nicht einmal da.«

»Ich weiß«, sagte sie leise.

»Oh, verstehe. Du dachtest, du würdest mich treffen?«

Sie erwiderte nichts.

»*Tubing* ist ein Spiel«, sagte er und kam näher, um dann seine Hände links und rechts von ihrem Kopf an die Wand zu pressen. »Es geht um unverbindlichen, unkomplizierten Sex.«

Plötzlich fühlte sie sich dumm und schämte sich schrecklich. In jedem Fall war dieses Spiel nichts für sie. Am liebsten wäre sie im Boden versunken.

Er kam noch näher und hob langsam ihr Kinn, sodass sie ihm in die Augen sehen musste.

»Willst du denn mit mir spielen?«

Jetzt war sein Gesicht so dicht an ihrem, dass sie seinen Atem und die Hitze seines Körpers spüren konnte. Sie brachte kein Wort heraus. Beide hielten vollkommen still, während sich die Anspannung zwischen ihnen ins Unerträgliche steigerte. Plötzlich lehnte er sich ohne Vorwarnung nach vorn und presste seine Lippen auf ihre.

Auch seine Hände waren mit einem Mal überall. Er strich über ihren Körper, zerrte an ihren Klamotten. Schlagartig fühlte sie sich wie elektrisiert, vom Kopf bis zu den Zehenspitzen, und auch in ihrem Bauch flatterte es heftig. Er drückte sie energischer an die Wand und hatte sie schließlich genau in der Position, in der er sie wollte. Sie hörte, wie er an seiner Gürtelschnalle herumfummelte, dann stieß er gegen ihre Füße, bis sie die Beine weit auseinandergespreizt hatte. Im Handumdrehen hatte er ihre Hose geöffnet. Sie wusste, was jetzt kommen würde. Plötzlich ging ihr alles viel zu schnell. Er steckte seine Hände in ihre Hose und schob sie hinunter. Dann zupfte er am Bund ihres Höschens.

Was war nur aus all ihren guten Vorsätzen geworden? Was war mit Oliver? Polly löste sich von ihm und drehte den Kopf zur Seite, um zu Atem zu kommen. Sie holte tief Luft. Der Gestank der Müllsäcke stach ihr in die Nase.

»Nein«, sagte sie und ging auf Abstand.

Er ignorierte sie und schob seine Hände zwischen ihre Beine.

»Bitte hör auf.«

Er hörte nicht auf.

»Nein, ich will das nicht!«, rief sie und stieß ihn weg.

Dieses Mal ließ er sofort von ihr ab und trat einen Schritt zurück.

»Na schön«, sagte er und hob die Hände, als würde er sie hiermit entlassen.

Sie standen einander gegenüber. Eilig zog Polly ihre Hose hoch und schlang ihre Arme um ihren Oberkörper.

Er sah sie an. »Was ist dein verdammtes Problem?«

Sie antwortete nicht.

»Du verschwendest meine Zeit«, meinte er einen Moment später. Dann zog auch er seine Hose hoch und machte Anstalten, kopfschüttelnd zu verschwinden. Plötzlich bekam Polly Panik. Sie wollte nicht, dass er ging, obwohl ihre Vernunft ihr sagte, dass es das Beste wäre. Aber sie konnte sich nicht von ihm lösen, auch wenn sie Angst hatte. Und zwar nicht vor ihm, sondern vor dem, was sie selbst gleich tun würde.

Sie streckte den Arm aus, hielt ihn fest. Er drehte sich um und starrte sie an. Dann drückte er erneut ihre Schultern an die Wand. Zuerst dachte sie, er würde sie einfach wegstoßen, aber dann kam er näher, packte sie an den Pobacken und zog sie nach vorn, sodass ihr oberer Rücken an die Wand gepresst wurde und ihre Hüften nach vorn ragten.

Dieses Mal bewegte er sich gelassen und überlegt. In seinen Gesten lag keinerlei Hektik, er wusste, dass Polly ihn nicht wieder aufhalten würde. Langsam öffnete er die Knöpfe ihrer Bluse, einen nach dem anderen. Sie sah seinen Fingern bei der Arbeit zu, und ihre Brust hob und senkte sich, während er ruhig und konzentriert weitermachte. Als er schließlich fertig war, ließ er ihre Bluse aufklaffen und zog die Schalen ihres BHs hinunter, um ihre Brüste zu entblößen. Mittlerweile stand jedes Härchen auf ihrem Körper senkrecht zu Berge. Wann würde er sie anfassen? Noch nicht. Gerade betrachtete er sie nur.

Irgendwann strich er ganz langsam mit dem Zeigefinger über ihr rechtes Schlüsselbein. Dann über das linke. Wieder in der Mitte angekommen, wanderte sein Finger weiter über ihr Brustbein und dann im Zickzack über jede einzelne Rippe, bis er bei der Narbe und schließlich bei ihrem Bauchnabel angekommen war. Dann trat er einen Schritt zurück und ließ erneut seinen Blick auf ihr ruhen. Nie sah er ihr ins Gesicht. Immer nur auf ihren Körper.

Er beugte sich nach vorn und zog ihre Hose ganz langsam Stück für Stück hinunter. Ihre Hände waren mittlerweile zu Fäusten geballt. Das Flattern in ihrem Magen hatte sich in ein schmerzhaftes Ziehen verwandelt, das bis in ihren Schritt reichte. Er quälte sie. Bestrafte sie, spannte sie auf die Folter. Als er ihre Hose schließlich ganz hinuntergezogen hatte, löste er erst ihren linken, dann ihren rechten Fuß aus dem Hosenbein. Dann hob er langsam den Kopf bis auf die Höhe ihres Schritts. Sein Gesicht war so nah, dass sie seinen heißen Atem auf ihren Oberschenkeln spüren konnte. Er strich mit der Hand über ihre Beine und dann über ihre Hüften. Sanft streichelte er die vorstehenden Knochen, packte dann ihre Pobacken und knetete sie, ehe er schließlich seine Hände nach oben wandern ließ und um ihre Taille legte. Er packte sie so fest, dass sie aufkeuchte, und riss dann mit einem Ruck ihr Höschen hinunter. Polly entfuhr ein überraschter Schrei.

Er lehnte sich an die gegenüberliegende Wand und starrte sie an. Sie hielt so still, wie sie nur konnte, nackt bis auf die Bluse, die ihr lose um die Schultern hing, und den BH, der ihr bis auf die Taille hinabgerutscht war. Sie sah zu, wie er sich mit der Hand durchs Haar fuhr und sie schließlich auf seinem Hals ruhen ließ. Ja, er genoss die Situation sichtlich, während Polly unkontrolliert zitterte und das Warten kaum mehr ertrug. Dann öffnete er langsam seine Hose und trat auf sie zu. Er presste sich einen Augenblick lang an sie, bevor er die Hände unter ihren Po legte und sie hochhob. Sie spürte, wie ihre Pobacken sich an die kühlen Fliesen der Wand drückten, und schlang ihre Beine um ihn. Und schon war er in sie eingedrungen. Er hob sie höher, sodass er tiefer in sie hineinstoßen konnte, und sie stöhnte vor Erleichterung auf.

Seine Stöße wurden heftiger, gingen immer tiefer. Polly wollte schreien, einfach alles rauslassen. All das Chaos und die Unentschiedenheit verschwanden aus ihrem Kopf, bis sie an nichts anderes mehr denken konnte als an ihn und ihre Lust.

Er leckte über ihren Hals, dann an ihrem Ohr entlang.

»Du bis so zart. So verdammt eng«, wisperte er atemlos. Er legte seine Hände auf ihre vorstehenden Hüftknochen und drückte sie zurück, damit er sich noch tiefer in Polly versenken konnte.

»Ich habe das Gefühl, dass ich dich zerbrechen könnte. Dass ich deine zarte Hüfte einfach zersplittern lassen könnte.«

Sie hatte Mühe, sich aufrecht zu halten, war vollkommen überwältigt von dem Gefühl, das er in ihr auslöste.

Plötzlich hörte sie Stimmen, aber sie war so berauscht, dass sie nicht sicher war, ob sie es sich nur eingebildet hatte. Dann sah sie nach links in den hell erleuchteten Hauptgang. Weil es hier im Korridor so dunkel war, kam es ihr vor, als blickte sie durch ein Teleskop. Ein Mann im Nadelstreifenanzug und mit einem Aktenkoffer in der Hand eilte vorbei. Er machte kleine blitzschnelle Schritte wie eine Katze.

Die Stimmen wurden lauter. Sie sah ein Paar, das Arm in Arm vorbeilief. Die Frau erzählte dem Mann irgendetwas über das Dinner, zu dem sie verabredet waren. Ein weiteres Paar kam vorbei, dann eine Frau und noch eine. Immer mehr Gesichter erschienen auf der Bildfläche und verschwanden wieder. Polly konnte sich nicht auf die Leute konzentrieren, denn er stieß jetzt immer fester in sie hinein. Sie blickte auf ihn hinab und stellte fest, dass auch er die Menschen beobachtete.

Der Lärm wurde immer lauter. Als sie wieder hinübersah, merkte sie, dass sich eine ganze Gruppe von Leuten am Eingang des dunklen Korridors gesammelt hatte. Alle blickten geradeaus, während sie in einer Art Nadelöhr der Station feststeckten und darauf warteten, die Rolltreppe zu betreten. Sie waren so nah, dass Polly ihre Schritte hörte, wenn sie ein Stück weiter nach vorn rückten. Auch das leise Summen ihrer Kopfhörer konnte sie erahnen, das Rascheln der Zeitungen. Die ganze Zeit über ließ *er* nicht von ihr ab. Sie aber schaffte es nicht, ihren Blick von den Leuten zu lösen. Sie konzentrierte sich, versuchte, den Orgasmus hinauszuzögern. Die Menge begann sich aufzulösen, und da konnte Polly nicht mehr. Sie fing an, so laut zu stöhnen, dass eine Frau am Ende der Schlange stehen blieb und in den Korridor spähte. Ihre Augen suchten die Dunkelheit ab und blieben schließlich an Polly hängen. Sie duckte sich und tat einen zögerlichen Schritt in den Korridor hinein. So unsicher, wie sie sich bewegte, war klar, dass sie nicht genau erkennen konnte, was vor sich ging. Trotzdem ruhte ihr Blick unbeirrt auf Polly. Auch *er* beobachtete die Frau die ganze Zeit über. Mit jedem Stoß wurde sein Atem schwerer und schwerer. Jemand tippte der Frau auf die Schulter, und sie bemerkte, dass die Schlange weiter nach vorn gerückt war. Ein letztes Mal blickte sie zu Polly, bevor sie sich schließlich abwandte.

Jeder Muskel in Pollys Körper zog sich zusammen, und dann löste ihre Anspannung sich mit einem Schlag. Sie ließ sich nach vorn sinken und brach auf ihm zusammen. Er stieß ein letztes Mal in sie hinein und kam dann in ihr. Atemlos standen sie aneinandergelehnt da, vollkommen unfähig, sich zu bewegen oder etwas zu sagen.

Nach einer Weile ließ er sie los, und sie lehnte sich wieder an die Wand. *Er* bückte sich und zog seine Hosen hinauf. Polly konnte hören, wie er die Gürtelschnalle mit einem metallischen Klicken schloss. Dass sie immer noch splitternackt war, kümmerte sie nicht.

Er trat auf sie zu und legte beide Hände um ihr Gesicht. Dann küsste er sie brutal. »Wir hören uns!«

Sie beobachtete, wie er auf den hell erleuchteten Gang hinaustrat. Ihr fiel auf, dass sie seinen Namen nicht kannte und er ihren genauso wenig. Kurz überlegte sie, ob sie ihn ihm zurufen sollte. Aber das wäre bestimmt gegen die Spielregeln gewesen.

13. KAPITEL Jetzt war Polly dem *Tubing* doch verfallen. Mit Haut und Haar. *Ihn* sah sie zweieinhalb Wochen lang nicht mehr. In der Zwischenzeit traf sie zwei andere Männer.

Sie eröffnete auf Twitter einen Fake-Account und benutzte irgendeinen willkürlichen Fantasienamen, @44oro. Ein paar Tage später entdeckte sie einen Aufruf zu einem Treffen auf der Victoria Line mitten in der Rushhour – noch am selben Abend. Ein Mann, der eine Frau treffen wollte, hatte die Nachricht gepostet, und Polly likte sie.

Der Mann war vermutlich Ende fünfzig. Sein Haar war fast ganz weiß, und er war braun gebrannt, sah smart und gepflegt aus. Er trug einen hellgrauen Anzug, und sie merkte gleich, dass er von guter Qualität war, vermutlich eine Mischung aus Wolle und Seide. Der Anzug saß perfekt, auch wenn der Mann recht klein war – er war definitiv nicht von der Stange. Einen Moment lang musste sie an Oliver denken, der denselben exquisiten Geschmack hatte – wenn er das Futter nicht selbst aussuchen durfte, dann interessierte ihn das Kleidungsstück gar nicht erst. Die Ärmel mit den Nadelstreifen wurden von goldenen Manschettenknöpfen zusammengehalten. Das Hemd war perfekt gebügelt und sah so neu aus, als hätte er es heute zum ersten Mal an.

Sie war sich nicht sicher gewesen, wie sie ihn finden sollte, aber sie hätte sich gar keine Sorgen machen müssen: Sobald sie den Waggon betrat, hatte er sie auch schon entdeckt. Er nickte ihr zu, und sie zögerte kurz, blickte auf die Handvoll Pendler, die bereits an Bord waren, aber sie wusste ohnehin, dass er es war. Er lächelte ihr zu, und das machte ihr genug Mut, um zu ihm zu gehen. Von Nahem sah sie, dass sein Gesicht deutlich vom Alter gezeichnet war. Trotzdem war er attraktiv. Er übernahm sofort die Führung, legte die Hände auf ihre Hüften und drehte sie um, sodass sie mit dem Rücken zu ihm stand. Dann führte er sie sanft durch das Abteil, bis sie hinter einem plaudernden Pärchen in einer Ecke angelangt waren.

Es war gerade mal kurz nach achtzehn Uhr an einem Dienstagabend. Hier, außerhalb von Londons Zentrum, war die Bahn nur halb voll. »Warten wir ab, bis ein bisschen mehr los ist, oder?«, flüsterte er ihr zu, und sie hörte, dass er einen starken italienischen Akzent hatte. Er hatte recht. Momentan hatten sie noch keine Möglichkeit, sich hinter anderen Passagieren zu verbergen.

Polly nickte, ohne ihn anzusehen, blickte dann ins Leere und wartete ab. Seine Hände lagen immer noch auf ihrer Taille, und Polly stellte fest, dass sie sich hier in seinen Armen plötzlich ganz ruhig fühlte, obwohl sie wegen des Treffens den ganzen Tag über nervös gewesen war.

Als die U-Bahn langsam ins Zentrum vordrang, sammelten sich mit jedem Stopp mehr Leute im Abteil. Sie spürte, wie fremde Leiber sich an sie drückten und wie die Luft langsam stickig wurde. Ein junger Mann mit schlaffem Haar und einer Brille trat versehentlich auf Pollys Fuß. Als er eine Entschuldigung murmelte, sah sie nicht einmal auf. Dafür war sie viel zu beschäftigt mit dem, was gleich passieren würde.

Er fing ganz langsam an, streichelte zunächst nur kreisförmig über ihren Bauch. Sie drängte ihn nicht, war wild entschlossen, dieses Mal nicht die Kontrolle über sich zu verlieren und sich keinesfalls so gehen zu lassen wie beim letzten Mal. Als er die Hand unter ihr Oberteil schob und begann, ihre Nippel zu zwicken und sie zu necken, bis sie ganz hart wurden, stöhnte sie innerlich auf.

Die andere Hand schob er unter den Bund ihres Rocks und dann in ihr Höschen. Als er sie zwischen ihre Beine legte und mit den Fingern ihre Klitoris immer heftiger massierte, hätte sie sich um ein Haar zusammengekrümmt. Die Lust wurde beinahe zur Qual, das Gefühl war zu intensiv. Sie wollte sich ein wenig von ihm lösen, aber seine Finger ließen nicht von ihr ab.

Zitternd blickte sie auf die anderen Fahrgäste und versuchte sich zusammenzureißen. Sie standen in einer Ecke des Waggons und blickten starr geradeaus. Niemand außer dem Typ mit der Brille hatte etwas bemerkt: Der aber gaffte sie relativ unverhohlen an. Ihr war vorhin gar nicht aufgefallen, wie nah er bei ihnen stand. Wahrscheinlich hatte er die Bewegungen gespürt, die der Italiener mit seinem Arm machte. Sie schenkte ihm ein zittriges, entschuldigendes Lächeln, aber in dem Moment presste der Italiener seine Finger so fest zwischen ihre Beine, dass sie nicht anders konnte und ihren Mund weit aufriss.

Der junge Mann starrte sie anzüglich an, und sein Kiefer klappte ein wenig nach unten. Ja, er beobachtete sie.

Polly drehte sich rasch um und blickte ihrem italienischen Partner direkt ins Gesicht. Er wirkte überrascht und ein wenig abwehrend. »Sieh mich nicht an, Darling«, murmelte er. »Dreh dich wieder um.«

»Jemand beobachtet uns«, sagte sie und schluckte hart.

»Das ist doch Teil des Spaßes, oder?« Er atmete schwer. »Genieß es.« Sie drehte sich wieder um. Der junge Mann war immer noch da und wartete ungeduldig darauf, dass die Performance weiterging. Aber sie konnte nicht. Es ging einfach nicht.

»Ich kann das nicht«, flüsterte sie.

Er runzelte die Stirn und war jetzt sichtlich verärgert. »Wenn das so ist …« Er drehte sie grob um, sodass sie mit dem Rücken zur Ecke vor ihm stand. Dann legte er die Hände auf ihre Schultern und versuchte sie nach unten zu drücken. Zuerst sträubte sie sich, gab dann aber rasch nach und ließ sich an dem Metall des Türrahmens hinabgleiten. Sie war erleichtert, hinter all den Menschenkörpern verschwinden zu können. Er fummelte an seinem Hosenstall herum und zog seinen erigierten Penis hervor, um ihn ihr dann ins Gesicht zu drücken. Sie gehorchte, nahm ihn aber nicht in den Mund, sondern in ihre Hand. Es dauerte nicht lange, bis er kam. Sobald er fertig war, zog er sie an den Armen nach oben. Der Mann mit der Brille war noch näher an sie herangetreten und sah zu, wie Polly wieder aus der Menge auftauchte. Er hatte denselben schmutzigen Gesichtsausdruck wie der Italiener.

Der lächelte Polly jetzt höflich an. »Hat mich gefreut«, sagte er, als die Bahn an der nächsten Station hielt. Er deutete eine Verbeugung an und stieg aus. Der Spanner zwinkerte ihr zu und folgte ihm dann.

Das zweite Treffen fand eine Woche später statt. Dieses Mal postete sie ihren eigenen Tweet.

> Frau sucht Mann. Bakerloo Line Richtung Süden.
> Paddington. Zweiter Waggon. 18:30 heute Abend.
> #TubingPaddington

Beinahe hätte sie die Bahn verpasst. Als sie in der Station ankam, war die Schalterhalle rappelvoll. Nur eine Schranke war noch offen, der Rest war bereits geschlossen worden, um eine Überfüllung zu vermeiden. Notgedrungen musste sie sich anstellen, während die Schlange sich quälend langsam vorwärtsbewegte. Auf der großen Wanduhr tickte der Sekundenzeiger unerbittlich weiter. Als sie endlich vorn angekommen war, klopfte ihr Herz wie wild. Ein alter Mann strich wieder und wieder mit seinem Ticket über den Sensor, ohne dass die Schranke sich öffnete. Da verlor Polly endgültig die Nerven. Erst schnaubte und räusperte sie sich nur lautstark, aber irgendwann schlug sie mit der Hand auf das Metalltor und brüllte:

»Sie müssen Ihr Guthaben aufladen, Sie verdammter Idiot!«

Er sah sie schockiert an. »Haben Sie doch mal ein bisschen Geduld …«

»Dafür habe ich keine Zeit, verdammt noch mal!« Sie schubste ihn beiseite. Als sie die Schranke hinter sich gelassen hatte, drehte sie sich noch einmal zu ihm um. Er stand immer noch da und wischte hilflos mit der Karte über das Lesegerät.

Auf den Rolltreppen, die zu den Gleisen führten, sah es auch nicht besser aus. Die Schlangen auf beiden Seiten bewegten sich keinen Zentimeter vorwärts. Polly versuchte sich vorbeizudrängeln, aber es funktionierte nicht. In wenigen Sekunden sollte die Bahn bereits eintreffen. Sie stand am Ende der Schlange und zitterte vor Frust darüber, wie schneckenlangsam alles vorwärtsging.

Als sie am Bahnsteig ankam, stand die Bahn immer noch da. Sie schaffte es gerade noch, durch die Tür zu springen, ehe diese sich schloss.

Sobald sie im Waggon war, atmete sie noch ein paarmal tief durch und hielt dann nach dem Mann Ausschau.

Anfangs setzte sie auf den Falschen. Sie zog einen sexy Schmollmund und versuchte ihn zu sich zu locken. Als er nicht reagierte, dachte sie zuerst, er spiele ein gemeines Spielchen mit ihr. Sie zwinkerte ihm zu und legte den Kopf in den Nacken. Doch dann begriff sie, dass sie falsch lag. Der Mann starrte sie verwirrt an und drehte sich sogar um, um herauszufinden, wen sie da wohl im Auge hatte.

»Mist«, murmelte sie und wandte sich schnell ab, um den restlichen Waggon abzusuchen.

Der richtige Typ stand ein bisschen weiter entfernt. Sie erkannte ihn sofort daran, wie er sie anlächelte. Er sah ganz anders aus – war viel jünger, etwa in Pollys Alter, was sie überraschte. Er trug Jeans mit Rissen und ein T-Shirt. Trotzdem sah man ihm an, dass er wohlhabend war, denn die Kleidung war sauber, und die Risse wirkten wenig zufällig. Er hatte tiefe Grübchen in beiden Wangen und warme, braune Augen. Ja, er war süß. Polly konnte nicht anders, als sein Lächeln zu erwidern.

Als sie in dem gut gefüllten Waggon aufeinander zugingen, konnten beide gar nicht aufhören zu grinsen. Sobald sie voreinander standen, griff er nach ihren Händen, und sie sahen sich einfach nur an. So ging es mehrere Haltestellen lang weiter. Langsam fragte Polly sich doch, was das zu bedeuten hatte. Sie hatte extra ihren malvenfarbenen Minirock mit dem Reißverschluss vorne angezogen, weil sie gedacht hatte, dass das hier in der U-Bahn ganz praktisch sein könnte. Dann dämmerte es ihr langsam: Er war ein Neuer. Sofort lief ihr ein angenehmer Schauer über den Rücken, und sie griff nach seiner Hand, um ihn in eine Ecke des Waggons zu führen. Dort setzte sie ihn auf einen hochgeklappten Sitz, drückte sich an ihn und begann ihn zu küssen. Sie knutschten herum wie Teenies, erst noch schüchtern, dann immer fieberhafter. Er schmeckte nach Minze.

Die anderen Fahrgäste schenkten ihnen keinerlei Beachtung, waren viel zu beschäftigt mit ihren Smartphones und Zeitungen. Und selbst wenn sie jemandem aufgefallen sein sollten, so wäre wahrscheinlich niemand auf die Idee gekommen, dass sie sich vorher gar nicht gekannt hatten. Sie sahen wie ein ganz normales Studentenpärchen aus. Er machte keinerlei Anstalten, sie zu berühren, hatte nur die Arme um sie gelegt, um sie näher an sich zu ziehen. Mit seiner Zunge erforschte er immer weiter ihren Mund, und er schien auch nicht vorzuhaben, in näherer Zukunft damit aufzuhören.

Eine weitere Minute verging, dann verlor Polly wieder einmal die Geduld. Sie sah ihm direkt in die Augen und senkte dann ihren Kopf. So genau wusste sie auch nicht, was sie damit signalisieren wollte, und seinem Gesichtsausdruck nach zu urteilen, ging es ihm genauso. Er glotzte sie einfach nur an wie ein verliebter Teenager. Sie drückte sich an ihn und strich über seinen Hosenbund, bis sie am Reißverschluss angekommen war. Er senkte ebenfalls den Kopf und presste seinen Mund auf ihr Ohr, während sie sich so positionierte, dass sie vor den Blicken der übrigen Passagiere abgeschirmt waren. Sie hörte ihn aufkeuchen und merkte, wie sein Atem unregelmäßig wurde, als sie den Reißverschluss öffnete und ihre Hand in seine Hose schob.

Sein Penis war bereits steif. Sie packte ihn und begann an ihm zu reiben. Dann öffnete sie den Reißverschluss an ihrem Rock, sodass er weit aufklaffte, und griff nach seiner Hand, um sie in ihren Schritt zu schieben. Er streichelte ihre Schenkel, aber sobald sie losließ, hörte er damit auf. Verärgert griff sie wieder nach der Hand und schob sie noch weiter an ihrem Schenkel hinauf. Er gehorchte, ließ aber abermals von ihr ab, als sie den Griff löste. An seinem heftigen Schnaufen konnte sie erkennen, dass er schon kurz davor war zu kommen. Mittlerweile hatte er seine Hand ganz von ihrem Bein genommen.

Polly musterte ihn, seine Wangen waren leuchtend rot, und er hatte beide Augen geschlossen. Sie hätte genauso gut gar nicht da sein können. Plötzlich spürte sie eine warme Flüssigkeit über ihre Finger laufen, und sein Körper erschlaffte. Er schmiegte seinen Kopf an ihren Nacken, und sie ließ ihn los. Aneinandergelehnt standen sie da, bis die Bahn in die nächste Station einfuhr.

Als sie ankamen, strahlte er sie an. »Danke, das war toll!«

»Logisch, kein Thema«, erwiderte sie.

Er küsste sie auf die Wange und stieg dann gemeinsam mit anderen Fahrgästen aus.

»Logisch, kein Thema«, wiederholte sie leise. Was war das denn für eine dämliche Antwort gewesen? Es klang so, als hätte sie ihm die Tür aufgehalten oder Münzen aufgehoben, die ihm auf den Boden gefallen waren.

14. KAPITEL Die letzte *Tubing*-Verabredung hatte Polly ein wenig verunsichert. Was versuchte sie sich da eigentlich vorzumachen? Es ging ihr nicht ums *Tubing* an sich, sondern um *ihn*.

Sie konnte an nichts anderes mehr denken ... Durchlebte in Gedanken ihre erste Begegnung noch einmal, genau wie ihr Treffen in dem U-Bahn-Korridor. Sie sehnte sich nach ihm, spürte ein Ziehen, das von ihrem Magen bis hinab zwischen ihre Beine reichte. Nachts, kurz bevor sie einschlief, konnte sie beinahe seine Hände auf ihrem Körper spüren, ihn riechen und schmecken. Wie von selbst wanderte ihre Hand in ihren Schritt. Sie presste die Beine zusammen und begann sich mit ihren Fingern zu liebkosen, ihre Klitoris zu massieren und so lange einen Finger in sich hineinzustoßen, bis sie kam.

Als sie die nächste Nachricht erhielt, wusste sie, dass sie von *ihm* war. Sofort war sie furchtbar aufgeregt.

> hast du heute abend zeit? central line, notting hill gate,
> 21 uhr. du fehlst mir.

»Polly, ich kann die aktuelle Fassung der Geschäftsordnung nicht finden! Wo steckt sie?«

Es war James. Überraschenderweise war er heute schon um neun Uhr im Büro erschienen, Polly aber war erst um zehn eingetrudelt, und er hatte sie sich wegen der Verspätung direkt vorgeknöpft. Da sie immer öfter zu spät kam und früh Feierabend machte, schrumpften ihre Arbeitsstunden tatsächlich ziemlich in sich zusammen.

In letzter Zeit hatte es wegen einer der Klauseln der Geschäftsordnung Ärger gegeben, und jemand hatte damit gedroht, sie zu verklagen. James war es gelungen, die Situation zu deeskalieren, und hatte der Redaktion so einen kostspieligen Prozess erspart.

Polly hätte das Dokument in der vergangenen Woche korrigieren sollen, damit so etwas nicht wieder vorkam. Aber sie hatte es nicht gemacht. Tatsächlich hatte sie eine Menge vor sich hingeträumt, seit sie James das letzte Mal gesehen hatte, aber viel gearbeitet hatte sie nicht. Es war einfach schwer, sich zu konzentrieren, seit *er* in ihr Leben getreten war.

»Ich habe die aktuelle Fassung der Datei abgespeichert«, behauptete sie, auch wenn sie genau wusste, dass das nicht stimmte.

»Bist du dir sicher, Polly?« James musterte sie skeptisch. »Der Name der Datei im Ordner hat sich nicht geändert.«

»Oh, dann hab ich wohl vergessen, sie umzubenennen. Aber die Korrekturen habe ich eingearbeitet.«

Je mehr sie log, desto leichter fiel es ihr. Zu Beginn hatten ihr die Unwahrheiten noch Bauchschmerzen bereitet, aber langsam war sie tatsächlich in Übung, und die Lügen strömten nur so aus ihr heraus.

Das Problem war, dass sie nicht richtig zugehört hatte, als James ihr erklärt hatte, welche Änderungen sie ins Dokument einfügen sollte. Deswegen steckte sie gerade fest und wusste nicht recht, wie sie weitermachen sollte. Sie schwor sich, die Notizen herauszukramen, sobald er weg war, und die Sache in Ordnung zu bringen.

Um dreizehn Uhr brach James auf. Polly hatte gerade das

Dokument mit den Geschäftsbedingungen geöffnet und war bereit, die Korrekturen in Angriff zu nehmen, als ihr auffiel, was für ein Tag heute war – und dass sie um halb eins mit ihrem Dad zum Lunch verabredet gewesen war.

Sie eilte ins Restaurant und entdeckte ihn allein in einer Sitznische.

»Hi, Dad«, rief sie und wischte sich den Schweiß von der Stirn. Auch heute herrschte wieder eine drückende Hitze. »Tut mir leid, in der Arbeit stand noch etwas Wichtiges an. Ich konnte nicht früher weg.«

Vor ihm stand eine leere Kaffeetasse.

»Ist schon okay, Liebes«, meinte er lächelnd. Er erhob sich und umarmte sie. »Mein kleines Mädchen mit ihrem Großstadtjob. Komm her.«

Einen Moment lang gab sie sich ganz der Umarmung hin und fühlte sich fast wieder wie eine Achtjährige, die ein Wort richtig buchstabiert hat. Ihr Dad war ein bulliger Ire, der die Leute beinahe zerquetschte, wenn er sie umarmte. »Du hast mir gefehlt, Kleine«, flüsterte er ihr ins Ohr.

»Du mir auch, Dad«, erwiderte Polly und merkte in dem Moment, wie sehr sie ihn wirklich vermisst hatte.

»Wie geht es dir?«, fragte er plötzlich ernst und ließ seinen Blick über ihren Körper wandern. »Ist alles in Ordnung?«

Sofort breitete sich Panik in Polly aus. Sie wusste, dass sie vor ihm nichts verbergen konnte. Er hatte ihr bei sämtlichen Arzt- und Psychologenbesuchen zur Seite gestanden, auch während ihres Aufenthalts in der Klinik.

»Ich habe einfach viel geschuftet«, meinte sie und vermied es, ihm in die Augen zu sehen. Bestimmt war ihm aufgefallen, dass sie abgenommen hatte. Sie nahmen Platz, und er griff nach der Speisekarte.

»Worauf hast du Appetit?«, fragte er sie und setzte seine Brille auf, um das Angebot zu studieren.

Sie wollte nichts essen. Dafür war sie viel zu aufgeregt wegen des Treffens mit *ihm*, und in ihrem Bauch flatterten viel zu viele Schmetterlinge umher, als dass ein Hungergefühl hätte aufkommen können. Außerdem wollte sie nicht aufgebläht aussehen. Kurz überlegte sie, ob sie behaupten sollte, dass sie bereits gegessen hatte, aber damit würde sie bei ihrem Dad auf keinen Fall durchkommen. Am Ende entschied sie sich für eine Vorspeise.

»Du brauchst mehr als das, Polly. Komm, bestell dir noch ein Hauptgericht.«

»Ich will keins.«

Sie waren kurz davor, in ihren üblichen Streit auszubrechen. Glücklicherweise bewahrte der Kellner sie davor, der an den Tisch kam, um ihre Bestellung aufzunehmen. Trotzdem blieb die Stimmung angespannt.

»Also, was gibt es Neues in der Redaktion?«, erkundigte sich ihr Dad, um sie ein wenig aufzuheitern.

»Nicht viel.«

Sie sahen einander schweigend an.

»Liebes, jetzt sei doch bitte nicht so«, meinte er schließlich. »Ich mache mir einfach nur Sorgen um dich. Immerhin habe ich schon erlebt, wie sehr du dir selbst schaden kannst, und ich will auf keinen Fall, dass du das wieder tust.«

»Mache ich nicht.«

Er griff nach ihrer Hand. »Ich will einfach, dass mein kleines Mädchen glücklich und gesund ist.«

»Das bin ich doch, Dad.« Das stimmte tatsächlich. Die letzten Wochen über hatte sie sich viel besser gefühlt als sonst. »Du musst dir keine Sorgen um mich machen, ich kann schon ganz gut selbst auf mich aufpassen.«

»Das weiß ich doch. Aber du bist nun mal mein Kind, ich werde mir immer Sorgen um dich machen, egal, wie alt du bist. Das wirst du verstehen, wenn du eines Tages selbst Kinder hast.«

Nicht, wenn ich nach meiner Mutter komme, dachte Polly.

Seit sie vierzehn war, wusste sie genau, was ihre Mutter von ihr hielt. Vorher hatte sie bereits geahnt, dass etwas nicht stimmte, hätte aber nicht sagen können, was es war. Es ging auch nicht um etwas, was ihre Mutter gesagt oder getan hatte – eher um das, was sie *nicht* tat. Polly konnte sich nicht entsinnen, auch nur ein einziges Mal von ihr berührt worden zu sein, egal, ob es dabei um eine Umarmung, einen Kuss oder auch nur ein Tätscheln ging. Sie war wie ein Roboter, der alle nötigen Handgriffe ausführen konnte, dabei aber vollkommen kalt und gefühllos blieb. Als Polly jung war, hatte sie ihre Mutter manchmal dabei ertappt, wie sie sie anstarrte. Sie hatte gerade mit ein paar Bauklötzchen gespielt oder ein Buch gelesen und dann plötzlich aufgeschaut und gesehen, dass ihre Mutter sie mit zusammenkniffenen Lippen und einem säuerlichen Gesichtsausdruck musterte.

An einem Dienstag kurz nach ihrem vierzehnten Geburtstag hatte Polly die ganze Wahrheit erfahren.

Ihr Vater war mit ihrer Mutter zu einem Termin im Krankenhaus aufgebrochen. Es war das erste Mal, dass Polly ganz allein zu Hause bleiben durfte. Normalerweise wurde sie von ihren Eltern mitgeschleift und musste in kargen, desinfizierten Warteräumen ausharren.

Als die Haustür schließlich ins Schloss gefallen war und der Ford ihres Dads aus der Einfahrt auf die Straße bog, war sie ganz hibbelig vor Aufregung.

Sie wusste selbst nicht genau, was sie mit der freien Zeit anfangen sollte, also begann sie von Raum zu Raum zu wandern. Ihre Eltern schliefen in getrennten Zimmern, und Polly konnte sich nicht daran erinnern, dass das je anders gewesen war. Lag wahrscheinlich an der Krankheit. Das Zimmer ihrer Mutter betrat sie nur selten ... Jetzt konnte sie der Verlockung nicht widerstehen. Sie ging nach oben und öffnete vorsichtig die Tür.

Alles war perfekt aufgeräumt, das Bett ordentlich gemacht, und sämtliche Oberflächen glänzten wie frisch poliert. Polly blieb ein paar Minuten in der Tür stehen und überlegte, ob sie es wirklich wagen sollte. Schließlich tat sie einen Schritt in den Raum hinein, und ihr Herz raste. Sie suchte eigentlich nichts Bestimmtes, wollte sich nur umsehen. Zuerst berührte sie nichts, aber je länger sie blieb, desto sicherer fühlte sie sich. Schon bald hatte sie den seltsamen Schmuck ihrer Mutter genauer unter die Lupe genommen und in ihren Schubladen und im Schrank gestöbert.

In einem Schuhkarton, den sie ganz hinten im Schrank gefunden hatte, stieß sie schließlich auf die bittere Wahrheit in Form mehrerer Schreibhefte. Zuerst dachte Polly, es wären ihre eigenen – sie sahen genauso aus wie ihre alten Schulhefte. Kurz war sie richtig gerührt von der Vorstellung, dass ihre Mutter ihre Hefte als Erinnerung aufbewahrt haben könnte.

Sobald sie aber eines davon aufgeschlagen hatte, merkte sie, dass es nicht ihre Handschrift war, sondern die ihrer Mutter.

Es waren keine Tagebücher, es waren schriftliche Wutausbrüche. Ihre Mutter hatte all ihren Zorn und ihren Hass auf diesen Seiten ausgekippt. Polly hatte schon geahnt, dass ihre Mutter unglücklich war, aber das Ausmaß ihres Elends war ihr nicht bewusst gewesen. Wann auch immer Polly an diesen Moment zurückdachte, wünschte sie sich, sie hätte die Hefte einfach wieder weggepackt und nie einen Blick hineingeworfen. Aber wie hätte sie das schaffen sollen? Wem wäre das schon gelungen? Sie hatte jedes Wort gelesen.

Das Essen wurde serviert, und Pollys Dad schaufelte es gierig in sich hinein. Polly schob ihres auf dem Teller hin und her, damit es zumindest so aussah, als würde sie essen. Ihr Dad beobachtete sie dabei missbilligend. Sie versuchte ihn abzulenken, indem sie ihn zu seinem Garten und dem Gemeindeleben befragte, aber es half nicht. Am Ende aß sie ihr Gericht doch missmutig auf, ging aber direkt danach auf die Damentoilette und erbrach sich.

Als sie zurück an den Tisch kam, war bereits abserviert worden, und auf ihrem Platz lag ein Briefumschlag.

»Nur eine Kleinigkeit für dich« sagte ihr Vater und klopfte auf den Umschlag.

Sie wusste sofort, was es war.

»Dad, das musst du doch nicht.«

»Ich weiß, ich weiß, aber ich will. Kauf dir doch irgendwas Schönes, Unnötiges. Etwas, das dir Freude macht.«

Sie öffnete den Umschlag. Darin lagen zwei Päckchen mit je vier Zwanzig-Pfund-Noten, um die ein Fünfer geschlagen war. Wie immer zeigte der Kopf der Queen auf der rechten Seite nach oben.

»Danke, Dad«, sagte sie und stand auf, um ihn zu umarmen.

Sie wünschte sich, sie könnte das Geld tatsächlich für irgendeinen unnötigen Luxusgegenstand verjubeln, aber sie hatte noch eine Kreditkartenabrechnung offen, die mit jeder Sekunde wuchs und wuchs. Mit dem Geld ihres Vaters konnte sie immerhin einen kleinen Teil des Lochs stopfen, das sie selbst in ihre Finanzen gerissen hatte. Ihre Eltern waren nicht wohlhabend, zumindest ganz sicher nicht nach Olivers Maßstab. Trotzdem war ihr Dad unheimlich großzügig. Und dafür war Polly ihm sehr dankbar.

Ihr Vater bezahlte die Rechnung, und sie verabschiedeten sich, ehe Polly zurück in die Redaktion flitzte.

15. KAPITEL

Um fünfzehn Uhr saß Polly wieder an ihrem Schreibtisch. Eigentlich hatte sie jetzt die Geschäftsordnung aktualisieren wollen ... Aber wie sollte sie sich auf eine solch dröge Aufgabe konzentrieren, wenn sie doch später *ihn* treffen würde und deswegen immer aufgeregter und aufgeregter wurde?

Sie schrieb Oliver, dass sie nach der Arbeit mit Alicia zu einem Mädelsabend verabredet war, und wusste, dass ihm diese Information voll und ganz genügen würde. Sie wäre zu gern erst einmal nach Hause gefahren, um sich umzuziehen, aber sie wollte Oliver nicht ins Gesicht lügen. Heute trug sie ein geblümtes Kleid mit einem breiten, braunen Gürtel um die Taille und dazu ein paar Römersandalen. Ganz niedlich, aber alles andere als sexy. Immerhin hatte sie ihr Kosmetiktäschchen dabei.

Nachdem sie eine Dreiviertelstunde damit zugebracht hatte, sich auf der Toilette zu schminken und ihr Haar zurückzukämmen, war sie mit dem Ergebnis ganz zufrieden. Sie sah süß, aber zugleich auch etwas verrucht aus.

Kurz vor achtzehn Uhr marschierte sie aus der Tür des Bürogebäudes. Sobald sie auf der Straße stand, spürte sie die Wärme, die vom Asphalt aufstieg. Die Luft war nicht mehr ganz so feucht und das Wetter fantastisch. Sobald das Sonnenlicht auf ihre Haut traf, begann sie sanft zu kribbeln. Einen Moment lang schloss Polly die Augen und ließ ihr Inneres auftauen.

Vor ihr lagen drei Stunden, die sie irgendwie totschlagen musste.

Sie beschloss, in den Regent's Park zu gehen, und legte auf dem Weg dorthin einen Stopp im Supermarkt ein. Eigentlich hatte sie nur eine kleine Flasche Rosé kaufen wollen, um auf ihrem Spaziergang ein wenig Gesellschaft zu haben, aber dann entschied sie sich außerdem noch für zwei kleine Fläschchen Wodka und eine Packung Zigaretten.

Sie betrat den Park über den Portland Place. Sobald sie drin war, kippte sie den ersten Wodka hinunter und öffnete dann den Wein. Sie hatte an der Snackbar des Supermarkts einen Strohhalm mitgehen lassen und steckte ihn jetzt in die Flasche. Dann zündete sie sich eine Zigarette an und atmete tief ein. Sofort wurde ihr ein wenig schwindlig, und sie setzte sich auf eine Bank, um sich zu entspannen.

Dem Park hatte die erbarmungslose Hitze nicht gutgetan. Das normalerweise üppige, grüne Gras war richtig versengt. Alles, was davon noch übrig geblieben war, war eine Art Strohmatte, die nicht sehr einladend wirkte – was die spärlich bekleideten Pärchen und Touristen allerdings nicht davon abhielt, sich hinzufläzen und die Abendsonne zu genießen: Der Park war rappelvoll. Bei gutem Wetter sah man immer viel zu viel Haut. Polly konnte manchmal gar nicht fassen, wie schamlos viele Leute waren! Leider waren die Sonnenanbeter auch in der Hauptstadt nicht unbedingt alle attraktiv ...

Ein Gurgeln ertönte aus ihrer Flasche: Sie war leer. Polly lehnte sich über die Bank und warf sie in einen Mülleimer. Da fiel ihr ein Poster an der Laterne gegenüber ins Auge, auf dem das Park-Theater beworben wurde: Um 19:30 Uhr sollte *Romeo & Julia* aufgeführt werden. Quer über der Ankündigung prangte ein *Ausverkauft*-Aufkleber. Polly konnte gar nicht fassen, dass das Stück ausgerechnet heute auf dem Spielplan stand. Sie warf einen Blick auf die Uhr ihres Smartphones. Es war erst kurz nach neunzehn Uhr. Rasch sammelte sie ihren Kram zusammen und brach auf.

Das Theater war so gut ausgeschildert, dass es nicht lange dauerte, bis sie es gefunden hatte. Als sie näher kam, brachte der Duft nach Gegrilltem ihren Magen zum Knurren. Hinter dem eisernen Drehkreuz neben dem Kassenhäuschen konnte sie einen riesigen Braten sehen, der sich an einem Spieß drehte. Ein Mann mit Kochschürze schnitt dicke Scheiben davon ab, legte sie auf Pappteller und reichte sie an die hungrige Meute weiter, die in einer langen Schlange vor ihm stand.

Der Anblick des saftigen Fleischs und der satte, rauchige Geruch ließen ihr sofort das Wasser im Mund zusammenlaufen. Sie drehte sich weg. Das war nicht der richtige Moment, um über Essen nachzudenken!

Polly lenkte sich ab, in dem sie die Schwarz-Weiß-Fotografien der Darsteller betrachtete, die an der Wand des Kassenhäuschens hingen. Romeo sah nicht ganz so aus, wie sie ihn sich vorgestellt hatte. Er war klein und hatte blondes, lockiges Haar. Die Amme entsprach ebenfalls nicht dem Bild, das sie selbst von der Figur hatte. Die Darstellerin war eine groß gewachsene, schlanke schwarze Frau. Julia wiederum war angemessen dünn und schön – Polly sah nicht lange hin.

Per Lautsprecher wurde verkündet, dass das Publikum jetzt Platz nehmen solle, weil die Vorstellung gleich beginne. Polly wollte unglaublich gern wenigstens einen kleinen Teil des Stücks sehen. Das Theater verbarg sich hinter einer etwa zweieinhalb Meter hohen Hecke, die die Bühne und die Zuschauerplätze in einem großen Kreis umgab. So lässig wie möglich lief Polly links vom Kassenhäuschen an der Hecke entlang, um eine Lücke zu finden, durch die sie spähen konnte. Sie wusste, dass sie die richtige Richtung eingeschlagen hatte, als sie das

Murmeln und die gelegentlichen Lachsalven des Publikums hörte. Sie setzte ihren Weg fort, war sich sicher, dass es ihr irgendwie gelingen würde. Aber je weiter sie ging, desto dichter wurde die Hecke. Sie boxte sich durchs Geäst, obwohl die Zweige sie piekste und sich in ihrem Haar verfingen. Plötzlich fühlte sie einen brennenden Stich in ihrem Nacken, dann an ihrem Arm. Ein Mückenschwarm schwirrte um ihren Kopf. Mit rudernden Armen versuchte Polly sie zu vertreiben und kämpfte sich wieder aus dem Gebüsch heraus.

Dann stand sie da und blickte sich frustriert um. Sie wollte das Stück unbedingt sehen! Es musste doch ein Zeichen sein, dass sie ausgerechnet heute vor ihrem Treffen mit *ihm* über diese Ankündigung gestolpert war. Da entdeckte sie die Ecke von etwas, das aussah wie eine Bank, die zwischen ein paar Bäumen hervorragte. Polly schätzte, dass sie die Bühne gerade so im Blick haben würde, wenn sie sich darauf stellte. Im Publikum breitete sich gerade erwartungsvolle Stille aus. Wahrscheinlich ging es jeden Moment los! Rasch eilte sie zur Bank und stieg darauf. Um nicht hinunterzufallen, hielt sie sich an ein paar Zweigen fest.

»Hey, was machst du da?«

Vor Schreck wäre sie beinahe rückwärts von der Bank gestürzt.

Die Stimme kam aus dem Gebüsch, und Polly beschloss, sich so schnell wie möglich aus dem Staub zu machen.

»Lady, wohin des Weges?« Der Mann sprach mit einem starken Glasgower Akzent und trat ganz langsam zwischen den Zweigen hervor. Sein langer, brauner Mantel war starr vor Schmutz, und er trug keine Schuhe.

»Ich wollte gerade gehen«, meinte Polly und wich weiter zurück.

»Ich wollte dir keine Angst machen, Mädel. Ich konnte nur

nicht dabei zusehen, wie du auf meinem Bett herumtrampelst, weißt du?« Er deutete auf die Bank.

Polly würgte es ein wenig, als sie den Geruch bemerkte, den der Mann ausströmte, und ihr Blick auf sein Haar fiel. Es war von Schlamm und Fett durchtränkt, sodass es beinahe wie geschmolzenes Plastik wirkte.

»Versuchst du etwa, das Stück umsonst zu sehen?«, fragte er mit einem frechen Grinsen und zwinkerte ihr zu. Unter seinem linken Augenwinkel waren drei schwarze Tränen eintätowiert.

»Nein!«, verteidigte Polly sich etwas lahm.

»Sah aber ganz danach aus.«

»Ich kam nur zufällig vorbei ...«

»Och, ist mir doch egal, Mädel. Magst den alten Shakey wohl, was?«

»Ja«, erwiderte sie und wusste selbst nicht so genau, weshalb sie überhaupt antwortete.

»Verbotene Liebe. Ach ja ...« Einen Moment schien er ganz in Gedanken versunken zu sein.

Aus irgendeinem Grund blieb Polly stehen.

»Die ist eigentlich der Hauptgrund für meine derzeitige Lage«, meinte er und deutete auf sich selbst.

»Wirklich?«, fragte Polly plötzlich aufrichtig interessiert.

»Mhm. Ich war mal verheiratet, weißt du, hatte ein Haus und Kinder. Aber dann habe ich ein junges Mädel kennengelernt und mich in sie verliebt ... Sie war ungefähr in deinem Alter. War echt 'ne Süße.« Er verstummte. »Hätte perfekt sein können. Aber es hat wohl nicht sollen sein. Denn niemals gab es ein so herbes Los ...«

Normalerweise hätte Polly sich so schnell wie möglich verdrückt, wenn ein Obdachloser Anstalten machte, ihr seine Lebensgeschichte aufzutischen. Aber sie hatte bereits einen leichten Schwips und war tatsächlich neugierig geworden. »Was ist passiert?«

»Na, wir haben unsere sieben Sachen gepackt und sind nach London gezogen, um zusammen sein zu können. Ich hab alles zurückgelassen: meine Frau, meine Kinder und meinen Job. Aber als wir hier waren, hat sie einen neuen Kerl kennengelernt und mir gesagt, dass ich mich verpissen soll. Hat mir echt das Herz gebrochen. Dachte, ich muss sterben. Hatte nix, wo ich wohnen konnte. Konnte nich zurück nach Schottland. Hab kein Job gefunden und bin dann hier gelandet.« Er zuckte mit den Schultern.

»Das ist so traurig.«

»Vielleicht, vielleicht aber auch nicht. Erst war ich so verdammt wütend. Konnt es nich fassen, nach allem, was ich für sie getan hab. Hat mich echt aufgefressen, mir vorzustellen, wie sie mit 'nem anderen zusammen ist. Mir blieb nix anderes übrig, als mich zu besaufen. Die Option hat man immer«, meinte er mit einem müden Lächeln. »Aber weißt du, was dann passiert ist?«

»Was?« Polly hing an seinen Lippen.

»Mir is klar geworden, dass das Leben nix wert is, wenn man nicht ab und zu was riskiert. Wenn ich nich mit ihr mitgegangen wär, hätte ich mich doch immer gefragt, was passiert wär, wenn. Verstehst du? Was is schlimmer – der Schmerz, wenn dir jemand das Herz bricht, oder nie genug geliebt zu haben, um es überhaupt gebrochen zu bekommen?«

Polly stand jetzt vollkommen in seinem Bann.

»Ich mag nicht viel besitzen«, fuhr er fort. »Aber in meinem Oberstübchen und bei meinem besten Stück is alles noch in bester Ordnung.« Mit diesen Worten tippte er sich an seine Schläfe und griff dann in seinen Schritt.

»Ja«, meinte Polly und nickte zustimmend.

Er grinste sie schmutzig an. Die paar Zähne, die er noch hatte, waren schwarz, und sein Zahnfleisch war blutig. Einen Moment lang schien er nachzudenken.

»Komm mit, Mädel«, sagte er dann. »Ich will dir was zeigen.«

Er drehte sich um und ging ein paar Schritte auf die Bäume zu, ehe er sich leicht nach vorn beugte und an etwas herumfummelte. Polly folgte ihm gespannt und stand direkt hinter ihm, als er sich wieder zu ihr umdrehte.

»Greif zu, Kleine!«, rief er. Mit diesen Worten öffnete er seinen Reißverschluss, sodass sein Penis und sein Hodensack aus dem Hosenschlitz baumelten.

»Los, lutsch dran«, verlangte er. Angewidert ließ Polly ihn stehen.

16. KAPITEL Früher hätte ein solcher Vorfall Polly wahrscheinlich vollkommen aus der Bahn geworfen, aber nicht heute. Im Gegenteil, die Begegnung mit dem Obdachlosen machte sie nur noch entschlossener. Sie entschied sich dafür, seine kleine Indiskretion sofort zu vergessen. Immerhin hatte er ja nicht ganz unrecht gehabt: Sie wollte *ihn*, das war ihr völlig klar. Warum also sollte sie sich zurückhalten? Eine solch tiefe Verbundenheit hatte sie einem Mann gegenüber noch nie empfunden. Allein von dem Gedanken an ihn begann es in ihrem Magen schmerzhaft zu ziehen.

Als sie die Station Notting Hill Gate betrat, flatterten die Schmetterlinge in ihrem Bauch wie wild hin und her. Sie wartete direkt am Tunneleingang, damit sie sehen konnte, in welchem Waggon er sich befand, wenn die Bahn einfuhr. Schließlich entdeckte sie ihn im allerletzten. So weit hinten war die U-Bahn tatsächlich leer. Er war der einzige Passagier.

Sobald sie eingetreten war, hatte er sie auch schon gepackt und gegen eine Trennwand neben den Sitzen gedrückt, um dann an ihrem Kleid zu zerren. Er leckte mit seiner Zunge an ihrem Kiefer entlang, bis er an ihrem Mund angekommen war. Dann küsste er sie leidenschaftlich. Sein Mund war kalt, frisch, und seine Lippen so saftig, dass es sich anfühlte, als würde Polly in einen reifen Pfirsich beißen. Einen Moment lang gab sie sich ihm ganz hin, strich mit den Händen über seine Taille und an seinem Oberkörper entlang. Wie sehr hatte sie sich nach diesem Moment gesehnt! Es fühlte sich alles so richtig an … Dann aber hielt sie inne. Sie wollte dringend mit ihm reden! Polly versuchte auf Abstand zu gehen, aber er küsste sie einfach immer weiter. Schließlich riss sie sich los. »Ich will dir was sagen.«

Er legte die Hände um ihr Gesicht und zwang es zurück in die vorherige Position. Polly sträubte sich – sie wollte wirklich mit ihm sprechen. Doch er ließ sich nicht davon abhalten, ihr Gesicht mit Küssen zu bedecken und an ihrem Ohr zu lecken.

»Ich habe gedacht …«, setzte sie an und unterdrückte ein Kichern, als er mit der Zungenspitze ihre Ohrmuschel kitzelte. »Ich habe gedacht, dass wir vielleicht woanders hingehen könnten.«

Er hielt inne und sah sie ernst an. Plötzlich bereute Polly es, diesen Vorschlag gemacht zu haben.

Einen Moment später strahlte er sie an.

Was für eine Erleichterung.

»Du meinst wie beim letzten Mal? Der Korridor.« Er legte eine Hand in ihren Nacken und zog sie dicht an sich heran. »Hat es dir gefallen, dass Leute vorbeigelaufen sind, während wir gevögelt haben? Klar, das können wir machen. Aber lass uns die Sache erst einmal hier zu Ende bringen.«

»Nein, nein, das meine ich nicht«, erwiderte sie und bremste ihn, indem sie ihre Hände auf seinen Bauch legte. Unter dem dünnen Baumwollstoff konnte sie seine Muskeln spüren. »Vielleicht könnten wir uns ein Hotelzimmer nehmen, oder …«

Als sie sah, wie seine Miene sich verfinsterte, brach sie ab.

»Oder vielleicht was?«

Sie wusste nicht, was sie antworten sollte.

»In meine Wohnung? War es das, was du vorschlagen wolltest?« Er klang sarkastisch.

Polly sah ihn schüchtern an und nickte schließlich.

Er atmete schwer ein und aus. »Ich habe dir doch schon mal erklärt, wie das hier bei uns läuft, oder?«

Beide schwiegen, und er musterte sie so verärgert, dass Polly den Kopf senkte.

Irgendwann traute sie sich, ihm wieder in die Augen zu sehen. Er starrte sie immer noch an, hatte sich aber offenbar ein wenig beruhigt.

»Schau mal«, begann er und legte eine Hand an ihre Wange, bevor er sie nach unten wandern ließ und ihr Kinn umschloss. »Ich liebe es, hier in der U-Bahn flotte Nummern mit dir zu schieben. Aber wenn du denkst, das zwischen uns könnte etwas Ernstes werden, dann müssen wir uns an diesem Punkt leider voneinander verabschieden.« Er ließ die Hand sinken und zuckte mit den Schultern.

Sofort bekam Polly Panik. »Nein, nein, das will ich nicht! Ich verstehe es ja, mir ist total klar, was das hier bedeutet.« Sie griff nach seiner Hand und legte sie wieder an ihre Wange.

Ein paar Sekunden lang strich er einfach nur mit den Fingerspitzen über ihr Gesicht. Sie reagierte sofort, drängte sich dichter an ihn. Die Wärme seiner Finger breitete sich in ihrem ganzen Körper aus.

»Du bist wirklich eine sexy Frau«, sagte er.

Niemand hatte sie je als Frau bezeichnet – sie war für alle stets nur ein »Mädchen« gewesen. Für Oliver, für ihren Dad, für James, sogar für den Obdachlosen vorhin im Park. Aber nicht für *ihn*.

»Ich spüre eine tiefe Verbindung zu dir«, sagte er.

Es ging ihm also genauso.

»Und ich liebe es, dich mit den anderen zu beobachten.«

»Du siehst zu?!«

»Natürlich. Du bist doch @oro44, oder? Ich weiß genau, wo und mit wem du unterwegs bist.«

Bei diesem Gedanken flatterten die Schmetterlinge noch wilder durch ihren Bauch.

»Ich liebe es, dein Gesicht zu sehen, wenn sie dich anfassen.« Er presste sich an sie, und Polly stockte kurz der Atem.

»Du gibst dir solche Mühe, ganz diskret zu sein, nicht wahr? Deine Erregung vor den Leuten um dich herum zu verbergen.«

Er streichelte ihre Schenkel. »Aber nicht vor mir. Ich kann sie an deinen Augen ablesen, daran, wie du deinen Mund bewegst. Ich kann genau sagen, was sie gerade mit dir anstellen.« Er legte seine Hand flach auf ihren Schritt und rieb langsam auf und ab.

Sie atmete laut aus und merkte, dass ihr ein wenig schwindlig wurde.

»Ich kenne dich. Und ich weiß, was du willst.« Plötzlich hörte er auf, an ihr zu reiben, und ließ seine Fingerspitzen hinauf zu ihrem Bauchnabel wandern. »Sogar wenn du es selbst nicht weißt. Ich weiß es.« Seine Hand war jetzt an der Knopfleiste ihres Kleids angekommen, und er begann es langsam aufzuknöpfen.

»Willst du, dass ich es dir beweise?« Er sah ihr tief in die Augen.

Sie erwiderte seinen Blick und verlor sich ganz darin. »Ja.«

»Aber dann musst du mir vertrauen. Tust du das?«

»Ich vertraue dir.«

Er lehnte sich zu ihr.

»Wie heißt du?«, fragte sie ihn, kurz bevor seine Lippen auf ihre trafen.

»Keine Namen«, erwiderte er und schob die Hände unter ihr Kleid.

»Ich will, dass du ihn mir sagst!«, murmelte sie und schloss die Augen, als sie sich gegen die Trennwand sinken ließ.

»Keine Namen.«

Die Bahn rumpelte durch die Londoner Vorstadt und schoss genau in dem Moment aus dem Tunnel, in dem die Sonne unterging.

17. KAPITEL Als Polly zum nächsten Treffen aufbrach, wollte sie unbedingt eine gute Show abliefern. Der Gedanke daran, dass *er* sie dabei beobachten könnte, genügte ihr voll und ganz als Motivation.

Beim Anblick ihrer Verabredung machte sich allerdings Enttäuschung in ihr breit. Der Mann war viel älter als alle anderen Typen, die sie bis jetzt getroffen hatte. Er war bereits Mitte sechzig und passte auch optisch nicht in die Reihe der anderen Männer. Er sah weich und knuddelig aus, ein bisschen so wie ein lieber Opa. Irgendetwas an ihm kam ihr vage bekannt vor; beinahe hatte sie den Eindruck, ihn schon mal gesehen zu haben, aber sie wusste nicht, wo und wann. Er war ihr schon bei der Einfahrt des Zugs aufgefallen, aber sie hatte erst nicht gedacht, dass es sich bei ihm tatsächlich um ihre Verabredung handelte. Als es ihr dämmerte, wurde sie nervös, und sie hätte am liebsten auf dem Absatz kehrtgemacht. Nein, dieses Mal würde sie nicht mit von der Partie sein.

Aber noch ehe sie sich verdrücken konnte, fiel er auch schon über sie her. In der Nachricht hatte gestanden, sie solle ein rosafarbenes Oberteil und einen Rock ohne Höschen darunter tragen. Deswegen hatte er sie sofort erkannt und machte ihr auch direkt klar, was er wollte. Er packte sie an den Schultern und schob sie durch den überfüllten Waggon vor sich her in eine Ecke. Einige Passagiere murrten, als sie gegen sie stieß, und Polly lächelte sie verlegen und entschuldigend an. Sobald sie in der Ecke angekommen waren, schubste er sie gegen einen leeren Sitz. Dann zerrte er ihren Rock nach oben und versuchte, von hinten in sie einzudringen.

Polly war vollkommen entsetzt. Sie wollte ihn wegstoßen, aber er packte sie an den Handgelenken und setzte sein ganzes Körpergewicht ein, um sie zu fixieren. Er presste sich an sie und versuchte, seinen Penis mit Gewalt in sie hineinzuschieben. Schweiß trat auf Pollys Stirn, und Panik breitete sich in ihr aus. Sie wand sich in seinem Griff, hatte aber keine Chance, sich zu befreien. Er war einfach zu stark.

Polly konnte gar nicht fassen, was da gerade passierte. Sie saß in der Falle. Dann fiel ihr plötzlich ein, wo sie sich befand. Nein, das hier musste sie sich nicht gefallen lassen! Sie öffnete schon den Mund, um auf sich aufmerksam zu machen, aber dann überlegte sie es sich noch einmal anders. Sie sah sich um: Mehrere Leute blickten in ihre Richtung, voller Neugier, was der Aufruhr zu bedeuten hatte, aber da in der Menschenmenge nur ihre Köpfe zu sehen waren, konnte natürlich keiner wissen, was der alte Mann gerade mit ihr anstellte.

Wie sollte sie ihnen ihre Situation erklären? Die Leute würden denken, dass sie von einem Fremden vergewaltigt wurde – wie konnte sie ihnen begreiflich machen, dass sie sich ursprünglich freiwillig auf die Situation eingelassen hatte? Man würde die Polizei rufen, und dann würde der Mann ihnen die Posts zeigen …

Sie sah ihn an. »Nein«, flüsterte sie. »Ich will das nicht.«

Er ignorierte sie einfach.

»Hören Sie auf!«, sagte sie etwas lauter.

Er stöhnte, als er eines ihrer Handgelenke freigab und nur umso fester zustieß.

»Wenn Sie jetzt nicht sofort aufhören, brülle ich!«, drohte sie ihm gerade laut genug, dass das Pärchen links neben ihnen sie hören konnte.

Sofort ließ er sie los, und sie merkte, wie er eilig seinen Reißverschluss hochzog. »Frigide Schlampe«, zischte er ihr ins Ohr. Sein Atem ging immer noch unregelmäßig.

Sie wartete ab, bis die Türen sich geöffnet und wieder geschlossen hatten. Erst als sie sicher sein konnte, dass er weg war, traute sie sich wieder, sich zu bewegen. Im selben Moment begann sie heftig zu zittern. Sie versuchte sich zu beruhigen und hielt sich an der Lehne eines Sitzes fest. Sobald sie sich halbwegs im Griff hatte, drehte sie sich um und nahm, tief ein- und ausatmend, Platz.

Sie merkte, dass das Pärchen neben ihr sie anstarrte. Widerwillig wandte sie sich ihnen zu.

Das Mädchen lächelte sie an. »Alles okay bei dir?«, fragte sie kaum hörbar.

Polly zwang sich zu einem Lächeln, obwohl sie innerlich in tausend Teile zerfiel.

Den ganzen Heimweg über schaffte sie es, die Fassung zu bewahren. Erst als sie in ihre Straße einbog, kamen die Tränen. Auf ihrem Weg durchs Treppenhaus hörte sie Stimmen und dann ein lautes Lachen. Sie erkannte es sofort. Anscheinend war Charlotte zu Besuch ... Polly lehnte sich an die kühle Wand und schloss die Augen. Wenn sie doch nur irgendeinen anderen Ort hätte, an dem sie sich jetzt verkriechen könnte ...

Nachdem sie sich ein paar Minuten lang gut zugeredet hatte, dass sie schon irgendwie klarkommen würde, fühlte sie sich wieder einigermaßen ruhig. Sie zwang sich zu einem Lächeln und steckte den Schlüssel ins Schloss. Sobald sie drin war, ließ sie ihre Handtasche neben die Eingangstür fallen und warf ihren Schlüsselbund darauf.

Oliver hörte sie sofort.

»Pol!«, ertönte seine Stimme aus dem Wohnzimmer. »Schau mal, wer zu Besuch ist!«

Charlotte streckte den Kopf aus der Zimmertür.

»Hi«, sagte Polly leise, als sie den Raum betrat.

»Hallo«, erwiderte Charlotte knapp.

»Wir haben schon auf dich gewartet. Charlotte hat vorgeschlagen, dass wir noch was trinken gehen könnten. Ist jetzt aber schon ein bisschen spät«, meinte Oliver. Er schüttelte sein Handgelenk, bis seine Uhr so weit hinabgerutscht war, dass er die Zeit ablesen konnte. »Ich dachte eigentlich, du kommst direkt nach der Arbeit nach Hause.«

»Oh«, sagte Polly. Die beiden starrten sie an. »Sorry, ich musste heute länger bleiben«, meinte sie.

Oliver kam zu ihr und legte den Arm um sie. »Und das an einem Freitag? Ich dachte, da sitzen deine Bürokollegen schon ab sechzehn Uhr im Pub! Ich muss wohl mal ein Wörtchen mit deinem Chef sprechen.«

»Nein, auf keinen Fall!«

»Hab doch nur einen Witz gemacht«, meinte Oliver grinsend. »Geht es dir denn gut? Du siehst aus, als hättest du gerade geweint ...«

»Ach, das ist nur der Heuschnupfen«, meinte Polly ausweichend und ließ sich neben Charlotte aufs Sofa plumpsen. Oliver fing ein banales Gespräch über das heiße Wetter und die Bauarbeiten an, die gerade vor ihrem Haus begonnen hatten. Polly war so in Gedanken versunken, dass es ein paar Minuten dauerte, bis ihr auffiel, dass auch Charlotte stumm wie ein Fisch war. Das war seltsam, denn normalerweise war sie es, die die Gespräche dominierte. Polly linste zu ihr hinüber und merkte, dass Olivers Schwester sie unverhohlen musterte.

Charlotte hielt den Stiel ihres Weinglases zwischen ihren

Fingerspitzen. Es war bis zur Hälfte mit Rotwein gefüllt. Sie hob das Glas an ihre Lippen und leerte es in einem Zug.

»Kann ich bitte Nachschub haben?«, bat sie Oliver, ohne ihren Blick von Polly zu lösen. »Und vielleicht möchte Polly auch einen Schluck.«

Oliver sprang auf. »Na klar, kommt sofort!« Er stürzte in die Küche.

Sobald er außer Hörweite war, wandte Charlotte sich an Polly. »Stimmt was nicht, Polly?«

»Warum?«

»Du wirkst irgendwie verstört.«

»Liegt am Heuschnupfen, wie gesagt.«

»Hm«, wunderte sich Charlotte. »Als ich dich das letzte Mal gesehen habe, ging es dir auch nicht besonders gut.«

So ein Kreuzverhör war wirklich das Letzte, was Polly jetzt gebrauchen konnte! Sie hätte zu gern ihre Ruhe gehabt.

»Es ist nichts, ehrlich.«

»Oliver hat gesagt, dass du in letzter Zeit ziemlich busy bist und er dich nicht oft zu Gesicht bekommt.«

»Ehrlich?« Es überraschte Polly tatsächlich, dass ihm das aufgefallen war. Eigentlich hatte sie gedacht, dass sie ihre kleinen Ausflüge geschickt vertuscht hatte.

»Ja, er meinte, dass du dich ganz schön viel in der Gegend herumtreibst. Er hat sich auch beschwert, dass du und ich letztens so lange zusammen unterwegs waren.«

Pollys Herz begann zu rasen.

»Das Lustige ist nur«, meinte Charlotte und strich ihren Rock glatt, während sie die Beine übereinanderschlug, »dass du eigentlich schon um 21:30 Uhr aufgebrochen bist, wenn ich mich recht erinnere. Du hattest doch Bauchschmerzen oder so etwas in der Art.« Sie sah sie an, und ein Lächeln umspielte ihre Lippen. »Er hat mir aber erzählt, dass du erst um zwei Uhr morgens wieder zu Hause warst. Ich frage mich wirklich, was du in der Zwischenzeit getrieben hast.«

In diesem Moment kam Oliver mit zwei Gläsern Wein zurück ins Wohnzimmer.

»Rotwein für dich, Charlotte, und ein Rosé für meine Polly.«

Charlotte schnaubte, als Polly nach ihrem Glas griff.

»Worüber unterhalten sich meine zwei Lieblingsmädels denn?«, fragte er, als er sich wieder setzte.

»Über dich natürlich«, meinte Charlotte kichernd. »Ein anderes Thema kennen wir nicht, Olliepops.«

Polly hielt den Atem an. Es kam ihr vor, als wiche sämtliches Blut aus ihrem Kopf.

Jetzt, da Charlotte ihr kleines Kreuzverhör abgeschlossen hatte, war sie wieder ganz die Alte. Sie redete und redete, und Polly rückte wieder in den Hintergrund. Die zwei Geschwister unterhielten sich über jemanden, den sie noch von früher kannten. Charlotte war ihm zufällig begegnet, als sie mit einer Freundin ausgegangen war. Sie wurde immer aufgeregter und lebhafter, als Oliver sie dazu anstachelte, noch mehr zu erzählen. Sie berichtete, wie der Mann plötzlich neben ihr an der Bar aufgetaucht war. Er hatte erzählt, was für Fantasien er von ihr gehabt hatte, als sie noch Kinder waren.

»Was hast du erwidert?«, fragte Oliver.

»Ich habe ihm gesagt, dass ich keinen blassen Schimmer habe, wer er ist.«

Oliver prustete los.

»Ich hatte keine Lust, mich auf so jemanden einzulassen, ganz ehrlich.«

»Pass nur auf, Charlotte, dass du nicht als einsame alte Jungfer endest!« An diesem Punkt verstellte er seine Stimme, sodass er wie eine schnöselige Dame klang. Polly vermutete, dass er seine Mutter imitierte.

»Fang bloß nicht damit an!«

Die beiden Geschwister grinsten sich an und ergötzten sich sichtlich an ihrem kleinen gemeinsamen Running Gag. Dann musterte Charlotte Polly, als hätte sie völlig vergessen, dass sie überhaupt da war. Ihr Lächeln erlosch. »Na, ich sollte jetzt wohl besser aufbrechen.«

»Musst du doch nicht. Wieso bleibst du nicht? Ich kann auch noch eine Flasche öffnen.«

Charlotte dachte einen Moment lang über sein Angebot nach. »Nein, ich muss wirklich los.« Sie sammelte ihre Sachen zusammen und drückte einen Kuss auf Olivers Wange, sodass der Abdruck ihres Lippenstifts auf seiner Haut zurückblieb.

Polly wollte schon aufstehen, aber Charlotte bestand darauf, dass sie einfach sitzen blieb. Dann beugte sie sich zu ihr hinab und gab ihr ein Luftküsschen auf die rechte Wange. Anstatt auf der linken Seite dasselbe zu tun, flüsterte sie Polly etwas ins Ohr.

»Pass nur auf, Polly, du spielst ein sehr gefährliches Spiel!« Als sie sich wieder aufrichtete, konnte Charlotte sich ein selbstgefälliges Grinsen nicht verkneifen.

Polly blieb kerzengerade sitzen, während Oliver Charlotte zur Tür brachte. Was zum Teufel hatte sie damit gemeint? Eine Sekunde lang überlegte Polly, ob Charlotte von *ihm* und vom *Tubing* Wind bekommen hatte. Aber das konnte doch nicht sein – oder?

»Das war richtig nett von Charlotte, oder?«, fragte Oliver, als er zurückkam und sich neben Polly aufs Sofa setzte.

»Was denn?«, fragte Polly und schob ihre Hände unter ihre Oberschenkel, damit Oliver nicht sah, wie stark sie zitterten.

»Sie hat die ganze Zeit darauf gewartet, dass du nach Hause kommst. Es freut mich wirklich, dass ihr zwei euch so gut versteht.«

Polly war vollkommen verwirrt. Was für ein Spielchen spielte Charlotte da? Offenbar hatte sie Oliver gegenüber kein Wort darüber verloren, dass Polly schon so früh vom Dinner aufgebrochen war. Aber warum nicht? Polly konnte sich beim besten Willen nicht vorstellen, dass Charlotte ihr einen Gefallen hatte tun wollen, besonders nicht, wenn es um ihren geliebten *Olliepops* ging.

Oliver legte einen Arm um Polly, aber sie zuckte zusammen und versuchte, auf Abstand zu gehen. Doch er ließ nicht locker.

»Lass mich«, sagte sie, ohne nachzudenken. Nach dem, was in der U-Bahn passiert war, ertrug sie keine Berührungen. Oliver zog einen Flunsch, machte aber trotzdem weiter. Hörte ihr eigentlich niemand zu?! Plötzlich musste sie daran denken, wie der Fremde vorhin ihre Handgelenke festgehalten hatte.

»Finger weg!«, rief sie und riss sich von ihm los. »Bist du etwa taub? Wenn ich Nein sage, dann meine ich auch Nein!«

»Polly!«, erwiderte er schockiert. »Was ist eigentlich dein Problem? In letzter Zeit benimmst du dich wie ein launischer Teenager!«

Zu ihrer Erleichterung stand er auf. Sofort tastete sie ihre Lippen nach einem Hautfetzen ab, an dem sie zupfen konnte. Dann erinnerte sie sich an den Mückenstich an ihrem Bein. Sie legte ihre Hand darauf und kratzte mit den Fingernägeln an dem Schorf herum.

Oliver räumte die Gläser weg. »Ich weiß momentan nie, woran ich bei dir bin«, fuhr er fort. »Wenn ich heimkomme, bist du entweder in Tränen aufgelöst oder hüpfst quietschvergnügt herum.«

Sie saß still da und konzentrierte sich ganz auf ihren Schorf. Sobald sie einen Fingernagel unter die Kante geschoben hatte, riss sie ihn in einem Ruck ab und seufzte leise auf, als sie ein wenig Blut unter ihrem Fingernagel spürte. Oliver begriff ihr Schweigen als Aufforderung, mit seinen Ausführungen fortzufahren.

In diesem Moment hörte Polly ihr Telefon vibrieren. Oliver redete immer noch, aber sie schenkte ihm keine Beachtung mehr und ging in den Flur, um ihre Handtasche zu holen.

»Wo gehst du hin?«, fragte er unglücklich.

Sie ignorierte ihn.

»Polly, ich rede mit dir!« Er wollte ihr schon folgen, überlegte es sich dann aber anders.

Polly zog mit zitternden Fingern das Telefon aus der Tasche. Das leuchtende Display erhellte ihr Gesicht in dem dunklen Flur.

ich habe gesehen, was passiert ist.
können wir uns morgen treffen?

Es war *er*. *Er* war da gewesen und hatte alles mitverfolgt. Sie antwortete sofort, woraufhin er ihr einen Ort und eine Uhrzeit vorschlug.

Als sie zurück ins Wohnzimmer kam, saß Oliver auf dem Chesterfield-Sessel am Fenster. Er hatte die Beine übereinandergeschlagen und starrte ins Leere.

Sie blieb im Türrahmen stehen. »Es tut mir leid.«

Er war nicht sonderlich beeindruckt von ihrer Entschuldigung und drehte den Kopf zur Seite. Sie setzte sich zu ihm auf die Armlehne.

»Ich weiß wirklich nicht, was in mich gefahren ist«, sprach sie weiter.

»Das ist doch genau das, was ich meine«, sagte Oliver. »Du bist hier wieder hereingewalzt, als ob nichts wäre ... und jetzt ... Was ist bloß los, Polly?«

Seine Stimme hatte einen flehenden Tonfall angenommen, und er tat ihr leid. Er war wirklich ein guter Kerl, so etwas hatte er nicht verdient. Aber was sollte sie machen? Sie würde *ihn* morgen trotzdem treffen.

»Nichts«, sagte sie. »Ich bin einfach müde, und ich glaube, ich bekomme meine Periode.«

Damit war ihr Gespräch beendet.

18. KAPITEL

Am nächsten Morgen stand Oliver früh auf und lief fröhlich pfeifend durch die Wohnung. Polly wälzte sich auf die andere Seite, um einen Blick auf den Wecker zu werfen. Es war 7:19 Uhr.

»Was zum ...«, murmelte sie. Samstagmorgen, und er war jetzt schon wieder so schrecklich aktiv und tat lauter sinnvolle Dinge; bügelte seine Hemden für die kommende Woche und goss die Zimmerpflanzen.

Manchmal machte Oliver sie wirklich irre. Er war immer so zufrieden und glücklich! Sie versuchte sich vorzustellen, wie es war, seine Luft einzuatmen – sauber, erfrischend, wie Wäsche, die eben an einer Leine im Sonnenschein getrocknet war. Ihr war noch nie jemand begegnet, der schlecht über ihn redete. Als sie sich kennengelernt hatten, war sie noch richtig beeindruckt gewesen von seinem guten Charakter. Eigentlich konnte sie kaum glauben, dass es Menschen wie ihn wirklich gab, so nett und freundlich. Und gerade kotzte sie genau das so richtig an.

Um halb zehn spazierte Oliver ins Schlafzimmer und zog spielerisch ihre Bettdecke weg. Sie gab ihr Bestes, sie festzuhalten, war aber viel zu müde, um den Kampf zu gewinnen.

»Auf geht's, Polly, raus aus den Federn!«, sagte er. »Ich will die Laken waschen, und außerdem solltest du dich langsam fertig machen.«

Polly rieb mit den Handflächen über ihre Wangen.

»Was?«, fragte sie mit zerknittertem Gesicht. »Warum das

denn?« Eigentlich hatte sie den ganzen Tag im Bett verbringen wollen.

»Heute ist doch Herrentag.«

Polly runzelte die Stirn.

»Das Kricketspiel. Hast du das etwa vergessen?«

Hatte sie. Und heute sollten sie sich ein Länderspiel zwischen den zwei besten Nationalmannschaften ansehen.

»Muss ich mit?«, fragte sie weinerlich.

»Natürlich, es rechnen doch alle mit dir.« Mit »alle« meinte Oliver seine Freunde.

»Kannst du nicht sagen, dass ich krank bin oder so?«

»Das letzte Mal war es die Migräne – was für eine Ausrede soll ich mir heute einfallen lassen? Am Ende denken sie noch, dass du sie nicht leiden kannst, Polly.«

Das Kricketspiel warf ihre gesamte Tagesplanung über den Haufen. Wenn sie den ganzen Tag unterwegs war, konnte sie sich nicht in Ruhe auf ihr Treffen vorbereiten und sich nicht zurechtmachen; das bedeutete, dass sie schon vor ihrem Aufbruch alles vorbereiten musste. Nach reiflicher Überlegung zog sie schließlich ein kurzes Blümchenkleid mit Flügelärmeln und ein Paar Flipflops aus dem Schrank. In ihrer Tasche versteckte sie einen Jutegürtel, rote Satinstilettos und eine Menge Schminkutensilien.

Auf dem Weg zum Spielfeld trottete sie mit ein paar Metern Abstand hinter Oliver her, um ihm zu zeigen, wie sehr ihr das alles auf die Nerven ging. Es schien ihm allerdings nicht das Geringste auszumachen, und er marschierte munter vor ihr her.

Als sie ankamen, wurde sie rasch auf einer der Bänke abgesetzt, die für die Ehefrauen und Freundinnen reserviert waren. Sie befanden sich direkt hinter den Bänken der Männer. Mit großer Erleichterung stellte Polly fest, dass Charlotte nicht gekommen war. Manchmal hatte sie wirklich den Eindruck, dass Olivers Schwester ihnen wie ein Schatten folgte. Polly konnte überhaupt nicht verstehen, weshalb Charlotte so versessen darauf war, permanent Zeit mit ihrem Bruder zu verbringen. Zugegeben, sie selbst hatte keine Geschwister und somit keinen richtigen Vergleich. Aber eigentlich hatte sie bei anderen Leuten eher erlebt, dass sie ganz froh waren, wenn sie ihre Geschwister irgendwann abgeschüttelt hatten. Charlotte dagegen war Oliver gefolgt, als er aus dem Elternhaus aus und nach London gezogen war, und lebte jetzt fußläufig von ihm entfernt.

Polly nahm am Ende der Bank Platz. Ein paar der Frauen versuchten sie in die Unterhaltung mit einzubeziehen, fragten sie nach ihrem Job oder danach, wo sie das hübsche Kleid gekauft habe. Polly nahm ihnen das Interesse jedoch nicht ab und antwortete nur einsilbig. Sie hatten einfach nichts gemeinsam: Immerhin waren sie alle mindestens zehn Jahre älter und zwanzig Kilo schwerer als sie. Nach einer Weile setzte Polly ihre Sonnenbrille auf und begann auf ihrem Smartphone herumzuspielen.

Der Lunch war ein zusammengewürfeltes Picknick. Jeder hatte etwas zu essen mitgebracht – außer Polly. Sie konnte sich vage daran erinnern, dass Oliver vor ein paar Wochen etwas in der Art erwähnt hatte. Als jetzt alle ihre Tupperdosen auspackten, warf er ihr einen vorwurfsvollen Blick zu. Schon bald lagen Oliven, Fladenbrote, Griechischer Salat, Käse, gefüllte Weinblätter und Aufschnitt vor ihnen.

Polly wandte einen Trick an, den sie in der Klinik gelernt hatte: Sie füllte den Großteil ihres Tellers mit Salatblättern, damit es so aussah, als nähme sie eine volle Mahlzeit zu sich. Die paar Fetastücke, die es auf ihren Teller geschafft hatten, ließ sie unauffällig in ihrer Serviette verschwinden. Sie wollte jetzt nicht essen. Musste sie auch nicht. Allmählich fühlte sie sich wieder wohl in ihrem Körper – schwerelos, mit biegsamen Gliedmaßen und schwebenden Gedanken.

In Momenten wie diesem hatte sie das Gefühl, ihr Körper könnte ganz sich selbst genügen. Als könnte der Hunger den Hunger ernähren.

Sie nahm einen großen Schluck aus ihrem Plastikweinglas und merkte sofort, wie ihr der Alkohol zu Kopf stieg. Sie lehnte sich ein wenig zurück und sah den anderen dabei zu, wie sie noch mehr von den Snacks in ihre ohnehin schon vollen Backentaschen stopften. Diese Leute konnten einem wirklich leidtun – Essen schien das einzig Aufregende zu sein, das in ihrem Leben noch passierte. »Wenn die nur wüssten«, dachte sie. Ihr entwischte ein Kichern.

»Was gibt es denn zu lachen?«, erkundigte sich Oliver und warf eine Handvoll Oliven in seinen Mund. Sie konnte das Malmen seiner Zähne hören, als er sie gierig zerkaute. Am liebsten wäre sie auf den Tisch gesprungen und hätte allen laut verkündet, was sie in der U-Bahn tat. Wäre doch zu spannend, ihre Reaktion zu sehen!

Am Ende begnügte Polly sich mit einem »Ach, nichts« und widmete sich dann wieder ihrem Telefon.

Als das Match vorbei war, zogen alle gemeinsam weiter in den Biergarten eines Pubs. Polly huschte auf die Toilette und fluchte, als sie sah, wie rot und fleckig ihr Gesicht geworden war. Sie hatte keine Sonnencreme mitgenommen, und auch wenn sie versucht hatte, im Schatten zu bleiben, hatte sie sich an den Schultern und auf dem Nasenrücken doch einen ordentlichen Sonnenbrand geholt. Sie bemühte sich, das Schlamassel mit einer Grundierung und Abdeckstift wieder in den Griff zu bekommen, aber leider gelang ihr das nur teilweise.

Um den Sonnenbrand irgendwie zu kompensieren, schminkte sie ihr restliches Gesicht in umso kräftigeren Farben.

Den ganzen Tag lang hatte sie sich den Kopf darüber zerbrochen, wie sie sich abends davonstehlen sollte. Um zwanzig Uhr waren aber alle schon so betrunken, dass niemand bemerkte, wie sie sich aus dem Pub schlich.

In der U-Bahn wechselte sie ihre Schuhe und legte den Gürtel um. Sie zog die Taille ihres Kleids ein ganzes Stück über den Gürtel, sodass ihr der Saum nur noch knapp über den Po reichte. Als Nächstes öffnete sie ihren Pferdeschwanz und versuchte ihr Haar so gut wie möglich mit den Fingern zu stylen. Sie warf einen Blick in die Fensterscheibe der U-Bahn und fand sich ziemlich scharf, auch wenn das vielleicht nur am Alkohol lag.

Sie musste ein paarmal die Bahn wechseln, um ihn auf der Piccadilly Line zu treffen. Er hatte keine genaue Station genannt, nur gesagt, dass sie zusteigen solle und er sie dann schon finden werde. Die Bahn brachte sie gen Norden, weiter aus der Stadt heraus, als sie es jemals gewesen war. Je weiter sie sich vom Zentrum entfernte, desto größer wurden die Abstände zwischen den Stationen, und es stiegen immer weniger Fahrgäste zu. Langsam wurde sie ungeduldig.

Erst als die Bahn beinahe an der Endstation angekommen war, tauchte *er* auf. Sobald sie ihn sah, wäre sie am liebsten auf ihn zugelaufen, um ihn zu umarmen. Er aber wirkte alles andere als erfreut, sie zu sehen.

»Was ist schiefgegangen?«, fragte er, als er auf sie zukam. »Was sollte diese Nummer gestern?«

Polly war vollkommen verdattert. »Ich … ich weiß nicht … Er hat … Du weißt schon, oder? Du hast es gesehen.«

»Ja, habe ich. Ich habe gesehen, wie du einem sehr mächtigen Mann vor allen Fahrgästen eine Szene gemacht hast.«

Polly brachte kein Wort heraus. Sie konnte nicht fassen, dass er das eben wirklich gesagt hatte.

Er kam näher und senkte die Stimme, obwohl das eigentlich nicht nötig war – der einzige andere Fahrgast saß ein ganzes Stück entfernt und trug Kopfhörer.

»Hast du denn eine Ahnung, wer der Mann war?«

»Nein«, erwiderte Polly mit bebender Unterlippe. Er war ihr ja tatsächlich bekannt vorgekommen. Jetzt, wo sie darüber nachdachte, konnte es sein, dass sie ihn mal im Wirtschaftsteil einer Zeitung gesehen hatte. Sie war kurz davor zu sagen, dass es ihr vollkommen egal sei, wer er war – immerhin hatte er versucht, sie zu vergewaltigen, und hatte es deswegen nicht anders verdient. Aber sie schwieg.

»Ich dachte, dir wäre klar, worum es hier geht. Du hättest ihn mit deinem kleinen Wutausbruch beinahe vollkommen bloßgestellt.« Er seufzte schwer und massierte sich die Schläfen mit seinen Handballen. »Du machst es mir wirklich nicht leicht.« Dann sah er ihr in die Augen. »Ich glaube nicht, dass wir uns weiterhin sehen sollten.«

Polly schluckte so hart, dass ihrer Kehle ein lautes Glucksen entwich.

Plötzlich kam die Durchsage, dass die nächste Station die Endhaltestelle sei. Ihm schien das ganz egal zu sein. Er sah sie weiterhin vollkommen reglos an, während sie sich darum bemühte, ihre Stimme wiederzufinden. Etwas zu sagen. Irgendetwas.

Die U-Bahn fuhr in die Endhaltestelle ein, und die Fahrgäste wurden gebeten auszusteigen.

Der Mann mit den Kopfhörern trat hinaus auf den Bahnsteig, aber *er* rührte sich nicht von der Stelle. Polly genauso wenig.

Etwa eine halbe Minute später ging das Licht im Waggon

aus, und die Türen schlossen sich. Die U-Bahn-Station lag über der Erde, weswegen sie sein Gesicht im Mondlicht immer noch erkennen konnte. Er hatte den Blick nicht von ihr abgewandt.

Plötzlich erwachte die Bahn wieder zum Leben und verließ die Station. Sie fuhren die Strecke zurück, bis sie wieder unterirdisch verlief. Im Tunnel war es so dunkel, dass ihre Sehkraft ihr Streiche spielte und kleine, grüne Punkte vor ihren Augen umhertanzten. Sie griff nach seiner Hand, und er drückte ihre.

Ein paar Minuten später hielt die U-Bahn in einer stillgelegten Station. Die Beleuchtung war spärlich, und es fehlten die üblichen Schilder, die die Fahrgäste darüber informierten, wo sie sich befanden.

Als die Lichter in der Bahn wieder angingen, zuckte Polly zusammen.

»Ist schon okay«, sagte er. »Manchmal stellen sie eine Bahn hier in den ehemaligen Stationen ab, um Wartungsarbeiten durchzuführen.«

Polly hörte, wie eine Tür zuknallte und dann der Schaffner mit hallenden Schritten den leeren Bahnsteig entlanglief, um durch einen Blick in jedes Fenster zu überprüfen, ob die Bahn auch wirklich leer war.

»Duck dich!«, sagte er.

Sie knieten sich unter das Fenster, und er drückte sie so dicht an die Wand, dass sie vor dem Blick des Schaffners komplett verborgen waren. Sein Atem strich über ihren Nacken, und dann küsste er sie. Sie schloss die Augen und genoss es, ihn wieder so nah bei sich zu spüren.

Als alles ruhig war, sah sie ihn an. »Ich hätte gestern keine Szene machen dürfen«, meinte sie. »Ich habe einfach Angst bekommen. Es kam mir so vor, als würde mich der Mann zu sehr bedrängen.«

Er stand auf, griff nach ihren Händen und zog sie sanft nach oben.

»Du musst dich einfach entspannen.« Er stellte sich breitbeinig hin und zog sie an sich. Ihre Körper verschmolzen miteinander. »Lass einfach los.«

Er strich mit den Händen über den dünnen Stoff ihres Kleids und öffnete dann rasch die Knöpfe, die sich auf der Rückseite befanden. Sofort war Polly unendlich erleichtert. Er schob ihre Ärmel herab und öffnete dann den Gürtel, um ihn zusammen mit dem Kleid zu Boden gleiten zu lassen, sodass Polly nur noch in Unterwäsche vor ihm stand. Dann trat er einen Schritt zurück und betrachtete sie lange bevor er ihr schließlich tief in die Augen sah. Nein, die starke Verbindung zwischen ihnen ließ sich nicht leugnen.

Ohne ein Wort zu sagen, nahm er sie bei den Händen und führte sie zu einer Reihe von Sitzen, die sich an der Wand des Abteils entlangzogen. Dort angekommen, drückte er ihren Oberkörper nach unten, sodass sie vornübergebeugt dastand. Polly stützte sich auf der Lehne ab, und er strich so grob über ihren Rücken, dass sie hin und her schwankte. Mit fliegenden Fingern öffnete er ihren BH. Polly spürte seine Hände, die seitlich an ihrem Körper hinabfuhren, bis sie an ihrem Höschen angelangt waren. Ohne innezuhalten, zog er es hinunter und kniete sich auf den Boden, um jeden ihrer Zehen einzeln zu küssen und sich schließlich über ihre Knöchel hinweg bis hinauf zu ihren Oberschenkeln vorzuarbeiten. Sie senkte den Kopf, um ihn dabei zu beobachten, aber er sah sie nicht an, war viel zu beschäftigt damit, ihren Venushügel sanft zu küssen. Sie sog scharf die Luft ein, als er begann, ihre Klitoris zu liebkosen. Mit seiner Zunge erkundete er ihren Körper immer weiter, bis er damit zwischen ihren Pobacken angekommen war. Polly stöhnte vor Lust, als er langsam seine Zunge in sie hineinschob, dann einen Finger. Es brannte nicht so wie bei dem Mann in der U-Bahn. Er ging viel vorsichtiger mit ihr um und wartete erst einmal ab, bis sie sich an das Gefühl gewöhnt hatte, ehe er den Finger tiefer schob. Polly bewegte sich ein wenig vor und zurück, und er hielt still, damit sie herausfinden konnte, was ihr Vergnügen bereitete.

Nach einiger Zeit stand er auf und öffnete seine Hose. Er spreizte ihre Pobacken und drang in sie ein. Sie wollte sich losreißen, aber er umfasste ihre Taille und drückte sie wieder an sich.

»Komm, lass einfach los«, flüsterte er sanft.

Sie versuchte sich zu entspannen, aber als er eindrang, zuckte sie dennoch zusammen. Sobald er in ihr war, hielt er still, damit sie wieder zu Atem kommen konnte, ehe er sich ganz langsam vor und zurück bewegte. Jedes Mal stieß er dabei ein wenig tiefer in sie hinein. Langsam gewöhnte Polly sich an die Empfindungen, und ihr Atem ging schnell und stoßweise. Er hielt sie so fest umschlungen, dass sie sich sowieso nicht von ihm hätte lösen können. Mit seiner freien Hand rieb er über ihre Klitoris, und langsam verschwand das Brennen. Ihr gesamter Körper wurde von Lust durchflutet.

Sie hob den Kopf und sah auf sein Spiegelbild in dem abgedunkelten Fenster der U-Bahn. Er hatte die Augen geöffnet und wirkte hoch konzentriert.

Sie schloss die Augen und ließ den Kopf sinken. Ihre Erregung steigerte sich immer weiter, so lange, bis jede einzelne ihrer Zellen vor Lust zu vibrieren schien.

19. KAPITEL Sie verließen die stillgelegte U-Bahn-Station gemeinsam. Er kannte den Weg.

Durch den Notausstieg am Ende des Waggons kletterten sie aus der Bahn. Als sie hinab auf die Schienen sprang, hielt er sie bei der Hand, und der Kies knirschte laut unter ihren Füßen. Mit dem Licht seines Smartphones führte er sie schließlich an die Kante des Bahnsteigs.

Plötzlich hörten sie Stimmen, die immer näher kamen. Eine Gruppe von Wartungstechnikern lief das Gleis entlang. Er packte sie am Arm und zog sie eilig hinter sich her, bis sie am Tunneleingang angelangt waren. Dort warteten sie, bis die Männer wieder am anderen Ende des Gleises verschwunden waren. Pollys Herz klopfte ihr bis zum Hals, sie hatte furchtbare Angst, ertappt zu werden. Ein paar Minuten später stemmte er sich selbst auf den Bahnsteig und half dann Polly dabei. Ihr Kleid verfing sich an dem Kabelhaken, der direkt unter der Bahnsteigkante herausragte. Am Ende musste sie sich unbeholfen über den Vorsprung hieven, während ihr das Kleid bis auf die Hüften hochgerutscht war. Vor Scham brannten ihre Wangen, aber *er* schien nichts davon bemerkt zu haben.

Als er sicher war, dass die Luft rein war, liefen sie auf Zehenspitzen über den Bahnsteig. Sobald sie an der Treppe angelangt waren, stürmten sie nach oben, nahmen immer zwei Stufen auf einmal. Die alte Station war ein richtiges Labyrinth aus verfallenen Tunneln und Durchgängen. Polly hatte keinen blassen Schimmer, wo sie sich befanden. Auf dem Weg in die alte Schalterhalle hielt sie seine Hand, so fest sie konnte.

»Woher kennst du dich hier so gut aus?«, flüsterte sie.

»Ich habe so meine Quellen«, meinte er mit einem verschmitzten Grinsen. Sie kamen an einer schweren Metalljalousie an, die vor dem ehemaligen Eingang hinuntergelassen war. Daneben befand sich eine grüne Holztür, und er versuchte die Klinke herunterzudrücken. Als sie nicht aufging, tastete er die Kante des Türrahmens ab und fand dort den Schlüssel, der ins Schloss passte. Ehe er die Tür öffnete, drückte er Polly an sich und sagte: »Ich kriege einfach nicht genug von dir.« Dann gab er ihr einen innigen Kuss, dieses Mal ohne Zunge. Er öffnete einfach nur leicht die Lippen und atmete tief ein, so, als wollte er sie ganz in sich aufnehmen. Dann drückte er die Tür auf – und schon war er verschwunden.

Vom Nachtbus aus entdeckte sie Oliver, der die Hammersmith Road entlang nach Hause lief. Also stieg sie an der nächsten Station aus und rannte den gesamten Weg bis zur Wohnung, um vor ihm anzukommen. Es schien ihr, als flöge sie. Ihr Körper fühlte sich leicht und quicklebendig an. Sobald sie zu Hause war, wusch sie hastig ihr Gesicht, zog sich aus und sprang ins Bett. Oliver traf nur wenige Momente später ein, und sie hörte, wie er die Schlafzimmertür öffnete und das Licht anknipste.

»Hey«, protestierte sie leise unter der Decke.

»Oh, sorry, Pol. Wusste nicht, dass du schon zu Hause bist. Ist alles in Ordnung?«

»Hab zu viel Sonne und Alkohol abbekommen, schätze ich mal«, sagte sie in dem jämmerlichsten Tonfall, den sie zustande brachte.

»Du armes Ding. Kann ich irgendwas für dich tun?«

»Nein, ich muss einfach schlafen, denke ich.«

»Okay. Gute Nacht!« Mit diesen Worten schloss er leise die Tür.

Sie kuschelte sich unter ihre Decke und hatte fast ein wenig Mitleid mit ihm.

Als sie am nächsten Tag eine Nachricht bekam, konnte sie es kaum glauben.

Brauche dringend noch eine Dosis.
Triff mich heute Abend.

Oliver war an diesem Nachmittag mit Freunden in einer Bar in der Innenstadt verabredet, um ein Rugbyspiel anzuschauen. Er war sich nicht ganz sicher gewesen, wann er wieder zu Hause sein würde, und hatte ihr gesagt, dass sie nicht auf ihn warten solle, als er sich mit einem Kuss von ihr verabschiedet hatte. Sie hatte es geschafft, sich im richtigen Moment wegzudrehen, sodass seine Lippen nur ihre Schläfe getroffen hatten.

Den Nachmittag verbrachte sie damit, sich vorzubereiten. Sie schrubbte ihren Körper mit einem Peeling ab und legte sich dann eine halbe Stunde in ein heißes Bad, das sie mit Zitronenöl versetzt hatte. Anschließend sprang sie in die Dusche, um das Öl abzuspülen, wusch ihr Haar und trug eine Haarpflege auf. Dann wickelte sie sich ein Handtuch um den Kopf und rieb ihren Körper mit einer Bodylotion ein, die nach Kokosnuss duftete.

Sobald sie fertig war, machte sie Musik an. Oliver hasste das, weil er ihren Musikgeschmack kindisch fand. Deswegen hörten sie am Ende doch immer seine faden Akustikstücke an.

Jetzt, wo sie die Wohnung für sich hatte, drehte sie die Musik laut auf, wirbelte von Raum zu Raum und legte sogar eine richtige Striptease-Nummer vor dem Schlafzimmerspiegel hin. Plötzlich kam ihr eine Idee, und sie holte rasch ihre roten Stilettos und ihren beigen Kurzmantel aus dem Schrank.

Sie waren an der Shepherd's-Bush-Station verabredet, was zwar ein bisschen nah an der Wohnung lag, aber Polly hoffte trotzdem, dass alles glattgehen würde. Um 21:13 Uhr stieg sie in die Bahn, die jetzt am Sonntagabend relativ leer war. Polly entdeckte ihn sofort. *Er* saß am anderen Ende des Wagens und las Zeitung.

Außer ihm waren nur noch zwei andere Passagiere an Bord – eine ältere schwarze Frau mit rotem Kopftuch, die die Augen fest geschlossen hatte, und ein junger Mann, der ganz in die Lektüre seines Buchs versunken war. *Er* hatte die Zeitung vor seinem Gesicht erhoben und senkte sie nur kurz, als sie eintrat. Dann versteckte er sich gleich wieder dahinter. Ja, *er* spielte mit ihr. Sie ging lässig zu ihm hinüber, setzte einen Stiletto-Fuß vor den anderen, als balancierte sie auf einem Seil. Den Kopf gesenkt, sah sie zu, wie ihre Füße einer unsichtbaren Linie folgten. Sie wusste, dass *er* sie beobachtete, spürte seinen Blick auf sich ruhen. In der Nische kurz vor seiner Sitzreihe blieb sie stehen, spähte zu ihm – und ertappte ihn prompt dabei, wie er zu ihr linste. Kurz hatte sie Schwierigkeiten, ihre coole, sexy Fassade aufrechtzuerhalten, und musste über beide Backen grinsen. Mit einem leichten Kopfschütteln sammelte sie sich wieder, dann hob sie beide Arme über ihren Kopf, um sich zu strecken. Der Saum ihres Kurzmantels rutschte nach oben, sodass ihre nackten Oberschenkel darunter zum Vorschein kamen. Sie konnte sehen, wie seine Augen aufleuchteten. Er rückte die Zeitung dichter an sein Gesicht, bis nur noch seine Augen hervorschauten, und wartete auf die Fortsetzung.

Nervös guckte sie zu den anderen Fahrgästen, aber niemand beachtete sie. Sie griff nach ihrem Fahrausweis und wedelte damit in seine Richtung. Dann drehte sie sich um und ließ ihn zu Boden fallen. Da sie ein wenig zittrig war, landete er weiter von ihr entfernt, als sie geplant hatte. Sie musste noch einen Schritt nach vorn machen, um die richtige Position zu haben, dann beugte sie sich mit perfekt gestreckten Beinen und durchgedrücktem Rücken nach unten, um den Ausweis aufzuheben. Sie spürte, wie der Stoff ihres Mantels über ihre Beine und ihre Pobacken nach oben glitt. Ein paar Sekunden lang verweilte sie in dieser Position, dann richtete sie sich auf und drehte sich zu ihm um.

Als die U-Bahn an der nächsten Station hielt, stand *er* auf und nahm in einer Ecke des Waggons Platz.

Sie folgte ihm, blieb aber stehen, ehe sie bei ihm angekommen war. Nein, ihr Spiel war noch nicht zu Ende. Polly lehnte sich an eine der Haltestangen und begann an dem Ledergürtel ihres Mantels herumzuspielen. Neckisch öffnete sie die Schleife und löste sie so weit, dass nur noch ein lockerer Knoten den Gürtel zusammenhielt. Sie strich mit den Handflächen über das Revers der Jacke und öffnete sie Millimeter um Millimeter, bis erst die unteren Wölbungen ihrer Brüste zu sehen waren, dann die zarte Haut über ihren Rippenbögen und schließlich ihr Bauchnabel.

Und die ganze Zeit über beobachtete sie *ihn* dabei, wie er sie beobachtete.

»Pol?«

Die Stimme ertönte in dem Moment hinter ihr, als der Zug anfuhr, und sie erkannte sie sofort.

»Polly. Was machst du da?« Mit fliegenden Fingern schloss

sie ihren Mantel und machte einen dicken Knoten in den Gürtel, ehe sie sich hektisch zu ihm umdrehte.

Es war Oliver.

»Hallo«, sagte sie und war kurz davor, in Ohnmacht zu fallen.

»Was machst du da?«, fragte er wieder.

»Oh, ich bin auf dem Heimweg.«

»So so«, meinte er und sah sie misstrauisch an. »Dir ist schon klar, dass du Richtung Innenstadt fährst und nicht Richtung Wohnung, oder?«

»Wirklich?« Sie sah auf den U-Bahn-Plan über ihren Köpfen und tat so, als wäre sie vollkommen verwirrt. »Ich muss wohl das falsche Gleis erwischt haben!« Polly lachte nervös und merkte, wie ihre Wangen sich röteten und sich über ihrer Lippe kleine Schweißtröpfchen bildeten.

Oliver sah auch nicht viel besser aus. Sein Gesicht war blass und schweißbedeckt und nicht so rosig wie sonst.

»Warte mal«, sagte sie plötzlich. »Und was machst *du* hier? Ich dachte, du wärst längst in der Innenstadt, um das Rugbyspiel anzusehen.«

»Ja, da war ich auch«, meinte er und räusperte sich. »Aber dann hat mir ein Freund geschrieben, dass er dringend meine Hilfe braucht. Keine Ahnung, was bei ihm los ist, aber er hat mir eine Menge rätselhafter Nachrichten mit möglichen Treffpunkten geschickt.«

»Oh.«

Beide sahen einander an.

»Du schwitzt«, sagte sie, um von ihrer eigenen Erscheinung abzulenken.

Oliver wischte sich die Stirn ab und inspizierte dann seine Hand.

»Ja, das kann schon sein. Ist ja auch irre heiß – vergehst du denn nicht vor Hitze in deinem Mantel?« Er lächelte sie müde an.

Auf dem Weg zur nächsten Station herrschte bedrückendes Schweigen zwischen ihnen. Polly hatte *ihm* ihren Rücken zugewandt. Sie hätte sich am liebsten umgedreht, um ihm zu erklären, was da gerade los war, aber das konnte sie natürlich nicht riskieren. Stattdessen blieb sie vor Oliver stehen, bemühte sich, ihn nicht direkt anzusehen, und tat gleichzeitig so, als würde sie die Werbung lesen, die oben an den Waggonwänden angebracht war.

An der nächsten Haltestelle stiegen sie zusammen aus. Oliver meinte, dass er keine Lust mehr habe, sich von seinem Freund quer durch die Stadt scheuchen zu lassen, und dass er deswegen mit ihr nach Hause kommen würde. Als sie hinaus auf den Bahnsteig traten, drehte Polly sich noch einmal um. Er saß immer noch an derselben Stelle, lehnte sich an einen der seitlichen Sitze und hielt sich die Zeitung vors Gesicht. Langsam ließ er sie sinken und spähte zu ihr, woraufhin sie ihn entschuldigend anlächelte. Irgendwie hoffte sie, dass sie *ihm* auf diese Weise zu verstehen geben konnte, was das alles zu bedeuten hatte. Ja, mit etwas Glück konnte *er* so etwas wie *Sorry, mein Freund ist einfach aufgetaucht, deswegen muss ich jetzt los, obwohl ich eigentlich viel lieber bei dir wäre* aus ihrem Blick herauslesen. Er zog eine Augenbraue nach oben und widmete sich dann wieder seiner Zeitung.

Sobald die Bahn davongefahren war, nahm Oliver sie an der Hand und führte sie zum richtigen Gleis. Sie hatte schon Angst, dass er fragen würde, wohin sie hatte fahren wollen, oder warum sie einen Mantel und Stilettos trug, aber das tat er nicht. Er schien selbst vollkommen in Gedanken versunken zu sein. Sie nahmen auf einer leeren Bank in der Mitte des Bahnsteigs Platz und warteten auf die Bahn, die sie nach Hause bringen würde. Polly starrte auf die LED-Anzeige. Sie las nicht wirklich, was darauf stand, sondern beobachtete nur, wie die Textblöcke nach unten rutschten. Eine Nachricht lautete: *Momentan verläuft der Verkehr auf allen Linien der Londoner U-Bahn reibungslos.*

20. KAPITEL

Die nächsten zwei Tage über konnte Polly sich auf nichts konzentrieren und blies die ganze Zeit Trübsal. Sie konnte nur noch daran denken, wie *er* sie angesehen hatte, als sie mit Oliver die Bahn verlassen hatte. Was hatte die hochgezogene Augenbraue wohl zu bedeuten gehabt? Sie betete, dass irgendeine Art von Verständnis dahintersteckte, aber was, wenn sie sich irrte? Wenn er keine Ahnung hatte, was passiert war? Vielleicht dachte *er* ja, dass sie nur ein gemeines Spielchen mit ihm hatte spielen wollen?

Sie überlegte, ob sie ihm schreiben sollte. Er hatte sie von verschiedenen Nummern aus kontaktiert, aber sie hatte sie alle gespeichert. Sie scrollte sich durch die Liste und grübelte, welche davon sie benutzen sollte. Am Ende entschied sie sich dagegen. Auf Twitter hatte sie herausgefunden, unter welchem Namen er sich damals mit Mausi verabredet hatte. *@can852ran*. Sie versuchte, unter diesem Namen andere Verabredungen zu entdecken, um ihn auf diese Weise zu treffen. Aber sie fand nichts als ein vollkommen verwaistes Profil, das nur ein einziges Mal verwendet worden war, um eben jene Verabredung zu arrangieren.

In der Redaktion saß James ihr jetzt permanent im Nacken. Er schaute unangekündigt an ihrem Schreibtisch vorbei und hinterließ ihr Post-it-Zettel mit Aufgaben, wenn er sie nicht antraf. Bis jetzt hatte sie es lediglich geschafft, auf ihrem Schreibtisch klar Schiff zu machen. Ansonsten hatte sie versucht, so viele Zettel wie möglich nebeneinander an ihren

Computerbildschirm zu kleben, ehe sie es aufgab und sie einfach aufeinanderpappte. Nicht einmal Alicias witzige Antworten auf die E-Mails von Ron, die vor Rechtschreibfehlern nur so trieften, konnten Polly aufheitern.

Sie vermied ihre Wohnung, so gut sie konnte, weil Oliver permanent um sie herumscharwenzelte, wenn sie daheim war. Sie war furchtbar wütend auf ihn, weil er ihr das Treffen mit *ihm* vermasselt hatte. Wann immer Oliver den Arm um sie legen oder sie küssen wollte, zog sie die Schultern sofort bis zu den Ohren hinauf.

Am Dienstagabend ging sie nach der Arbeit zum Shoppen in die Oxford Street, hatte aber keinen Erfolg. Nichts schien so richtig zu passen. Eigentlich war sie sich sicher, dass sie abgenommen hatte, aber in allen Hosen wirkten ihre Hüften breit, und sie hatte das Gefühl, dass die Kleidung an ihrem Hintern und ihrem Bauch zwickte. Trotzdem probierte sie massenhaft verschiedene Kleidungsstücke an, um ganz sicherzugehen, aber sie fand alles scheußlich. In der Umkleide eines Ladens versicherte ihr die Verkäuferin, dass eine Hose wie für sie gemacht sei. Polly kaufte sie, obwohl sie überzeugt davon war, dass ihre Beine darin aussahen wie Karotten. Trotzdem war sie froh, dass sie ihren ersten Einkauf hinter sich gebracht hatte. Normalerweise kam sie danach in einen richtigen Kaufrausch und war überhaupt nicht mehr zu bremsen. Und genau das brauchte sie heute Abend dringend! Als sie aber mit ihrem zweiten Fund an die Kasse ging, einem engen schwarzen Pullover mit bronzenen Pailletten an den Schultern und einem sexy Rückenausschnitt, wurde ihr gesagt, dass ihre Karte nicht funktionierte. Aus Höflichkeit startete die Kassiererin einen zweiten Versuch. Polly trat einen Schritt zurück und setzte eine Miene auf, von der sie hoffte, dass sie zugleich verwirrt und genervt wirkte. Sie sagte der Verkäuferin, dass sie mit ihrer Bank telefonieren und dann zurückkommen werde, aber das tat sie nicht. Ein solcher Anruf hätte sowieso nichts gebracht.

Am Mittwoch beschloss sie, selbst ein Treffen auf Twitter vorzuschlagen. Vielleicht würde *er* ihren Post ja entdecken und tatsächlich erscheinen.

Frau sucht Mann. Charing Cross. Northern Line Richtung Norden. Zweiter Wagen. Morgen, 19 Uhr. #TubingCharingCross

Dieses Mal musste sie sich keine Ausrede für Oliver zurechtlegen: Er hatte am Dienstagabend immer Krickettraining. Polly lungerte bis achtzehn Uhr in der Redaktion herum, dann machte sie sich auf den Weg zur Station. Sie trug ein hautenges Lycrakleid und keinen BH. Außerdem hatte sie noch ein olivgrünes Hemd übergeworfen, das ihr Outfit etwas seriöser machte und das sie jederzeit wieder ausziehen konnte. Sie trug Ballerinas mit Zebraprint, hatte aber zusätzlich die roten Satinstilettos im Gepäck.

Sie entdeckte ihre Verabredung sofort. Er war vermutlich Mitte dreißig, sah gut aus und hatte kurzes, blondes Haar. Er trug einen schmal geschnittenen Leinenanzug und eine Brille mit Metallgestell. Obwohl es im Waggon sehr heiß war, behielt er sein Jackett an.

Er stellte sich neben sie und begann sie von hinten zu berühren. Rasch ließ er seine Hände die Rückseite ihrer Oberschenkel entlang bis unter ihr Kleid gleiten. Während der gesamten Begegnung standen sie dicht an dicht mit den anderen Passagieren in dem überfüllten Abteil. Polly gab sich seinen Berührungen ganz hin, obwohl er sie nur durch die Unterwäsche hindurch anfasste. Mehr brauchte es auch nicht. Sie starrte ins Leere, während er ihren Körper mit seinen Liebkosungen bedachte. Selbst als sie heftig zu beben begann, schaffte sie es, weiter konzentriert nach vorn zu schauen. Die Pendler um sie herum hatten keine Ahnung, was vor sich ging. Sie drängten sich an ihnen vorbei, wenn sie ein- oder ausstiegen, und waren ganz mit ihren eigenen Angelegenheiten beschäftigt. Polly und ihr Partner waren wie erstarrt – sie waren eine stille, pulsierende Insel inmitten hektischen Treibens.

Er bat um keine Gegenleistung. Sobald sie wieder zu Atem gekommen war, strich er ihr das Haar aus dem Gesicht und küsste sie sanft hinters Ohr. Als er ging, sah sie ihm nicht nach. Gerade konnte sie sich noch nicht aus ihrem traumartigen Zustand lösen.

An der Euston-Station stieg sie aus. Sie bemerkte *ihn*, sobald sie auf den Bahnsteig trat. Er stand in der Ecke des Wagens, direkt neben den Türen. Durch die Köpfe zweier plaudernder Menschen hindurch beobachtete er sie. Sie versuchte sofort wieder in die Bahn zu springen, aber die Türen schlossen sich bereits. Er lächelte sie an. Als die Bahn anfuhr, warf er ihr eine Kusshand zu.

21. KAPITEL Polly wollte unbedingt vor Oliver zu Hause sein, kurz duschen und dann schon im Bett liegen, wenn er vom Training zurückkehrte. Als sie von der Straße aus zum Wohnzimmerfenster hochblickte, war in der Wohnung noch alles dunkel.

»Ja«, flüsterte sie und stieß zufrieden eine Faust in die Luft.

Sie sauste die Treppe hinauf und knallte die Tür hinter sich zu. Dann warf sie die Handtasche auf den Boden, schlüpfte aus den hohen Schuhen und knipste das Licht im Bad an. Eilig drehte sie den Duschhahn auf, woraufhin sich der Raum sofort mit heißem Dampf füllte. Rasch knöpfte sie ihr Hemd auf, zog das Kleid aus und warf es auf den Boden. Nur mit ihrer Unterhose bekleidet stand sie da und wollte gerade die Ohrringe abnehmen, als sie merkte, dass jemand sie beobachtete.

Sie drehte sich um und sah, dass Oliver in der Badezimmertür stand. Überrascht keuchte sie auf und presste sich eine Hand auf die Brust.

»Oliver«, sagte sie. »Ich habe gar nicht gemerkt, dass du da bist.«

Sie wusste nicht, wie spät es war, vermutete aber, dass es etwa einundzwanzig Uhr sein musste. Die Straßenlaternen und die Scheinwerfer der vorbeifahrenden Autos schienen durchs Wohnzimmerfenster. Oliver lehnte am Türrahmen, und das Licht des Badezimmers erhellte nur Teile seines Gesichts, sodass sein linkes Auge seltsam hohl aussah und seine Unterlippe überdeutlich hervorstand. Er sagte nichts, und sie schlang ein Handtuch um sich, weil sie sich plötzlich unsicher fühlte. Sein Schweigen machte sie nervös. Nach ein paar Sekunden meinte sie: »Ich gehe jetzt duschen«, und wollte die Badezimmertür schließen.

Doch er stellte seinen Fuß in die Tür und kickte sie sanft wieder auf. »Komm ins Wohnzimmer. Wir müssen miteinander reden.«

Sie schluckte. Wusste er Bescheid? Sofort wurde sie panisch. Nein, sie wollte sich jetzt auf keinen Fall mit ihm unterhalten!

»Später«, sagte sie und drückte gegen die Tür des Badezimmers.

»Nein, wir sollten das gleich tun.«

»Ich wollte gerade duschen gehen. Es passt mir jetzt nicht, du musst noch warten.«

Kurz gab es ein kleines Gerangel an der Tür, dann gab Polly auf. »Also echt!«, fauchte sie und merkte, dass sie wütend wurde.

»Bitte, Polly. Komm mit ins Wohnzimmer.«

So nannte er sie nur, wenn es wirklich ernst war.

»Ich gehe jetzt duschen«, sagte sie so langsam, als wäre er dumm oder spräche eine andere Sprache. »Du musst warten.«

»Nein.«

Wieder versuchte sie die Tür zu schließen. Ihr Handtuch löste sich, und sie musste es erneut feststecken.

»Meine Güte, jetzt lass mich endlich in Ruhe, verdammt noch mal!«, fluchte sie keuchend und mit rotem Gesicht.

Er starrte sie noch ein paar Sekunden lang an. »Dein Vater ist heute gestorben«, sagte er dann. Ihr Handtuch glitt zu Boden, und Polly stürzte auf die Fliesen.

Um 16:44 Uhr hatte Pollys Vater einen schweren Herzinfarkt erlitten und war gestorben. Er hatte sich gerade eine Tasse Tee in der Küche zubereitet. Pollys Mutter war zu diesem Zeitpunkt in ihrem Zimmer gewesen. Sie hatte ihren Mann erst zwei Stunden später tot aufgefunden und dann mehrfach versucht, Polly vom Krankenhaus aus anzurufen. Weil diese in der U-Bahn aber keinen Empfang gehabt hatte, hatte Pollys Mutter schließlich ihre Festnetznummer gewählt und mit Oliver gesprochen, der eigentlich gerade zum Krickettraining hatte aufbrechen wollen.

Sobald Polly es geschafft hatte, wieder aufzustehen, begann sie Oliver zu widersprechen. Sie weigerte sich einfach, ihm zu glauben. Sie war sich ganz sicher, dass er da etwas durcheinandergebracht hatte. Bestimmt war ihre Mutter tot, nicht ihr Dad. Schließlich war sie doch diejenige, die die ganze Zeit im Krankenhaus war! Aber Oliver versicherte ihr, dass er definitiv mit ihrer Mutter gesprochen hatte und dass ihr Dad wirklich tot war.

»Warum er?«, schluchzte Polly.

»Es tut mir so leid«, murmelte Oliver und zog sie an sich. Polly hielt ihre Arme seitlich an den Körper gepresst, während er sie an seine Brust drückte. »Warum nicht meine Mutter?«, fuhr sie fort, aber Oliver konnte ihr Flüstern nicht richtig verstehen.

Eine Stunde später telefonierte sie kurz mit ihrer Mutter. Sie bekundeten einander nicht ihr Beileid und hatten auch beide nicht das Gefühl, dass die jeweils andere Mitleid verdient hätte. Zu Pollys Überraschung bat die Mutter sie aber, direkt nach Hause zu kommen. Dann dämmerte ihr, dass sie wohl eine neue Betreuerin brauchte – jetzt, wo ihr Vater weg war. Polly behauptete, dass sie so spät am Abend keinen Zug mehr bekommen würde. Oliver ging dazwischen und bot an, sie zu fahren, aber Polly ignorierte ihn und sagte, dass sie gleich am nächsten Morgen kommen würde. In dieser Nacht hielt Oliver sie im Arm, bis sie eingeschlafen war. Sie wollte sich eigentlich von ihm losmachen, merkte dann aber doch, dass sie seine Wärme und den Trost dringend brauchte.

Am nächsten Tag kam sie kurz vor Mittag im Haus ihrer Eltern an. Oliver hatte sie begleiten wollen, aber sie hatte ihn gebeten, in London zu bleiben, und ihm versprochen, ihm bald Bescheid zu geben, wie und wann die Beerdigung stattfinden sollte. Im Zug konnte Polly an nichts anderes denken als an ihre Mutter. Sie hatte sich bereits in ihrem Hirn breitgemacht und ließ sie keine Sekunde lang in Ruhe. Die vertraute Landschaft rief Erinnerungen in ihr wach, die sie in London ganz gut hatte verdrängen können. Auch jetzt versuchte sie die Bilder abzublocken, aber jedes Mal, wenn sie sich bemühte, an etwas anderes zu denken, landete sie doch wieder im Schlafzimmer ihrer Mutter, umgeben von all den Schreibheften.

In der paranoiden Welt ihrer Mutter war Polly die Feindin. Ihren Wutausbrüchen zufolge hatte Polly ihr ganzes Leben ruiniert, bei ihrem Körper angefangen bis hin zu ihrer Beziehung mit Pollys Dad. Es war klar, dass sie keine Kinder gewollt und Pollys Dad sie trotzdem dazu überredet hatte. So richtig hatte Polly die Beziehung ihrer Eltern ohnehin nie verstanden. Sie wusste nur, dass sie sich bei irgendeiner Kirchenveranstaltung kennengelernt hatten, als ihre Mutter einundzwanzig und ihr Vater zweiundvierzig gewesen war. Ihr Dad war bekennender Katholik und in seiner Gemeinde immer aktiv gewesen, seit er in den späten Sechzigern von Irland nach England gezogen war. Ein Jahr nachdem sie sich begegnet waren, hatten die beiden geheiratet, und noch ein Jahr später war auch schon Polly auf die Welt gekommen.

Ihre Abneigung Polly gegenüber hatte ihre Mutter in den Heften sehr gründlich ausformuliert. Von dem Moment ihrer Geburt an war ihre Mutter felsenfest davon überzeugt gewesen, dass etwas mit ihrer Tochter nicht stimmte – und dass sie bösartig war. Sie schrieb darüber, dass sie Polly wehtun wollte, hatte unheimlich lebhafte Fantasien darüber, wie sie sie erstickte oder sie in der Badewanne ertränkte. Als Polly älter wurde, verschob sich der Fokus ein wenig, und ihre Mutter bildete sich ein, dass ihr die eigene Tochter den Ehemann abspenstig machen wollte. Die Sprache, die sie verwendete, war ekelhaft. Sie beschrieb die unschuldigsten Vorkommnisse mit einer solchen Perversion, dass Polly es kaum über sich brachte, sie zu lesen. Ihre Mutter schilderte, wie Polly ihre Sexualität einsetzte und nackt umherstolzierte, wenn ihr Ehemann von der Arbeit nach Hause kam – damals war Polly gerade mal fünf Jahre alt gewesen und sollte baden. Als Polly langsam zur Teenagerin heranwuchs und ihr Körper sich zu entwickeln begann, wurden die Beschreibungen ihrer Mutter noch extremer, und sie redete sich ein, dass Polly ein inzestuöses Verhältnis mit dem eigenen Vater anstrebte. Ihren Ehemann machte sie in keiner Weise dafür verantwortlich – für sie war er das unschuldige Opfer.

Polly hatte nie jemandem erzählt, was sie da gelesen hatte, noch nicht einmal ihrem Dad. Zuerst hatte sie nicht gewollt, dass ihre Mutter erfuhr, dass sie in ihren Sachen gestöbert hatte, aber später hatte sie sich einfach wahnsinnig geschämt. Wie konnte jemand nur so über die eigene Tochter denken? Stimmte vielleicht wirklich etwas nicht mit ihr?

Diese Gedanken fraßen Polly beinahe auf, und sie fand es schwierig, sich auf etwas anderes zu konzentrieren. Ihr Leben zu Hause wurde zum Albtraum. Sie versuchte den Eltern so gut wie möglich aus dem Weg zu gehen, um ihrer Mutter nicht noch mehr Grund für ihren Hass zu liefern, und lebte quasi nur noch in ihrem Zimmer. Polly wurde immer launischer und schwieriger im Umgang und traf sich kaum mehr mit Freunden. Auch wenn ihre Lehrer ursprünglich große Hoffnungen in sie gesetzt hatten, bestand sie die Abschlussprüfungen nur mit Ach und Krach. Ihr ganzes Leben stürzte wie ein Kartenhaus in sich zusammen, und es gab nichts, was sie dagegen tun konnte.

Es dauerte nicht lange, bis sie all die negativen Emotionen gegen sich selbst richtete und immer dünner wurde. Sie war nie dick gewesen, hatte stets das absolute Durchschnittsgewicht gehabt. Aber je mehr Kilos sie verlor, desto besessener war sie vom Essen und vom Hunger, und desto leichter gelang es ihr, die Ablehnung ihrer Mutter ihr gegenüber zu verdrängen. Sie hatte ein Mittel gefunden, mit dem Hass ihrer Mutter umzugehen und ihre Gedanken immerhin bis zu einem gewissen Grad zu kontrollieren. Gleichzeitig verschwand sie immer mehr und war wie betäubt.

Ihr Dad machte die Pubertät für ihr Verhalten verantwortlich. Aber Polly kam es so vor, als wäre es ihm ganz egal, was mit ihr geschah. Erst als sie sechzehn war und ihr Gewicht unter fünfunddreißig Kilogramm abgesunken war, bemerkte er es. Sie war in ihrem Zimmer und hatte die Tür nicht geschlossen, während sie auf ihrem Bett Hausaufgaben machte. Der übergroße Wollpulli hatte sie schon den ganzen Tag über gekratzt, also setzte sie sich auf und zog ihn sich über den Kopf. Als er sich in ihrem T-Shirt verfing und sie es versehentlich mit nach oben zog, entblößte sie dabei ihre vorstehenden Rippen. Ihr Vater war gerade nach Hause gekommen und hatte sie begrüßen wollen. Polly entdeckte ihn, wie er mit tränenüberströmtem Gesicht in der Tür stand. Bestimmt war ihrer Mutter ihr Untergewicht schon vor langer Zeit aufgefallen, aber sie hatte nichts gesagt. Polly wurde zum Arzt geschleppt, der sie nach einem kurzen Blick auf ihren ausgemergelten Körper direkt weiter ins Krankenhaus schickte. Von dort aus kam sie in die Psychiatrie und wurde dann in eine Klinik verlegt, die sich auf Essstörungen spezialisiert hatte. Nachdem sie mehrfach den Schlauch, über den sie künstlich ernährt wurde, aus ihrer Nase gezogen hatte, wurde ihr schließlich eine PEG-Sonde implantiert.

Die Klinik war etwa achtzig Kilometer von zu Hause entfernt, und ihre Mutter, die behauptete, dass die Fahrt wegen ihrer Krankheit zu anstrengend für sie sei, besuchte sie kein einziges Mal. Ihr Vater hingegen kam jeden Tag. Er tat alles, um ihr bei ihrer Genesung zu helfen, auch wenn die Gespräche über die Gründe für ihre Magersucht nie sonderlich weit führten. Polly brachte es einfach nicht über sich, ihm die Wahrheit zu sagen. Sie konnte die Worte nicht laut aussprechen.

Mit dem Schlüssel, der immer noch an ihrem Schlüsselbund hing, sperrte sie die Tür ihres Elternhauses auf. Während sie ihn ins Schloss schob, fragte sie sich, ob sie ihn nach diesem Besuch je wieder benutzen würde.

Sie ging direkt in die Küche, wo es nach frisch gewaschener Wäsche und Gebäck roch. Tatsächlich hatte sich seit ihrer Kindheit nichts verändert. Die Schränke hatten immer noch dieselben glänzenden, orangefarbenen Oberflächen, die Schubladen waren weiß, und die Arbeitsfläche bestand aus dem gefleckten Kunstmarmor, der von den Abdrücken der Teetassen und kleineren Brandflecken bedeckt war. Ihr Dad hatte sich um den Haushalt gekümmert, hatte gekocht, geputzt, gewaschen und alles andere, was so anfiel, erledigt.

Seine Schürze mit dem *Küss-den-Koch*-Schriftzug hing noch

an der Tür – so wie immer. Sie konnte beinahe den Abdruck seines runden Kugelbauchs darauf erkennen. Sofort liefen ihr die Tränen in Strömen über die Wangen.

»Oh, du bist da.«

Polly drehte sich um und sah ihre Mutter in der Tür in ihrem Rollstuhl sitzen und einen Flunsch ziehen. Sie war furchtbar dünn. Als sie nach den Rädern griff, um auf Polly zuzurollen, konnte Polly erkennen, dass die Haut ihrer Mutter lose um ihre Knochen hing.

»Ich habe gar nicht gehört, dass du reingekommen bist«, fuhr sie fort, während sie zur Spüle rollte. Sie fixierte die Bremse und stemmte sich dann hoch.

Polly beobachtete sie und musste sich beherrschen, um nicht laut aufzuschreien. Warum zog sie immer noch diese Show ab? Es war doch niemand mehr hier, der ihr dabei zusah!

»Schön, dass du es endlich geschafft hast«, meinte die Mutter sarkastisch. »Wäre nett gewesen, wenn du uns mal besucht hättest, als er noch am Leben war – aber besser spät als nie, schätze ich mal.«

Ihre Mutter drehte sich zu ihr um und stützte sich dabei auf der Arbeitsfläche ab. Polly konnte sich nur an wenige Gelegenheiten erinnern, an denen sie gemeinsam hier in der Küche gewesen waren. Normalerweise hatten Polly und ihr Vater hier immer allein zusammen zu Abend gegessen, während ihre Mutter die Mahlzeiten in ihrem Bett zu sich genommen oder sie gleich ganz ausgelassen hatte. Es war seltsam, jetzt hier mit ihr zu stehen, auch wenn es natürlich ihr Haus war und Polly seit Jahren nicht mehr hier lebte.

»Hast du nichts zu sagen?«, fragte ihre Mutter sie bitter.

Polly schwieg.

»Sind das etwa Tränen? Warum hast du geweint, Polly?«

Polly hasste sie. Ihre Mutter war das Böse in Person.

»Ich hätte nicht gedacht, dass sein Tod dich kümmert. Du hast dich schließlich auch nie für ihn interessiert, als er noch am Leben war.«

Das war es. Polly sprang auf sie zu und riss dabei den Küchentisch um. Sie wusste nicht, was sie tun würde – ob sie ihrer Mutter eine Ohrfeige verpassen oder sie anspucken würde. Aber ihre Mutter hielt sie auf, indem sie sie am Handgelenk packte.

»Vorsicht, Polly. Genau hier hat dein Vater seinen letzten Atemzug getan.«

Sofort wich Polly zurück.

»Mach dir keine Sorgen, er hat bestimmt Verständnis dafür. Du hast dein ganzes Leben lang auf ihm herumgetrampelt, warum solltest du jetzt plötzlich Respekt vor ihm haben?«

Polly wandte sich von ihr ab und stürmte aus der Küche. Dann rannte sie in ihr altes Zimmer, knallte die Tür hinter sich zu und warf sich schluchzend aufs Bett.

Eine Stunde später wachte sie auf. Zuerst hatte sie keine Ahnung, wo sie war. Als sie sich auf die Seite rollte, entdeckte sie das Poster an der Wand. Darauf war eine flauschige weiße Katze zu sehen, die sich nur an einer Pfote von einem Ast baumeln ließ. *Halt durch, Baby!* stand darunter. Ihr Dad hatte es gekauft und für sie aufgehängt, als sie aus der Klinik entlassen worden war. Sie hatte es sofort gemocht.

»Na, gefällt es dir?«, hatte ihr Dad sie gefragt, und sie hatte ihn verlegen angelächelt. Dann war ihre Mutter im Türrahmen erschienen und hatte über seine Schulter hinweg auf das Poster gestarrt.

»Erbärmlich«, war ihr Kommentar gewesen.

Diese Erinnerung trieb Polly erneut die Tränen in die Augen. Sie versuchte sich vorzustellen, wie ihr Vater sie angelächelt hatte, aber je mehr sie sich darum bemühte, desto schwächer und verschwommener wurde das Bild. Irgendwann kam es ihr so vor, als hätte sie ihn nie gesehen.

22. KAPITEL

Bis zur Beerdigung, die eine Woche später stattfinden sollte, wohnte Polly im Haus ihrer Eltern.

Ihre Mutter, die die meiste Zeit in ihrem Zimmer verbrachte, bekam sie nur selten zu Gesicht. Sie ließ Polly die Trauerfeier mehr oder weniger allein organisieren.

Eine Menge Besucher kamen vorbei; ihr Dad war hier im Dorf sehr beliebt gewesen. Sie erkannte nur wenige Gesichter, aber die Leute wussten alle, wer sie war. »Er hat so viel von Ihnen gesprochen! Ja, er war immer wahnsinnig stolz auf sein kleines Mädchen.« Die Worte gingen ihr durch Mark und Bein. Ihre Mutter machte sich rar, wann immer es an der Tür klopfte. Alle nickten verständnisvoll und bemitleideten ihre Mutter, die offenbar schrecklichen Kummer erlitt. Polly ließ sich nichts anmerken und nickte nur zurück – aus Respekt vor ihrem Vater.

Am fünften Tag, den sie im Haus ihrer Eltern verbrachte, erhielt Polly eine Nachricht. Sie wurde zu einem Treffen eingeladen, noch am selben Abend. Und zwar von *ihm*. Sofort rutschte Polly das Herz in die Kniekehlen, und sie überlegte, ob sie sich irgendwie davonschleichen und einen Zug nach London nehmen konnte. Sie sehnte sich danach, wieder beim *Tubing* mitzumachen und kurz alles zu vergessen. Leider war der Plan logistisch gesehen ein absoluter Albtraum. Der Bahnhof war mit dem Auto etwa zehn Minuten vom Haus ihrer Eltern entfernt – und sie hatte keins. Zu Fuß würde sie vermutlich eine Stunde über zugewucherte schmale Feldwege laufen müssen. Selbst wenn sie es nach London schaffte, würde sie nach dem Treffen keinen Zug mehr erwischen, der sie zurückbrachte.

Und dann war da noch ihre Mutter. Auch wenn sie sich kaum sahen, schien sie immer zu wissen, wo sie gerade steckte. Als hätte sie sie stets auf ihrem Radar.

In allererster Linie verzichtete sie aber wegen ihres Dads auf das Treffen. Es war ihr, als wüsste er jetzt, wo er tot war, über alles Bescheid. Sie stellte sich vor, wie er von einer Wolke auf sie herabsah und enttäuscht den Kopf schüttelte. Sie wusste, dass das ein kindischer Gedanke war – und dass er in Wahrheit in einem Kühlfach des Beerdigungsinstituts verstaut war –, aber sie konnte das ungute Gefühl dennoch nicht abschütteln.

Ihr nächstes Problem war die Frage, was sie auf die Nachricht antworten sollte. Stundenlang grübelte sie deswegen, denn sie kannte die Regeln: Ihr Privatleben hatte beim *Tubing* nichts zu suchen, weshalb sie schlecht die Wahrheit schreiben konnte. Als das Treffen immer näher rückte, tigerte sie nervös in ihrem Zimmer auf und ab. Schließlich beschloss sie, ehrlich zu sein, ohne allzu bedeutungsschwanger zu klingen. Vielleicht sollte sie einfach etwas wie *Bin nicht in der Stadt, komme nächste Woche wieder, dann gern* schreiben?

Sie begann gerade zu tippen, da ertönte ein lautes Klopfen an der Eingangstür.

»Polly! Tür!«, brüllte ihre Mutter.

Polly ignorierte sie und tippte weiter.

»Polly!«, rief ihre Mutter noch lauter.

Sie wusste, dass sie keine Wahl hatte. Also warf sie ihr Telefon aufs Bett und rannte zur Tür.

Es war der Priester, der mit ihnen den Ablauf der Beerdigung besprechen wollte.

Polly und ihre Mutter waren sich in jedem Punkt uneinig, vom Ablauf der Zeremonie bis hin zu den Liedern, die Pollys Dad sich gewünscht haben könnte. Der Priester saß geduldig da und wartete darauf, dass sie sich irgendwie einigten. Am Ende setzte ihre Mutter sie mit folgendem Satz schachmatt: »Du hast ihn in letzter Zeit kaum gesehen, also hast du keine Ahnung, was er sich gewünscht hätte.« Es waren allerdings nicht die Worte ihrer Mutter, die sie schlussendlich davon überzeugten, ihr die Entscheidung zu überlassen, sondern die plötzliche Erkenntnis, dass ihr Vater jetzt ohnehin tot war. Er würde von der Beerdigung nichts mitbekommen, zumindest nicht im irdischen Sinne. Also war das alles gar nicht wichtig.

Oliver traf am Morgen vor der Beerdigung ein, und ihre Mutter blühte sofort ein wenig auf. Hier im Haus ihrer Eltern wirkte er ganz anders auf Polly – wie das häufig der Fall war, wenn man Menschen in wohlbekannten und zugleich unvertrauten Umgebungen wiedersah. Der Bungalow schien zu klein für ihn zu sein, und Polly hatte das Gefühl, dass seine teure Kleidung davon besudelt wurde. Sie wollte ihn nicht hier haben. Nicht nur wegen dem, was in London vorgefallen war, sondern auch deshalb, weil sie den Großteil ihrer Beziehung über versucht hatte, ihre Herkunft vor ihm zu verbergen – die weißen Plastikverkleidungen, die Siebzigerjahretapete, den unordentlichen Garten ... und ganz besonders ihre Mutter.

Von dem Moment an, in dem sie den Sarg zum ersten Mal sah, bis zu dem Augenblick, in dem er im Grab versenkt wurde, weinte Polly. Sie konnte nicht im Stillen trauern, verstand auch nicht, wie irgendjemand dazu in der Lage war. Es kam ihr so vor, als zerrisse es sie von innen heraus, und diesem Gefühl musste sie irgendwie Luft machen. Sie ließ sich von Oliver trösten, aber ihre Umarmung fühlte sich seltsam unbeholfen an. Über den Sarg hinweg starrte ihre Mutter sie an. Nicht einmal in ihrer Trauer konnte sie sie in Frieden lassen.

Danach kamen alle mit zu ihnen nach Hause. Weder Polly noch ihre Mutter hatten sich darüber Gedanken gemacht. Sie hatten nichts zu essen eingekauft, also konnten sie den Gästen nur Tee anbieten. Oliver – wie immer sehr erfinderisch und praktisch veranlagt – fuhr rasch in den nächsten Supermarkt und kaufte Kekse und ein paar Kuchen ein, sodass das Büfett am Ende sogar ganz ansehnlich war. Den ganzen Nachmittag über spielte er den Gastgeber und betörte die Damen mit seinem Privatschulakzent und seinen guten Manieren. Als sie herausfanden, dass er Chirurg war, ging ein ehrfürchtiges Raunen durch den Raum. Polly verbrachte die meiste Zeit in der Küche und kochte Tee. Nachdem sie eine Flasche Brandy entdeckt hatte, genehmigte sie sich jedes Mal, wenn sie einen neuen Kessel aufsetzte, einen großen Schluck davon.

Sie waren etwa seit einer Stunde wieder zurück zu Hause, als Polly bemerkte, dass ihre Mutter verschwunden war. Sofort ging sie ohne anzuklopfen in deren Schlafzimmer, wo sie sie ausdruckslos vor sich hin starrend am Fenster entdeckte.

»Was machst du da?«, fragte Polly.

Ihre Mutter drehte sich um und starrte sie ungläubig an. »Was zum Teufel denkst du denn?«

Vielleicht lag es am Alkohol, vielleicht stieß Polly aber auch langsam an ihre Grenzen. »Ich habe keine Ahnung. Sieht ganz so aus, als würdest du das tun, was du immer machst: Dich in deinem Zimmer verstecken, damit du der Welt nicht gegenübertreten musst.«

»Wie kannst du es wagen?! Ich habe gerade meinen Mann verloren.«

»Deinen Krankenpfleger, meinst du wohl.«

»Wie bitte?«

Der Gesichtsausdruck ihrer Mutter verriet Polly, dass sie zu weit gegangen war. »Nichts.«

»Nein, sag es noch mal.«

Eigentlich hatte sie es auf einen Streit angelegt, seit sie hier angekommen war. »Na schön. Ich habe gesagt: ›Du meinst wohl deinen Krankenpfleger.‹«

Langsam schüttelte ihre Mutter den Kopf. »Für wen zur Hölle hältst du dich, Polly? Du hast dich nie um ihn geschert, ich weiß nicht einmal, wann ihr euch zuletzt getroffen habt.«

»Ach, ich habe ihn erst vor ein paar Wochen gesehen. Er hat mich in London besucht.«

Die Miene ihrer Mutter verfinsterte sich. Sie hatte offenbar keine Ahnung gehabt, dass Pollys Vater sie besucht hatte.

»Ja, er hat ziemlich häufig vorbeigeschaut. Hat er dir das nicht erzählt?« Es befriedigte Pollys angetrunkenes Ich wahnsinnig, das sagen zu können.

»Warum?«

»Warum was?«

»Warum hat er dich besucht?«, fragte ihre Mutter sie misstrauisch.

»Was denkst du denn? Ich bin seine Tochter, und er wollte mich ...« Polly hielt inne, als ihr klar wurde, worauf ihre gestörte Mutter hinauswollte. »Du bist pervers, und das weißt du.«

»Wovon redest du?!«

»Du und deine paranoiden Wahnvorstellungen ... Ich habe deine beschissenen Hefte alle gelesen«, sagte Polly, plötzlich mutig genug, etwas laut auszusprechen, was ihr viele Jahre lang unsagbar erschienen war.

»Welche Hefte?«

»Die, die du in deinem Schrank versteckt hast«, erwiderte Polly und ging schnurstracks darauf zu.

Sofort rollte ihre Mutter mit ihrem Rollstuhl los, um ihr den Weg abzuschneiden. »Wag es ja nicht, in meinen Sachen zu wühlen!«

»Es hätte dich treffen sollen, nicht ihn«, platzte es aus Polly heraus.

»Wie bitte?«, spielte ihre Mutter das Unschuldslamm.

»Du – du hast mein Leben zerstört, und seins auch ...«

»Ich soll sein Leben zerstört haben?!«, erwiderte ihre Mutter ungläubig. »Das sagst du mir, nachdem ich alles, aber auch wirklich alles für diesen Mann geopfert habe?«

»Wovon redest du bitte? Welches Opfer solltest du ihm denn je gebracht haben?«

»Dich. Ich habe ihm dich gegeben.«

Polly starrte sie sprachlos an.

»Ich wollte dich nie, Polly. Ich wollte keine Kinder. Aber er schon. Also habe ich diese Last ihm zuliebe auf mich genommen.«

Polly traute ihren Ohren nicht. Eigentlich war das ja nichts Neues, sie hatte immerhin genau nachlesen können, was ihre Mutter ihr gegenüber empfand. Es aber noch einmal von ihr ins Gesicht gesagt zu bekommen ... Das war doch gegen die Natur! Ihre Mutter sprach ihr quasi das Existenzrecht ab.

»Und unter dieser Entscheidung leide ich nun seit dem Tag deiner Geburt«, fuhr ihre Mutter fort. Polly begann zu zittern, so hasste sie sie. Nie hätte sie gedacht, dass es möglich war, jemand so abgrundtief zu hassen.

»Jetzt hast du ein echtes Problem, was?«, brüllte sie.

»Was? Warum das denn?«, fragte ihre Mutter verwirrt.

»Er ist weg, und es gibt niemanden mehr, der sich um dich kümmern wird. Nicht, dass du je wirklich Hilfe gebraucht hättest.«

»Wie kannst du so etwas sagen? Du hast doch keine Ahnung, was ich durchgemacht habe!«

»So ein Mist! Mit dir ist alles in bester Ordnung! Das war es immer schon, und ich kann es auch beweisen!« Polly marschierte auf sie zu. »Steh auf!«, brüllte sie.

»Was?« Ihre Mutter wirkte ehrlich erschrocken.

»Du wirst sowieso irgendwann aufstehen müssen. Ich bleibe ganz sicher nicht hier, um dich zu pflegen.« Polly packte die Griffe des Rollstuhls und begann ihn nach vorn zu kippen. »Steh auf, hab ich gesagt!«

»Lass das. Lass los!« Ihre Mutter versuchte sie zu verscheuchen, und rutschte gleichzeitig langsam aus dem Rollstuhl. Genau wie Polly es vermutet hatte, stellte ihre Mutter sofort ihre Füße auf den Boden und machte einen Schritt zur Seite.

»Du verlogenes Miststück, du kannst ja doch stehen …«, begann Polly.

In dem Moment flog die Zimmertür auf. »Pol, was ist hier los? Jeder kann dich …« Als Oliver sah, was gerade passierte, verstummte er und blickte sie erschrocken an. Er sprang auf sie zu. »Lass sie!«, schrie er, packte Polly dann an den Händen und riss sie von den Griffen weg, die sie immer noch fest umklammert hielt. Der Stuhl prallte wieder auf den Boden, und ihre Mutter fiel unbeholfen zurück in den Sitz.

»Was ist denn nur in dich gefahren?«, fragte Oliver. Ihre Mutter beachtete er gar nicht, hielt seinen Blick nur starr auf Polly gerichtet.

Polly starrte zurück. Was schaute er denn so entgeistert? Hatte er denn nicht gesehen, dass ihre Mutter gestanden hatte? Dann dämmerte es ihr. Ihre Mutter hatte eine Hand an ihre Stirn gelegt. Sie zitterte und atmete schwer ein und aus. Das Opfer saß wieder in sich zusammengesunken im Rollstuhl, und Polly, die böse, durchgeknallte Tochter, ragte drohend über ihr auf. Ihre Mutter hatte dieselbe Show abgezogen wie früher immer ihrem Mann gegenüber – und Oliver hatte genau den Eindruck gewonnen, den sie hatte vermitteln wollen.

Polly hatte das Gefühl, jeden Moment zu explodieren. »Aaaaargh!«, brüllte sie und riss sich von Oliver los. Sie stürzte aus dem Raum, rannte zur Haustür hinaus und blieb erst stehen, als sie den Park am Ende der Straße erreicht hatte. Sobald sie angekommen war, sank sie auf die Knie und atmete tief ein und aus. Sie zitterte am ganzen Leib; sie war noch nie in ihrem Leben so wütend gewesen. Aber es ging nicht nur um ihre Mutter, sie war auch wütend, dass Oliver da war, dass *er* ihr vor zwei Tagen geschrieben hatte und dass sie nicht geantwortet hatte.

23. KAPITEL

Polly lungerte im Park herum, bis sie die letzten Trauergäste das Haus verlassen sah. Sie trug keine Schuhe und lief vorsichtig den Gehweg entlang zurück, wobei sie große Steine und gekieste Abschnitte vermied.

Die Haustür stand noch offen. Sie marschierte in ihr Zimmer und packte ihre Tasche.

Sobald sie fertig war, ging sie in die Küche, wo Oliver gerade abspülte. Als Polly ihn am Ellbogen packte und zur Tür hinauszerrte, begann er zu protestieren und bestand darauf, dass sie sich zuerst von ihrer Mutter verabschiedeten. Polly sagte ihm, er solle machen, was er wolle; sie würde im Auto warten.

Sobald sie auf der Straße waren, zog sie ihr Telefon heraus, um ihre Nachrichten zu kontrollieren. Nichts Neues. Sie fluchte lautlos.

»Was ist denn los?«, fragte Oliver und sah sie vom Fahrersitz aus an.

»Nichts.«

Sie wünschte, er würde das Radio anmachen; die Stille war ziemlich bedrückend.

Sie wollte schon auf den entsprechenden Knopf drücken, aber er griff nach ihrer Hand und hielt sie davon ab. »Wir sollten reden, Pollylein.«

Polly starrte aus dem Fenster.

»Polly, ich will nur, dass du eins weißt: Ich bin für dich da.« Er presste die Lippen aufeinander. »Natürlich ist es schlimm für dich, dass dein Dad jetzt weg ist. Aber es gibt jemanden, der noch mehr darunter leidet. Nur dass diese Person niemanden hat, der sich um sie kümmert.«

»Wer denn?«, fragte Polly und sah ihn an. Sie hatte keine Ahnung, wen er meinen könnte.

»Na ja ... deine Mutter.« Oliver klang, als hätte sie den Verstand verloren.

Am liebsten hätte Polly, so fest sie konnte, an der Handbremse gerissen, damit sie einen Unfall bauten und in tausend Teilchen zerfetzt wurden.

»Wir haben uns unterhalten und ...«

»Wann?!«

»Als du am Nachmittag einfach verschwunden bist.«

Polly atmete laut durch ihre Nase aus.

»Also, wir haben uns unterhalten«, fuhr Oliver fort. »Sie hat so viel verloren und hat jetzt Angst, dass sie allein nicht klarkommt.«

Er schwieg, wartete darauf, dass Polly etwas sagte. Das tat sie nicht. Es hatte keinen Sinn. Ihre Mutter hatte seinen Kopf bereits mit Lügen angefüllt.

»Es wäre wirklich gut gewesen, wenn du mir gesagt hättest, wie krank sie ist. Ich hätte ihr helfen können.« Wieder wartete er auf eine Reaktion. »Apropos, ich kenne einen Spezialisten im Krankenhaus, der sich mit Fällen wie dem deiner Mutter beschäftigt. Also mit denen, die die üblichen Untersuchungen bereits hinter sich haben und trotzdem keine Lösung finden. Wenn wir wieder in London sind, rufe ich ihn an und vereinbare einen Termin. Ich habe deiner Mutter schon gesagt, dass sie während der Untersuchungen erst mal bei uns wohnen kann ...«

»Halt die Klappe«, sagte Polly und biss die Zähne so fest zusammen, dass sie beinahe zersplitterten.

Er hielt abrupt inne. »Polly!«, rief er entsetzt. Dann senkte sich Schweigen über das Auto.

Sie versuchte mit aller Macht, die Kontrolle über sich zu behalten, spannte jeden Muskel an. Wie hatte sie nur so dumm sein können, die beiden miteinander allein zu lassen?

Einen Moment lang schwieg Oliver, dann seufzte er.

»Sie hat schon gesagt, dass du so reagieren würdest. Ihr zwei müsst dringend die Probleme in Angriff nehmen, die ihr miteinander habt.« Er griff nach ihrer Hand, aber sie sträubte sich. Darauf hatte sie gerade wirklich keine Lust.

»Ich bin für dich da, Polly. Deine Mutter hat mir erzählt, was mit dir los war, als du jung warst. Und sie befürchtet, dass du vielleicht einen Rückfall haben könntest. Du bist tatsächlich sehr dünn, also würde ich ihr fast zustimmen.«

Er sprach schneller, war jetzt ganz in seinem Element. »Aber du musst dir keine Sorgen machen. Ich werde mich um dich kümmern und dafür sorgen, dass du schon bald wieder in Topform bist. Ich habe noch ein paar Überstunden abzubauen, das heißt, wir können mehr Zeit miteinander ...«

»Sei endlich still!«, schrie Polly, woraufhin Oliver heftig zusammenzuckte. Sie presste beide Hände an ihr Gesicht und begann zu weinen. Gerade wollte sie einfach nur zurück nach London und das ganze Elend vergessen.

24. KAPITEL Seit elf Tagen war sie nun schon zurück in London – und sie hatte noch immer keine Nachricht von *ihm* erhalten. Mittlerweile war sie sich ziemlich sicher, dass sie es vermasselt hatte. Eigentlich hatte es nie länger als eine Woche gedauert, bis sie wieder von ihm hörte. Warum nur hatte sie ihm nicht geantwortet, als sie bei ihrer Mutter gewesen war? Die berühmte Was-wäre-wenn-Frage trieb sie fast in den Wahnsinn.

Aus purer Verzweiflung hatte sie ihm vier Tage nach ihrer Ankunft in London doch noch geschrieben: *Bin zurück und zu allem bereit*. Das klang vielleicht ein bisschen dramatisch, aber das war ihr egal. Sie hatte keine Antwort erhalten. Ein paarmal hatte ihr Daumen gefährlich dicht über dem Anruf-Symbol geschwebt – dem, das sich neben der Nummer befand, von der aus die Nachrichten an sie verschickt worden waren. Aber sie hielt sich an die Regeln. Wenn sie anrief, dann war es wirklich vorbei, da war sie sich sicher.

Sie versuchte es mit einem Post via Twitter und schrieb von ihrem Fake-Account – @4410 – aus:

Frau sucht Mann. Northern Line. Leicester Square,
Bahnsteig Richtung Süden. Zweiter Waggon.
18 Uhr heute Abend. #TubingLeicesterSquare

Am Leicester Square hatte sie ihn damals mit Mausi beobachtet, deswegen war sie zuversichtlich, dass er den Hashtag entdecken würde. Er kannte außerdem ihren Namen auf Twitter, und vielleicht behielt er ihren Account ja immer noch im Auge. Sie musste nicht lange warten – bereits eine halbe Stunde später hatte jemand reagiert:

Zeitverschwendung. Taucht nicht auf.

Er hatte ihren Post entdeckt und von dem Account *@can852ran* aus geantwortet. Sie saß gerade im Büro, und als sie die Antwort las, vergrub sie sofort ihr Gesicht in den Händen. Sie fühlte sich, als hätte sie alles verloren. Wirklich alles. Ein paar Sekunden später kam Lionel an ihrem Tisch vorbei. Er blieb stehen und legte ihr eine Hand auf den Rücken, woraufhin sie ihn aus trüben Augen ansah.

»Ich glaube, du hast zu früh wieder mit der Arbeit begonnen«, sagte er zu ihr. Zuerst hatte sie keine Ahnung, was er damit meinte, aber dann wurde ihr klar, dass es um den Tod ihres Vaters ging.

»Nein, nein, bei mir ist alles in bester Ordnung«, versicherte sie und krümmte sich innerlich, weil sie sich furchtbar heuchlerisch vorkam. »Ich brauche nur einen Moment für mich.«

»Wenn du dir sicher bist ... Du kannst dir gern noch ein bisschen freinehmen, wenn du das gerade brauchst.« Er wirkte richtig besorgt.

Polly lächelte ihn unbeholfen an und wendete ihm dann den Rücken zu. Sie wollte ihre Ruhe haben.

Oliver hielt sein Versprechen und zwang sie jetzt jeden Abend dazu, mit ihm zu essen. Er hatte seine OP-Termine so gelegt, dass er immer schon zu Hause war, wenn sie in der Wohnung eintraf. Dann saß er ihr gegenüber und beobachtete sie eindringlich dabei, wie sie sich Gabel um Gabel in den Mund schob. Doch das allein genügte ihm nicht: Er verfolgte anschließend, wie ihr Kehlkopf sich auf und ab bewegte, um sicherzugehen, dass sie das Essen auch wirklich herunterschluckte – anscheinend hatte ihre Mutter ihn in diesem Punkt geschult. Es gab kein Entkommen. Bald hatte sie gelernt, dass es sich lohnte, schnell zu essen. Je mehr sie sich beeilte, desto schneller konnte sie ins Bad und das Essen wieder loswerden.

Sie verbrachte eine Menge Zeit im Bad – es war der einzige Ort, an dem sie allein sein konnte. Also lag sie im brühend heißen Wasser, ließ ihre Gliedmaßen treiben und träumte sich fort. In den kostbaren Momenten, in denen sie so im Wasser schwebte, gelang es ihr, einfach nur zu existieren, und sie fand Ruhe vor all den quälenden Gedanken. Sie hielt die Augen geschlossen und die Ohren unter Wasser, sodass sie kaum einen Laut hörte und nichts spürte außer der tröstlichen Wärme des Wassers. Leider währte der Frieden nicht lange. Das Wasser wurde irgendwann kalt, und ihre Haut wurde so schrumpelig, dass sie sich gar nicht mehr wie ihre eigene anfühlte. Außerdem wurden ihre Hände und Füße zu heiß und begannen zu jucken.

Manchmal besuchte *er* sie, wenn sie sich gerade in diesem tranceähnlichen Zustand befand. Sie konnte nicht anders, als ihren Kopf zu heben, um ihn zu küssen, die Hand nach seiner Brust auszustrecken und über seine Rippen zu streichen. Sobald ihr aber klar wurde, wo sie war, öffnete sie die Augen und fand sich in Olivers kaltem, fensterlosem Badezimmer wieder. Sie tauchte unter und hielt die Luft an, bis ihre Lungen sich so heftig verkrampften, dass sie zum Einatmen gezwungen war. Ein paarmal blieb sie zu lange unter Wasser, sodass die Welt um sie herum regelrecht verschwamm.

Ihre Mutter hatte sich gemeldet – allerdings nicht bei ihr,

sondern bei Oliver. Eines Abends war Polly nach Hause gekommen und hatte gehört, wie er am Telefon auf sie einredete. Sie hatte sofort gewusst, dass ihre Mutter am anderen Ende war. Eine Weile blieb sie im Türrahmen stehen und starrte ihn an, bis er sie bemerkte. Er saß auf dem Chesterfield-Sessel und hatte eine Reisebroschüre auf dem Schoß liegen, die wie ein kleines Zeltdach aussah. Oliver hatte entschieden, dass eine kleine Auszeit Polly guttun würde. Die kugelförmige Stehlampe aus Messing leuchtete auf seine langsam größer werdende Glatze.

»Es ist deine Mutter«, gab er ihr lautlos zu verstehen.

Sie verließ das Zimmer und ging direkt ins Bad. Während sie sich in die Toilette übergab, ließ sie sich ein Bad ein und weinte wie ein Baby. Langsam hatte sie wirklich jede Hoffnung aufgegeben. Aber dann traf sie *ihn* zufällig wieder.

Sie war gerade auf dem Heimweg. Wegen eines Signalfehlers war die Central Line gesperrt – und im U-Bahn-Betrieb herrschte absolutes Chaos. Sie versuchte über die Piccadilly Line nach Southbound Kensington zu kommen, aber die Bahnen dieser Linie waren rappelvoll. Schließlich ging sie zu Fuß zum Euston Square, wo sie in die Hammersmith and City Line stieg.

Es war 18:20 Uhr, Rushhour. An jeder Station drängte sich eine riesige Menge an Passagieren in die Bahn, was nahezu unmöglich schien. Obwohl der Sommer sich langsam dem Ende zuneigte, hielt sich die Hitze hier unten in den nichtklimatisierten Waggons noch immer hartnäckig. Polly wurde gegen einen Geschäftsmann gedrückt, der offenbar nicht durch die Nase atmen konnte und deswegen immer wieder durch seinen Mund direkt in Pollys Gesicht schnaufte. Sein Atem roch wie ein Kuhfladen. Es gelang ihr, sich wegzudrehen, aber da hob er den Arm und hielt sich an dem Haltegriff über seinem Kopf fest. Der Gestank, den der riesige Schweißfleck unter seiner Achsel verströmte, zwang sie, sich noch weiter von ihm zu entfernen. Niemand um sie herum schien sich sonderlich über ihr Gedränge zu freuen, aber sie hielt es einfach nicht aus. In ihrer neuen Position fasste auch sie nach dem Griff über ihrem Kopf und ließ sich hängen. Sie schloss die Augen und träumte sich fort. Es dauerte nicht lange, bis sie an *ihn* dachte – wie er sie bei jener ersten Begegnung angesehen und sie dann einfach geküsst hatte. Ihr Magen verknotete sich, und sie begann sachte hin und her zu schaukeln, um sich ein wenig zu beruhigen.

Als sie die Augen öffnete, sah sie *ihn* am anderen Ende des Waggons. Zuerst huschte ihr Blick nur rasch über ihn hinweg, und weil er genauso dastand wie in ihrem Tagtraum, hielt sie ihn kurz für reine Einbildung. Als sie verstand, dass er es wirklich war, zuckte sie so heftig zusammen, dass ein paar Fahrgäste sie entnervt ansahen.

Noch hatte er sie nicht entdeckt – der Waggon war einfach zu voll, und er blickte eher zu Boden als geradeaus. Sein Gesicht wurde von einer Deckenleuchte angestrahlt, und Polly wurde klar, dass sie noch nie einen Mann gekannt hatte, der so vollkommen aussah. Zwischen all den gewöhnlichen Gesichtern, die von der Hitze rot und verquollen waren, wirkte er beinahe unecht. Cool, perfekt und vollkommen unbeeindruckt. Sie musste unbedingt zu ihm! Es war zwar beinahe unmöglich, sich durch die Masse an Menschen zu drängen, aber sie gab ihr Bestes. Die Passagiere knurrten und fauchten, und Polly entschuldigte sich in einem fort. Es war wirklich weit bis zu ihm, und Polly wollte auf keinen Fall, dass er ihr wieder entwischte, wenn die Bahn an der nächsten Station anhielt. Auf der Hälfte des Wegs musste sie stehen bleiben, weil die

Fahrgäste den Durchgang hier komplett blockierten. Eine französische Familie beanspruchte den meisten Platz für sich. Ein paarmal bemühte Polly sich mit einem lauten »Entschuldigung« darum, an ihnen vorbeizukommen, aber die Familie war so damit beschäftigt, einen halb zerfallenen U-Bahn-Plan zu studieren und herumzureichen, dass sie sie überhaupt nicht bemerkten.

Ein paar Sekunden später beschloss Polly, dass sie nicht länger warten konnte, und boxte sich zwischen ihnen hindurch. Leider war ihr der große schwarze Koffer auf dem Boden nicht aufgefallen, über den sie kurz darauf stolperte. Alle drehten sich nach ihr um, als sie sich an irgendwelchen wildfremden Menschen festklammerte, ehe sie unbeholfen stürzte und mit der Schulter und der Seite ihres Kopfs auf den Boden knallte. Eine Frau half ihr wieder auf die Beine, während die französische Familie sie ungläubig anstarrte.

Sobald sie wieder aufrecht stand, kam sie leider erst recht nicht mehr voran. Sie konnte nur hoffen, dass sie bei der nächsten Station schnell genug aus- und dann bei der Tür direkt neben *ihm* wieder einsteigen konnte. Bei dem Gedanken wurde sie richtig aufgeregt. Er würde so überrascht sein, sie zu sehen! Vielleicht konnte sie eine richtig coole Nummer abziehen und sich einfach wortlos hinter ihn stellen, um ihm dann in den Schritt zu greifen.

Sie befand sich jetzt in einer viel schlechteren Position als vorher. Es war schwer, ihn zwischen all den Köpfen und Zeitungen im Auge zu behalten. Nach einer Menge Gedränge und Geducke schaffte sie es schließlich, einen Platz zu ergattern, von dem aus sie einen freien Blick auf ihn hatte. Plötzlich tauchte wie aus dem Nichts der Kopf einer Frau auf. Sie stellte sich doch tatsächlich vor ihn und verbaute Polly so schon wieder die Sicht.

»Geh mir aus dem Weg, verdammt noch mal!«, flüsterte Polly. Zuerst hatte die Frau ihr noch den Rücken zugekehrt, aber dann drehte sie sich um und starrte aus glasigen Augen vor sich hin. Sie wirkte fast wie in Trance, und es dauerte ein paar Sekunden, bis Polly begriff, was vor sich ging. Und dann verschwamm alles um sie herum – alles bis auf die Frau. Denn sie war mit *ihm* da.

Sie war wunderschön. Ihr blondes Haar war lang und seidig, und sie trug einen schweren, gerade geschnittenen Pony. Ihr Schmollmund war voll und ihre Gliedmaßen lang und zart. Ja, sie war genauso perfekt wie er. Polly spürte, wie sich eine rasende Eifersucht in ihr ausbreitete. Sie schluckte heftig, als sein Gesicht langsam in ihr Blickfeld geriet. Er hatte es in ihrem Nacken vergraben. Unglücklich sah Polly zu, wie die Frau die Augen schloss, während er erst ihren Hals küsste und dann an ihrem Ohrläppchen knabberte. Polly konnte sich nur zu gut vorstellen, was sich unterhalb ihres Halses abspielte – dort, wo sie nicht hinsehen konnte. Schließlich wusste sie, welche Stellen er berühren würde und wie sich das anfühlte.

Polly kniff die Augen zusammen und projizierte all ihren Hass auf die Frau.

»Stirb, du Schlampe!«, presste sie zwischen zusammengebissenen Zähnen hervor.

Plötzlich fuhr die Frau zusammen. Sie riss die Augen auf, und ihr ganzer Körper versteifte sich, dann kippte sie vornüber, als hätten auf einen Schlag all ihre Muskeln versagt. Irgendetwas an dieser Bewegung kam Polly extrem seltsam vor. Sie stellte sich sofort auf die Zehenspitzen, um zu sehen, was vor sich ging, aber sie konnte nichts mehr erkennen: Er hatte sie gepackt und sich zusammen mit ihr umgedreht, sodass sie jetzt von ihm verdeckt wurde.

Per Lautsprecher wurde die nächste Station angekündigt,

die Baker Street. Sie sah, dass er sich auf die Tür zubewegte und die Frau hinter sich herschleifte. Sie schien absolut keine Kontrolle mehr über ihren Körper zu haben und kaum noch bei Bewusstsein zu sein. Als er an der Tür angekommen war, blieb er einen Moment stehen und griff in seine Hosentasche, um eine Baseballkappe herauszuziehen. Er setzte sie sich mit der freien Hand auf und zog sich den Schirm tief ins Gesicht.

Polly drängte zur nächsten Tür, um ihm zu folgen. Irgendetwas sagte ihr, dass gerade etwas Schlimmes im Gange war. Etwas sehr Schlimmes.

Sobald sie ausgestiegen war, sah sie, wie er die Frau den überfüllten Bahnsteig entlang hinter sich herzog. Polly beschleunigte ihren Schritt, um einen besseren Blick auf die beiden zu haben. Die Frau schien wieder ein wenig zu sich gekommen zu sein. Ihre Augen öffneten und schlossen sich, als erwachte sie gerade aus einem tiefen Schlaf, aber ihre Arme und Beine baumelten an ihr herab, als hätte sie keinerlei Kontrolle über sie. Am Ende des Bahnsteigs, direkt vor dem Tunneleingang, blieb er stehen. Er drückte sie an die Wand, als wäre sie eine Schaufensterpuppe. Dann schob er die Hände unter ihre Achseln und presste sie an die Fliesen, um sie zu stützen. Er sah sich verstohlen um, ob ihn jemand beobachtete. Polly verbarg sich hinter einer Gruppe von Touristen. Von hier aus wirkte es fast so, als würde er sich mit dem Mädchen unterhalten. Sie erwiderte nichts, hob nur ab und zu den Kopf, um ihn anzusehen. Die meiste Zeit aber ließ sie ihn kraftlos auf ihre Brust hängen. Polly hätte zu gern gehört, was er zu ihr sagte, aber sie wusste, dass er sie entdecken würde, wenn sie zu nah an sie herantrat.

Auf dem Bahnsteig war eine Menge los, und er war so schmal, dass Leute in mehreren Reihen darauf warteten, in den nächsten Zug steigen zu können. Immer wieder blickte er hinauf zur Anzeigetafel. Sobald die nächste Bahn angekündigt wurde, legte er dem Mädchen den Arm um die Taille und bahnte sich einen Weg durch die wartenden Menschen. Polly folgte ihm und hielt dabei stets ausreichend Abstand. Jetzt drehte er die Frau um, sodass sie nach vorn schaute und er sie von hinten festhalten konnte. Er hatte sie zwar an der Taille gepackt, aber ihre Füße baumelten dennoch gefährlich nah an der Kante des Bahnsteigs. Anscheinend kam sie tatsächlich ein wenig zu sich, sah nach links und rechts und versuchte herauszufinden, wo sie war. Ihre Augen waren zusammengekniffen, und sie blinzelte immer wieder, als könnte sie nicht gut sehen.

Plötzlich hörte Polly den Zug einfahren und blickte hinüber zum Tunnel, während der Luftzug ihr Haar durcheinanderwirbelte. Sie sah, wie die Scheinwerfer die Dunkelheit durchschnitten, und wandte sich wieder zu *ihm* um. Vor Konzentration war seine Miene jetzt ganz angespannt. Die Frau stand so dicht an der Kante, dass auch durch ihr Haar und ihr Kleid ein starker Luftzug fuhr und sie agiler wirkte, als sie es eigentlich war. Ungläubig starrte Polly die beiden an – würde er das wirklich tun?! Sie ging auf sie zu und streckte schon den Arm nach ihr aus. Nein, sie konnte nicht am Rand stehen und abwarten, auch wenn sie ihnen dadurch gefährlich nahe kam.

Als der Zug mit hoher Geschwindigkeit in die Station einfuhr, ließ *er* sie los. Polly blieb abrupt stehen und starrte entsetzt auf die Frau, die vor den Zug stürzte. Der Fahrer hatte die Bremsen noch nicht eingelegt und erwischte sie deswegen in voller Fahrt. Und die Frau explodierte wie eine Wassermelone.

Das laute Kreischen der Bremsen erfüllte die Station. Niemand bewegte sich. Alle hielten den Atem an. Als der Zug schließlich zum Stehen kam, senkte sich bleierne Stille über den Bahnsteig. Es war, als hätte jemand einfach die Pausentaste gedrückt.

Die Frau neben Polly war die Erste, die einen Laut von sich gab. Sie schlug sich die Hände vors Gesicht und schrie. Als sie bemerkte, dass die warme, klebrige Flüssigkeit auf ihrem Gesicht das Blut der toten Frau war, schrie sie noch lauter. Polly spürte etwas auf ihrer Lippe und leckte instinktiv daran. Es schmeckte nach heißem Metall.

Sofort brach Chaos aus. Die Menschen um sie herum waren wie von Sinnen, rannten ineinander und waren nicht in der Lage, sich koordiniert zu bewegen. Ihre Schreie waren so ohrenbetäubend wie der Lärm startender Flugzeuge. Polly merkte, wie sich in ihrem ganzen Körper Panik ausbreitete, so lange, bis sie wie gelähmt war.

Eine Lautsprecheransage bat die Passagiere darum, sich zum nächsten Ausgang zu begeben. Ein Mann taumelte verwirrt in Polly hinein, sodass sie fast zu Boden stürzte. Plötzlich ließ das Rauschen in ihren Ohren nach, und sie befand sich wieder in der Realität. Die Frau neben ihr schrie jetzt nicht mehr, sondern weinte und wurde von ein paar Männern mit hochgekrempelten Ärmeln vom Boden hochgezogen. Weiter unten am Bahnsteig ertönten verwunderte Stimmen, die sich lautstark danach erkundigten, was denn passiert sei.

»Ist was drunter gelandet«, erwiderte eine Stimme.

»Was denn?!«, rief eine andere.

»Eine Bombe. Unter der Bahn war eine Bombe!«

Sofort verbreitete sich Panik wie ein Tsunami. Alle gingen jetzt davon aus, dass eine Bombe explodiert sei. Die Menschen schrien und boxten sich ihren Weg zum nächsten Ausgang frei.

Polly blickte nach links. Er stand immer noch da, genau dort, wo er die Frau vor die Bahn gestoßen hatte. Aber er wirkte nicht mehr konzentriert und starrte auch nicht mehr aufs Gleis. Nein, er sah Polly direkt an. Seine Augen waren vor Überraschung ganz groß. Als ihm klar wurde, dass sie gesehen hatte, was er getan hatte, verengten sie sich zu schmalen Schlitzen.

25. KAPITEL

Er kam auf sie zu. Eine Sekunde lang konnte sie sich nicht von der Stelle rühren. Ihr Gehirn war nicht in der Lage zu begreifen, was gerade geschehen war. Sie hatte keine Ahnung, wie sie reagieren sollte. Als sie es endlich schaffte, sich umzudrehen und loszulaufen, kam sie nicht besonders weit. Die Menschenmassen schlossen sie ein wie Sirup, und Polly war gefangen in dem Tumult, der sie umgab. Es gelang ihr, sich irgendwie vorwärtszukämpfen, aber schon bald befand sie sich am Fuß der Treppe in einer Art Nadelöhr. Sie sah sich um und merkte sofort, dass *sein* Blick immer noch an ihr klebte. Er starrte sie an, als wären sie ganz allein in der Station.

»Bitte bewegen Sie sich!«, rief Polly, aber niemand hörte auf sie. Sie verpasste den Menschen vor sich einen Knuff mit ihrer Schulter und versuchte sich so ihren Weg hinaus zu bahnen.

»Hey«, sagte der Mann vor ihr, ohne sich umzudrehen. »Wir wollen hier alle so schnell wie möglich raus. Haben Sie doch bitte ein wenig Geduld, meine Liebe.«

»Ich muss sofort raus!«, rief Polly atemlos. Vor lauter Angst überschlug sich ihre Stimme.

»Ist schon in Ordnung. Wir haben es ja gleich geschafft«, meinte er höflich, aber bestimmt.

»Sie verstehen mich nicht!« Sie war kurz davor, hysterisch zu werden, schluchzte und schrie zugleich. »Bitte lassen Sie mich durch!«

Der Mann drehte sich zu ihr um und zuckte zusammen, als

er bemerkte, wie sie aussah. Die blutigen Fetzen auf ihrem Gesicht hatten sich mit ihren Tränen vermischt, sodass es jetzt wirkte, als weinte sie Blut. Der Mann war schon ein wenig älter, vielleicht Ende sechzig, aber groß und stark genug, um ein gewisses Durchsetzungsvermögen zu haben. Er griff nach ihrem Oberarm und bahnte sich zusammen mit ihr einen Weg durch die Menge.

»Entschuldigen Sie bitte«, sagte er zu den Leuten vor ihnen.

»Stellen Sie sich gefälligst an, Kumpel«, knurrte ein dicker Glatzkopf.

»Dieser jungen Dame geht es gar nicht gut, und sie muss dringend hier raus. Wenn Sie also so freundlich wären und Platz machen würden.«

Der Glatzkopf sah sie an und trat sofort beiseite. Sobald sie endlich auf der Treppe waren, kam Polly wieder ein bisschen schneller voran. Das Adrenalin schoss nur so durch ihre Adern und verpasste ihr einen richtigen Schub. Sie löste sich aus dem Griff des Mannes und kämpfte sich dann durch die Menge bis zu der Brücke, die über die Gleise führte. Dort angekommen, sah sie sich noch einmal um, ob *er* in der Nähe war, konnte ihn aber nicht entdecken. Sie vermutete, dass er immer noch auf dem Bahnsteig feststeckte oder unten an der Treppe wartete.

Polly lehnte sich an die Mauer und atmete lang und zittrig aus. Was war da nur passiert? Hatte sie gerade wirklich miterlebt, wie er eine Frau vor die Bahn gestoßen hatte? Das konnte doch nicht sein! Plötzlich fiel ihr auf, dass niemand versucht hatte, ihn festzuhalten – war sie etwa die Einzige, die gesehen hatte, was passiert war? Das war doch nicht möglich – jemand musste doch etwas mitbekommen haben! Ihr Kopf schmerzte, und sie wollte nicht länger über diesen Albtraum nachdenken.

Sie wusste nur, dass sie so schnell wie möglich aus der Station herausmusste. Sie wollte nur noch nach Hause.

Sie bahnte sich ihren Weg bis zur zweiten, kürzeren Treppe und war schon bereit, die Schranken zu passieren. Dahinter konnte sie bereits den Ausgang auf die Straße sehen.

Doch dort stand *er*. Und er wartete auf sie.

Sie hatte nicht bemerkt, dass er neben ihr die Treppe nach oben gerannt war, weil sie zu beschäftigt damit gewesen war, ihn unten am Bahnsteig zu suchen. Sie schnappte nach Luft und fuhr herum, um über die Brücke wieder vor ihm zu fliehen, aber die war noch immer verstopft mit Menschenmassen. Keine Chance, irgendwie durchzukommen. Alle waren ebenso panisch wie sie. Polly boxte um sich und verteilte Stöße mit ihren Ellbogen, musste aber schließlich aufgeben und sich wieder Richtung Ausgang drehen. Die Menge bewegte sich langsam vorwärts und schob sie immer weiter auf *ihn* zu, fast so, als brächte sie Polly als Opfergabe dar. Sie konnte nichts tun. War ihm vollkommen ausgeliefert.

Er grinste sie verschlagen an, als sie ihm quasi direkt in die Arme getrieben wurde. Dann packte er sie an den Handgelenken und riss sie aus der Menge heraus, die auf den Ausgang zuströmte. Polly wehrte sich, wollte sich von ihm losreißen, aber sein Griff war so eisern, dass die Haut an ihren Handgelenken bei jeder Bewegung höllisch brannte.

Das Chaos, das auf dem Bahnsteig entstanden war, füllte nun auch das gesamte U-Bahn-Foyer. Die Leute kletterten inzwischen sogar schon übereinander, um hinauszukommen.

»Hilfe!«, rief Polly. »Bitte helfen Sie mir!«

Aber niemand hörte sie. Ihre Stimme ging in all den anderen Hilferufen unter, mit denen die Menschen sich vor der vermeintlichen Bombe in Sicherheit bringen wollten.

Er lief weiter, zerrte sie hinter sich her. Plötzlich spürte sie eine Hand auf ihrer Schulter, die sie festhielt. Polly und *er* drehten sich um und sahen den älteren Mann, der ihr schon vorhin am Gleis geholfen hatte.

»Geht es Ihnen gut?«, fragte er.

Ihr Schutzengel.

»Nein«, erwiderte sie und riss sich von *ihm* los, um näher an den Mann heranzutreten. »Bitte helfen Sie mir, er hat das Mädchen vor die Bahn ge…«

»Komm schon, Polly. Ich weiß, dass du einen schrecklichen Schock erlitten hast«, unterbrach *er* sie.

Verdattert drehte sie sich zu ihm um. Woher kannte er ihren Namen?! Sie hatte ihn ihm nie verraten.

Er versuchte sie wieder zu packen, griff dieses Mal nach ihrem Oberarm. »Sie kommt schon zurecht«, wandte er sich an den Mann. »Ich muss sie nur nach Hause bringen.«

»Na, wenn das so ist«, meinte der Herr und wollte sich schon wieder abwenden.

»Nein, es geht mir überhaupt nicht gut!«, rief Polly und packte den Herren am Hemdsärmel, damit er nicht verschwinden konnte. »Ich kenne diesen Kerl nicht. Bitte helfen Sie mir!«

Der ältere Mann sah von Polly zu *ihm* und dann wieder zu ihr.

»Ganz im Ernst«, sagte *er*. »Ich werde mich um sie kümmern. Sie hat eben miterlebt, wie das Mädchen vor die Bahn gesprungen ist. Ich denke mal, sie steht unter Schock.«

Der alte Mann musterte ihn misstrauisch. »In welchem Verhältnis stehen Sie denn zu der Frau?«

»Ich bin ihr Freund«, behauptete *er*, ohne mit der Wimper zu zucken.

»Nein, ist er nicht«, protestierte Polly. »Ich kenne ihn nicht!«

Sie spürte, dass der alte Mann erneut seine Hand auf ihre Schulter legte.

»Ich vermute, es ist das Beste, wenn ich die junge Frau aus der Station hinausbegleite«, sagte er. »Es geht ihr offensichtlich nicht gut, wahrscheinlich steht sie tatsächlich unter Schock. Wenn es Ihnen nichts ausmacht ...« Er nickte *ihm* zu, um *ihm* zu bedeuten, dass er Polly loslassen sollte.

Er dachte einen Moment lang nach, zwang sich dann aber zu einem Lächeln. »Sie haben recht«, sagte er und wandte sich dann an Polly.

»Ich rufe dich später an, Polly.« Er sprach ihren Namen überdeutlich aus. Mit diesen Worten machte er abrupt kehrt und lief zum nächsten Ausgang.

Der ältere Herr hätte Polly am liebsten bis nach Hause begleitet, aber sie bestand darauf, dass es genügte, wenn er sie zur Bushaltestelle brachte. Polly war wie betäubt. Der Mann stellte ihr noch mehrere Fragen, aber sie hörte ihn kaum. Sie wäre ohnehin nicht in der Lage gewesen, in zusammenhängenden Sätzen zu antworten. An der Haltestelle angekommen, warteten sie schweigend auf die Ankunft des Busses. Es war ihr egal, wohin er fuhr – sobald er die Türen öffnete, stieg sie ein und setzte sich zögerlich auf einen der hintersten Sitze. Sie hatte sich bei ihrem Schutzengel nicht bedankt, winkte ihm nicht einmal zu, als der Bus sich langsam in Bewegung setzte und gen Norden aufbrach. Erst an der Endhaltestelle, Hackney, bemerkte sie, dass sie meilenweit von zu Hause entfernt war. Den größten Teil der Fahrt hatte sie teilnahmslos aus dem Fenster gestarrt, Augen und Mund weit aufgerissen. Der Film, wie *er* das Mädchen losließ und sie langsam vor die Bahn stürzte, lief immer wieder vor ihrem inneren Auge ab. Es war wie ein Albtraum. Sie schüttelte den Kopf, aber es gab kein Entrinnen.

Polly hatte gar nicht wahrgenommen, dass der Bus bereits ins Depot eingefahren war oder dass die anderen Fahrgäste ausgestiegen waren. Der Fahrer beobachtete sie durch seinen Rückspiegel.

»Hey Lady!«, rief er. »Sie müssen aussteigen.«

Sie hörte ihn nicht.

Er hievte seinen rundlichen Körper aus dem Sitz und walzte auf sie zu.

»Lady, Zeit zum Aussteigen!«

Sie antwortete noch immer nicht, deswegen rüttelte er grob an ihrer Schulter. Polly sah zu ihm auf. »Wo bin ich?«, fragte sie ihn, und in ihre Augen traten Tränen.

»O Mist«, meinte der Fahrer und verdrehte die Augen. Seine Schicht mochte beendet sein, aber sein Feierabend hatte trotzdem noch längst nicht begonnen.

Als sie in der Wohnung ankam, weinte Polly immer noch. Der Busfahrer hatte sie zu einem Bus gebracht, der ins Zentrum fuhr, und sie eilig hineingesetzt. Den ganzen Weg über hatte sie geschluchzt. Es war, als ob alle Gefühle gleichzeitig aus ihr herausströmten. Sie fühlte sich dumm und hintergangen und verängstigt, in allererster Linie aber vollkommen neben der Spur.

Oliver saß auf dem Sofa und sah fern. Sie ließ ihre Taschen zu Boden fallen und warf sich dann auf ihn. Sofort schlang er seine Arme um sie und drückte sie an sich wie ein Baby.

Es dauerte eine Viertelstunde, bis sie überhaupt dazu in der Lage war, einen ganzen Satz hervorzubringen.

»Ich ... ich habe gesehen ...« Sie hickste. »... wie sie ...« Sie schluckte heftig. »... wie sie ...« Sie sah Oliver in die Augen. »Wie sie getötet wurde.«

»Du hast was?!«, fragte Oliver und zog sie nach oben, damit er ihr besser ins Gesicht sehen konnten.

Polly atmete stoßweise und schluckte immer wieder ihre

Tränen hinunter. Es fiel ihr schwer, überhaupt Luft zu holen – ihre Kehle war mit klebrigem Speichel verstopft und ihre Nase komplett dicht.

»Was hast du gesehen, Polly?«, fragte Oliver und umschloss ihr Gesicht mit beiden Händen. Dabei blickte er sie eindringlich an.

Plötzlich wurde sie von ihrem schlechten Gewissen fast erdrückt. Wo war sie da nur hineingeraten? Wie hatte sie Oliver das antun können? Die Art, wie er sie ansah, brach ihr beinahe das Herz.

Er merkte ihr an, wie aufgewühlt sie war, und holte ein Glas Wasser aus der Küche und außerdem ein paar Taschentücher.

»Was ist passiert?«

Polly setzte sich auf, und er hielt ihre feuchte Hand.

»Ich war in der U-Bahn und …« Sie hielt inne. Was sollte sie sagen? Die Wahrheit konnte sie ihm ja schlecht erzählen – dass sie den Mann, mit dem sie eine Affäre hatte, mit einer anderen Frau gesehen und daraufhin beschlossen hatte, ihnen zu folgen. Nur um dann miterleben zu müssen, wie er sie umbrachte.

Sie zog ihre Hand weg und sah zu ihm auf. »Es tut mir so leid, Oliver«, meinte sie.

Er richtete sich ein wenig auf und lehnte sich zurück.

»Was denn?«

»Du bist so lieb zu mir. Und ich behandle dich richtig mies.«

»Das spielt jetzt alles keine Rolle«, sagte er und schüttelte den Kopf. »Erzähl mir, was passiert ist. Du warst in der U-Bahn und …«

»Nein, nein … Ich habe auf die U-Bahn gewartet, und die Frau …« Sie verstummte.

»Was war mit ihr?«

»Sie wurde geschubst.«

»Geschubst? Was meinst du damit?«

Ihre Gedanken wirbelten durcheinander. War das jetzt der richtige Moment, ihm die Wahrheit zu sagen? Würde es diesen Moment je geben? Es dauerte nicht lange, bis sie eine Entscheidung getroffen hatte.

»Nein, nicht geschubst. Sie ist gesprungen, meine ich«, sagte sie und sah ihn nervös an. »Sie ist vor die Bahn gesprungen.«

»Großer Gott.«

»Ich stand quasi neben ihr. Wenn ich schneller geschaltet und sie gepackt hätte, dann hätte ich sie vielleicht ...« Wieder brach sie in Tränen aus.

»Hey, hey«, sagte Oliver und zog sie an sich. »Das ist doch nicht deine Schuld. Du hättest sie nicht davon abhalten können.«

Bei diesem Gedanken weinte sie noch heftiger. Sie hatte doch gesehen, was passierte – warum hatte sie nicht eingegriffen? *Ihn* aufgehalten? Als ihr einfiel, was sie geflüstert hatte, während sie die Frau in der U-Bahn beobachtete, lief ihr ein kalter Schauer über den Rücken. *»Stirb, du Schlampe.«*

Oliver hielt sie weiter im Arm, während Polly die Augen zusammenkniff und dicke, schwere Tränen aus ihren Augenwinkeln quollen. Er streichelte ihren Rücken und murmelte tröstliche Worte. »Es wird alles gut«, »Es ist nicht deine Schuld« und »Jetzt bist du doch in Sicherheit«. Zuerst sträubte sie sich noch, aber dann ließ sie sich einfach fallen und sog seine Worte begierig auf. Sie wusste, dass er von etwas anderem sprach, aber was er sagte, beruhigte sie trotzdem.

In dieser Nacht schliefen sie zum ersten Mal seit Monaten wieder miteinander. Es war ein wenig unbeholfen und rasch wieder vorbei, aber sie wollte dringend eine Verbindung zu ihm aufbauen und seine Nähe spüren. Die ganze Nacht lag sie wach, dicht an Oliver geschmiegt. Polly erlaubte sich, sich von seiner Wärme trösten zu lassen. Nicht einmal ihr schlechtes Gewissen konnte sie davon abhalten. Sie fühlte sich so ruhig, als wäre gerade ein Tornado an ihr vorbeigezogen – das war gefährlich und Furcht einflößend gewesen, aber sie hatte überlebt und war nun in Sicherheit.

26. KAPITEL

Polly zerbrach sich eine ganze Weile den Kopf darüber, was sie als Nächstes tun sollte. Eigentlich lag die Sache klar auf der Hand – sie musste zur Polizei. Aber wenn sie das tat, musste sie auch erklären, woher sie ihn kannte. Bei dem Gedanken daran, wie sie allen darlegte, was sie in der U-Bahn getan hatte, wurde ihr ganz übel. Was, wenn Oliver es herausfand? Sie konnte wirklich nicht mehr nachvollziehen, was sie sich dabei gedacht hatte, nicht einmal mehr, wie sie überhaupt in die Welt des *Tubing* hatte hineingeraten können.

Jetzt wollte sie das alles nur noch hinter sich lassen und sich wieder sicher fühlen.

Tagsüber fiel es ihr leicht. Sie konnte das, was sie gesehen hatte, vergessen, indem sie sich ganz auf die Aufgaben konzentrierte, die gerade anstanden. In der Arbeit richtete sie ihre Aufmerksamkeit auf die einfacheren Dinge, die nicht viel Kraft kosteten – Datenarchivierung zum Beispiel oder das Schreddern von Akten. Im Kopierraum stand eine riesige Schreddermaschine. Sie saß in der Zimmerecke und starrte fasziniert auf dieses mechanische Biest, dem sie ein Blatt nach dem anderen zum Fraß vorwarf. Von diesem Vorgang wurde sie so in Beschlag genommen, dass keine anderen Gedanken sie mehr quälen konnten. Zu Hause entwickelte sie zudem einen richtigen Putzfimmel. Sie nahm jeden Teller, jede Tasse, jede Pfanne, jede Gabel und jedes Messer einzeln zur Hand, reinigte sie, trocknete sie ab und verstaute sie wieder. Anschließend schrubbte sie jeden Zentimeter des Badezimmers, die Abflüsse und die Duschwand mit eingeschlossen. Zu Olivers Belustigung bügelte sie sogar jedes seiner Hemden.

Die Nächte hingegen waren eine echte Folter. In der Dunkelheit konnte sie sich vor ihren Gedanken nicht mehr verstecken. Also lag sie im Bett und durchlebte den schrecklichen Moment immer wieder von Neuem. Manchmal fügte ihr Unterbewusstsein sogar noch weitere grausige Szenen hinzu, wie zum Beispiel die, dass die Frau sie packte und mit sich hinab auf die Schienen riss. Oder die Szene, wie *er* Polly oben beim Aufzug erwischte und sie hinunter zum Gleis schleifte, um sie dann vor die nächste Bahn zu stoßen. Sie erwachte immer in dem Augenblick, in dem die Bahn sie erwischte. Mehrmals pro Nacht fuhr sie schweißgebadet hoch und musste den durchgeschwitzten Pyjama wechseln. Irgendwann ging sie dazu über, zum Schlafen einfach nur ein Handtuch um sich zu wickeln.

Sie wusste, dass sie nicht ewig so weitermachen konnte, aber sie klammerte sich an die Hoffnung, dass die Erinnerung irgendwann verblassen würde. Doch dann begegnete sie der toten Frau erneut.

Sie fuhr gerade mit dem Bus zur Redaktion. Das U-Bahn-Netz hatte sie zur No-go-Area erklärt. Am Morgen war sie früh aufgewacht, weil er sie in einem weiteren Albtraum auf der Rolltreppe verfolgt hatte, auf der sie einfach nicht von der Stelle kam. Sie schreckte hoch und merkte, dass das Handtuch wie eine zweite Haut an ihrem verschwitzten Körper klebte. Es war erst halb sechs, aber sie wusste, dass sie auf keinen Fall wieder einschlafen würde. Also stand sie auf und machte eine Liste von all den Dingen, die sie erledigen musste.

Um Viertel vor acht verließ sie die Wohnung mit einem

Haufen Kleider, die eigentlich noch sauber waren, um sie zur Reinigung zu bringen. Sobald sie sie abgegeben hatte, legte sie eine Pause in einem Coffeeshop ein und bestellte einen extraheißen Soja-Latte. Um sich von ihren finsteren Gedanken abzulenken, beobachtete sie ganz genau, ob der Barista ihren Kaffee auch wirklich exakt so zubereitete, wie sie es sich gewünscht hatte.

Der Bus war brechend voll. Freie Sitzplätze gab es nicht mehr, also musste sie mit einem Stehplatz ganz hinten im Gang vorliebnehmen. Ja, der Bus mochte langsam und die Fahrt ein wenig unsanft und ruckelig sein, aber immerhin fühlte sie sich sicher, wenn sie mit ihm unterwegs war. Hier konnte nichts Unheimliches passieren – dafür waren die Fenster zu groß, und es gab zu viel Tageslicht.

Polly hatte vergessen, sich auf dem Weg zum Bus noch eine Zeitung zu kaufen, also las sie einfach in der Zeitung des Mannes mit, der neben ihr stand. Er schlug sorgfältig jede Seite einzeln auf, sodass sie jeweils die Rückseite studieren konnte. Er brauchte eine halbe Ewigkeit für jeden Artikel! Polly blätterte immer erst einmal durch die ganze Zeitung und las kaum einen Artikel wirklich gründlich. Auf Seite zehn schien ihr Nachbar endgültig hängen geblieben zu sein. Langsam verlor Polly die Geduld und begann, nervös mit ihrem Fuß zu wippen. Wenn er nicht bald umblätterte, würden ihre Gedanken wieder abschweifen, und sie wusste genau, wo sie landen würden. Als er die Seite schließlich doch umschlug und ihr Blick auf den nächsten Artikel fiel, wünschte sie jedoch, er hätte es nicht getan.

Die Seite war in zwei Hälften geteilt. Der untere Teil wurde von der Werbung eines Sofaherstellers in Beschlag genommen, der die Preise gerade ein weiteres Mal reduziert hatte (aber nur bis Sonntag). Auf der oberen Hälfte befand sich ein großer Artikel, der aus drei Textspalten und zwei Fotografien bestand. Auf der einen war eine hübsche Blondine zu sehen, die einen Talar und einen Doktorhut trug und in die Kamera strahlte. Das zweite Bild zeigte eine ältere Frau, die dasselbe Bild hochhielt und vor einem Gerichtsgebäude stand. *War es wirklich Selbstmord? Mutter ficht Urteil der Bahnpolizei an*, war darunter zu lesen. Die Blondine war das Mädchen, dessen Ermordung Polly beobachtet hatte.

Ohne nachzudenken, entriss sie dem Mann die Zeitung.

»Hey!«, sagte er. »Ich bin noch nicht fertig!«

Polly überhörte ihn einfach und begann fieberhaft zu lesen.

»Geben Sie mir die Zeitung wieder!«, rief der Mann und schnappte danach. Doch Polly ließ nicht locker. Ihr Gesicht war zu einer hässlichen Fratze verzerrt, so schockiert und entsetzt war sie. Anscheinend genügte ihr Gesichtsausdruck, um den Mann in die Flucht zu schlagen. Er murmelte irgendetwas vor sich hin und schlurfte dann davon.

In dem Artikel wurde darüber berichtet, wie die Frau vor die Bahn gestürzt war. Allerdings klang es hier nicht so, als wäre sie gestoßen worden, sondern eher, als wäre sie gesprungen. Die Polizei hatte ihren Fall als Suizid deklariert und sagte, dass es keinen Anlass zu einem anderen Verdacht gebe. Aber damit war die Mutter der Frau ganz und gar nicht einverstanden. Ihre Tochter war vor sechs Monaten nach London gezogen, nachdem sie einen Job bei einer Bank angenommen hatte. Sie hatte mit ein paar Freundinnen in einem hübschen Viertel gelebt und eine Menge neue Leute kennengelernt. Ihren Freunden und Bekannten zufolge war sie eine fröhliche, kluge Frau gewesen, die ihr Leben in vollen Zügen genoss. Offenbar war auch gerade ein neuer Mann in ihr Leben getreten.

All diese Fakten hatte die Mutter der Polizei präsentiert, aber die hatten ihr nicht zugehört. Der Fall wurde zu den Akten gelegt und der Tod der Frau als Selbstmord abgetan. Die Mutter allerdings verlangte eine genauere Untersuchung des Vorfalls.

Polly las den Artikel wieder und wieder, bis sie schließlich in Holborn ankam. Wie in Trance lief sie zum Büro, unfähig, das Bild der Frau aus ihrem Kopf zu verbannen.

Sie hieß Sarah und schien ganz und gar nicht die Schlampe zu sein, als die Polly sie bezeichnet hatte. Natürlich hatte Polly nie auch nur eine Sekunde lang wirklich gedacht, dass Sarah es verdient hatte, vor die U-Bahn gestoßen zu werden, aber aus einer Art Selbstschutz heraus war sie insgeheim der Meinung gewesen, dass sie sich auf dieses gefährliche Spielchen eben auch nicht hätte einlassen dürfen. Jetzt, wo sie das Foto von ihrer Abschlussfeier gesehen und die Beschreibung ihrer Mutter gelesen hatte, war ihr klar, dass es sich bei ihr keineswegs um ein koksendes Partygirl gehandelt hatte, das ohnehin früher oder später an einer Überdosis Crack gestorben wäre. Nein, Sarah war eine ganz normale junge Frau gewesen, war jeden Tag zur Arbeit gegangen, hatte einen Freund gehabt und sich mit Bekannten getroffen. Polly schämte sich furchtbar, dass sie sie als Schlampe beschimpft, ihr den Tod gewünscht und solch ein schlechtes Bild von ihr gehabt hatte, nur weil Sarah beim *Tubing* mitgemacht und sich mit *ihm* getroffen hatte. Aber am meisten quälte sie die Tatsache, dass sie niemandem erzählt hatte, was sie beobachtet hatte.

Später am Vormittag machte sie den Fehler, Sarah zu googlen. Die ersten paar Links führten sie auf diverse Nachrichtenportale, auf denen dieselbe Story noch einmal zu finden war. Sie krümmte sich innerlich, als sie weitere Fotos von Sarah entdeckte. Eine der Seiten war mit einem Facebook-Profil verlinkt, das zur Erinnerung an Sarah eingerichtet worden war.

Sobald sie die Seite geöffnet hatte, bereute sie es sofort. Das Profil war voller Nachrichten von ihrer Familie und ihren Freunden, die alle schockiert, fassungslos und furchtbar traurig waren. *Ohne dich ist es so verdammt einsam!! Ich vermisse dich, Saucy. Hab dich lieb.*

Sofort begann Polly unkontrolliert zu zittern und musste eine kleine Pause einlegen. All die Gedanken, die sie so lange vermieden hatte, brachen jetzt mit Gewalt über sie herein. Sie griff nach der Heftzwecke auf ihrem Schreibtisch und presste ihren Finger darauf. Sobald die Spitze in ihre Haut gedrungen war, zog sie den Finger wieder zurück und sah zu, wie sich auf seiner Kuppe ein Blutstropfen bildete. Sie steckte ihn sich in den Mund und saugte daran, dann starrte sie erneut auf Sarahs Foto in der zerknitterten Zeitung. Es war fast so, als hätte Sarah Polly gesucht, um sie jetzt, da sie sie gefunden hatte, so lange heimzusuchen, bis sie etwas unternommen hatte.

»Hey, Süße.«

Polly blickte auf und sah Alicia, die sich über den Tisch lehnte, um einen Blick auf ihren Bildschirm zu erhaschen. »Wovon bist du denn gerade so fasziniert?«

»Nichts!«

»Hast du Lust, mit mir Mittagspause zu machen?«

Polly konnte sich nicht daran erinnern, wann sie zum letzten Mal etwas Anständiges gegessen hatte. Sie hatte zwar eine Menge Tee in sich hineingeschüttet, aber kaum feste Nahrung zu sich genommen. Ihr Magen knurrte permanent.

»Ich muss hier noch etwas fertig machen«, meinte sie nur.

»Bist du dir sicher? Ich will dir ja nicht zu nahe treten, aber du siehst schon so aus, als ob dir ein bisschen Essen guttun würde.« Alicia lächelte sie so warm an, dass es Polly fast vorkam, als würde sie ihr sanft über den Kopf streicheln.

»Ich kann nicht.« Und das meinte sie tatsächlich so. Sie

glaubte nicht, dass sie je wieder etwas Essbares zu sich nehmen konnte.

»Na, wie du meinst.«

Polly beobachtete, wie Alicia zur Tür schlenderte, und vertiefte sich dann wieder in die Suchergebnisse. Auf einer Nachrichtenseite stieß sie auf einen Artikel, der unter der Kategorie *»Das könnte Sie vielleicht auch interessieren«* verlinkt worden war. Es war eine weitere Geschichte über eine junge Frau, die sich vor eine einfahrende U-Bahn geworfen hatte – und zwar zur Rushhour, auf dem Heimweg von ihrer Arbeit. Ihre Familie war vollkommen verzweifelt: Niemand konnte sich erklären, wie oder warum das passiert war. Sie war sechsundzwanzig gewesen und hatte für eine Agentur in der Innenstadt gearbeitet. Polly scrollte die Seite so weit nach unten, bis sie das Foto entdeckte. Entsetzt schlug sie sich die Hand vor den Mund. Es war Mausi.

27. KAPITEL

Als sie an diesem Abend nach Hause kam, hatte Oliver chinesisches Essen bestellt. Für sie hatte er ihr Lieblingsgericht ausgewählt – Schweinefleisch mit Honig und Eierreis. Sie bekam keinen einzigen Happen hinunter, nicht einmal ihm zuliebe. Dank ihres Plans für den kommenden Morgen lagen ihre Nerven vollkommen blank. Ihr würde nichts anderes übrig bleiben, als zur Polizei zu gehen. Selbst wenn Oliver dadurch alles erfuhr – dieses Risiko musste sie eingehen.

Oliver schlang sein Essen nur so in sich hinein und benutzte die Stäbchen eher als Schaufel denn als feines Esswerkzeug. Polly hingegen schob das Essen auf ihrem Teller hin und her. Sie versuchte das Fleisch unter dem Reis zu verstecken, damit Oliver nicht bemerkte, dass sie kaum etwas zu sich genommen hatte. Aber Oliver ließ sie nicht aus den Augen und musterte ihren Teller missbilligend, als er alles abräumte. Als sie in die Küche kam, sah sie, wie er ihre Reste in eine Tupperbox füllte und in den Kühlschrank stellte, damit sie sie am nächsten Tag mit in die Arbeit nehmen konnte.

Als am folgenden Morgen der Wecker schrillte, hatte sie das Gefühl, in ihrem ganz persönlichen Fegefeuer zu schmoren. Gleichzeitig war sie wahnsinnig erleichtert, dass die Nacht endlich vorbei war und sie nicht mehr grübelnd und verängstigt in der Dunkelheit liegen musste. Ihr Magen verkrampfte sich und knurrte die ganze Zeit.

Sie hatte sich fest vorgenommen, heute schon früh im Büro zu sein und dann direkt bei der Polizei anzurufen. Sobald sie in der Redaktion eintraf, warf sie ihre Taschen auf ihren Schreibtisch und ging in die Küche, um sich einen Kamillentee zu kochen. Als sie zurückkam, wartete Lionel bereits auf sie.

»Beichtstunde, Polly«, bellte er und machte dann auf dem Absatz kehrt, um in sein Zimmer vorauszumaschieren.

Polly hatte sich in den letzten Monaten erfolgreich vor den wöchentlichen Meetings gedrückt. An den Tagen, an denen eines angesetzt war, hatte sie sich einfach krankgemeldet oder wichtige Termine erfunden, die sie auf keinen Fall verpassen durfte. Manchmal war sie auch einfach nicht erschienen, ohne eine Entschuldigung vorzubringen. Dass Lionel heute ein Treffen für den frühen Morgen anberaumt hatte, hatte sie vollkommen vergessen. Warum denn ausgerechnet heute?!

In seinem Büro war es bereits rappelvoll. Der einzige freie Platz war ganz vorn, direkt vor Lionel. Widerstrebend setzte sie sich und tat so, als machte sie sich eifrig Notizen, sobald das Meeting an Fahrt aufnahm. Es dauerte trotzdem nicht lange, bis ihre Gedanken wieder abschweiften.

Während sie geistesabwesend auf ihrem Block herumkritzelte, starrte sie auf das Telefon auf Lionels Schreibtisch. Sie musste es endlich hinter sich bringen und die Polizei anrufen! Vielleicht konnte sie Lionels Telefon benutzen, während er Mittagspause machte – auf diese Weise hätte sie immerhin ein wenig Privatsphäre. Da sie ihre Identität nicht preisgeben wollte, konnte sie auf keinen Fall ihr Handy benutzen. Dann fiel ihr allerdings auf, dass man nicht gerade ein Genie sein musste, um herauszufinden, wer sie war, wenn sie vom Büro aus anrief: Sie und Alicia waren die einzigen Frauen, die hier arbeiteten. Es war wirklich eine dämliche Idee, dieses Telefon zu benutzen. Wenn es ihr um Anonymität ging, sollte sie sich einfach in eine Telefonzelle stellen. Wie dumm von ihr, dass sie nicht gleich darauf gekommen war! Je mehr sie darüber nachdachte, desto heftiger presste sie die Spitze ihres Kugelschreibers in den Block, bis sie die Seite ganz durchstoßen hatte. Sie war so in ihre Gedanke vertieft, dass ihr gar nicht auffiel, wie es im Büro still wurde und alle sie beobachteten.

»Polly!«, brüllte Lionel.

Polly fuhr auf.

»Bist du jetzt fertig mit dem Gemetzel?«, fragte er und nickte in Richtung ihres zerfetzten Blocks.

Eilig drehte sie ihn um.

»Könntest du uns jetzt bitte mit deinem Update beglücken? Wie läuft es in der Rechtsabteilung?«, erkundigte er sich, griff nach seinem Füllfederhalter und zog ein leeres Blatt hervor. Auf der Innenseite seines rechten Zeigefingers befand sich ein großer, dunkler Fleck. Offenbar schmierte sein Füller.

Polly hatte leider nichts vorzuweisen. Auf ihrem Schreibtisch türmten sich die ungeöffneten Briefe und Zettel, die sie seit Monaten nicht angerührt hatte. Von ihrem überquellenden E-Mail-Postfach ganz zu schweigen.

»Es tut mir leid, Lionel. Ich habe es heute nicht geschafft, mich auf das Meeting vorzubereiten. Deswegen habe ich leider kein detailliertes Update für euch.« Sie versuchte, selbstbewusst und kontrolliert zu klingen, während sie die Finger unter ihrem Block überkreuzte.

»Na, dann gib uns doch bitte einfach einen kurzen, improvisierten Überblick. Auf die Details können wir notfalls auch verzichten.«

Nicht einmal das konnte sie ihm bieten.

Lionel blickte von seiner leeren Seite auf. »Okay, Polly«, sagte er. »Hast du denn *irgendetwas*, was du uns mitteilen kannst?« Er seufzte und sah sie dann so resigniert an, als wüsste er bereits, was sie sagen würde.

Sie erwiderte nichts.

»Schön. Dann wollen wir unsere Zeit nicht länger verschwenden.«

Er wandte sich direkt weiter an Ron – den einzigen fest angestellten Journalisten. Im Nu hatte Lionel wieder zu seinem jovialen Ich zurückgefunden. Er riss Witze mit Ron und amüsierte sich mit den übrigen Anwesenden – nur mit Polly nicht. Sein Blick glitt jetzt über sie hinweg, als wäre sie unsichtbar.

Als das Meeting vorbei war, war Polly die Erste, die sich erhob. Sie war schon beinahe zur Tür hinaus, als Lionel sagte: »Könnten wir uns kurz unterhalten, Polly?«

Sie blieb stehen und ließ die anderen an sich vorbeigehen.

»Mach die Tür zu«, meinte er, als alle weg waren. »Setz dich.«

Sie setzte sich.

»Wir müssen darüber reden, was in den letzten Monaten mit dir los war.« Er faltete die Hände auf der Tischplatte und sah sie ernst an.

Polly saß mit übereinandergeschlagenen Beinen ganz vorn auf der Stuhlkante und biss nervös auf ihrer Unterlippe herum.

»Ich weiß, dass du es in letzter Zeit nicht leicht hattest. Aber auch der Tod deines Vaters entschuldigt nicht die Tatsache, dass du die Arbeit jetzt schon seit Langem schleifen lässt. James und ich haben uns inzwischen schon mehrfach darüber unterhalten und haben beschlossen, dass es so einfach nicht mehr weitergehen kann.«

Polly war überrascht. Eigentlich hatte sie gedacht, dass sie ihre Unfähigkeit zu arbeiten ganz gut überspielt hatte. Sofort hatte sie das Gefühl, sich verteidigen zu müssen.

»Woher will James das denn wissen? Der ist doch selbst nie da!«

»Nun, Polly, das Ding ist, dass er in letzter Zeit immer wieder hierherkommt und *du* diejenige bist, die er quasi nie antrifft.« Er schüttelte den Kopf und sah sie finster an.

Polly hatte keine Ahnung, was sie erwidern sollte. Sie merkte, wie ihr Gesicht sich verzog und ihr die Tränen in die Augen schossen.

Das schien Lionels Herz ein wenig zu erweichen. Er streckte die Hand nach ihr aus.

»Wenn du Probleme hast, dann musst du mit James oder mir darüber sprechen.«

Sie brachte kein Wort heraus, wollte auf keinen Fall vor ihm losheulen – sie war sich nicht sicher, ob sie je wieder damit aufhören konnte, wenn sie erst einmal begonnen hatte. Schweigend saßen sie da, und Lionel betrachtete sie wie ein Therapeut, der darauf wartet, dass die Patientin sich ihm endlich öffnet. Aber das tat sie nicht. Es ging einfach nicht.

»Nun«, räusperte er sich schließlich. »Warum machst du nicht ein bisschen Urlaub? Schnapp dir doch deinen Chirurgen und fahr mit ihm irgendwohin, wo es richtig schön ist. Wie geht es Oliver denn?«

Olivers Eltern waren eng mit Lionels befreundet. Das war auch der Grund dafür, dass sie den Job überhaupt bekommen hatte.

»Ganz gut«, murmelte sie.

»Ich habe gehört, dass er darüber nachdenkt, zu den Kinderärzten zu wechseln.«

Das war Polly neu, und sie nickte unverbindlich. Die Plauderei versandete rasch. Als ihm klar wurde, dass aus Polly nichts mehr herauszubekommen war, ließ er sie gehen. Sie sagte, dass sie über die Sache mit dem Urlaub nachdenken und ihm Bescheid geben würde.

In der Mittagspause kratzte sie all ihren Mut zusammen und verließ das Büro, um endlich den Anruf hinter sich zu bringen. Als sie die Straße überquerte und auf die Telefonzelle gegenüber des Bürogebäudes zuging, war sie furchtbar nervös. Irgendwie hatte sie gehofft, dass sie auf dem Weg ohnmächtig werden oder zusammenbrechen würde und sich den Anruf so ersparen könnte, aber dieser glückliche Zufall blieb ihr leider verwehrt.

Die Telefonzelle war recht modern und bestand, bis auf den Metallrahmen, nur aus Glas. Hinter dem Telefon klebten mehrere Visitenkarten und Flyer: Diverse leicht bekleidete Damen forderten den Betrachter dazu auf, sie endlich anzurufen. In der Zelle herrschte brüllende Hitze. Es war ein milder, sonniger Tag, und die Temperatur lag etwa bei fünfundzwanzig Grad, aber hier drin hatte es bestimmt um die vierzig Grad. Einen Moment lang hielt sie die Tür geöffnet, um die heiße Luft entweichen zu lassen. Die Vorstellung, noch ein wenig länger draußen stehen zu bleiben, war sehr verlockend, aber dann ging sie doch hinein. Es war höchste Zeit.

Sie legte die Hand auf den Hörer und holte mehrmals tief Luft. Insgeheim hoffte sie, dass das Telefon nicht funktionierte, aber als sie abhob, hörte sie es auch schon tuten. Polly wählte die erste Neun, dann die zweite. Gerade wollte sie ein drittes Mal die Taste drücken, da bemerkte sie, wie ihr jemand zuwinkte, der vor dem Bürogebäude stand. Erst konnte sie ihn nicht genau sehen, also trat sie einen Schritt nach vorn, bis sie mit der Stirn gegen die Scheibe knallte. Dann erkannte sie ihn. Es war *er*. Sofort hängte sie wieder auf und duckte sich. Ein paar Sekunden lang hielt sie ganz still und atmete tief ein und aus. Was zum Teufel tat er da? Verfolgte er sie?

Plötzlich rüttelte jemand an der Tür. Sie drehte sich um und sah einen jungen, indischstämmigen Mann, der mit seinem offenbar funktionsuntüchtigen Telefon vor ihrer Nase hin und her wedelte. Polly starrte zurück, vollkommen unfähig, sich zu bewegen. Irgendwann öffnete der Mann einfach die Tür.

»Sind Sie fertig?«, fragte er.

Sie sah ihn aus großen Augen an.

»Hallo?!« Er winkte mit seiner Hand vor ihrem Gesicht hin und her, als wäre sie blind.

»Steht da auf der anderen Straßenseite ein Mann?«, fragte sie.

»Was?«, fragte er zurück. Ihre Stimme war so dünn, dass er sie kaum verstand.

»Sie sehen doch das weiße Gebäude da drüben«, meinte sie ein wenig lauter.

Er verrenkte den Kopf, um über die Straße gucken zu können. »Ja, ich sehe es.«

»Steht ein Mann davor?«

Er kniff die Augen zusammen. »Nein, da ist niemand.« Dann dreht er sich wieder zu ihr. »Kann ich jetzt bitte rein?«

Polly lugte vorsichtig aus der Zelle und zog den Kopf dann sofort wieder zurück. Der Mann betrachtete sie skeptisch. Er hielt sie wahrscheinlich für vollkommen verrückt. Als sie schließlich aus der Zelle trat, stellte er sich sofort ans Telefon und zog die Tür fest hinter sich zu. Polly sah noch einmal über die Straße – nein, da war niemand. Trotz der Hitze zitterte sie plötzlich am ganzen Leib.

Als sie zurück ins Büro kam, war sie den Tränen nahe. Was ging hier nur vor? Er konnte doch gar nicht wissen, wo sie arbeitete – sie hatte ihm nie davon erzählt. Genau darauf hatte er doch bestanden: keine persönlichen Informationen! Vielleicht hatte sie ihn sich auch nur eingebildet? Nein, er war wirklich da gewesen. Ihren Namen kannte er auch – was wusste er sonst noch?!

Sie spürte, wie alle im Büro sie dabei beobachteten, wie sie gegen die Tränen ankämpfte. Bald hatte auch Alicia es mitbekommen und eilte mit ausgestreckten Armen auf sie zu.

»Süße, was ist los?«

Polly brachte kein Wort heraus.

»Komm«, meinte Alicia, griff nach ihrer Hand und zog sie hinter sich her Richtung Toilette. Als sie an den anderen vorbeigingen, ertönte leises Tuscheln.

In der Toilette angekommen, verriegelte Alicia sofort die Tür.

»Es ist echt schlimm, jemanden zu verlieren, der einem nahesteht«, sagte sie und klappte den Toilettensitz herunter, damit Polly sich hinsetzen konnte. »Als meine Mom gestorben ist, war ich ein absolutes Wrack. Ich konnte nichts anderes tun als weinen.«

Polly brauchte einen Moment, um den Zusammenhang herzustellen. »Oh«, sagte sie nur und setzte sich.

»Irgendwann wird es leichter.« Alicia streichelte über Pollys Oberarm. »Aber um ehrlich zu sein, bleibt einem leider nichts anderes übrig, als abzuwarten. So ist das mit der Trauer nun mal. Man kann nichts dagegen tun.«

Polly seufzte.

»Willst du drüber reden?«, fragte Alicia.

»Es ist nicht nur wegen meinem Dad – bei mir geht es derzeit auch sonst drunter und drüber«, meinte Polly.

»Los, erzähl es mir.«

Polly überlegte einen Moment. Es verlockte sie sehr, endlich alles loszuwerden – so wie bisher konnte sie nicht mehr lange weitermachen. Sie brauchte Hilfe.

Plötzlich vibrierte ihr Telefon an ihrer Hüfte. Ohne nachzudenken, holte sie es heraus.

wir müssen reden. 19:35 heute abend
king's cross st. pancras metropolitan line
richtung westen, erster waggon

Sie zitterte so heftig, dass ihr das Telefon beinahe aus der Hand fiel.

»Ist alles in Ordnung bei dir?«, fragte Alicia und lehnte sich nach vorn, um einen Blick auf die Nachricht zu erhaschen.

»Ja, es ist nichts weiter«, meinte Polly und steckte das Telefon wieder ein. »Ich sollte mal zurück an meinen Schreibtisch.« Mit diesen Worten erhob sie sich.

»Es ist schon okay, Polly. Alle wissen, was du durchgemacht hast – da haben sie vollstes Verständnis, wenn du mal eine Pause brauchst.«

Doch Polly hatte die Tür bereits entriegelt. Ohne ein weiteres Wort warf sie sie hinter sich zu.

28. KAPITEL

Die Nachricht war den restlichen Nachmittag über auf dem Display von Pollys Smartphone zu sehen. Immer wenn der Bildschirm dunkel zu werden drohte, strich sie erneut mit dem Daumen darüber. Es kam ihr so vor, als wäre sie aus sich selbst herausgetreten und beobachtete nun von der Zimmerdecke aus, was sie da tat. »Lösch endlich die Nachricht!«, schrie sie der Polly unten am Schreibtisch zu. Wie konnte sie überhaupt darüber nachdenken, bei dem Treffen zu erscheinen – nach allem, was *er* getan hatte? Aber sie löschte die Nachricht nicht. Stattdessen starrte sie sie immer weiter an.

Um 19:30 Uhr konnte sie sich selbst dabei beobachten, wie sie die Stufen der U-Bahn-Station King's Cross St. Pancras hinabging. Um exakt 19:35 Uhr traf eine U-Bahn ein, und sie stieg zu. Zu ihrer Erleichterung herrschte im ersten Waggon ziemlich viel Trubel. Immerhin waren Leute in der Nähe, falls *er* sie bedrohen sollte.

Er war schon da. Sobald sie ihn entdeckt hatte, war Polly auf der Hut. Sie blieb mitten im Wagen stehen, ganz nah an der Doppeltür. Über dem Haltegriff bemerkte sie einen roten Alarmknopf. Sie trat näher heran, was *ihm* nicht entging.

»Mach dir keine Sorgen, Polly«, sagte er, als *er* schließlich bei ihr stand. »Ich will dir nichts tun, sondern nur mit dir reden.«

Er hatte die Handflächen vor der Brust erhoben, als wollte

er sich ergeben. Er war nach wie vor wunderschön. Trotz allem, was passiert war, klopfte ihr Herz ein wenig schneller.

»Ich weiß, wie schlimm es ausgesehen haben muss, was da letztens passiert ist. Aber ich kann es dir erklären. Darf ich?«

Sie warf einen Blick über ihre Schulter und sah einen bulligen Kerl mit Baseball-Cap auf der Bank sitzen. Sie stand dicht genug bei ihm, also nickte sie.

Er kam noch einen Schritt auf sie zu. Als sie zusammenzuckte, blieb er sofort stehen.

»Das Mädchen, mit dem du mich gesehen hast …«

»Sarah.«

»Sarah, hieß sie so, ja?«

Polly sah ihn missbilligend an.

»Tut mir leid, ihren Namen kannte ich nicht«, meinte er und senkte den Kopf. Er atmete einmal tief aus, ehe er weitersprach. »Sie hat damit gedroht, alles zu verraten.«

»Was?«

»Na, die Sache mit dem *Tubing*. Sie meinte, dass sie zur Polizei gehen würde, zur Presse, dass sie mit jedem darüber reden würde, der sich dafür interessiert.« Er massierte seine Nasenwurzel mit Daumen und Zeigefinger. »Sie ist irgendwie an mein Telefon herangekommen und hatte so die komplette Liste mit den Telefonnummern aller, die in die Sache verwickelt sind.«

»Wie bitte?«, fragte Polly, wobei sich ihre Stimme überschlug.

»Ich weiß, ich weiß«, sagte er. »Das war meine Schuld. Ich bin ein Vollidiot. Bei ihr hatte ich auch vom ersten Moment an ein schlechtes Gefühl, aber der Typ, der sie mir vorgestellt hat, meinte, sie ist in Ordnung.« Er ließ seine Nase los und sah Polly in die Augen. »Sie war eine Journalistin, die undercover gearbeitet hat.«

Polly war total verdutzt. Es dauerte ein paar Sekunden, ehe sie sich gesammelt hatte. »Aber in der Zeitung stand, dass sie eine Investmentbankerin war.«

»Ich schätze mal, das war eine weitere Vertuschungsaktion.«

»Aber sie haben doch ihre Mutter interviewt ...«

»Das kann ich mir gut vorstellen.«

Sie starrte ihn an und wartete auf weitere Erklärungen. Doch er zuckte nur mit den Schultern.

»Warum sollten sie das tun? Wieso sollten sie sich mit der Vertuschung so viel Mühe geben und dann auch noch ein Fake-Interview mit der Mutter abdrucken?«

»Ich habe ehrlich gesagt keine Ahnung, Polly.«

Als er ihren Namen aussprach, zuckte sie zusammen. Woher kannte er ihn nur?

»Das ergibt doch alles keinen Sinn«, meinte sie kopfschüttelnd. »Woher kennst du eigentlich meinen ...«, setzte sie an, aber da verlor er die Geduld. Er schlug mit der Faust gegen den Metallrahmen über ihrem Kopf, und seine entspannte Miene wich einer wutverzerrten Fratze. »Was willst du denn von mir hören? Ich habe getan, was getan werden musste! Ich wollte sie nicht umbringen, aber sie ist gestolpert, und dann ist es irgendwie passiert.« Er senkte seine Stimme und kam näher. Offenbar war ihm eingefallen, wo sie sich gerade befanden.

Polly konnte sich nicht daran erinnern, dass die Frau gestolpert war. Sie öffnete schon den Mund, aber er schnitt ihr sofort das Wort ab.

»Ist dir eigentlich klar, was passiert wäre, wenn das rausgekommen wäre? Du hast ja keine Ahnung, wie viele Leute in die Sache verstrickt sind – ein paar von ihnen sind Politiker, andere arbeiten für die Medien ... Und dann sind da ja auch noch du und ich.« Er fuhr sich mit den Fingern durchs Haar, um seine Frisur in Ordnung zu bringen. »Ich musste sie einfach aufhalten, um uns alle zu beschützen.« Er streichelte über ihre Wange. »Ich habe es auch für dich getan.«

»Aber du hast sie ermordet.«

»Ich weiß. Und damit muss ich jetzt für den Rest meines Lebens klarkommen.« Er ließ die Hand sinken, und kurz schien es Polly, als würden ihm tatsächlich Tränen in die Augen treten. Um ein Haar hätte sie ihn getröstet, aber dann ließ sie es doch bleiben. Seine Geschichte stimmte nicht.

»Und was ist mit Mausi?«

»Wer?«

»Das Mädchen, mit dem ich dich beim *Tubing* gesehen habe, kurz nachdem wir uns kennengelernt haben.«

»Was soll denn mit ihr sein?«

»Sie ist auch tot.«

»Was?« Er klang aufrichtig entsetzt.

»In der Zeitung stand, dass sie vor ein paar Wochen Selbstmord begangen hat. Sie hat sich auch vor eine U-Bahn geworfen, wie Sarah.«

»Ich hatte ja keine Ahnung.«

Sie starrten sich gegenseitig misstrauisch an.

»Du denkst doch nicht, dass ich da meine Finger mit im Spiel hatte, oder, Polly?«

Wieder benutzte er ihren Namen. Das brachte sie jedes Mal aus dem Konzept.

»Nun ...« Sie verstummte, war plötzlich unsicher. »Das ist schon ein ziemlich seltsamer Zufall, oder?«

»Hey, jetzt mach aber mal halblang!« Wieder hob er verteidigend die Hände. »Ich hatte nichts damit zu tun! Ich wusste ja nicht einmal, dass das passiert ist, ehe du mir davon erzählt hast.«

Polly wusste nicht, was sie sagen sollte. Hatte sie womöglich alles falsch verstanden? Sie war sich so sicher gewesen, aber jetzt ...

»Ich habe sie ein paarmal getroffen«, meinte er. »Es ging ihr nicht gut – ich glaube, sie war depressiv. War richtig zerstörerisch drauf, nicht nur sich selbst gegenüber. Ich habe dann aufgehört, sie zu treffen.«

Polly erinnerte sich daran, wie Mausi ihn geschubst hatte, als sie sie in der U-Bahn beobachtet hatte. Damals hatte sie vermutet, sie sei sauer auf ihn, weil er sie nicht gewarnt hatte, ehe er in ihren Mund ejakuliert hatte. Aber vielleicht hatte es einen anderen Grund gegeben. Vielleicht war sie in psychischer Hinsicht wirklich nicht sonderlich stabil gewesen.

»Polly.«

Ihr Name, da war er schon wieder. Sie sah ihn benommen an, und er schenkte ihr ein perfektes Lächeln.

»Eigentlich wollte ich dich treffen, weil ich dir etwas sagen wollte.«

»Und das wäre?«

»Das Ganze hat sich zu einem absoluten Albtraum entwickelt. Ich kann nicht fassen, was da passiert ist. Jedes Mal, wenn ich an Sarah denke ...« Seine Stimme verfing sich in seiner Kehle, und er brach ab.

Instinktiv streckte Polly die Hand nach ihm aus und strich ihm über den Nacken. Sie konnte nicht anders. Er neigte seinen Kopf, bis ihre Stirnen sich berührten. Seine Haut war weich und warm, und sie schmolz regelrecht dahin.

»Ich habe genug von all dem. Habe keine Lust mehr auf *Tubing* und diese verdammte Stadt. Ich werde London verlassen.« Er sah sie an. »Kommst du mit?«

Sie blickte ihn entgeistert an. Meinte er das ernst?!

Per Lautsprecherdurchsage wurde verkündet, dass die nächste Station die Baker Street war. Die beiden sahen einander tief in die Augen, und er lehnte sich nach vorn, um sie zu küssen. Polly war kurz davor, es ihm nachzutun, aber da hielt sie plötzlich inne. *Woher kannte er ihren Namen?*

»Woher weißt du, wie ich heiße?«

Er erstarrte.

»Und woher weißt du, wo ich arbeite?«

Er saugte die Wangen ein, sodass sie ganz hohl aussahen. Ihre Worte hingen zwischen ihnen in der Luft. Dann drehte er sich blitzschnell um und überprüfte, ob ihn jemand beobachtete, ehe er seine Hand um ihren Hals legte.

All das passierte so schnell, dass ihr keine Zeit blieb, um zu reagieren. Seine Hand reichte beinahe um ihren ganzen Hals, und während er seine Fingerspitzen brutal links und rechts von ihrer Wirbelsäule in ihre Haut drückte, presste er seine Daumenwurzel auf ihren Kehlkopf.

Innerhalb weniger Sekunden kämpfte ihre Lunge verzweifelt um Sauerstoff, während ihr Zwerchfell sich hektisch hob und senkte, um zumindest ein bisschen Luft zu bekommen. Sie versuchte zu schreien, brachte aber nur ein leises Krächzen zustande.

Polly sah zu dem Mann, der immer noch hinter ihnen saß. Er hatte die Augen geschlossen und den Schirm seiner Kappe tief ins Gesicht gezogen. Es würde nicht mehr lange dauern, bis sie das Bewusstsein verlor. Vor ihren Augen zogen schwarze und weiße Blöcke vorbei, und sie fühlte sich wahnsinnig schwach. Viel Zeit blieb ihr nicht – sie musste etwas unternehmen.

Mit der letzten Kraft, die sie noch irgendwie aufbringen konnte, warf sie sich nach vorn und schaffte es wie durch ein Wunder, ihm ihr Knie mitten in den Schritt zu rammen. Als er sich zusammenkrümmte, löste sich sein Griff, woraufhin sie sich sofort fallen ließ und über den Boden zu den Sitzen hinüberrutschte. Er wollte ihr schon folgen, bemerkte dann aber den Mann mit der Kappe. Der sah sich gerade leicht verschlafen um, um herauszufinden, was der Aufruhr zu bedeuten hatte.

»Du dumme Schlampe! Du machst alles kaputt!«, presste er zwischen zusammengebissenen Zähnen hervor. Sein Gesicht war schmerzverzerrt.

Hinter ihm glitten die Türen auf. Er bedachte sie mit einem langen, eisigen Blick. »Ab jetzt wird dein Leben nie wieder dasselbe sein, Polly.« Mit diesen Worten machte er kehrt und war verschwunden.

29. KAPITEL

Eine Weile sah der Mann einfach nur zu Polly hinüber und schien mit sich zu ringen, ob er ihr auf die Beine helfen sollte oder nicht. Ein paar Sekunden später schloss er erneut die Augen und tat so, als würde er schlafen. Polly blieb noch einen Moment lang atemlos liegen und zog sich dann selbst an einem Sitz hoch. Sie konnte nicht fassen, was gerade geschehen war. Mit einer Hand strich sie über ihren Hals und versuchte zu schlucken; anfangs streikte ihre Kehle, die sich stark gequetscht anfühlte, noch, dann gelang es ihr schließlich. Die Bahn schoss aus der Station in den Tunnel hinein. In der Fensterscheibe konnte sie ihre Reflexion sehen und bemerkte, dass sich seine Fingerabdrücke an ihrem Hals deutlich abzeichneten. Sie betete zu Gott, dass sie nicht noch sichtbarer werden würden.

Vollkommen erschöpft saß sie da, bis die U-Bahn die Endstation erreicht hatte. Wie hatte sie nur erneut auf ihn hereinfallen können? Er hatte sie tatsächlich für einen kurzen Augenblick davon überzeugt, dass sie sich getäuscht hatte. Ja, einen Moment lang hatte sie wirklich geglaubt, dass er zusammen mit ihr London verlassen wollte. Sie fühlte sich unendlich dumm und naiv. Sie hatte sich seine Lügen angehört, während er sich auf den nächsten Schlag gegen sie vorbereitet hatte – es war wirklich kaum zu fassen. Was er wohl mit ihr angestellt hätte? Beinahe konnte sie die Schlagzeile vor sich sehen: *Frau wirft sich aus Trauer um den verstorbenen Vater vor die U-Bahn.* Bestimmt wäre das allen plausibel erschienen.

Als sie zu Hause ankam, tat ihr Hals höllisch weh. Sie fragte sich, ob sie ins Krankenhaus fahren sollte oder einfach hoffen, dass die Schmerzen von selbst wieder verschwanden. Am Ende beschloss sie, abzuwarten. Wenn sie im Krankenhaus erklären würde, was passiert war, würde garantiert jemand die Polizei rufen …

Sie ging direkt an ihren Kleiderschrank und kramte einen alten Rollkragenpullover aus Wolle heraus. Draußen hatte es immer noch um die zwanzig Grad, und sobald sie ihn angezogen hatte, begann sie zu schwitzen.

»Warum hast du *den* denn an? Du musst da drin doch vor Hitze vergehen!«, fragte Oliver, als sie zu ihm ins Wohnzimmer kam.

Er hatte alle Fenster geöffnet, und dennoch war nicht der Hauch einer Brise zu spüren.

»Mir geht es wirklich bestens«, meinte sie und ignorierte die Schweißperlen auf ihrer Stirn und ihrem Rücken, so gut sie konnte.

Er rutschte beiseite, damit sie sich neben ihn aufs Sofa setzen konnte, aber sie entschied sich stattdessen für den Sessel gegenüber.

Oliver zuckte nur mit den Schultern und widmete sich dann wieder ganz der Dokumentation, die gerade im Fernsehen lief.

Der Schock, der sie vorhin noch ein wenig geschützt hatte, ließ allmählich nach, sodass ihr langsam das ganze Ausmaß ihrer Situation klar wurde. Seine Worte hallten in ihr wider. *»Ab jetzt wird dein Leben nie wieder dasselbe sein, Polly.«* Je mehr sie darüber nachdachte, desto schwerer fiel es ihr zu atmen. Es kam ihr vor, als hätte er seine Hand erneut um ihre Kehle gelegt und würde ihre Sauerstoffzufuhr blockieren, sodass jeder Atemzug flacher und flacher wurde, bis sie schließlich nur noch winzige Mengen an Luft aufnehmen konnte. Sie bohrte ihre Fingernägel in das weiche Leder des Sessels. Auf einmal spürte sie überall in ihren Gliedmaßen kleine Stacheln und Nadeln, die sie von innen heraus überwältigten und dafür sorgten, dass Polly unkontrolliert zu zucken begann. Alles begann sich zu drehen, und sie konnte sich nicht länger aufrecht halten. Sie sackte in sich zusammen und fiel dann mit einem lauten Aufprall zu Boden.

»O mein Gott, Polly!«, hörte sie Oliver wie aus weiter Ferne rufen. Dann wurde alles um sie herum ganz still.

Sie erwachte in ihrem Bett. Bis auf den warmen Schein der Nachttischlampe war es im Zimmer dunkel. Oliver saß neben ihr und hielt ihre Hand. Polly versuchte sich aufzusetzen, war aber zu schwach.

»Da bist du ja wieder!«, meinte Oliver sichtlich erleichtert.

»Was ist passiert?«

»Du bist ohnmächtig geworden.«

Plötzlich bemerkte sie, dass sie ihren Pullover nicht mehr trug. Sofort legte sie ihre Hand auf ihren Hals, um die Fingerabdrücke zu verbergen.

»Beweg dich nicht, du musst dich jetzt ausruhen. Möchtest du vielleicht ein bisschen Wasser?«, fragte er.

Es fiel ihr immer noch schwer zu schlucken, weil ihre Kehle furchtbar geschwollen war. »Ja, bitte«, krächzte sie.

Sobald er weg war, wirkte die Dunkelheit um sie herum beinahe bedrohlich. Sie betastete ihren Hals. Die Haut dort war immer noch sehr empfindlich, aber zum Glück nicht angeschwollen. Hoffentlich sah man die Abdrücke nicht allzu deutlich! Was sollte sie Oliver sagen, wenn er sie entdeckte? Nie zuvor hatte sie solche Angst gehabt. Polly rutschte ganz tief unter ihre Decke. Als Oliver zurückkam, lugten nur noch ihre Augen und ihre Stirn darunter hervor.

»Wieso verkriechst du dich denn so?«, fragte er und stellte das Glas auf dem Nachttisch ab.

Sie antwortete nicht.

»Was ist los, Polly?«

»Was meinst du?«

»Es geht dir nicht gut, oder? Sag mir, was passiert ist.«

»Ich vermisse Dad einfach sehr, glaube ich.« Sie krümmte sich bei diesen Worten. Sie konnte nicht ständig den Tod ihres Vaters als Erklärung für ihren desolaten Zustand vorschieben.

»Bist du dir sicher, dass es nicht noch einen anderen Grund gibt?«

»Ich kann nicht ...« Sie verstummte.

»Hat es was mit dem Mädchen zu tun, das vor die U-Bahn gesprungen ist?«

Jetzt war er tatsächlich nah dran, tappte aber dennoch vollkommen im Dunkeln. Tränen traten ihr in die Augen.

»Kannst du mich mal umarmen?«, fragte sie.

Er sah sie an, als hätte er noch eine weitere, dringende Frage an sie.

»Bitte nimm mich einfach in den Arm«, bat sie ihn, ehe er etwas sagen konnte.

Er hob die Decke an und kroch neben sie.

»Ich liebe dich so sehr, Oliver.«

Sie hoffte verzweifelt, dass er etwas ebenso Tröstliches erwidern würde.

»Ich liebe dich auch, Polly.«

30. KAPITEL

Sie hielten sich die ganze Nacht über in den Armen. Ein paarmal versuchte Oliver aufzustehen, aber Polly ließ ihn nicht gehen, sondern klammerte sich an ihm fest. Er sagte, dass er auf die Toilette müsse und sich die Zähne putzen wolle, aber sie ertrug es nicht, allein zu sein. Nicht einmal ein paar Minuten lang. Bis drei Uhr morgens starrte sie auf die leuchtenden Ziffern des Weckers. Danach erinnerte sie sich an nichts mehr.

Als sie die Augen aufschlug, war es hell. Oliver war weg. Wo steckte er? Sofort bekam sie Panik und rief nach ihm. Was, wenn er ausgegangen war und sie allein zurückgelassen hatte?

»Alles okay«, sagte er und kam mit einer dampfenden Tasse ins Schlafzimmer getappt. »Ich habe dir nur ein Tässchen Tee gekocht.«

Er trug eine kakifarbene Stoffhose und ein blaues Baumwollhemd.

»Wieso hast du dich angezogen? Du willst doch nicht raus, oder?«, fragte Polly nervös.

»Doch, ich muss zur Arbeit.«

»Aber es ist Samstag!«

»Ich habe die Schicht getauscht, erinnerst du dich nicht? Ich habe es dir erzählt.«

»Das geht nicht!«, murmelte Polly panisch. Sie konnte jetzt nicht allein sein. Das war vollkommen unmöglich.

»Komm her«, sagte er, setzte sich aufs Bett und legte die

Arme um sie. »Du wirst schon zurechtkommen, ich bin doch im Handumdrehen wieder da! Warum gehst du nicht ein bisschen in den Park und legst einen kleinen Stopp in der Patisserie ein, die du so magst? Ist doch ein wunderschöner Tag heute.«

Sie konnte auf keinen Fall die Wohnung verlassen. Was, wenn *er* ihr auflauerte? Zu gern hätte sie Oliver erklärt, was gerade los war: Sie schwebte immerhin in Lebensgefahr, und sie wusste, dass Oliver alles tun würde, um sie zu beschützen. Aber sie konnte ihm unmöglich von *ihm* erzählen. Denn sollte sie Oliver auch noch verlieren, hätte sie niemanden mehr.

»Ich gehe mal besser«, meinte er, küsste sie auf den Scheitel und erhob sich.

Es kostete sie alle Willenskraft, sich zusammenzureißen und nicht zu protestieren, sich nicht an ihn zu klammern und ihn anzuflehen zu bleiben.

Sobald Oliver weg war, vergrub sie sich noch tiefer unter der Bettdecke. All ihre Sinne waren in Alarmbereitschaft, jedes Geräusch ging ihr durch Mark und Bein. Ihre Wohnung war eines von drei Apartments in einem umgebauten Reihenhaus. Nie zuvor war Polly aufgefallen, wie viel Lärm ihre Nachbarn machten, aber jetzt hörte sie selbst das leiseste Geräusch: Das Knarzen der Dielen, Türenknallen und leise Gesprächsfetzen, die durch die Wände drangen. Plötzlich waren auf der Treppe, die an der Schlafzimmerwand entlangführte, Schritte zu hören. War die Person vor ihrer Wohnungstür stehen geblieben, oder lief sie bereits weiter zum nächsten Treppenabsatz? Sie lauschte angestrengt. Vielleicht war es ja gar kein Nachbar, sondern *er*. Er wusste, wie sie hieß, wo sie arbeitete – wieso sollte er nicht auch ihre private Adresse kennen?! Polly zog die Decke über ihren Kopf und streckte sich so flach aus, wie sie nur konnte. Sie tat einfach so, als wäre sie nicht da. Bald wurde es unter der Decke ziemlich heiß und stickig. Vorsichtig lugte sie über die Kante und suchte jeden Winkel des Zimmers nach irgendetwas Verdächtigem ab. Ihre Blase war mittlerweile zum Platzen voll, eigentlich musste sie schon auf die Toilette, seit sie vor zwölf Stunden ins Bett gegangen war. Es war höchste Zeit, aufzustehen.

Leise tappte sie zur Schlafzimmertür und öffnete sie dann zögerlich. Mit angehaltenem Atem spähte sie in den Flur und spurtete erst ins Bad, als sie sicher war, dass niemand da war.

Sobald sie auf der Toilette gewesen war, untersuchte sie ihren Hals im Spiegel. Zu ihrer Erleichterung waren keine Verletzungen zu sehen, aber die Haut war immer noch ein wenig rot und sehr schmerzempfindlich.

Zurück im Flur, schnappte sie sich Olivers Golfschirm, der unter der Garderobe neben der Wohnungstür lag.

Den Regenschirm angriffslustig hin- und herschwingend, suchte sie den Rest der Wohnung nach möglichen Eindringlingen ab. Anschließend überprüfte sie noch, ob die Fenster verschlossen waren, ließ die Jalousien hinab und schloss die Wohnungstür doppelt ab.

Den restlichen Tag verbrachte sie stumm auf dem Sofa sitzend. Eigentlich gefiel ihr die Stille gar nicht, Geräusche und überhaupt jede Art von Gesellschaft wären ihr lieber gewesen, ganz egal, wie künstlich. Aber was, wenn ihr dann etwas entging? Wenn sie wegen des Fernsehlärms nicht mitbekam, wie *er* durchs Treppenhaus lief oder versuchte einzubrechen? Das konnte sie nicht riskieren! Also verkroch sie sich in die Ecke des Sofas, sodass sie durch die Wohnzimmertür bis in die Küche blicken konnte. Bei jedem noch so kleinen Laut riss sie den Kopf hoch und versuchte dessen Quelle auszumachen.

Gedankenverloren begann sie an einem Mückenstich an

ihrem Arm herumzukratzen. Zuerst tastete sie den Schorf mit der Fingerkuppe ab, um herauszufinden, an welcher Stelle sie den Fingernagel darunterschieben konnte. Es tat weh, als es ihr schließlich gelang, aber schon bald hatte sich der Schmerz in ein Gefühl der Erleichterung verwandelt. Erst als ihr Finger schon ganz klebrig war, fiel ihr auf, wie tief sie ihren Nagel in ihren Arm gegraben hatte. Aus der Wunde rund um den Stich quoll Blut. Anscheinend hatte ihr Fingernagel Hautschicht um Hautschicht entfernt, ohne dass sie es gemerkt hatte. Aus dem kleinen Stich war eine klaffende Wunde geworden.

Um halb sechs hörte sie, wie sich ein Schlüssel im Schloss drehte. Oliver kämpfte mit der Tür und bekam sie wegen der zusätzlichen Verriegelung nicht auf. Schließlich klopfte er laut an und rief ihren Namen, bis Polly herbeieilte und ihm öffnete. Sobald er vor ihr stand, warf sie sich in seine Arme.

»Wow«, meinte er und versuchte die Tüten abzustellen, die er mitgebracht hatte.

Im Wohnzimmer machte Oliver sich sofort an den Jalousien zu schaffen und öffnete sie. Polly wollte protestieren, wusste aber, dass es sinnlos war. Oliver mochte es, wenn sie halb hochgezogen und die Lamellen oben geöffnet waren. Es ärgerte ihn, dass sie den ganzen Tag im Halbdunkel verbracht hatte.

»Also«, meinte er und betrachtete Polly, die immer noch ihren Schlafanzug trug. »Wer geht zuerst duschen, du oder ich?«

»Was?«

Er warf einen Blick auf seine Armbanduhr. »Wir müssen in einer Stunde da sein. Höchste Zeit, dich schick zu machen.«

Polly starrte ihn verständnislos an.

»Wir sind zum Dinner eingeladen, schon vergessen? Crispin feiert Geburtstag.«

Crispin war Olivers bester Freund. Sie hatten zusammen Medizin studiert.

»Ich kann nicht mit«, sagte Polly und schüttelte den Kopf.

»Warum nicht?«

»Na ja, nach gestern Abend ...«

»Du bist doch nur kurz ohnmächtig gewesen. Davon hast du sicher keine bleibenden Schäden davongetragen«, meinte er.

Sie schwieg.

Oliver schlenderte ins Badezimmer und drehte den Duschhahn auf, ehe er im Schlafzimmer verschwand. Ein paar Minuten später folgte sie ihm. Er stand nur in Hemd und Boxershorts da und suchte im Schrank nach der passenden Hose. Seine Boxershorts waren so eng, dass sein Hosenstall offen stand.

»Kannst du ihn nicht einfach anrufen und sagen, dass wir nicht kommen können?«, fragte sie kleinlaut.

»Was?«, blaffte er verärgert.

»Oliver, mir geht es immer noch nicht gut. Ich glaube, ich brüte was aus.«

»Polly, jetzt komm mal her«, sagte er streng und legte seine Hand auf ihre Stirn.

»Du kommst mir kerngesund vor. Auf geht's, mach dich fertig.«

»Ich kann nicht. Bitte ruf ihn an.«

»Was ist nur los mit dir? Was soll das immer? Vor uns liegt ein richtig netter Abend mit Freunden, und plötzlich bildest du dir ein, dass du nicht hingehen kannst.« Er klang erschöpft, und Polly begann an ihrer Unterlippe herumzukauen.

»Schau mal, wenn es dir wirklich nicht gut geht, kannst du natürlich daheimbleiben. Aber ich werde meinen besten Freund an seinem Geburtstag nicht hängen lassen, verstehst du?«

Polly sah aus dem Fenster. Bald würde es dunkel sein. Die nächsten fünf oder sechs Stunden allein zu Hause zu verbringen war keine Option.

Sie trafen die anderen in einem mexikanischen Restaurant in Notting Hill. Polly hatte Oliver dazu überredet, ein Taxi zu nehmen, obwohl das Restaurant nur zwei U-Bahn-Stationen von ihrer Wohnung entfernt lag. Die ganze Fahrt über war Polly hochnervös, auch wenn sie wusste, dass sie im Taxi sicher war. Immer wieder fragte Oliver sie, ob alles in Ordnung sei. Sie ignorierte die Frage, und irgendwann gab er auf. Wahrscheinlich dachte er, dass sie wieder einmal Stimmungsschwankungen hatte.

Das Restaurant war ein kleiner, intimer Ort, der sich über zwei Etagen erstreckte. Im Erdgeschoss fanden nur wenige Tische Platz, der Hauptteil des Restaurants befand sich im Keller. Als sie die steile Treppe hinuntergingen, konnte Polly die Geburtstagsgesellschaft bereits durch ein kleines Fensterchen in der Tür ausmachen.

»Polliver!«, riefen alle, sobald sie den Raum betraten. Olivers Freunde nannten sie immer so, und Polly hasste es. Es klang, als wäre sie keine eigenständige Person, sondern nur ein Teil von Oliver.

Das Restaurant war mit mexikanischem Ramsch dekoriert: künstliche Kakteen, Lichterketten, Totenköpfe aus Zuckermasse, Plastikskelette und Kerzen, die auf den Tischen aus leeren Tequilaflaschen ragten. Der Laden gehörte dem Sohn eines Rockstars und galt momentan als absoluter In-Treff. Oliver konnte seine Unzufriedenheit über die Wahl seines besten Freundes nur schwer verbergen. Er zog schicke Restaurants vor, in denen man das Essen auf seinem Teller gut erkennen konnte. Hier hingegen gab es Gerichte, die von südamerikanischem Street-Food inspiriert waren und im Dämmerlicht serviert wurden.

Kaum dass Polly saß, drückte ihr auch schon jemand einen Margarita in die Hand. Sie kippte ihn in einem Zug hinunter.

»Da hat wohl jemand Durst!«, lachte Crispin. »Willst du noch einen?«

Polly nickte, ohne zu zögern.

Am Tisch saßen außer ihnen noch vier weitere Pärchen. Da waren einmal Crispin und seine Frau Sophie, die gerade ein Baby bekommen hatten; Alex und Millie; Lucas und seine portugiesische Freundin Elena; und Julian und seine schwangere Frau Lucy. Das Essen trudelte nach und nach immer dann ein, wenn es gerade fertig war, ein paar Vorspeisen hier, ein Hauptgericht da. Sie beschlossen, nicht mit dem Essen zu warten, bis alle Hauptspeisen serviert waren, sondern teilten die Gerichte stattdessen miteinander.

Der Abend schritt voran, und Polly begann sich ein wenig zu entspannen. Unter dem Tisch hielt Oliver ihre Hand und versuchte sie zu ermutigen, sich ein bisschen mehr an der Unterhaltung zu beteiligen. Aber Polly war auch so zufrieden. Ihr genügte es, bei ihm zu sein.

Als bereits alle Hauptgerichte und auch ein Großteil der Vorspeisen serviert worden waren, ging Polly auf die Toilette. Mehrere niedrige Gänge zweigten vom Hauptbereich des Restaurants ab, und Polly war sich erst nicht ganz sicher, durch welchen es wohl zur Toilette gehen mochte. Sie fragte beim Kellner nach, und der schickte sie dann in den Gang, der rechts von der Eingangstür abging. Als sie den dunklen Flur entlangtappte, fühlte sie sich bereits ein wenig betrunken. Im Vorraum der Toilette sah sie den Umriss einer Person und zuckte sofort zusammen. Sobald sie merkte, dass es ihr eigenes Spiegelbild war, schüttelte sie lachend den Kopf.

»Reiß dich zusammen!«, sagte sie laut zu sich selbst und ging zur hintersten Kabine, weil sie vermutete, dass die am wenigsten benutzt wurde. Vielleicht war es aber auch die, die am meisten beansprucht wurde, weil jeder hier denselben Gedanken hatte wie sie?

Sobald sie fertig war, strich sie ihr Kleid glatt und spülte. Das Schloss klickte laut, als sie die Tür öffnete, und wieder fuhr sie zusammen. Sie wusch sich die Hände und spritzte sich ein wenig kaltes Wasser ins Gesicht.

»Es ist alles in Ordnung«, teilte sie ihrem Spiegelbild mit. »Wenn Oliver bei dir ist, kann dir nichts passieren. Alles in bester Ordnung.«

Sie trocknete sich das Gesicht ab, fuhr sich mit den Fingern durchs Haar, um ihrer Frisur ein wenig Volumen zu verleihen, und verließ die Toilettenräume dann wieder.

Auf dem Weg zum Tisch kam sie an der Eingangstür vorbei, die jemand genau in diesem Moment so schwungvoll aufstieß, dass sie Polly beinahe getroffen und umgeworfen hätte. Eine Blondine mit perfekter Figur, pink glänzenden Lippen und einer Perlenkette um den Hals versuchte sich an ihr vorbeizudrängen. Polly blieb abrupt stehen.

»Schatz, sei doch vorsichtig. Du hättest beinahe diese Frau umgerempelt.«

Sie erkannte die Stimme sofort, und ihr Herz setzte einen Schlag aus. Der Mann legte der Frau seine Hände auf die Schultern, und als er näher herantrat, konnte Polly schließlich auch sein Gesicht sehen. Es war *er*.

Polly starrte ihn entsetzt an. Sie hatte keine Ahnung, was sie tun sollte. Ihre Instinkte rieten ihr zwar, sofort loszurennen – doch wohin? Sie blickte zurück zu ihrem Tisch. Crispin zog gerade eine alberne Grimasse und imitierte einen gemeinsamen Bekannten. Alle lachten, auch Oliver. Sie drehte sich wieder zu *ihm*; sein Blick war ihrem gefolgt und ruhte jetzt auf der Geburtstagsgesellschaft. Plötzlich löste sich ihr Herz aus seiner Starre und begann wie wild zu pochen, so schnell, dass sie Angst hatte, es könnte explodieren. Das Letzte, was sie wollte, war, zurück an den Tisch zu gehen. Was, wenn er ihr folgte? Oliver hatte sie mittlerweile entdeckt, und seine verwirrte Miene ließ darauf schließen, dass er sich fragte, warum sie so lange an der Tür herumlungerte. Er winkte ihr zu, bedeutete ihr, wieder an den Tisch zu kommen. Sie hatte keine Wahl. Also ging sie mit Knien, die sich wie Wackelpudding anfühlten, zurück zu den anderen. »Bleib cool, Polly!«, flüsterte sie sich leise zu.

Ohne sich noch einmal umzusehen, ließ sie sich neben Oliver nieder. Es fiel ihr nicht leicht, und sie zitterte wie Espenlaub. Sie hatte keine Ahnung, wo *er* gerade war, und sie wollte es auch gar nicht wissen. Ihr blieb jetzt sowieso nichts anderes übrig, als so zu tun, als wäre alles in bester Ordnung. Er würde ihr doch hier vor all den Leuten nichts antun, oder? Polly drückte Olivers Hand, so fest sie konnte, und er drückte zurück.

Die Unterhaltung am Tisch ging weiter, als wäre nichts passiert. Polly hielt den Kopf gesenkt und atmete in dem Versuch, irgendwie die Ruhe zu bewahren, langsam und gleichmäßig ein und aus. Trotzdem konnte sie bereits das vertraute Gefühl von spitzen Nadeln in den Händen und Fingern spüren.

»Ist alles okay bei dir, Polly?«, erkundigte Lucy sich über den Tisch hinweg. »Du bist so blass!«

Polly sah auf. Sie öffnete den Mund, um zu antworten, dass alles in Ordnung sei, aber in diesem Moment entdeckte sie *ihn*. Er kam auf ihren Tisch zu. Die Blondine ging neben ihm her, und er hatte seine Hand um ihren Nacken gelegt, sodass es aussah, als würde er sie steuern.

Was tat er da? Er sah Polly an und hielt direkt auf sie zu. Sie spannte jeden Muskel an und machte sich auf das Schlimmste gefasst.

»O mein Gott«, sagte Oliver. »Sebastian?«

Alle Männer erhoben sich von ihren Plätzen.

»Seb, es freut mich total, dass du es noch geschafft hast!«, meinte Crispin. Sie scharten sich um *ihn*, schüttelten ihm die Hand und klopften ihm auf den Rücken.

»Wie geht es dir, Kumpel?«, fragte Oliver und drückte ihn an sich.

Polly klammerte sich an der Tischkante fest und versuchte, irgendwie die Nerven zu behalten, während um sie herum die Welt Kopf stand.

Alle rutschten beiseite, um *ihm* und der blonden Frau Platz zu machen.

»Wir können leider nur auf einen Drink bleiben«, sagte *er* und nahm direkt gegenüber von Polly Platz. Die konnte es nicht über sich bringen, ihn anzusehen. Crispin lief um den Tisch herum, um sicherzugehen, dass *ihm* alle vorgestellt worden waren. Sebastian. Als er bei ihr ankam, musste Polly doch aufsehen.

»Und das ist Olivers Freundin.«

»Ah, wir sind uns schon mal begegnet, nicht wahr, Polly?«

Polly brachte kein Wort heraus. Sie war vollkommen überfordert von der Situation.

Crispin begann plötzlich zu husten.

»Verschluckt«, krächzte er.

»Und, wie läuft es so bei dir?«, erkundigte sich Oliver.

»Ich war ziemlich viel unterwegs, habe die Hälfte der Zeit hier und die andere Hälfte in den Staaten gelebt. Aber Emmi gefällt es gar nicht, wenn ich sie zu lange allein lasse, stimmt's, Honey?«

Er drehte sich zu der blonden Frau um und gab ihr einen Kuss. Seine Hand lag immer noch besitzergreifend in ihrem Nacken.

»Bis zur Hochzeit sind es ja nur noch ein paar Monate«, erwiderte sie langsam und mit starkem amerikanischem Akzent.

Polly wurde plötzlich eifersüchtig und hasste sich dann sofort dafür. Sie musste wirklich dringend an die frische Luft. Mit dieser Situation konnte sie einfach nicht umgehen! Sie wollte gerade aufstehen und nach draußen fliehen, da erschien der Kellner mit mehreren Champagnerflaschen.

»Wo kommen die denn her?«, fragte Crispin.

»Das ist dein Geburtstagsgeschenk, Kumpel«, erwiderte Sebastian.

Die Korken der Moët-Flaschen knallten, und die Gläser wurden gefüllt.

»Cheers«, sagte Sebastian, sobald jeder eines in der Hand hielt. »Auf meinen guten Freund. Man sollte das Leben nicht zu ernst nehmen, wir kommen da sowieso nicht lebend raus.« Er sah Polly in die Augen und grinste.

Alle lachten und hoben dann die Gläser, um anzustoßen. Polly schaffte es kaum, ihre Hand zu heben. Mit einem einzigen Blick hatte er ihr jegliche Kraft geraubt.

»Darling«, meinte Emmi da und zupfte an Sebastians Ärmel. »Wir müssen los.«

Er ließ ihren Nacken los und warf einen Blick auf seine Armbanduhr. »Mist, du hast recht.«

Mit diesen Worten erhoben sie sich und verabschiedeten sich von allen. Sie hatten nicht einmal zehn Minuten am Tisch gesessen, aber Polly war es wie eine halbe Ewigkeit erschienen.

»Wow, was war das denn für ein Typ?«, fragte Elena, sobald sie weg waren. »Er ist wie in ein wirbeliger Sturm.«

»Du meinst *Wirbelsturm*«, korrigierte Lucas ihr Englisch.

»Ja, ein wirbeliger Sturm«, wiederholte Elena mit ihrem weichen, melodischen Akzent.

Polly griff nach ihrem Glas. Sie brauchte ein bisschen Alkohol, um sich zu beruhigen. Als sie aber sah, wie stark ihre Hand zitterte, zog sie sie sofort wieder zurück.

»Sebastian«, erwiderte Crispin. »Ja, der ist schon so eine Nummer.«

Alle Männer am Tisch stimmten ihm zu.

»Sein Dad ist einer der reichsten Männer überhaupt«, meinte Oliver und suchte dann nach einem guten Beispiel. »So wie der Sultan von Brunei oder Bill Gates – er ist Billionär.«

»Du solltest das doch am besten wissen«, meinte Crispin und schwenkte den Champagner in seinem Glas. »Ihr hättet immerhin fast mal zur selben Familie gehört.«

»Hey, hey, Moment mal. Darüber will ich nicht einmal nachdenken.«

Hinter Pollys Stirn begann es zu pochen, und in ihren Ohren rauschte es. Wovon zum Teufel redete Crispin da?

»Wie meinst du das?«, erkundigte sich Elena jetzt.

»Olivers Schwester Charlotte war mal mit Sebastians Bruder Ed verlobt«, sagte Crispin.

»Ehrlich?«

»Es ist eine lange, ziemlich furchtbare Geschichte«, meinte Oliver. »Gar kein witziges Gesprächsthema.« Damit hatte er klargemacht, dass er nichts weiter zu der Sache sagen würde.

»Da hast du vollkommen recht. Für dieses Arschloch vergeude ich jedenfalls keinen Atemzug mehr«, sagte Lucas und hob das Glas an seinen Mund.

»Du weißt aber schon, dass du gerade seinen Champagner schlürfst, oder?«, neckte ihn Crispin.

»Was habt ihr denn alle?«, wunderte sich Elena.

»Na ja, Sebastian kann schon ein echter Idiot sein. Denkt, er sei der Allercoolste, und tut so, als wäre es furchtbar lustig, wenn er sich anderen gegenüber wie ein richtiges Schwein benimmt. Andere Menschen sind ihm vollkommen egal«, erwiderte Lucas, ohne auf Crispins Kommentar einzugehen.

»Ich habe eine Theorie in Bezug auf Sebastian«, meinte Alex von der anderen Tischseite aus.

»Ja?«, fragte Elena gespannt.

»Überlegt doch mal: Wenn man so viel Geld hat – warum sollte man sich dann wegen irgendetwas oder irgendjemandem groß den Kopf zerbrechen? Wisst ihr noch, wie Sebastians Leiche gleich im ersten Semester verschwunden ist?«

»Sorry, seine *was?*«, fragte Elena.

»Na, im Medizinstudium bekommt jeder eine eigene Leiche zu Studienzwecken zugeteilt ...«, setzte Lucas an.

»Was soll das denn heißen?«, fragte Lucy.

»Du weißt schon – wir dürfen an Leichen von Menschen herumschneiden, die ihren Körper der Forschung vermacht haben.«

Lucy schüttelte ein wenig verwirrt den Kopf.

»Und was ist nun mit Sebastians Leiche passiert?«, versuchte Elena das Gespräch voranzutreiben.

»Eines Tages sind wir zum Anatomiekurs erschienen, und sie war weg«, fuhr Alex fort. »Dr. Crawley und der Labortechniker haben alles auf den Kopf gestellt, um sie wiederzufinden. Niemand wusste, was los ist. Es passiert ja schließlich nicht jeden Tag, dass eine Leiche spazieren geht. Später am Tag gab es auf dem Campus einen riesigen Aufruhr. Ein Mädchen stürzte halb nackt aus ihrem Zimmer und rannte mitten auf die Straße ...«

»Was ja erst einmal nichts Ungewöhnliches ist«, scherzte Oliver. Alle lachten.

»Auch wieder wahr«, sagte Alex. »Wie dem auch sei, das Mädchen war eben aus der Dusche gekommen und hatte sich aufs Bett gesetzt, um ihr Haar zu trocknen. Irgendwie fühlte sich das Bett komisch an, also hat sie die Decke zurückgeschlagen. Und ratet mal, was da lag?«

»Die Leiche von Sebastian?«, fragte Elena.

»Ganz genau!«

»Das ist ja echt widerlich«, meinte Lucy entsetzt. »Wer kommt denn auf solche Ideen?«

»Sebastian. Er hat sich wochenlang an die Frau rangeschmissen, hatte aber keine Chance bei ihr, weil sie zu Hause schon einen Freund hatte. Wahrscheinlich wollte er ihr eine Lektion erteilen oder so.«

»Das ist schrecklich.«

»Das Ding war, dass alle wussten, dass Sebastian dahintersteckte. Und trotzdem ist ihm nichts passiert. Wenn du oder ich so etwas bringen würden, dann würde man uns sofort rauswerfen, und wir könnten nie wieder an irgendeiner medizinischen Einrichtung in diesem Land arbeiten. Nicht so Sebastian. Er ist für eine Woche nach Hause gefahren und kam dann wieder, als sei nichts passiert. Etwa einen Monat später verkündete der Vorstand, dass Black Inc., die Firma von Sebastians Vater, über eine Million Pfund gespendet hatte, um ein neues Forschungszentrum der Universität finanziell zu unterstützen.«

»Das gibt es ja wohl nicht!« Elena war völlig entrüstet.

»Jepp«, meinte Lucas. »Nichts lässt die Menschen schneller vergessen als ein schöner, dicker Scheck. War natürlich alles die absolute Geldverschwendung: Sebastian hat nie einen Abschluss gemacht. Sein Daddy hatte ihn ja immer schon darauf getrimmt, dass er eines Tages die Leitung seines Medienimperiums übernehmen würde. Es war eine technische Übung, nichts weiter.«

»Genau das meine ich«, sagte Alex. »Wenn du dein Leben lang immer nur das getan hast, worauf du Lust hast, und mit allem stets durchgekommen bist – wozu solltest du dich dann an die Regeln halten? Es drohen einem ja sowieso keine Konsequenzen! Deswegen greifen für solche Leute die normalen Gesetze und Regeln, die für dich und mich gelten, irgendwie nicht.«

Eine Minute lang ging es noch um Sebastian, dann wandte die Tischrunde sich anderen Themen zu.

Nur Polly war wie gelähmt. Sie wusste nicht, was ihr mehr Angst machte – die Tatsache, dass ein Psychopath sie stalkte, oder dass Oliver ihn kannte.

31. KAPITEL

Nach dem Kaffee brachen sie endlich auf. Polly hatte sich seit der Begegnung mit Sebastian danach gesehnt, nach Hause zu gehen, und hatte Oliver auch dazu gedrängt. Der aber hatte sich erst noch einen Pudding, dann einen Likör und zum Abschluss den Kaffee bestellt.

Sie fuhren mit dem Taxi zur Wohnung. Polly saß reglos in der Ecke und hatte beide Hände in ihrem Schoß vergraben. Sie starrte durch das Fenster auf die vorbeiziehenden Lichter Londons, während in ihrem Kopf Millionen von Fragen herumwirbelten. Es gelang ihr kaum, wirklich zu begreifen, was eben geschehen war. Charlotte war mit *seinem* Bruder verlobt gewesen – wie war das möglich?

Plötzlich begannen ihre Augen zu brennen, und ihr fiel auf, dass sie schon seit mehreren Minuten nicht mehr geblinzelt hatte. Sie öffnete und schloss ihren Mund mehrmals hintereinander, bis sie sich wieder in der Lage fühlte zu sprechen.

»Oliver«, sagte sie schließlich langsam und gepresst.

»Ja?«, meinte er gedankenverloren.

»Was ist zwischen Charlotte und dem Bruder von diesem Kerl vorgefallen?«

Er sah sie an. »Hm?«

»Sebastian. Der Bruder von Sebastian.« Es fühlte sich seltsam an, seinen Namen vor Oliver laut auszusprechen.

»Warum fragst du?«

»Ich wusste nicht, dass sie mal verlobt war.«

»Ja, das ist schon ein paar Jahre her.«

»Was ist passiert?«

Er sah sie an, als müsste er kurz abwägen, ob er es ihr erzählen sollte. »Um ehrlich zu sein, weiß ich das auch nicht so genau. Charlotte spricht bis heute nicht darüber. Ich weiß nur, dass sie ein paar Tage vor der Hochzeit einen schrecklichen Streit hatten und sie dann alles abgeblasen hat.« Er schwieg einen Moment. »Zuerst haben wir es alle für einen Scherz gehalten. Die beiden waren wie füreinander gemacht.« Olivers Gesichtsausdruck nach zu urteilen war diese Erinnerung sehr schmerzhaft für ihn.

»Und dann?«, fragte Polly.

»Es war furchtbar. Sie hat sich in der Wohnung eingeschlossen und keinen reingelassen. Am Ende mussten wir die Tür aufbrechen. Ich will gar nicht daran denken, in was für einem schlimmen Zustand wir sie dann vorgefunden haben.« Er erschauerte.

»Was war los?«, fragte Polly leise.

»Wir haben sie in einer Wanne voll kaltem, blutigem Wasser gefunden. Sie trug ihr Hochzeitskleid, und im ersten Moment dachte ich, dass sie tot ist. Im Bad lagen mindestens vier zerbrochene Weinflaschen. Ihre Beine und Hände waren völlig zerschnitten, weil sie durch die Scherben gekrochen ist. Überall lag Erbrochenes. Es war ein solches Glück, dass sie aufrecht in der Wanne saß. Nicht auszudenken, was passiert wäre, wenn sie flach darin gelegen hätte.«

Polly schwieg.

»Ich habe immer noch ein schlechtes Gewissen, dass ich ihr Ed vorgestellt habe. Sebastian und ich waren während des Medizinstudiums gute Freunde. Ich verstehe bis heute nicht, was da passiert ist. Ich habe sie danach gefragt und Ed natürlich auch, aber keiner von beiden wollte mit der Sprache herausrücken.«

Polly war zu erschöpft, um noch mehr Neues aufzunehmen. Um sich selbst zu schützen, hatte sie sich mittlerweile einfach ausgeklinkt.

Er sah sie an, dann rutschte er zu ihr hinüber, legte einen Arm um sie und zog sie an sich.

»Jetzt haben wir wirklich genug davon geredet. Hattest du denn einen schönen Abend heute?« Sie konnte seinen warmen, nach Alkohol riechenden Atem auf ihrem Gesicht spüren.

»Jepp«, sagte sie leise.

Er kuschelte sich an sie und lehnte seinen Kopf an ihren.

Polly hatte das Gefühl, vollkommen durchzudrehen. Sie hatte noch nie an Zufälle geglaubt – es passierten nun einmal so viele seltsame Dinge auf der Welt, dass sie sich früher oder später nicht mehr erklären ließen –, aber das hier war noch mal etwas völlig anderes.

32. KAPITEL Das restliche Wochenende verbrachte Polly in einer Art Dämmerzustand. Am Montag war Sommerfeiertag, also musste sie zu ihrer großen Erleichterung nicht ins Büro. Es war ein wunderschöner, sonniger Tag. Oliver wollte mit ihr in den Park, aber sie überredete ihn dazu, zu Hause zu bleiben und mit ihr eine DVD anzusehen. Sie entschieden sich für einen amerikanischen Thriller, der sie kein bisschen interessierte – dafür war er viel zu düster –, aber sie ertrug den Film geduldig, um die Wohnung nicht verlassen zu müssen.

Der Dienstagmorgen kam schneller, als ihr lieb war. Der Gedanke daran, hinauszugehen, machte ihr riesige Angst. Sie stellte sich vor, dass Sebastian direkt vor dem Eingang stand, seine Nase dicht an die glänzende, schwarze Tür gedrückt, um dann sofort über sie herzufallen, sobald sie öffnete. Der Gedanke war gar nicht mal so weit hergeholt: Er wusste ganz bestimmt, wo Oliver, also auch Polly wohnte.

Oliver brach eine halbe Stunde früher auf, als Polly es normalerweise tat, wenn sie zur Arbeit ging. Sie verbrachte mehrere Minuten damit, immer wieder zwischen Wohn- und Schlafzimmerfenster hin- und herzutigern, um so das Umfeld der Wohnung im Auge zu behalten. In dem Moment, in dem sie endlich genug Mut aufgebracht hatte, um aufzubrechen, ertönte oben lautes Türknallen. Damit war Pollys Motivation wieder vollkommen dahin. Nein, sie würde die Wohnung heute nicht mehr verlassen.

Also rief sie in der Redaktion an, um sich krankzumelden. Alicia hob ab, und Polly sagte ihr, dass sie eine Blasentzündung habe und bereits von Oliver mit Antibiotika versorgt worden sei. Alicia erzählte ihr lang und breit, wie sie mal eine Beckenbodenentzündung gehabt habe und wie schmerzhaft das gewesen sei. Polly wiederum versuchte ihr klarzumachen, dass das nicht dasselbe war – noch nicht einmal derselbe Teil des Körpers –, aber Alicia hörte nicht auf zu plappern. Am Ende behauptete Polly, dass sie dringend auf die Toilette müsse, und legte auf.

Sobald sie wieder in der totenstillen Wohnung saß, bereute sie es, dass sie sich krankgemeldet hatte. Jetzt musste sie den ganzen Tag allein verbringen, und Sebastian war wahrscheinlich schon auf dem Weg zu ihr. Wenn sie in der Redaktion säße, wären da immerhin andere Menschen. Hier in der Wohnung würde keiner ihre Schreie hören.

Sie nahm ihre übliche Position auf dem Sofa ein, von der aus sie durch die Küche hindurch bis zur Wohnungstür blicken konnte. Zuerst starrte sie einfach nur ins Leere, aber es dauerte nicht lange, bis sie weinen musste. Wie hatte es nur so weit kommen können? Ihr Leben war ein Scherbenhaufen, und sie hatte keine Ahnung, wie sie alles wieder in Ordnung bringen sollte. Sie musste daran denken, dass Sebastian ihr angekündigt hatte, ihr Leben werde nie wieder dasselbe sein. Bis jetzt hatte er recht behalten – was würde als Nächstes kommen?

Sie spähte zum Tisch hinüber, auf dem Olivers Laptop lag. Sollte sie? Hatte sie denn eine Wahl? Sie schaltete ihn an und öffnete dann sofort die Suchmaske von Google, um »Sebastian Black« einzugeben.

Es erschienen ein paar Artikel, die sich mit dem Medienkonzern Black Inc. beschäftigten. Alle nannten Sebastian als möglichen Nachfolger seines Vaters, Robert Black. Auch sein älterer Bruder Ed wurde als potenzieller Nachfolger gehandelt. Sie klickte auf einen Link, der zu einem Artikel im *Time*-Magazin führte. Auf dem Cover war ein alter, dicker Mann mit hängenden Wangen abgebildet, der einen schicken Anzug und eine Brille trug. Er sah direkt in die Kamera, der Hintergrund war verschwommen. Der Titel lautete: *Wie ein Mann die Weltherrschaft über die Medien erlangte.*

Der Artikel bot einen kurzen Überblick über Robert Blacks Karriere. Er hatte als Straßenhändler im East End begonnen und sich von dort aus zum mächtigsten Medienmogul der Welt hochgearbeitet. Robert Black besaß vierundvierzig Prozent des weltweiten medialen Absatzmarkts, von Zeitungen über TV-Sender bis hin zu Socialmedia-Kanälen. Polly war der Name Black Inc. zwar auch vorher schon einmal zu Ohren gekommen, aber das Ausmaß des Konzerns war ihr nicht bewusst gewesen. Black Inc. hatte Geschäftssitze auf der ganzen Welt, mit einem Schwerpunkt in Europa und Amerika.

Ein bisschen erschlagen von den vielen Informationen, klickte sie schließlich auf einen Link, der sie auf die Homepage eines Hochglanzmagazins führte. Bei dem Artikel handelte es sich um eine exklusive Homestory mit Robert Blacks neuer Frau. Es gab nur ein Foto, auf dem Robert neben seiner thailändischen Braut zu sehen war. Es war offensichtlich auf irgendeinem Charity-Event geschossen worden. Die restlichen Bilder zeigten seine Frau in verschiedenen Outfits in ihrer Villa in Monaco. Polly fielen fast die Augen aus dem Kopf, als sie sah, wie luxuriös das Anwesen eingerichtet war. In jedem Raum hingen Kristalllüster, überall standen Regency-Möbel herum, das feste Inventar bestand aus Gold und Marmor, und an praktisch jeder Wand hing ein echter Renoir oder Picasso. Weiter unten gab es ein Foto von Robert Black in jüngeren Jahren. Neben ihm stand ein wunderschönes italienisches Model, dessen Augen Polly sofort wiedererkannte. Es waren dieselben nachdenklichen schwarzen Augen, die sie bei ihrer ersten Begegnung mit Sebastian so in ihren Bann gezogen hatten. Unter dem Bild stand, dass darauf Robert Black mit seiner ersten Frau Lucia zu sehen war. Die beiden hatten zwei Kinder zusammen.

Als Nächstes suchte Polly via Google nach Informationen zu Ed Black. Wieder tauchten nur ein paar Artikel über Black Inc. auf. Sie versuchte, weitere Fotos oder Berichte zu finden, die sich speziell mit den beiden Brüdern befassten, aber sie hatte keinen Erfolg. Es war ja auch logisch: Wenn Robert Black wirklich so viel Macht über die Medienlandschaft hatte, dann konnte er natürlich ohne Weiteres unliebsame Informationen oder Artikel über seine Söhne verschwinden lassen.

Sie klickte sich durch ein paar weitere Artikel. Es schien, als wären nicht alle Menschen glücklich darüber, dass Robert Black beinahe die Hälfte aller Medien weltweit besaß. Ein paar Gruppen waren richtig empört darüber, wie sehr er die Medienlandschaft kontrollierte. Es gab einige leidenschaftliche Aufrufe an die Regierung, endlich einzuschreiten und etwas dagegen zu tun. Soweit sie die Sache durchblickte, schien Robert Black jedoch einen perfekten Schutzwall um sein Imperium und seine Familie errichtet zu haben; niemand konnte ihnen etwas anhaben.

Seufzend lehnte Polly sich zurück. In was war sie da nur hineingeraten? Alex hatte schon recht gehabt: Für solche Leute galten die normalen Gesetze einfach nicht. Schnell klappte sie den Laptop zu. Sie wollte lieber nicht noch mehr erfahren.

Was sie nicht begreifen konnte, war vor allem die Tatsache, dass ihrer aller Leben – Sebastians, Olivers, Charlottes, Eds und auch ihr eigenes – zufällig so eng miteinander verwoben zu sein schienen. Sebastian war irgendein Unbekannter in der U-Bahn gewesen, sie konnte sich einfach nicht vorstellen, dass er sie in jener Nacht vollkommen willkürlich ausgewählt hatte. Polly hatte sich oft gefragt, wie er ausgerechnet auf sie gekommen war – sie war betrunken gewesen, das Gesicht voll verschmiertem Make-up, und ihr Haar hatte ausgesehen wie ein Vogelnest. Nein, da stimmte etwas nicht – es waren viel zu viele verrückte Zufälle. Plötzlich kam ihr ein Gedanke, aber er entwischte ihr wieder, noch ehe sie ihn zu Ende denken konnte.

Sie holte sich einen Stift und ein Blatt Papier und begann eine chronologische Liste aller Ereignisse aufzusetzen, die mit Sebastian zu tun hatten. Sie war gerade bei dem zweiten Treffen angelangt, bei dem ihr statt Sebastian der alte Mann begegnet war, als sie den Stift beiseitelegte und das Papier zerknüllte. Sie fühlte sich furchtbar. Das mit der Liste war eine dumme Idee gewesen. Sie warf die Papierkugel auf den Boden und rollte sich auf dem Sofa zusammen.

Ein paar Stunden später fuhr sie erschrocken aus dem Schlaf hoch, weil sie einen Schlüssel im Schloss hörte. Sofort setzte sie sich auf und sah sich panisch nach einem Versteck um. An der Tür ertönte ein Poltern, so, als versuchte jemand, sie mit Gewalt zu öffnen.

»Pol?«, hörte sie Oliver vom Treppenhaus aus rufen. Auch heute hatte sie den zusätzlichen Riegel vorgeschoben.

»Oliver?«, erwiderte sie. Beim Klang ihrer eigenen Stimme zuckte sie zusammen.

»Pol, machst du bitte die Tür auf? Mein verdammter Schlüssel funktioniert nicht.«

Sie ging zur Tür, hielt aber plötzlich inne, die Hand schon am Riegel. Irgendetwas stimmte hier doch nicht. War am Ende auch Oliver in die ganze Sache verwickelt?

»Pol? Bist du zu Hause?«

Oliver hatte selbst gesagt, dass Sebastian und er zu Unizeiten gute Freunde gewesen waren. Er musste gewusst haben, was Sebastian vorhatte – musste über die ganze Sache mit dem *Tubing* im Bilde gewesen sein.

Sie wich von der Tür zurück.

»Pol, kannst du bitte endlich aufmachen!?«

Plötzlich fiel ihr wieder ein, wie Oliver in jener Nacht bei Shepherd's Bush in der U-Bahn aufgetaucht war. Er war mitten in ihren Striptease geplatzt. War das alles arrangiert gewesen? War auch Oliver zu einem Treffen gekommen, oder wollte er vielleicht einfach nur zuschauen? Sie hatte gleich geahnt, dass irgendetwas Merkwürdiges vor sich ging – eigentlich hätte er doch bei einem Rugbyspiel sein sollen, wieso war er stattdessen sinnlos mit der U-Bahn durch die Gegend gefahren?

»Polly!«, rief Oliver jetzt.

Polly spürte die Flurwand in ihrem Rücken.

»Nein!«, rief sie ein wenig zittrig.

»Was?«

»Ich habe ›Nein‹ gesagt!« Dieses Mal sprach sie schon lauter.

Oliver und *Tubing*? Die Vorstellung war an sich vollkommen lächerlich. Er war schließlich einer der asexuellsten Männer, die sie kannte. Aber vielleicht war ja genau das der Grund? Vielleicht holte er sich seine Kicks im Londoner Untergrund und brauchte Polly deswegen gar nicht?

»Polly, was zum Teufel treibst du da? Mach endlich die verdammte Tür auf.«

»Die Frage ist ja wohl eher, was zum Henker *du* getrieben hast! Du verfluchter Perverser!«, kreischte sie.

Plötzlich begann sie zu hyperventilieren. Es dauerte nicht

lange, da spürte sie auch schon die wohlvertrauten Nadeln und Stacheln in ihren Beinen und ihrer Magengegend. Sie versuchte sich am Türrahmen festzuhalten und sich irgendwie wieder aufzurappeln. In dem Moment, in dem Oliver die Tür aufbrach, stürzte sie zu Boden.

33. KAPITEL

Als sie wieder zu sich kam, lag sie auf dem Sofa im Wohnzimmer. Oliver stand in der Küche und drehte sich gerade zu ihr um.

»Hey, du bist ja wach«, sagte er und kam auf sie zu.

Sofort befand sie sich in höchster Alarmbereitschaft. Sie richtete sich in der Sofaecke auf und machte sich auf all das gefasst, was da kommen würde.

Anscheinend ahnungslos setzte er sich neben sie.

»Was ist das?«, fragte er und beugte sich nach vorn, um die zusammengeknüllte Liste vom Boden aufzuheben.

»Nichts!«, sagte sie eilig und riss sie ihm aus der Hand. Dann schob sie sie in ihren Ärmel.

»Wie geht es dir?«, fragte er sie sanft.

Polly antwortete nicht.

Plötzlich sah er gar nicht mehr wie Oliver aus. Er war ihr völlig fremd. Sie hatte ihn immer für einen ehrlichen, aufrichtigen Kerl gehalten, aber jetzt kam er ihr wie ein einziger großer Schwindel vor.

»Was tust du dir da nur an, Polly?«, fragte er kopfschüttelnd.

»Was meinst du?«, stammelte sie verdattert.

»Ich weiß, was mit dir los ist.« Er atmete tief ein und aus, so, als müsste er sich auf das, was er zu sagen hatte, erst einmal vorbereiten.«

Sie starrte ihn nur an.

»Es ist okay«, sagte er und rückte näher.

Sofort zuckte sie zusammen.

»Ich habe so etwas auch schon durchgemacht.«

Sie konnte ihm nicht richtig folgen. Gab er es gerade wirklich zu?

»Nun, bei mir war es natürlich was anderes. War ein dummer Spruch – für eine Frau ist es sicher viel, viel schwerer als für einen Mann.«

Sie konnte nicht fassen, dass sie dieses Gespräch tatsächlich führten, und sah verstohlen hinüber zum Fenster. Wenn sie schnell genug rannte, konnte sie vielleicht hinausspringen, ehe er sie erwischte.

»Ich verstehe ja, warum du es gemacht hast. Es ist total verständlich, wenn man überlegt, was du durchmachen musstest.«

Sie gaffte ihn mit offenem Mund an. Er verzieh ihr? Erwartete er dann etwa dasselbe auch von ihr?

»Deine Mum hat mich vorgewarnt, dass so etwas passieren könnte.«

Polly schüttelte den Kopf. »Warte mal … Was?! Meine Mum?« Was hatte bitte schön ihre Mutter mit all dem zu tun?!

»Ich spreche von einem Rückfall.«

»Einem was?«

»Als ich mit deiner Mum geredet habe, hat sie mir gesagt, dass das mal passiert ist, als du noch ein Teenager warst. Da bist du auch plötzlich verschwunden, warst paranoid und hast nicht mehr gegessen.«

Polly schloss die Augen und vergrub das Gesicht in ihren Händen. Jetzt verstand sie, was er meinte: Er dachte, sie hätte einen Nervenzusammenbruch.

»Pollylein, mach dir keine Sorgen, ich kümmere mich um alles. Ich werde schon dafür sorgen, dass es dir bald wieder besser geht.«

Sie sah ihn ungläubig an. »Und was ist mit dir, Oliver?«

Plötzlich war sie wütend. »Was ist mit all deinen Lügen und deinen Seitensprüngen?«

»Wie bitte?«, fragte er aufrichtig entsetzt.

»Hast du hinter meinem Rücken Sex mit anderen Leuten, Oliver?«

Die Worte waren aus ihrem Mund entwischt, ehe sie etwas dagegen tun konnte.

»Entschuldigung, ich verstehe dich nicht ganz.«

Sie hatte keine Ahnung, wohin das führen sollte. Am besten war es wohl, wenn sie einfach weitermachte.

»Vögelst du mit anderen Leuten?«

»Was?!«, rief er und schüttelte den Kopf, als hätte sie einen Witz gemacht.

»Du hast mich schon richtig verstanden«, meinte Polly todernst.

»Ich weiß nicht mal ... wovon redest du?«

»Antworte einfach.«

»Polly ...«

»Warum antwortest du nicht? Habe ich etwa recht?«

Er starrte sie nur an.

»Ja oder nein?« Sie sprach jetzt lauter. Warum rückte er nicht einfach mit der Sprache heraus? Das konnte doch nur bedeuten, dass er sich schuldig gemacht hatte und jetzt ausweichen wollte.

Er versuchte, nach ihrer Hand zu greifen, aber Polly zuckte zusammen und entriss ihm ihren Arm.

»Warum antwortest du nicht?!«, brüllte sie jetzt.

Oliver sah sie verletzt an.

»Warum?«, schrie sie.

»Weil das eine vollkommen lächerliche Frage ist!«, erwiderte er und wich zurück.

»Das finde ich überhaupt nicht! Wir haben kaum noch Sex

miteinander, da musst du dir deine Befriedigung doch woanders holen!«

»Polly, komm doch mal runter und ...«

»Jetzt erzähl mir ja nicht, dass ich mich beruhigen soll, du besserwisserisches Arschloch«, fuhr sie ihn an.

Er schaute sie an, als hätte er sie noch nie zuvor gesehen. Dann stand er auf und ging langsam auf Abstand, als hätte er Angst, dass eine unerwartete Bewegung sie dazu bringen könnte, ihn anzugreifen.

»Du willst nie mit mir schlafen«, sprach sie weiter. Ihr Zorn bewahrte sie davor, sich für ihren Auftritt zu schämen. Sie stand auf und folgte ihm.

»Immer schubst du mich weg, wenn ich mich dir nähern will. Woran liegt das wohl, Oliver? Vielleicht daran, dass du ein widerlicher Perverser bist, der sich seine Kicks anderswo holt?«

Er hatte ihr jetzt den Rücken zugewandt und schüttelte den Kopf vor lauter – ja, vor was? Unglauben? Oder war er wütend, dass sie ihm auf die Schliche gekommen war? Polly konnte es nicht recht sagen. Sie stand jetzt direkt hinter ihm, streckte beide Hände aus und versetzte ihm einen festen Schubs.

»Warum machst du das, du Bastard?!«

Nun war sie doch einen Schritt zu weit gegangen. Er wirbelte herum und drückte sie an die Wohnzimmerwand. Sein Gesicht war feuerrot, und er bebte vor Wut.

Ich hatte recht, dachte sie. *Endlich zeigt Oliver sein wahres Gesicht.*

»Gib es einfach zu«, meinte sie.

Auf einmal löste er seinen Griff, und seine Miene wurde wieder sanfter. »Ich weiß nicht, wovon du sprichst, Polly. Du bist doch diejenige, die sich mir immer entzieht. Ich kann mich an kein einziges Mal erinnern, an dem ich dich abgewiesen hätte.«

»Ich schon«, verteidigte sie sich. »Zum Beispiel an dem Morgen, nachdem ich …«

Sie verstummte abrupt. Eigentlich hatte sie den Morgen gemeint, nachdem sie Sebastian kennengelernt hatte. Sie konnte nicht fassen, dass ihr das beinahe herausgerutscht wäre! Polly befreite sich von Oliver und merkte, dass in ihrem Kopf alles verschwamm. Sie konnte gar nicht mehr richtig sagen, was mit Oliver zu tun hatte und was mit dem *Tubing*.

Sie drehte sich um und starrte an die Wand. Vielleicht half der Anblick dieser leeren, weißen Fläche ihr ja dabei, wieder klarer denken zu können? Leider funktionierte der Trick nicht. Schon ein paar Sekunden später rollten Tränen über ihre Wangen. Langsam begann sie ihre Stirn an die harte, kalte Wand zu schlagen.

»Hör auf damit«, sagte Oliver sanft.

Sie ignorierte ihn und schlug fester zu.

»Hör auf!« Er zog sie weg von der Wand und führte sie zurück zum Sofa. Dann kniete er sich vor sie hin und griff nach ihren Händen. »Wir werden das irgendwie überstehen«, sagte er und sah sie voller Liebe an. Aber diesen Blick kannte sie. Sebastian hatte sie genauso angeschaut, nachdem er sie gefragt hatte, ob sie mit ihm durchbrennen wollte. Und kurz darauf hatte er versucht, sie zu erwürgen.

Polly entzog sich Oliver und stand auf. »Ich gehe ins Bett«, murmelte sie.

»Aber es ist doch noch nicht mal halb sieben«, hörte sie Oliver noch irritiert sagen, ehe sie die Tür hinter sich zuknallte.

34. KAPITEL

Am nächsten Tag meldete Polly sich erneut krank.

Mitten in der Nacht hatte sie einen Geistesblitz gehabt und sich am folgenden Morgen, gleich nachdem Oliver die Wohnung verlassen hatte, hinter dessen Laptop geklemmt. Sie sah sich als Erstes Olivers Facebook-Profil an, was sie schon seit einer ganzen Weile nicht mehr getan hatte. Sein Foto war immer noch dasselbe: In der einen Hand hielt er ein Stethoskop, in der anderen einen Pint mit Magenbitter. Dazu zog er eine furchtbar alberne Grimasse. Als sie sich kennengelernt hatten, hatte Polly sämtliche Kommentare auf seiner Seite durchforstet und gründlich in seinen Fotos gestöbert. Damals hatte sie auf den Bildern kaum Personen erkannt, aber das war jetzt anders.

Es gab mehrere Fotos von Sebastian, und sie konnte kaum glauben, dass sie sich nicht an ihn erinnert hatte. Charlotte tauchte auch sehr häufig auf, manchmal zusammen mit Ed.

Sobald sie Eds Gesicht sah, blieb ihr beinahe das Herz stehen, und sie ließ ihren Kopf auf die Tischplatte sinken. Sie hatte ihn sofort erkannt. Er war der letzte Mann, den sie beim *Tubing* getroffen hatte. Langsam hob sie den Kopf und betrachtete erneut sein Foto. Ed sah seinem Vater viel ähnlicher als sein Bruder – er hatte dasselbe kurz geschorene blonde Haar und trug ebenfalls eine Brille.

Polly war nur ein Stück Fleisch gewesen, das Sebastian bei seinen Freunden und Verwandten herumgereicht hatte. Der Gedanke widerte sie an.

Sie scrollte sich durch die Liste von Olivers Freunden. Er war auch darunter. Polly wollte sich sein Profil ansehen, aber er hatte sämtliche Informationen verborgen, nur sein Profilbild war öffentlich. Es war ein Selfie, das er wahrscheinlich mit seinem Telefon gemacht hatte. Polly starrte in seine schwarzen Augen und wäre plötzlich zu allem bereit gewesen, um Zugang zu seinem Profil zu erhalten.

Da kam ihr eine Idee. Sie loggte sich aus und tippte dann Olivers Zugangsdaten ein. Was er wohl für ein Passwort verwenden mochte? Kurzerhand probierte sie es mit »Passwort«. Volltreffer!

Sie klickte direkt auf das Profil von Sebastian, was leider ziemlich enttäuschend war. Es gab kaum etwas zu sehen, nur seltsame Kommentare von anderen Usern und ein paar Fotos, auf denen er verlinkt war. Sonst nichts.

Sie klickte wieder auf Olivers Profil. Er war auch mit Ed befreundet, also sah sie sich auch dessen Seite an, die ebenfalls wenig Content hatte. Sie scrollte nach unten und wollte schon aufgeben, als sie mehrere Glückwünsche entdeckte, die ihm ein paar Leute am 12. März vor fünf Jahren geschickt hatten. Rasch wurde ihr klar, dass sie ihm nicht zum Geburtstag gratulierten. Polly hatte eine Vermutung und klickte auf Charlottes Profil. Hier tauchten dieselben Glückwünsche auf. Die beiden hatten an diesem Tag ihre Verlobung bekannt gegeben, und Charlotte hatte ihren Status von »in einer Beziehung« zu »verlobt« geändert.

Danach folgten endlos viele Posts und Kommentare auf ihrem Profil, das zu einer Art öffentlichem Tagebuch ihrer Hochzeitspläne geworden war. Polly krümmte sich, während sie all das las. Es gab verschiedene Fotos von Hochzeitskleidern zu sehen, die Charlotte in die engere Wahl gezogen hatte, genau wie Details zum Veranstaltungsort, dem Menü des Hochzeitsfrühstücks und ein Youtube-Video der Band, die beim Empfang spielen sollte. In den letzten Posts zählte sie die Stunden bis zum großen Tag, und im allerletzten stand: »Ab morgen bin ich endlich Mrs Black!« Zweihundertdreißig Leute hatten den Post geliket und wünschten ihr alles Gute. Danach war auf dem Profil nichts mehr passiert. Die Seite war vollkommen verwaist.

Polly lehnte sich zurück und atmete tief aus. Was war nur zwischen den beiden vorgefallen? Sie stand auf und machte sich eine Tasse Tee, weil sie nicht länger in dem Mausoleum stöbern wollte, zu dem Charlottes Profil geworden war. Ihr fehlte die Kraft.

Plötzlich hörte sie, wie ihr Telefon auf dem Esstisch vibrierte. Sie schnappte überrascht nach Luft, legte sich die Hand aufs Herz, das wie verrückt klopfte, und ging ins Wohnzimmer. Es war James. »Shit«, sagte sie laut. Sie legte das Telefon sofort wieder weg und wanderte so lange um den Tisch herum, bis das Vibrieren aufgehört hatte. Dann kehrte sie in die Küche zurück und griff nach der Teetasse. Ein lauter Piepton verkündete, dass James eine Nachricht auf ihrer Mailbox hinterlassen hatte, aber Polly hörte sie nicht ab. Stattdessen setzte sie sich erneut an den Laptop und öffnete Olivers Postfach bei Gmail. Auch hier funktionierte das Passwort, das sie vorhin bei Facebook eingegeben hatte.

Sein Postfach war sehr aufgeräumt. Oliver hob nur Nachrichten auf, die immer noch relevant waren, während Pollys Posteingang vor Spam-Nachrichten und Werbung nur so überquoll; ihr fehlte einfach die Geduld, alles fein säuberlich zu löschen. Sie überflog die Nachrichten. Ja, Lionel hatte recht gehabt: Oliver hatte sich tatsächlich auf diverse Stellen in der Kindermedizin beworben. Alles andere war nicht weiter interessant. Sie stieß noch auf die Geburtstagseinladung von

Crispin, ein paar virale Nachrichten und diverse Benachrichtigungen von Online-Buchhandlungen. Oliver hatte in den vergangenen Monaten eine Menge medizinische Fachliteratur bestellt. Sie war schon weiter unten in der Liste angelangt, als ihr eine Nachricht ins Auge stach. Die Adresse lautete reservierungen@oxo.co.uk, und bei der Nachricht handelte es sich um eine Tischreservierung im OXO-Tower-Restaurant, in das Oliver Polly auch zu ihrem ersten Date ausgeführt hatte. Ihr Tisch hatte direkt am Fenster gestanden, und sie hatten einen atemberaubenden Ausblick von der Southbank über die Themse bis ins Stadtzentrum gehabt. Polly war wahnsinnig beeindruckt gewesen. Die E-Mail bestätigte eine Reservierung für zwei Personen. Oliver hatte noch eine zusätzliche Bitte angefügt: *»Wir werden einen ganz besonderen Anlass feiern. Wenn möglich, hätte ich also gern einen Tisch direkt am Fenster und eine gekühlte Flasche Champagner. Vielen Dank im Voraus, Oliver.«* Das Datum war ihr vertraut. Es war ihr Jahrestag.

»Was zum ...«, murmelte Polly.

Sie warf erneut einen Blick in seinen Posteingang und entdeckte kurz darauf noch eine Nachricht von Tiffany & Co. Nervös öffnete sie sie. *»Sehr geehrter Dr. Elliot-Smith, hiermit möchten wir Ihnen mitteilen, dass die Größe des von Ihnen bestellten Verlobungsrings angepasst wurde und er jetzt bereit zur Abholung ist.«*

Es stand noch mehr in der E-Mail, aber Polly las es nicht. Stattdessen klickte sie direkt auf das Wort *Verlobungsring* und wurde auf die Website von Tiffany & Co. weitergeleitet. Auf leuchtend weißem Hintergrund erstrahlte ein mit Saphiren und Diamanten besetzter Verlobungsring. Er war wunderschön.

35. KAPITEL

Am Freitag blieb Polly nichts anderes übrig, als ins Büro zu gehen. Sie hatte James' Nachricht irgendwann doch abgehört, und er hatte ihr zwar gute Besserung gewünscht, gleichzeitig aber mehr als deutlich gemacht, dass er sie so bald wie möglich wieder in der Redaktion sehen wollte.

Polly war immer noch von dem verunsichert, was sie in den Mails in Olivers Postfach gelesen hatte. Er hatte all diese Pläne geschmiedet, damit er ihr an ihrem Jahrestag einen Antrag machen konnte ... An jenem Abend hatte er mehrfach versucht, sie anzurufen, doch sie hatte die Nachrichten auf ihrem Handy einfach ignoriert. Sie stellte sich vor, wie Oliver vor einem riesigen Strauß roter Rosen und einer Flasche eisgekühltem Champagner im Restaurant saß und auf sie wartete, einen Verlobungsring in der Tasche, der ihm förmlich ein Loch in den Stoff brannte. Und währenddessen war sie betrunken in der U-Bahn mit einem Fremden zugange gewesen – zumindest hatte sie ihn für einen Fremden gehalten. Der bloße Gedanke daran drehte ihr den Magen um.

Andererseits – änderte der verpatzte Antrag denn wirklich etwas an den Tatsachen? Nein, eine Verlobung musste nicht unbedingt etwas bedeuten. Immerhin war auch Sebastian verlobt, und es hatte ihn nicht vom *Tubing* abgehalten. Emmi. An die hatte sie seit der Geburtstagsfeier gar nicht mehr gedacht. Vielleicht sollte sie ihr sagen, worauf sie sich da einließ? Doch dann verwarf Polly den Gedanken gleich wieder. Wer wusste schon, was Sebastian Polly antun würde, wenn sie ihn verriet?

Ob das *Tubing* vielleicht der Grund dafür war, dass Charlotte und Ed sich getrennt hatten? Hatte sie Wind davon bekommen und daraufhin die Hochzeit abgeblasen?

Als sie das Haus schließlich verließ, war sie ziemlich spät dran. Viel zu lange war sie zwischen Wohn- und Schlafzimmerfenster hin- und hergelaufen, um die Lage auf der Straße zu überprüfen. Ehe sie die Haustür öffnete, holte sie tief Luft und stellte sich auf das Schlimmste ein. Es war niemand zu sehen.

Eigentlich hatte sie mit dem Bus fahren wollen, aber dann würde sie mindestens eine halbe Stunde zu spät kommen. James hatte gesagt, dass sie Punkt neun in der Redaktion sein solle, also musste sie notgedrungen die U-Bahn nehmen. Sobald sie eingestiegen war, blickte sie sich die ganze Zeit nervös um; ihr Kopf zuckte immer wieder hin und her, wie bei einem kleinen Vogel.

Sie hatte eben erst an ihrem Schreibtisch Platz genommen, als auch schon James erschien und ihr sagte, dass er sie sprechen wolle. Sie benutzten dafür Lionels Büro, der an diesem Morgen nicht im Haus war. An der Art, wie James die Tür hinter sich schloss, merkte sie sofort, dass es bei dem Gespräch nicht um ihre Aufstiegschancen oder eine Gehaltserhöhung gehen würde.

»Ich komme einfach direkt zum Punkt, Polly«, sagte er und nahm auf Lionels Stuhl Platz. Das Leder quietschte, als er sich nach vorn lehnte und seine Hände flach auf den Tisch legte.

»Wegen der Geschäftsordnung wurde ein Verfahren gegen unsere Zeitung eingeleitet.«

Sofort begann Polly an ihrer Unterlippe herumzuzupfen.

»Du hast mir gesagt, du hättest das Dokument überarbeitet, Polly. Aber das war nicht der Fall.«

Sie bohrte ihren Fingernagel in ihre Unterlippe, spürte aber keinen Schmerz. Es herrscht betretenes Schweigen.

»Hast du denn irgendetwas zu deiner Verteidigung zu sagen?«, fragte er sie ein wenig verärgert, weil sie sich nicht dazu äußerte.

»Es tut mir leid«, meinte sie kläglich.

James dachte einen Moment lang nach. »Kümmert dich die Sache überhaupt, Polly?«

Sie erwiderte nichts.

»Ich verliere langsam den Überblick darüber, wie oft du dich in den letzten Monaten krankgemeldet hast. Leidest du an irgendeiner schweren Krankheit, von der ich wissen sollte?«

Stille.

»Nein, anscheinend nicht. In diesem Fall habe ich leider keine Wahl, Polly. Ich werde dir kündigen müssen.«

Sie hatte gewusst, dass er das sagen würde. Polly ließ ihre Stirn auf die Tischplatte sinken, legte die Arme über ihren Kopf und begann zu schluchzen.

James wusste nicht recht, wie er mit der Situation umgehen sollte. Er kam zu ihr herüber und tätschelte ihren Rücken. Als das nichts half, ging er vor die Tür, um Verstärkung zu holen, aber es war gerade niemand in der Nähe. Also tänzelte er unschlüssig im Büro herum.

Irgendwann hob Polly den Kopf, um Luft zu holen. Ihr Gesicht war heiß und feucht, und vor lauter Rotz und Speichel konnte sie kaum richtig durchatmen. James bot ihr das Taschentuch an, das er in seiner Brusttasche trug. Polly hatte immer gedacht, dass es allein modischen Zwecken diente. Sie schnäuzte sich einmal kräftig und schielte dann zu ihm hinauf.

»Es tut mir so leid, James«, sagte sie. »Ich kann gar nicht glauben, dass das hier alles wirklich passiert.«

»Was meinst du denn mit *alles*, Polly?«, fragte er sie leise. »Irgendetwas stimmt doch nicht. Du warst immer so zuverlässig, aber in den letzten Monaten ... Na, du bist wirklich wie ausgewechselt. Als wärst du gar nicht mehr du selbst.«

Polly dachte kurz nach – und dann sprudelte die ganze Geschichte aus ihr heraus. Sie erzählte, wie die Frau vor die U-Bahn gestoßen worden war, davon, dass Sebastian sie verfolgte und sogar angegriffen hatte. Nur das *Tubing* erwähnte sie nicht.

James hörte aufmerksam zu und ließ sie ganz in Ruhe zu Ende erzählen.

Als sie fertig war, lächelte er sie an. »Ich wünschte, du wärst früher zu mir gekommen«, sagte er.

»Das konnte ich nicht«, erwiderte Polly. »Ich konnte mit niemandem darüber reden. Er hat mir damit gedroht, mich umzubringen. Du bist die erste Person, der ich das alles anvertraue.«

»Nun, wir müssen jedenfalls dringend etwas unternehmen!«

»Bitte sag jetzt nicht, dass ich mich an die Polizei wenden soll. Als ich das versucht habe, ist er wie aus dem Nichts aufgetaucht; er wusste genau, was ich vorhabe. Wenn er das rausfindet ...«

»Okay, okay«, meinte James und überlegte kurz. »Ich kenne jemanden bei der Polizeibehörde, der mir noch einen Gefallen schuldet. Ich werde mal sehen, was sich machen lässt.«

»Nein, nein, bitte nicht!«

Er kniete sich vor sie.

»Ist schon okay, ich behandle die Sache vertraulich. Ich werde ihnen die Situation erklären, und niemand wird sich Sebastian nähern, ehe du dein Okay gibst. Einverstanden?«

Sie nickte langsam, während die Tränen weiter über ihre Wangen strömten.

Er nahm ihre Hand. »Du musst dir keine Sorgen mehr machen. Wir regeln das.«

Sobald sie sich das Gesicht abgetrocknet hatte, bat James sie darum, sich zurück an den Schreibtisch zu setzen und zu arbeiten. Er rief währenddessen direkt bei der Londoner Polizei an und kam ein paar Minuten später wieder zu Polly. Als er sich hinkniete, knacksten seine Knie laut.

»Ich habe für heute Abend ein Treffen in meinem Haus arrangiert«, raunte er ihr zu und reichte ihr einen Zettel. »Das ist meine Adresse. Das Treffen beginnt um neunzehn Uhr, aber du kannst gern früher kommen, wenn du willst. Ich bin ab siebzehn Uhr zu Hause.« Er schob den Ärmel seines Hemds zurück und warf einen Blick auf seine goldene Armbanduhr.

»Ich muss noch ins Gericht, um das ganze Chaos mit der Geschäftsordnung zu klären. Kommst du hier erst mal allein zurecht, Polly?«

Am liebsten hätte sie ihn umarmt und sich für das ganze Schlamassel entschuldigt. Aber dann nickte sie nur unbeholfen, und er eilte davon.

36. KAPITEL

Sie nahm James' Angebot an und erschien bereits kurz nach halb sechs bei ihm zu Hause. Er freute sich, sie zu sehen, war aber ein wenig durcheinander. Polly dämmerte, dass sein Angebot, früher zu kommen, nur eine höfliche Geste gewesen war. Sie entschuldigte sich und wollte sich schon wieder davonstehlen, aber davon wollte James nichts hören. Stattdessen zog er sie kurzerhand hinter sich her ins Haus.

James wohnte in einem dreistöckigen Reihenhaus gegenüber des Sloane Square. Von dem großzügigen Flur zweigten hohe und geschmackvoll eingerichtete Räume ab. James führte Polly ins Wohnzimmer, in dessen Mitte eine schicke dreiteilige Sitzgruppe stand, die alles andere als bequem aussah. In einer Ecke standen zwei abgenutzte alte Ledersessel und ein kleines Tischchen sowie eine alte Vitrine, in der ein Fernseher mit Flachbildschirm stand.

Er bat Polly, es sich bequem zu machen, während er den Tee zubereitete. Polly betrachtete die Fotos auf dem Sideboard. Ein Mann, der seinem Aussehen nach aus Kambodscha oder Vietnam stammte und wahrscheinlich Mitte dreißig war, tauchte immer wieder auf den Bildern auf und war offenbar sein Freund. Die beiden sahen gut aus zusammen, auch wenn James wahrscheinlich mindestens fünfzehn Jahre älter war. Polly freute sich für ihn.

Ihr Vorgesetzter kehrte mit einer Teekanne und zwei dazu passenden Teetassen zurück. Das Service war aus weißem

Porzellan und blau und gelb gepunktet. Polly konnte kaum glauben, dass das hier derselbe bescheidene Mann war, mit dem sie seit einem Jahr zusammenarbeitete. Irgendwie hatte sie ein richtig schlechtes Gewissen, dass sie sich vorher nie Zeit für ihn genommen hatte. Sie war natürlich immer höflich gewesen, hatte sich aber nie die Mühe gemacht, ihn wirklich kennenzulernen. Und jetzt war er für sie da, tat alles, damit sie sich wohlfühlte, und bot ihr sogar Unterschlupf in seinem eigenen Haus.

Eine Weile plauderten sie miteinander über irgendwelche Belanglosigkeiten, dann entschuldigte sich James, weil er noch ein wenig arbeiten musste. Er ließ Polly mit der Fernbedienung allein – und kurz darauf musste sie eingenickt sein. Sie konnte sich nur noch daran erinnern, wie sie wahllos zwischen den Sendern hin- und hergeschaltet hatte, und dann stand plötzlich James vor ihr und versuchte sie aufzuwecken.

»Polly«, sagte er sanft. »Detective Sergeant Watson ist hier, meine Freundin von der Polizeibehörde, von der ich dir erzählt habe.«

Polly öffnete die Augen und sah eine Frau Ende vierzig neben ihm stehen. Sie war überrascht: Eigentlich hatte sie einen fetten Mann mittleren Alters mit Halbglatze erwartet, der Mundgeruch hatte und nach Schweiß stank – nicht diese schlanke, elegant gekleidete Dame. Trotz der Falten in ihrem Gesicht und den leichten Augenringen sah sie für ihr Alter noch sehr gut aus.

»Hallo, Polly«, sagte sie und reichte ihr die Hand. Polly fuhr sich schnell übers Gesicht und richtete sich auf, ehe sie danach griff.

Detective Watson, die darauf bestand, dass Polly sie Gin nannte, nahm auf dem Sessel ihr gegenüber Platz. James holte sich einen Stuhl mit fester Lehne aus dem Esszimmer.

»Okay, Polly«, sagte sie, nachdem sie einen Notizblock und einen Stift aus ihrer Tasche geholt hatte. »James hat mir schon mal einen groben Überblick gegeben, aber ich würde gern noch einmal die ganze Geschichte von dir hören, wenn es dir nichts ausmacht.«

Polly zögerte. Jetzt war der Moment gekommen, in dem sie die Wahrheit sagen sollte. Aber das tat sie nicht. Sie log zwar nicht direkt, ließ aber ein paar Fakten aus und präsentierte Detective Watson eine leicht überarbeitete Fassung der Wahrheit. Sie begann ihre Geschichte an dem Punkt, an dem sie beobachtet hatte, wie Sebastian Sarah getötet und anschließend Polly verfolgt hatte. Sie erzählte, wie er plötzlich vor dem Büro erschienen war, als sie versucht hatte, die Polizei anzurufen. Es war knifflig, seinen Angriff in der U-Bahn zu erklären – sie konnte ja schlecht sagen, dass sie sich freiwillig mit ihm getroffen hatte –, also behauptete sie einfach, dass er ihr gefolgt war. Die Tatsache, dass Oliver und Sebastian sich kannten, ließ sich schon schwerer einbauen, aber sie musste schließlich erklären, woher Sebastian ihren Namen kannte. Schließlich erzählte sie Detective Watson noch, dass sie sich ziemlich sicher war, dass Sebastian auch Mausi auf dem Gewissen hatte. Sobald sie den Verdacht ausgesprochen hatte, bereute sie es allerdings auch schon.

Gin hörte ihr stumm zu, ohne sich irgendwelche Notizen zu machen.

Als Polly fertig war, sagte sie: »Klingt ganz so, als hättest du es nicht leicht gehabt.« Sie sagte das in vollkommen unverändertem Tonfall. Dabei verzog sie keine Miene, und auch ihre Körpersprache gab nichts von dem preis, was in ihr vorging. Polly war sich nicht sicher, was sie von ihr halten sollte.

»Ich würde dir gern ein paar Fragen stellen, wenn es dir nichts ausmacht, Polly.« Polly mochte es nicht, dass sie immer wieder dieses »wenn es dir nichts ausmacht« ans Ende ihrer Sätze hängte. So, wie sie es sagte, klang es wie etwas, das sie bei ihrem Training in der Polizeischule gelernt hatte. Eine nette Floskel, mit der sie Leute aus der Reserve locken wollte.

»Okay«, sagte Polly.

»Woher wusste Sebastian, wo er dich finden konnte?«

»Was meinst du?«

»Als du versucht hast, aus der Telefonzelle die Polizei zu verständigen. Oder auch später, als du mit der U-Bahn nach Hause gefahren bist.«

»Er muss mich verfolgt haben.«

»Alles klar«, sagte Gin. »Und wohin warst du unterwegs, als er dich in der U-Bahn angegriffen hat?«

»Nach Hause«, erwiderte Polly, ohne nachzudenken.

»War das direkt nach der Arbeit?«

»Ähm, na ja, nein«, meinte sie, weil ihr plötzlich auffiel, wie spät es zu diesem Zeitpunkt bereits gewesen war. »Ich habe lange gearbeitet. Es muss so halb acht oder acht gewesen sein.«

»Okay, und du warst auf dem Heimweg?«

»Jepp.«

»Wo warst du genau, als er dich angegriffen hat?«

»Wir sind gerade in die Baker Street eingefahren.«

»Ist das nicht dieselbe Station, in der du den Zwischenfall mit Sarah beobachtet hast?«

Polly konnte kaum fassen, dass sie selbst diese Verbindung nie hergestellt hatte. »Ja.«

»Okay«, sagte Gin auf ihre langsame, leicht verzögerte Art und überlegte. »Welche U-Bahn nimmst du denn normalerweise, wenn du von der Arbeit heimfährst, Polly?«

»Die Central Line.« Sobald sie die Worte ausgesprochen hatte, ärgerte Polly sich auch schon über sich selbst. Sie wusste genau, was als Nächstes kommen würde.

»Aber die Baker Street liegt doch gar nicht auf der Central Line.«

Natürlich hatte Gin recht. Polly überlegte, ob sie behaupten sollte, dass sie eine Freundin besuchen wollte oder irgendetwas in der Art. Aber dann würde Gin garantiert wissen wollen, wer genau das war, und auch sonst jedes Detail über diese Person abfragen. Es hatte keinen Sinn.

»Manchmal brauche ich einfach ein wenig Abwechslung«, meinte Polly. »Die Fahrt wird ein bisschen langweilig, wenn man jeden Tag dieselbe Lü... dieselbe Linie benutzt, meine ich. So kann ich auch mal neue Teile Londons entdecken und ...« Polly redete sich um Kopf und Kragen.

»Aber du bist doch unter der Erde unterwegs.«

Polly schnaubte nervös. »Ja, das klingt ein bisschen paradox, nicht wahr? Ich kenne aber viele Leute, die das trotzdem so machen, besonders wenn ...«

»Okay, okay«, sagte Gin und hob die Hand, um sie zu bremsen.

Polly holte tief und zittrig Luft und fragte sich, worauf sie sich da nur eingelassen hatte.

»Wann hast du versucht, von der Telefonzelle aus bei der Polizei anzurufen?«, nahm Gin ihr Kreuzverhör wieder auf.

»Vor einer Woche.« Polly überlegte. »Letzten Freitag, um genau zu sein.«

»Und wann hast du den Mord beobachtet?«

»Am Dienstag.«

»Also drei Tage vorher, ja?«

Polly wusste, worauf sie jetzt hinauswollte. »Nein, das war eine Woche früher.«

Gin legte verwirrt den Kopf schief. »Warum hast du zehn Tage gewartet, ehe du dich bei der Polizei melden wolltest?«

Langsam kam sie wirklich in die Bredouille. Sie hätte sich

vorher eine wasserdichte Version zurechtlegen sollen! »Ich weiß es nicht. Ich hatte einfach Angst«, meinte sie ein wenig lahm.

Gin schwieg und sah Polly so eindringlich an, als versuchte sie, ihre Gedanken zu lesen.

»Es ist schon ein gewaltiger Zufall, dass Sebastian und Oliver an derselben Fakultät studiert haben, findest du nicht?«

»Nun ...« Polly rang um Worte. »Irgendwie schon, ja.«

»Und du hast Sebastian nie gesehen, ehe er das Mädchen getötet hat?«

Polly spürte, wie ihr Gesicht zu glühen begann. Sie betete, dass Gin es nicht merkte. Immerhin war es hier im Zimmer nicht besonders hell. Draußen ging bereits die Sonne unter, und James hatte kein Licht angeknipst.

»Nein«, sagte Polly mit fester Stimme. Sie versuchte so überzeugend zu klingen wie möglich.

»Nicht einmal im Rahmen irgendeines gesellschaftlichen Ereignisses?«

Langsam wurde Polly sauer. Musste Gin denn permanent die falschen Fragen stellen?

»Ich weiß nicht, was das mit dem, was ich gesehen habe, oder mit der Tatsache, dass ein Psychopath mich verfolgt, zu tun haben soll.«

»Ich trage nur die Fakten zusammen. Kein Grund, sich aufzuregen, Polly.«

»Ich rege mich nicht auf!«, meinte Polly deutlich gereizt.

»Ist schon in Ordnung«, schaltete James sich ein. »Wir wollen dir nur helfen, Polly. Gin wird Sebastian treffen und ihn verhören müssen. Da ist es wichtig, dass sie die Zusammenhänge im Vorfeld begriffen hat.«

»Okay«, meinte Polly und beruhigte sich ein wenig. Gin saß

aufrecht und gerade da und musterte sie gründlich. »Ich habe eine letzte Frage an dich, Polly. Danach sind wir fertig.«

Polly machte sich aufs Schlimmste gefasst.

»Warum denkst du, dass Sebastian für den Mord an der anderen Frau – an der, die du Mausi genannt hast – verantwortlich ist? Du hast doch nur gesehen, wie er Sarah geschubst hat, oder?«

»Stimmt.«

»Wie kommst du dann auf die Idee, dass er die andere Frau umgebracht haben könnte?«

Polly hatte gewusst, dass es unklug gewesen war, Mausi zu erwähnen. Es war ganz schön kompliziert, eine schlüssige Version zu erzählen, wenn man so viel auslassen musste.

»Nun ...« Sie versuchte mit aller Macht, sich irgendetwas Überzeugendes aus den Fingern zu saugen.

»Ich habe zufällig auf einem Nachrichtenportal davon gelesen. Irgendwie hat mich die Geschichte an die von Sarah erinnert.«

»Das verstehe ich nicht. Es haben doch in den vergangenen Monaten viele Menschen Selbstmord begangen, indem sie sich vor die Bahn geworfen haben. Warum kommst du ausgerechnet bei diesem Mädchen darauf, dass er dahinterstecken könnte? Kennst du sie?«

»Nein!«, sagte Polly ein wenig zu schnell. »Aber es ist doch irgendwie offensichtlich, oder? Ich habe gelesen, dass sie keinen Grund hatte, sich das Leben zu nehmen – genau wie Sarah«, fügte sie hinzu.

Die Frauen sahen einander an. Polly wäre Gins Blick nur zu gern ausgewichen, traute sich aber nicht. Schließlich hieß es doch, dass Lügner Augenkontakt mieden.

»Okay. Als Nächstes werde ich ein paar Polizisten bitten, Sebastian morgen früh abzuholen«, begann Gin und registrierte sofort, dass sich Panik auf Pollys Gesicht ausbreitete. »Mach dir keine Sorgen. Sie kommen unangekündigt zu ihm und nehmen ihn dann direkt mit zum Verhör. Dir wird nichts passieren, darauf gebe ich dir mein Wort. Außerdem sehe ich mir den Todesfall des anderen Mädchens mal genauer an.«

Sie steckte ihren Stift und den Block in ihre Handtasche und ließ dann den Verschluss zuschnappen.

»Versuch dich ein wenig auszuruhen, Polly. Du wirkst, als könntest du es brauchen.« Sie schenkte ihr ein überraschend warmes Lächeln und tätschelte ihren Arm. »Mach dir keine Sorgen.«

James begleitete Gin zur Tür, und die beiden hatten den Raum schon beinahe verlassen, als Gin sich noch einmal zu ihr umdrehte. »Es gibt doch sonst nichts, was ich wissen sollte, oder?«

»Jetzt ist der Moment gekommen!«, schrie es in Pollys Gehirn. *»Sag es ihr! Sag ihr alles!«* Aber sie konnte nicht.

»Nein, mehr habe ich nicht zu sagen.«

»Gut.«

Polly sank in den Sessel. Sie versuchte sich einzureden, dass sie alles richtig gemacht hatte und bald alles ausgestanden sein würde. Aber das Unbehagen nagte immer weiter an ihr und ließ ihr einfach keine Ruhe.

37. KAPITEL

Polly verließ die Wohnung das ganze Wochenende über nicht. Oliver spielte am Samstag und am Sonntag Kricket, deswegen sah sie ihn kaum. Eigentlich hatte sie damit gerechnet, dass sich Gin oder James bei ihr melden würde, aber das war nicht der Fall. Sie versuchte, nicht an Sebastian oder an das, was mit ihm passierte, zu denken, aber je mehr sie sich darum bemühte, umso schlimmer wurde es. Hatte die Polizei ihn schon abgeholt? Hatte er gestanden? Hatten sie ihn festgenommen? Würde sie vor Gericht gegen ihn aussagen müssen? Sie tigerte durch die Wohnung und trank eine Tasse Tee nach der anderen. Sie konnte sich nicht erinnern, wann sie zuletzt etwas zu sich genommen hatte – und nicht einmal dieser Gedanke konnte sie aufheitern.

Als sie am Montagmorgen ins Büro kam, saß James bereits an seinem Schreibtisch. Sie lächelte ihm zu, aber er erwiderte ihr Lächeln nicht.

»Ist alles in Ordnung?«, fragte sie, als sie die Tasche abstellte.

Er funkelte sie an. Nein, anscheinend war gar nichts in Ordnung. »Wir müssen auf die Polizeiwache«, sagte er.

»Was? Jetzt? Aber ich bin doch gerade erst angekommen!«

Er antwortete nicht, stand nur auf, griff nach seiner Aktentasche und schob seinen Stuhl unter den Tisch.

»Ich gebe lieber noch Lionel Bescheid«, meinte sie ein wenig nervös. Schließlich sollte er nicht denken, dass sie schon wieder blaumachte.

»Ist schon okay, ich habe bereits mit ihm gesprochen, und er ist einverstanden.«

In diesem Moment erschien Lionel wie von Zauberhand in der Tür seines Büros, eine Tasse mit einer heißen Flüssigkeit in der Hand. In den einfallenden Sonnenstrahlen konnte Polly Dampf aus der Tasse aufsteigen sehen. Lionel nahm einen großen Schluck und musterte sie eindringlich.

Sie lächelte ihn an. Er erwiderte ihr Lächeln nicht.

»Du hast ihm doch nichts erzählt, oder?«, fragte Polly plötzlich panisch. Lionel kannte Olivers Eltern, sie wollte auf keinen Fall, dass sie auf diese Weise davon erfuhren. Eigentlich hatte sie gedacht, dass sie James vertrauen konnte, aber jetzt war sie sich plötzlich nicht mehr sicher.

»Schnapp dir einfach deine Tasche, dann brechen wir auf.«

»Ich weiß nicht, ob das so eine gute Idee ist. Es kann sein, dass Sebastian mich immer noch verfolgt. Wenn er sieht, wie ich ins Polizeirevier gehe, dann ... Na, ich weiß nicht, was er dann macht.«

James drehte sich um und sah sie an. »Spar dir die Show, Polly.«

»Was!?«, fragte sie ungläubig, aber er war schon ein Stück den Flur hinuntergegangen.

Er hielt den Lift für sie auf, bis sie bei ihm war. Schweigend fuhren sie hinab ins Erdgeschoss. Polly war vollkommen sprachlos, und die Gedanken wirbelten nur so durch ihren Kopf. Was zum Teufel war hier bloß los? Sie verließen das Gebäude durch den Haupteingang und gingen zu James' Auto. Polly folgte James nervös und überprüfte immer wieder, ob Sebastian irgendwo zu sehen war.

James fuhr einen schnittigen schwarzen Jaguar mit einer Ausstattung aus weißem Leder, das noch immer wie neu roch.

Sobald er den Motor anließ, plärrte auch schon Musik aus der Stereoanlage des Wagens. Eilig schaltete er das Radio aus, und Polly fragte ihn noch einmal, was los sei. Aber er ignorierte ihre Frage einfach.

Eine Viertelstunde später erreichten sie die West End Central Police Station auf der Savile Row. James parkte in einer Nebenstraße und drehte sich zu Polly um, als wollte er etwas zu ihr sagen. Dann überlegte er es sich offenbar anders und runzelte nur die Stirn. Er stieg aus. Polly folgte ihm.

Im Polizeirevier angekommen, fragte James nach Detective Watson. Sie wurden durch den Empfangsbereich geführt und schließlich in ein Verhörzimmer gebracht, wo Gin und ein uniformierter Polizist bereits auf sie warteten. Es war ein fensterloser, schmuddeliger Raum mit schmutzweißen Wänden. Von der Decke brannte Neonlicht auf sie herab. Es gab einen Metalltisch mit je zwei hart und unbequem wirkenden Stühlen auf jeder Seite. Gin und der Polizist saßen nebeneinander, zwischen ihnen lag ein Stapel abgetippter Notizen. James und Polly nahmen auf der gegenüberliegenden Seite Platz. In der Mitte des Tischs stand ein Laptop.

Es war totenstill, und alle Blicke waren auf Polly gerichtet. Die Stimmung war deutlich angespannt. Polly merkte, dass sie immer wieder kurz und hektisch nach Luft schnappte.

»Polly, danke, dass du gekommen bist, um mit uns zu sprechen«, sagte Gin irgendwann.

Polly hätte gern gesagt, dass man ihr ja ohnehin keine Wahl gelassen hatte, aber murmelte dann nur: »Ist in Ordnung.«

Gin stellte ihr den Polizisten als Kommissar Phillips vor. Er nickte ihr mit ernster Miene zu. »Haben Sie etwas dagegen, wenn wir das Gespräch aufzeichnen?«

»Warum?«

»Wir müssen Ihre Aussage später noch einmal durchgehen. Dafür brauchen wir die Aufnahme.«

»Okay«, murmelte Polly.

Gin gab ein Signal in Richtung Wand. Polly drehte sich um und sah einen großen Spiegel. Weil er sich auf derselben Seite wie die Tür befand, war er ihr beim Reinkommen gar nicht aufgefallen.

Gin notierte die Uhrzeit, das Datum und die Fallnummer und vermerkte außerdem, wer sich im Raum befand.

»Wir haben dich heute noch einmal um ein Gespräch gebeten, Polly, weil wir in deiner Version ein paar Unstimmigkeiten bemerkt haben, die wir gern abklären würden.«

Polly hätte zu gern gewusst, wer hinter diesem »wir« steckte. Wieder blickte sie auf die verspiegelte Wand. Warum hatte man sie zu einem Verhör eingeladen und zeichnete das Gespräch auf? Und wer beobachtete sie dabei? Da lief doch irgendetwas gewaltig schief!

»Was ist denn bloß los?«, fragte Polly. »Hast du mit ihm gesprochen?«

»Ich vermute mal, dass du Sebastian Black meinst«, sagte Gin und sah sie direkt an. Sie hielt sich ganz gerade und ließ ihre ineinander gefalteten Hände vor sich auf der Tischplatte ruhen. »Ja, wir haben ihn am Wochenende verhört.«

»Und, was hat er gesagt?«

»Seine Version unterscheidet sich deutlich von deiner, Polly.«

»Was meinst du damit?«

»Er behauptet, dass du ihn stalkst und nicht umgekehrt.«

Polly war vollkommen geplättet und konnte nicht fassen, was sie da gerade gehört hatte. »Das ist doch verrückt! Warum sollte ich das tun?!«

Gin warf einen Blick auf ihre Notizen. »Als wir uns das

letzte Mal unterhalten haben, meintest du, dass du Mr Black noch nie zuvor gesehen hattest, ehe du beobachtet hast, wie er Sarah vor den Zug gestoßen hat. Stimmt das?«

»Ja, das habe ich gesagt.«

»Ich weiß, dass du das gesagt hast, Polly. Aber ist es auch die Wahrheit?«

Einen Moment lang zögerte Polly. »Ja.«

Gin atmete tief durch die Nase ein, warf einen Blick auf James und dann wieder auf ihre Notizen.

»Wir haben Mr Black zu dem betreffenden Abend befragt – dem, an dem er angeblich Sarah Wilson ermordet haben soll. Er weiß von nichts und sagt, dass er an diesem Tag von zu Hause aus gearbeitet und seine Wohnung den ganzen Tag über nicht verlassen hat.«

»Er lügt«, sagte Polly. »Ich habe ihn gesehen und auch, wie er Sarah vor den Zug gestoßen hat.«

»Seine Verlobte hat seine Aussage bestätigt.«

»Dann sagt sie auch nicht die Wahrheit!«

Gin warf erneut einen Blick auf ihre Unterlagen.

»Wir haben uns die Aufnahmen der Überwachungskameras der U-Bahn-Station angesehen.« Wieder blickte Gin Polly einen Moment lang schweigend in die Augen.

»Und?«, fragte Polly ungeduldig.

»Von ihm ist nichts zu sehen.«

»Aber er war doch da, direkt neben ihr – du musst ihn gesehen haben!«

»Wir haben dich gesehen. Ihn nicht.«

Plötzlich erinnerte Polly sich daran, dass er eine Baseballkappe aufgesetzt hatte, ehe er aus der U-Bahn gestiegen war.

»Er hatte eine Mütze auf. Habt ihr vielleicht jemanden mit einer Baseballkappe gesehen?«

Gin starrte sie nur weiter an.

Hilfe suchend wandte Polly sich an James, aber der tat immer noch so, als wäre sie gar nicht da.

»Mr Black sagt, dass du dir das alles nur ausgedacht hast, Polly.«

»Warum sollte ich das tun?«

»Er geht davon aus, dass du dich an ihm rächen willst.«

»Und wofür?«

»Mr Black hat ausgesagt, dass ihr beide eine Affäre miteinander hattet. Als er euer Verhältnis beendet hat, hast du begonnen, ihn zu stalken, und hast dir schließlich die Geschichte mit dem Mord ausgedacht.«

»Was?!« Polly konnte überhaupt nicht fassen, was sie da hörte. »Das ist absoluter Bockmist.«

Stille.

»Hattest du denn nun eine Affäre mit Mr Black? Jetzt ist es höchste Zeit für die Wahrheit, Polly.«

»Ich hatte keine Affäre mit ihm«, erwiderte sie streitlustig.

»Okay.« Gin griff nach dem Laptop und klappte ihn auf. »Dann würde ich dir gern etwas zeigen, Polly.«

Sie schaltete den Computer an, tippte etwas ein und drehte ihn dann in Pollys und James' Richtung. Auf dem Bildschirm erschien ein Fenster mit einem Video, das man gerade angehalten hatte. Ein riesiger Play-Button schwebte über dem Bild und schien nur darauf zu warten, dass jemand ihn anklickte.

Als das Video startete, konnte Polly zunächst kaum etwas unterscheiden. Das Bild war schwarz, und es war eine Menge Geraschel zu hören, so, als hätte jemand die Hand über dem Mikro. Erst nach einer Weile wurde das Bild scharf. Polly erkannte die blaue und rote Einrichtung sofort: Es war das Innere eines U-Bahn-Waggons. Die Kamera fuhr zur Seite, bis ein Hinterkopf auf dem Bildschirm auftauchte – einer, den sie gut kannte, auch wenn sie ihn nicht oft zu sehen bekam. Das

Bild war ziemlich verwackelt und zeigte immer wieder andere Ausschnitte. Polly war auch bald klar, woran das lag. Der Film war mit einem Smartphone aufgenommen worden. Entsetzt sah sie zu, wie die Kamera langsam nach unten schwenkte und der Ansatz von zwei milchweißen Pobacken ins Bild kam. Sie hätte zu gern den Blick abgewandt, aber sie konnte nicht. Schon bald war ein Penis zu sehen, der immer wieder zustieß. Sie hörte ein Keuchen, eine wohlvertraute Stimme. Die Kamera hielt diesen intimen Akt erbarmungslos fest. Die Nahaufnahme hatte etwas Animalisches.

Polly blickte zu James. Er hatte sich vom Bildschirm weggedreht und starrte stattdessen geradeaus auf die schmutzige Wand.

Die Kamera zoomte sich langsam heraus, bis man die Person, die vorn stand, ganz sehen konnte. In der Fensterscheibe war das Spiegelbild der beiden Menschen deutlich zu erkennen. Es waren Polly und Sebastian.

Polly blieb das Herz stehen. Sie konnte sich an diesen Moment erinnern, auch wenn sie keine Ahnung gehabt hatte, dass er sie damals gefilmt hatte. Wie hatte er das nur unbemerkt geschafft? Wieder starrte sie auf die Frau auf dem Bildschirm – die Frau, die sie noch vor sechs Wochen gewesen war. Es kam ihr vor wie ein anderes Leben. Wie sollte sie dieses Video nur erklären?

Im Raum herrschte drückende Stille. Polly betete, dass niemand etwas sagen oder sie darum bitten würde, das eben Gesehene zu erläutern. Leider blieb sie nicht lange vor weiteren Fragen verschont.

»Jetzt verstehst du doch sicher, warum wir deine Geschichte nicht ganz glaubwürdig finden, nicht wahr, Polly?«

Ihr Gesicht war vor Scham dunkelrot angelaufen.

»Lass mich dich noch einmal fragen: Hast du Mr Black vor

dem angeblichen Mord an Sarah Wilson schon einmal getroffen?«

»Ja«, sagte Polly. Jetzt ließ es sich ja ohnehin nicht mehr leugnen.

»Hattest du eine Affäre mit Sebastian Black?«

»Ja.« Sie vergrub das Gesicht in ihren Händen. Jetzt steckte sie wirklich in der Klemme.

»Dir ist hoffentlich klar, dass wir dich für deine Falschaussage anklagen können.«

Polly hob den Kopf und legte die Hände auf den Tisch, um Gin dann in die Augen zu sehen. »Aber ich habe wirklich beobachtet, wie er die Frau vor die Bahn gestoßen hat.«

»Ehrlich? Hast du das wirklich?«

»Ja, ich schwöre es.«

»Das Problem ist, dass davon auf den Aufzeichnungen der Überwachungskamera nichts zu sehen ist. Alle Beweise sprechen dafür, dass Mr Black zu Hause war, während Sarah Wilson Selbstmord begangen hat.«

»Er lügt! Er war es!«

Gin atmete tief aus. »James hat gesagt, dass du in letzter Zeit massiv unter Druck gestanden hast. Es tut mir leid, dass dein Vater kürzlich verstorben ist. Ich werde die Sache fallen lassen, und wir werden von einer Anklage gegen dich absehen.«

»Gegen mich?! Aber ich habe doch überhaupt nichts getan!« Polly stand so abrupt auf, dass ihr Stuhl umfiel. »Er hat sie umgebracht, ich habe es gesehen!«

»Bitte setz dich«, sagte Gin.

»Das ist doch vollkommen absurd. Er hat alles verdreht!«

»Ich habe gesagt, dass du dich setzen sollst.«

Kommissar Philips erhob sich, offensichtlich bereit, Polly zu packen.

»Jetzt setz dich hin, um Himmels willen!«, fuhr James Polly an. Es war das Erste, was er von sich gab, seit sie diesen Raum betreten hatten.

Polly hob den Stuhl auf und nahm wieder Platz. Sie zitterte heftig und bebte vor Frust am ganzen Körper. Der Laptop war immer noch eingeschaltet, und ihr Gesicht füllte den gesamten Bildschirm. Polly ließ ihren Kopf auf die Tischplatte fallen und begann zu weinen.

Einen Moment später hörte sie, wie Stuhlbeine auf dem PVC-Boden quietschten. Sie hob den Kopf und sah, wie alle ihre Sachen zusammenpackten. James stand bereits mit seiner Aktentasche in der Tür.

»Warte«, sagte Polly verzweifelt. »Was soll ich denn jetzt machen?«

Er betrachtete sie verächtlich.

»Ich würde vorschlagen, du kommst mit in die Redaktion und räumst deinen Tisch.«

38. KAPITEL

Polly fuhr nicht zurück in die Redaktion und hatte auch nicht vor, dort je wieder zu erscheinen. Stattdessen fuhr sie in die Wohnung – an den einzigen Ort, an dem sie sich einigermaßen sicher fühlte. Zu Hause angekommen, nahm sie ihre übliche Position auf dem Sofa ein.

Und jetzt? Er hatte es mit einem Streich geschafft, seine Unschuld zu beweisen und sie furchtbar zu demütigen, aber sie wusste, dass das noch längst nicht alles war. Nachdem er sich ihretwegen am Wochenende einem Verhör hatte unterziehen müssen, würde er sich garantiert weiter an ihr rächen.

Es dauerte nicht lange, bis ihre Befürchtungen sich bestätigten. Bereits eine halbe Stunde nach ihrer Ankunft trudelte eine Nachricht ein.

das war ein großer fehler, polly
du kannst dich nicht für immer in deiner wohnung
verstecken

Das Telefon fiel ihr aus der Hand. Als es mit dem Display voran auf dem Boden aufschlug, hörte sie ein lautes Knacken.

Sofort sprang sie auf und rannte durch die Wohnung, um zu überprüfen, ob alle Fenster geschlossen waren, und um sämtliche Vorhänge zuzuziehen. Als sie den Riegel vor die Wohnungstür schieben wollte, hielt sie inne. Was machte sie da? Wollte sie sich denn für den Rest ihres Lebens hier in der Wohnung verbarrikadieren?

Den Rücken an die Tür gelehnt, ließ sie sich langsam hinabgleiten auf den Boden. Dort sank sie immer mehr in sich zusammen, bis ihr Kinn schließlich auf ihrer Brust ruhte. Sie hätte gern geweint, aber nicht einmal das gelang ihr. Es waren keine Tränen mehr übrig. Stattdessen fühlte sie sich völlig taub und fast so, als würde ihr Körper immer weiter in sich zusammenschrumpfen. Vielleicht wäre es ja wirklich das Beste, wenn sie einfach verschwinden, ja vielleicht sogar sterben würde.

Sie hielt den Atem an, aber nach etwa vierzig Sekunden zwang ihre Lunge sie dazu, wieder nach Luft zu schnappen.

»Nicht einmal das lässt du zu, nicht wahr?«, sagte sie in den leeren Flur hinein.

Es gab keinen Ausweg. Er hielt sämtliche Karten in der Hand, wusste alles über sie. Sie konnte sich nicht bis in alle Ewigkeit hier in der Wohnung einsperren. Aber sobald sie aus dem Haus ging ... Sie konnte Oliver nicht mehr vertrauen, konnte sich nicht an die Polizei wenden, und ihr Vater war ... Selbst wenn es irgendetwas gab, was sie tun konnte, würde Sebastian dem einfach wieder ein Ende setzen. Er war ohne Probleme mit zwei Morden davongekommen – sie wusste nur von diesen beiden Vorfällen, aber vielleicht war das auch nur die Spitze des Eisbergs. Wahrscheinlich könnte er die ganze Welt einfach kaufen, wenn ihm der Sinn danach stand. Nichts und niemand konnte ihn bremsen.

»Du kannst mich mal!«, brüllte sie verzweifelt. »Du kannst mich mal kreuzweise, Sebastian Black.« Den letzten Teil hatte sie geflüstert.

Immer wieder ging ihr durch den Kopf, was er zu ihr gesagt hatte. *»Dein Leben wird nie wieder dasselbe sein, Polly.«*

Er hatte recht behalten.

Anscheinend war sie irgendwann eingeschlafen. Als sie aufwachte, saß sie immer noch an die Wohnungstür gelehnt auf dem Boden. Ihr Nacken tat von der Verrenkung höllisch weh. Ein paar herrliche Momente lang hatte sie vergessen, in welchem Schlamassel sie steckte. Dann aber brach die Erkenntnis wie eine Sturmflut über sie herein, und ein riesiger, alles umfassender Schmerz breitete sich in ihr aus.

Sie rappelte sich auf und tappte ins Schlafzimmer. Vielleicht gelang es ihr, noch einmal einzuschlafen. Ja, möglicherweise brachte es sie am meisten voran, wenn sie einfach gar nicht mehr bei Bewusstsein war. Sie ließ sich auf das Bett plumpsen, das Oliver vor seinem Aufbruch noch ordentlich gemacht hatte. Aber es gelang ihr nicht, die Augen zu schließen. Stattdessen starrte sie unverwandt auf Olivers Nachtkästchen. Eigentlich konnte sie es auch direkt hinter sich bringen, Sebastian anrufen und ihn darum bitten, sie zu holen. Leider war nicht einmal das eine Option. Er hatte immer wieder andere Nummern benutzt, wenn er sich bei ihr gemeldet hatte.

Ihr kam ein Gedanke, und sie setzte sich abrupt auf. Oliver musste doch irgendwo eine Adresse oder eine Telefonnummer von Sebastian haben. Sie zog die Schublade seines Nachttischs auf, so schwungvoll, dass sie zu Boden fiel und ihr gesamter Inhalt sich auf den Dielen verteilte. Eine Taschenlampe, ein Ladekabel, offiziell aussehende Briefe, ein paar Taschenbücher … aber kein Adressbuch.

Sie ging ins Wohnzimmer und durchstöberte die Regale. Nichts. Zurück im Schlafzimmer durchwühlte sie seine Kommode und sogar seine Schrankfächer.

»Die Nummer *muss* irgendwo sein, ihr wart doch mal Freunde!«, rief sie frustriert aus.

Dann hielt sie inne. Es gab einen Weg, an Sebastian heranzukommen. *Tubing*. Sie konnte ein Treffen vorschlagen, schließlich kannte er ja ihren Twitter-Account. Er würde ihren Post zweifellos entdecken. Auf diese Weise konnte sie es hinter sich bringen – was auch immer er mit ihr vorhatte.

Plötzlich fiel ihr auf, dass Twitter ihr ja auch die Möglichkeit gab, ihn zu verfolgen, ohne sich selbst dabei zu erkennen zu geben.

Sie setzte sich an Olivers Laptop und eröffnete einen weiteren Fake-Account, @*win44ty*. So richtig wusste sie selbst noch nicht, was sie damit anstellen würde, aber sie spürte instinktiv, dass sie Sebastian am besten in die Ecke drängen konnte, wenn sie ihn überraschte. Wenn sie ein Treffen mit ihm arrangierte, ohne dass er Bescheid wusste. Polly hatte keine Ahnung, was sie tun würde, wenn sie ihn traf – aber immerhin konnte sie so etwas tun und musste nicht weiter hilflos abwarten.

Vielleicht konnte sie ihn in flagranti ertappen bei irgendeiner kompromittierenden Handlung, oder eine Diskussion mit ihm beginnen und dabei sein Geständnis aufnehmen ... Schließlich hatte er ihr gegenüber bereits zugegeben, dass er Sarah umgebracht hatte. Es lag also durchaus im Bereich des Möglichen, dass er sich noch einmal verplappern würde.

Sie klickte auf seinen Twitter-Account, @*can852ran*. Hier entdeckte sie nur einen Eintrag zu dem Treffen, das er mit Mausi vereinbart hatte, und außerdem seine Antwort auf Pollys Nachricht. Der Rest des Profils war vollkommen leer. Sie startete eine Google-Suche, stieß aber auf keine weiteren Ergebnisse.

Als Nächstes suchte sie unter dem Hashtag #*Tubing* mehrere U-Bahn-Stationen ab. Wenn sie genügend Treffen durchsah, fand sie ihn vielleicht irgendwann. Soweit sie die Sache verstand, wurden die Treffpunkte entweder am selben Tag oder einen Tag vorher getweetet. Niemand plante diese Termine weit im Voraus. Sie beschloss, sich auf die Stationen zu konzentrieren, an denen sie sich mit ihm getroffen hatte oder von ihm beobachtet worden war. Eine Liste brauchte sie dafür nicht, sie kannte all die Stationen auswendig.

Nachdem sie eine Stunde gesucht hatte, gab sie auf. Es war sinnlos. Stattdessen entschied sie, dass es jetzt an der Zeit war, aktiv zu werden. Unter dem neu eingerichteten Account tweetete sie folgende Nachricht:

> Frau sucht Mann. Central Line. Oxford Circus,
> Bahnsteig Richtung Osten. Dritter Waggon.
> 23 Uhr, heute Abend. #TubingOxfordCircus

Nervös trommelte sie mit den Fingern auf den Tisch und wartete darauf, dass jemand ihren Beitrag mit einem Like versah oder kommentierte. Polly machte sich Sorgen. Sebastian schien jeden ihrer Schritte voraussehen zu können. Es hätte sie nicht überrascht, wenn er inzwischen von ihrem neuen Account gewusst hätte – so unwahrscheinlich das im ersten Moment auch klang. Nach etwa einer Viertelstunde bekam sie einen Like von *@thr12356ty*. Sie klickte auf das Profil – und natürlich war es gähnend leer.

39. KAPITEL

Als Nächstes stellte sich die Frage, wie sie unbemerkt die Wohnung verlassen sollte. Immerhin war es gut möglich, dass Sebastian sich im Haus gegenüber einquartiert hatte, um sie Tag und Nacht beobachten zu können. Sie traute ihm einfach alles zu!

Unterhalb ihres Schlafzimmerfensters lag eine Art Dachterrasse. Eigentlich war es das Rückgebäude eines kleinen Supermarkts, den man über die Straße, die hinter ihrem Haus entlangführte, betrat. Dahinter lag ein kleiner Hof, in dem sich hauptsächlich Gerümpel und Müll befanden. Wenn der Wind wehte oder es besonders heiß war, konnte der Geruch, der davon aufstieg, beinahe unerträglich werden. Von der Terrasse führte eine alte, wacklige Feuerleiter hinab, die schon vor Jahren durch eine neue hätte ersetzt werden sollen. Polly kletterte auf die Terrasse und ging auf die Leiter zu, um einmal kräftig daran zu rütteln. Es klirrte leise, als eine der Schrauben sich löste und auf den Boden fiel. Trotzdem kam ihr die Leiter einigermaßen stabil vor; sie konnte also hinab in den Hof klettern und dann durch die Gasse am Laden vorbei abkürzen, um auf die Straße zu gelangen. Oliver würde heute gegen zwanzig Uhr nach Hause kommen. Eine halbe Stunde vorher brach Polly auf.

Es dämmerte bereits, war aber noch nicht ganz dunkel, als Polly wieder auf der Terrasse stand und auf Zehenspitzen zur Leiter ging. Sie rüttelte nicht noch einmal daran, weil sie nicht riskieren wollte, dass sich noch mehr Schrauben lösten. Sie warf ihre Handtasche über die Schulter und schloss ihre Jacke, dann stieg sie auf die erste Sprosse. Sofort gab die Leiter ein lautes Quietschen von sich und sackte ein paar Zentimeter ab. Polly keuchte auf und hielt dann ganz still, bis die Leiter in der neuen Position eingerastet war. Sobald sie sicher war, dass alles hielt, kletterte sie Sprosse um Sprosse hinab.

Was ihr nicht aufgefallen war, als sie die Leiter zuvor inspiziert hatte, war die Tatsache, dass diese nicht ganz bis an den Boden reichte. Sie endete knapp zwei Meter über der Erde. Links von der Leiter stand ein großer Müllcontainer, und Polly streckte ein Bein aus, um einen Fuß darauf abzustellen, schaffte es aber nicht ganz.

»Mist«, murmelte sie. Jetzt blieb ihr nichts anderes übrig, als sich einfach fallen zu lassen. Also stieg sie die Leiter weiter hinab, bis sie auf der letzten Sprosse angekommen war. Sie klammerte sich daran fest und ließ dann vorsichtig einen Fuß nach dem anderen hinunterbaumeln. Leider fehlte ihr die Kraft in den Armen, und sie fiel, ehe sie die Beine ganz hatte ausstrecken können. Immerhin lagen unten genug Müllsäcke, um ihren Sturz ein wenig abzufedern. Schade nur, dass einer von ihnen aufplatzte, als sie darauf landete.

Sie stand auf und klopfte den Dreck ab, so gut es ging. Sie wollte schon Richtung Gasse gehen, als ihr eine Idee kam. Vielleicht würde sie diesen Fluchtweg noch einmal benutzen müssen. Polly schob den Müllcontainer näher an die Leiter, sodass sie beim nächsten Mal problemlos hinunterklettern konnte.

Sobald sie auf der Hauptstraße angelangt war, wurde Polly sofort wieder nervös. Es fühlte sich so falsch an, hier draußen zu sein! Panisch sah sie sich um, konnte Sebastian aber nirgendwo entdecken. Ein Blick auf ihr Smartphone verriet ihr, dass es 19:45 Uhr war. Sie wusste, dass Oliver auf dem Heimweg bei der Shepherd's-Bush-Station aussteigen würde, also ging sie in die entgegengesetzte Richtung gen Hammersmith. Sie erwischte die Hammersmith and City Line und stieg an der Baker Street um, um dann mit der Oxford Line Richtung Oxford Circus zu fahren.

Als sie an der Baker Street ausstieg, hielt sie plötzlich inne. Hier hatte das Schlamassel angefangen. Hier hatte sie beobachtet, wie Sebastian Sarah vor die Bahn gestoßen hatte. Wie in Trance lief sie zu dem Bahnsteig, an dem die Bahn Richtung Westen abfuhr. Tatsächlich konnte sie immer noch genau sagen, wo die beiden in dem Moment gestanden hatten. Sie starrte auf die Stelle und durchlebte alles innerlich noch einmal. Sie hätte ihn aufhalten können – sie hatte doch gesehen, was er tat, hatte miterlebt, wie er Sarah immer weiter Richtung Bahnsteigkante geschoben hatte. Warum hatte sie nicht eingegriffen? Hatte sie so in seinem Bann gestanden, dass sie tatenlos dabei zugesehen hatte, wie er einen Mord beging? Der Gedanke trieb Polly die Tränen in die Augen.

In diesem Moment fielen ihr die Schienen auf. Sie trat näher heran, um sie besser sehen zu können. Sie verliefen ganz flach auf dem Boden, schwebten nicht ein kleines Stück darüber, wie sie es normalerweise von Schienen kannte. Das war ihr nie zuvor aufgefallen. Waren die Schienen in den anderen Stationen denn nicht immer leicht erhöht? Plötzlich kam ihr ein Gedanke. Sarah war in dieser Station umgebracht worden, und auch Polly und Sebastian waren hier gewesen, als er sie angegriffen hatte. Sie ging in die Schalterhalle. Ein Mann Mitte fünfzig mit einem zerklüfteten Gesicht, der eine blaue Uniform und eine spitz zulaufende Kappe trug, saß bei der Gepäckaufgabe.

Polly ging zu ihm, und er stand widerwillig auf und machte Anstalten, die Schranke für sie zu öffnen.

»Ist okay, ich will nicht raus«, sagte sie zu ihm. »Ich wollte Sie nur etwas fragen.«

Er schnaubte wütend, weil sie ihn umsonst aufgescheucht hatte.

»Na dann mal raus mit der Sprache«, meinte er seufzend. Sein dicker, gelblicher Bart hing ihm über die Lippen, sodass es aussah, als spräche er mit dem Bart, nicht mit dem Mund.

Polly bemühte sich um ihren höflichsten, nettesten Tonfall. »Mir ist aufgefallen, dass die Schienen in dieser Station am Boden verlaufen«, sagte sie. »Ich habe mich gefragt, woran das liegt.«

»Sie haben was?« Er sah sie an, als hätte sie den Verstand verloren. Als sie ihren Satz in Gedanken noch einmal durchging, merkte sie, wie schwachsinnig er klang. »Die Bahnschienen«, setzte sie von Neuem an. »Normalerweise sind sie doch leicht erhöht angebracht, sodass es zwischen ihnen und dem Boden noch einen kleinen Abstand gibt. In dieser Station ist das nicht der Fall.«

»Ah«, meinte er und nickte. »Jetzt verstehe ich. Es gibt nicht in allen Stationen einen Suizidschacht unter den Schienen. Die meisten Stationen auf der Circle Line und der Hammersmith and City Line haben keinen.«

»Suizidschacht?«

»Ja, während der Großen Depression in den Dreißigerjahren haben sich permanent irgendwelche armen Teufel vor die Züge geworfen. Also hat man unter den Schienen Gruben gegraben, um sie davon abzuhalten – man hat gehofft, dass sie unter den Schienen landen und deswegen nicht überfahren werden. Vielleicht ging es auch darum, dass man so leichter sauber machen kann, wenn es doch passiert. Kann man sehen, wie man will.« Er zuckte mit den Schultern.

»Oh.«

»Funktioniert ganz gut, solange der Idiot nicht die dritte Schiene berührt. Dann brennt er nämlich im Nu wie ein Weihnachtsbaum.«

»Oh«, wiederholte Polly gedankenverloren.

»Ist schon ein echter Albtraum, wenn sich so ein armer Kerl vor die Bahn schmeißt. Eine riesige Sauerei. Und sie haben keine Chance.«

Das war der Grund, weshalb Sebastian sich für diese Station entschieden hatte. Polly machte auf dem Absatz kehrt und ging wie in Trance davon. An der gegenüberliegenden Wand war ein riesiger U-Bahn-Plan angebracht. Polly blieb stehen und nahm ihn genauer unter die Lupe. Mausi war bei der Station King's Cross St. Pancras umgebracht worden – es war dieselbe Linie.

»Hey, kommen Sie mir bloß nicht auf dumme Gedanken!«, rief der Mann ihr nach. »Ihr Gesichtsausdruck gefällt mir gar nicht!«

Polly hörte ihn kaum.

»Mädel, meine Schicht endet in einer halben Stunde, und die will ich nicht damit verbringen, Sie von den Schienen zu kratzen, ist das klar?«, brüllte er. »Hören Sie mir überhaupt zu?«

Kurz vor einundzwanzig Uhr kam Polly am Oxford Circus an. Sie verließ die Station und betrat die Oxford Street. Irgendwie fühlte sie sich wohler, wenn um sie herum viele Menschen unterwegs waren, selbst wenn es sich nur um Fremde handelte.

Sie ging in einen Coffeeshop und bestellte einen Soja-Latte. Als sie sich schließlich an einen Tisch im hinteren Teil des Cafés setzte, war sie immer noch vollkommen verstört. Sie konnte nicht fassen, wie logisch und berechnend Sebastian handelte – er benutzte tatsächlich eine bestimmte U-Bahn-

Linie, um Frauen zu töten, damit sie keine Chance hatten zu überleben. Pollys Gefühle waren ein einziges Chaos: Sie war vollkommen fasziniert von ihm gewesen, von einem Mörder! Wie hatte sie sich nur so in ihm täuschen können? Einerseits war sie erleichtert, dass sie die Affäre überhaupt überlebt hatte, andererseits war sie absolut entsetzt und abgestoßen von ihren Entdeckungen.

Um 21:30 Uhr ging sie auf die Toilette, um sich schick zu machen. Sie schlüpfte in ein hautenges schwarzes Kleid und ihre roten Satinstilettos. Ihr Haar band sie zu einem straffen Pferdeschwanz zusammen, und ihre Augen umrandete sie mit dicken Kajalstrichen. Sogar falsche Wimpern klebte sie sich auf. Dazu schminkte sie ihre Lippen kirschrot. Sie sah aus wie eine Schaufensterpuppe.

Als sie den Bahnsteig betrat, entdeckte sie den Mann sofort. So richtig wusste sie auch nicht, woran sie ihn erkannte, aber sie war sich ganz sicher. Beinahe wäre sie direkt wieder umgekehrt. Es war nicht Sebastian, welchen Sinn hatte die Aktion dann überhaupt? Doch trotz alledem begann ihr Herz plötzlich heftig und erwartungsvoll zu pochen, und sie folgte dem Mann in die U-Bahn. Sie wollte ihn, wollte das hier. Es ging nicht um Oliver oder Sebastian oder sonst jemanden. Plötzlich erinnerte sie sich an das, was Alicia gesagt hatte: *»Wenn sich etwas gut anfühlt, ist es auch gut. Und dann schnapp es dir.«* Also erlaubte Polly es sich jetzt, sich ganz auf das zu konzentrieren, was sie selbst wollte. Sie folgte ihrem Bauchgefühl und ihrem Verlangen und weigerte sich, sich deswegen schlecht zu fühlen. Zum ersten Mal in ihrem Leben traf sie eine eigene Entscheidung.

Der Mann war Anfang dreißig, hatte sandfarbenes Haar und kühle blaue Augen. Polly stand am anderen Ende des Abteils und beobachtete ihn eine Weile. Er wartete geduldig ab und blickte erst auf, als die U-Bahn an der nächsten Station hielt. Ein paar Haltestellen später bemerkte er sie schließlich. Er lächelte sie an. Sie lächelte zurück.

An der Liverpool Street stiegen mehrere Nachtschwärmer zu. Jetzt waren genug Leute im Waggon, um sich dem Fremden unbemerkt zu nähern, und Polly ging entschlossen auf ihn zu. Er legte seine Hände um ihre Taille und führte sie sanft an den Menschen vorbei in eine Ecke, wo er versuchte, sie gegen den kleinen Klappsitz zu drängen. Sie hielt ihn auf, indem sie ihn an den Oberarmen packte und ihre Fingernägel tief in seiner Haut vergrub. Er sah sie verwirrt an. Sie drehte ihn um und drückte ihn hinunter auf den Sitz, um dann ihr rechtes Bein anzuwinkeln und einen Fuß auf sein Knie zu stellen. Er lächelte sie an und presste sich dann an ihren nackten Schritt.

40. KAPITEL

Kurz nach Mitternacht kam Polly zurück in die Wohnung. Zu ihrer großen Erleichterung lag Oliver bereits im Bett.

Sie ging direkt ins Bad, um kurz zu duschen. Sobald sie unter dem prasselnden Wasser stand, hörte sie ihr Telefon vibrieren. Sie kletterte aus der Wanne und tappte zu ihrer Handtasche, um einen Blick darauf zu werfen.

> oxford circus – du kriegst wohl einfach nicht genug,
> du dreckige schlampe

Polly setzte sich auf die Kante der Wanne und starrte auf das Display. Ihre Hände begannen zu zittern, und sie war kurz davor, die Nerven zu verlieren. Er musste sie entweder verfolgt oder ihren Tweet gesehen haben und dann zum Treffen gegangen sein, ohne zu wissen, dass es sich bei der Verfasserin um Polly handelte. Eigentlich konnte es nicht sein, dass er sie verfolgt hatte – schließlich hatte sie sich solche Mühe gegeben, die Wohnung unbemerkt zu verlassen! Polly grübelte, bis ihr der Kopf rauchte. Wie konnte sie sich diese Nachricht zunutze machen oder gegen ihn verwenden? Es musste doch eine Möglichkeit geben! Sie saß so lange gedankenverloren da, dass das Wasser langsam kalt wurde und der Dampf sich zu verflüchtigen begann. Also begnügte sie sich mit einer kurzen Katzenwäsche am Waschbecken und ging dann ins Bett.

In dieser Nacht tat sie kaum ein Auge zu. Fieberhaft suchte

sie nach irgendeiner Lösung, aber es wollte ihr einfach nichts einfallen.

Als sie endlich einschlief, wurde sie von einem Albtraum gequält, in dem Oliver sie durch eine U-Bahn-Station jagte. Sie schaffte es bis zur Rolltreppe und rannte hinauf, so schnell sie konnte. Aber egal, wie sehr sie sich auch beeilte, sie konnte Oliver einfach nicht entkommen. In ihrem Traum fiel ihr gar nicht auf, dass die Rolltreppe in die falsche Richtung fuhr und sie somit ohnehin keine Chance hatte. Oliver packte sie am Nacken und schleifte sie hinunter zum Bahnsteig, wo Sebastian bereits auf sie wartete. Oliver legte seine Hände um ihre Taille und schob sie auf die Bahnsteigkante zu. Polly war vollkommen machtlos. Sie fühlte sich wie unter Drogen.

Sebastian betrachtete sie eingehend.

»Vielleicht musst du deine Hände vor ihr verschränken«, schlug er Oliver vor. »Genau, super. Wenn du sie ein bisschen anhebst, rutscht sie nicht aus deinem Griff. Wir wollen doch nicht, dass sie auf die Gleise stürzt, ehe die Bahn da ist, oder?«

»Okay!«, erwiderte Oliver eifrig und korrigierte seine Position. »Ja, das ist schon viel besser.« Er ließ Polly über die Kante hängen und zog sie dann wieder zurück, so, als würde er üben.

»Bist du bereit, Oliver? Die Bahn ist gleich da!«

In dem Moment, in dem er sie losließ, wachte sie auf.

»Guten Morgen, Pol!«, rief Oliver ihr fröhlich von der anderen Seite des Zimmers aus zu.

Polly versteckte sich sofort wieder unter ihrer Decke. Eine Sekunde lang wusste sie nicht, ob sie schon wach war oder noch träumte.

Seit ihrem Streit hatten sie kaum miteinander gesprochen. Polly hatte sich entweder rar gemacht oder war früh zu Bett gegangen, um Begegnungen mit ihm zu vermeiden. Sie sah ihn misstrauisch an.

»Wieso schaust du mich so komisch an, Polly?«, fragte er mit einem neckischen Grinsen.

Sie erwiderte nichts.

»Es ist schon nach acht Uhr, musst du nicht zur Arbeit?«

Er war nett zu ihr. Was sollte das? Es war fast so, als hätte es jenen hässlichen Streit nie gegeben, als hätte sie ihm nicht vorgeworfen, dass er sie betrog, oder als hätte er nicht angedeutet, dass sie am Rande eines Nervenzusammenbruchs stand. Sie war sich nicht sicher, ob er all das einfach nur zu ignorieren versuchte oder ob er sie in falscher Sicherheit wiegen wollte – das kam ihr am wahrscheinlichsten vor. Sie wusste nur, dass sie ihm nicht trauen konnte.

»Erde an Polly!«

»Ich muss heute erst später da sein«, erwiderte sie schließlich, zog sich die Decke über den Kopf und tat so, als würde sie wieder schlafen.

Sie lag da und lauschte, wie Oliver in der Wohnung herumfuhrwerkte und sich für seinen Arbeitstag fertig machte. Polly war für alles gewappnet, auch wenn sie eigentlich nicht davon ausging, dass er sie angreifen würde. Unter der Decke war es heiß, und ihr Atem ging ganz langsam.

Als sie endlich hörte, wie die Wohnungstür ins Schloss fiel und Oliver die Treppe hinunterlief, warf sie die Bettdecke von sich und setzte sich auf. Gierig sog sie die frische, kühle Luft ein.

Sobald sie aufgestanden war, setzte sie sich direkt an Olivers Laptop und loggte sich in ihren neuen Twitter-Account ein. Dann begann sie sämtliche Hashtags zu den Stationen auf ihrer mentalen Liste durchzugehen. Für diesen Abend waren bereits mehrere Treffen vereinbart worden. Sie entschied sich für folgendes:

Mann sucht Frau. Central Line. Oxford Circus
Richtung Osten. 18:30 heute Abend. Dritter Waggon.
Rotes Oberteil, kein Höschen. #TubingOxfordCircus

41. KAPITEL

Polly folgte den Anweisungen aus dem Post und schlüpfte in ein rotes Oberteil mit kurzen Ärmeln, ehe sie reichlich Make-up auftrug.

Um 18:34 Uhr stieg sie beim Oxford Circus in die U-Bahn. Sie war rappelvoll, und trotz des kühlen Herbstwetters war es ziemlich stickig. Sie zog ihre Jacke aus und entdeckte neben der letzten Tür ganz hinten im Wagen noch ein freies Plätzchen. Kurz darauf bemerkte sie Crispin im selben Waggon.

»Fuck«, murmelte sie und drehte sich rasch um. Doch es war zu spät, er hatte sie bereits gesehen.

Crispin bahnte sich den Weg durch die Menge und kam auf sie zu. Panik stieg in Polly auf. Was, wenn Sebastian jetzt auftauchte? Sie musste Crispin so schnell wie möglich loswerden!

»Polly«, meinte er, während er sich unbeholfen an einem großen Mann vorbeidrängte, der keinen Platz machen wollte. »Wie geht's dir denn so?«

»Super«, sagte sie und gab ihm zwei Luftküsschen.

»Wow, du siehst echt irre aus«, meinte er anerkennend und musterte sie von Kopf bis Fuß. »Ich hätte dich fast nicht erkannt! Bist du auf dem Weg zu einer Party?«

Sie zupfte am Saum ihres Rocks, damit er ein wenig länger wirkte. »Ja, so was in der Art«, murmelte sie.

Plötzlich erschien ein anzügliches Lächeln auf seinem Gesicht. »Dein Oberteil ... Es ist rot.«

Polly blickte an sich hinab. Was sollte die komische Bemerkung?

»Ja, und?«

Langsam nickte er und zog wissend eine Augenbraue nach oben. Dann beugte er sich zu ihr hinunter. »Ich schätze mal, wir zwei sind miteinander verabredet«, wisperte er.

Polly erstarrte und wandte sich dann eilig von ihm ab, um zu gehen. Doch Crispin packte sie am Handgelenk.

»Wo willst du denn hin?«, flüsterte er.

»Ich mache das auf keinen Fall!«, presste sie zwischen zusammengebissenen Zähnen hervor und riss sich los.

»Warum denn nicht?«

Sie sah ihn ungläubig an. »Na rate doch mal!«

»Oh, ich verstehe. Du betrügst Oliver zwar mit irgendwelchen fremden Typen, aber ich bin tabu.«

»Es geht nicht ums Betrügen. Also, für Oliver vielleicht schon, aber nicht für mich.«

»Wie meinst du das?«

»Ach, du kannst mich mal, Crispin. Du weißt ganz genau, wovon ich rede – ich weiß, was Oliver, Sebastian und du da treibt!«

Plötzlich legte Crispin den Kopf in den Nacken und begann schallend zu lachen, so laut und herablassend, dass sich mehrere Leute im Waggon zu ihm umdrehten.

Sie starrte ihn an und hatte keine Ahnung, was das alles zu bedeuten hatte.

Als er sich ein wenig beruhigt hatte, brachte er zwischen einzelnen Lachern zumindest ein paar Worte heraus.

»Du denkst ...« Er gluckste. »Oliver und *Tubing*?« Wieder prustete er. »Bist du denn verrückt geworden?«

Polly starrte ihn nur an.

»Oliver hat mit dem *Tubing* nichts zu tun. Das würde sich doch überhaupt nicht mit seinen Prinzipien vertragen.« Er setzte mit den Fingern Anführungszeichen in die Luft.

»Was?«, fragte Polly.

»Auweia, Polly«, meinte Crispin sarkastisch und schüttelte den Kopf. »Da hast du also wild in der Gegend herumgevögelt, während der liebe Oliver ganz brav zu Hause auf dich gewartet hat.«

Polly hätte ihm am liebsten die Augen ausgekratzt. Und sich selbst gleich mit. Plötzlich konnte sie sich nicht mehr erinnern, weshalb sie so überzeugt davon gewesen war, dass Oliver etwas mit dem *Tubing* zu tun hatte. Hatte sie denn den Verstand verloren? Es kam ihr wirklich so vor, als lebte sie in einer Art Paralleluniversum.

»Weißt du, ich habe ja gehofft, dass ich mal auf dich stoßen würde. Hatte schon gehört, dass du auch zur Szene gehörst.«

»Wie bitte?!«

»Du bist so ein kleines Miststück. Ich wette, du trägst nicht mal ein Höschen, genau so, wie ich es in dem Post verlangt habe.«

Ohne Vorwarnung schob er die Hand unter ihren Rock und tastete nach ihrem nackten Schritt.

»Lass mich los!«, rief sie laut.

Ein paar Pendler drehten sich zu ihnen um.

Polly senkte die Stimme und trat näher an Crispin heran.

»Was meinst du damit? Wer hat behauptet, dass ich Teil der Szene sei?«

»Beruhig dich, Polly«, sagte er und strich ihr übers Haar. Sie zuckte zusammen. »Los, jetzt mach keinen Ärger.«

»Sag es mir.«

»Ist schon eine Weile her. Könnte Charlotte gewesen sein.«

»Charlotte?!« Polly konnte nicht verbergen, wie schockiert sie war. »Woher will die das denn wissen?«

»Das reicht jetzt«, meinte Crispin und packte sie an den

Handgelenken, um sie mit sich in eine Ecke zu ziehen. »Wir haben doch schließlich noch Pläne.«

Polly war vollkommen angewidert. Crispin hatte sich plötzlich von Olivers bestem Freund in einen sabbernden, schwitzenden Perversen verwandelt. Sie musste so schnell wie möglich weg.

»Lass mich los«, meinte sie leise und mit todernster Stimme.

Doch er ignorierte sie einfach und zerrte sie weiter hinter sich her.

»Lass mich los, verdammt noch mal!«, explodierte Polly jetzt, woraufhin alle umstehenden Leute sie ansahen.

»Dieser Mann ist pervers!«, rief sie und deutete auf Crispin, der augenblicklich dunkelrot anlief.

Die Bahn fuhr in die nächste Station ein. Rasch drängte Polly sich an den Pendlern vorbei zum nächsten Ausgang. Crispin versuchte ihr zu folgen, aber die Leute verstellten ihm den Weg.

»Warum lässt du sie nicht einfach in Ruhe, Kumpel?«, hörte sie jemanden sagen.

»O mein Gott«, sagte Crispin erschöpft. »Sie meint das nicht ernst, wir kennen uns. Polly, komm wieder her!«, rief er ihr nach.

Doch sobald die Bahn angehalten und die Türen sich geöffnet hatten, war sie auf und davon.

42. KAPITEL

Polly stolperte auf den Bahnsteig und ging auf eine leere Bank zu. Ihr Kopf brummte, und sie brauchte dringend ein paar Minuten, um sich wieder zu sortieren. Sie ließ sich so unbeholfen auf die Bank fallen, dass sie mit der Hüfte an die Armlehne knallte. Wie hatte sie sich in Bezug auf Oliver nur so täuschen können? Er hatte mit dem *Tubing* überhaupt nichts zu tun, dabei war sie absolut überzeugt davon gewesen. Und Charlotte? Woher zum Teufel wusste sie, dass Polly mittlerweile Teil der Szene war? Sie starrte so gedankenverloren vor sich hin, dass sie die Leute, die an ihr vorbeigingen, gar nicht richtig wahrnahm.

»Polly? Süße?«

Zuerst registrierte sie die Stimme kaum. Dann spürte sie eine Hand auf ihrer Schulter und zuckte zusammen. Alicia stand neben ihr.

»Ist alles okay bei dir?«

Polly starrte sie aus glasigen Augen an. Sie fühlte sich immer noch so betäubt, dass sie kaum eine Antwort herausbrachte.

Alicia kniete sich vor sie und griff nach ihrer Hand.

»Polly, was ist los mit dir?«, fragte sie besorgt. »Ich habe dich seit Ewigkeiten nicht mehr gesehen. Sie haben gesagt, du wärst einfach aufgesprungen und dann aus der Redaktion verschwunden. Was ist denn nur passiert?«

In diesem Moment knallte ein Mann mit seiner Aktentasche gegen Alicias Schulter und beschwerte sich lauthals darüber, dass sie ihm im Weg gestanden hatte.

»Fick dich ins Knie, du Idiot!«, rief Alicia ihm nach. Er sah sie erschrocken an, senkte den Kopf und eilte hastig davon.

»Lass uns hier abhauen. Sollen wir vielleicht irgendwo was trinken gehen?«, fragte Alicia.

Polly antwortete nicht, also hakte ihre ehemalige Kollegin sich einfach bei ihr unter und führte sie langsam zum Ausgang der Station. Plötzlich blieb Polly stehen und sah sie an.

»Was machst du eigentlich hier?«, fragte sie, erneut von Verfolgungswahn gepackt.

»Ich bin auf dem Heimweg von der Arbeit.«

Polly blickte auf das rot-blaue Schild, das an der Wand über dem Gleis hing. Sie war in Holborn.

Die beiden Frauen gingen in einen Coffeeshop direkt neben der Station. Alicia zog unter dem erstbesten Tisch einen Stuhl hervor und bedeutete Polly, Platz zu nehmen.

»Du zitterst ja«, meinte sie und nahm ihr die Jacke aus der Hand, um sie ihr über die Schultern zu legen.

Um diese Zeit war der Coffeeshop beinahe vollkommen leer. Die meisten Leute waren wohl gerade damit beschäftigt, sich quer durch die Stadt nach Hause durchzukämpfen. Polly lehnte sich zurück und merkte, wie die entspannte Jazzmusik, die aus den Lautsprechern plätscherte, sie ein wenig beruhigte.

Alicia winkte die Kellnerin zu sich und bestellte bei ihr zwei Kaffee. Eine Minute später standen auch schon die dampfenden Tassen vor ihnen. Sofort begann Polly, tonnenweise Zucker in ihren Kaffee zu schütten.

»So, Mädel, und jetzt mal raus mit der Sprache«, verlangte Alicia.

Polly sah sie abwesend an.

»Was ist los mit dir?«, fragte Alicia sie ein wenig gereizt.

Polly erwiderte nichts.

»Mann, du bist wirklich eine harte Nuss, Süße. Du immer

mit deiner Geheimniskrämerei! Jetzt verrat mir gefälligst, wo der Schuh drückt!«

Alicia hatte einen wunden Punkt getroffen. Tatsächlich hatten all die Halbwahrheiten und Geheimnisse Polly erst in diese missliche Lage gebracht. Wenn sie James und Detective Watson gleich die ganze Wahrheit gesagt hätte, dann säße Sebastian jetzt wahrscheinlich schon im Kittchen. Und wenn sie sich selbst mehr vertraut und sich an die Leute gehalten hätte, die es gut mit ihr meinten, dann wäre sie jetzt in Sicherheit. Am liebsten hätte Polly losgeheult.

Und dann begann sie zu reden. Sie erzählte Alicia alles, restlos alles, und machte mindestens eine Stunde lang keine Pause. Alicia hörte ihr schweigend zu und war ganz gefesselt von dem, was Polly ihr berichtete. Als sie schließlich fertig war, pfiff Alicia leise durch die Zähne.

»Fuck«, murmelte sie und schüttelte den Kopf. »Du steckst wirklich in der Klemme, Mädchen. Was willst du jetzt machen?«

»Ich weiß es nicht«, erwiderte Polly. »Ich muss ihn irgendwie aufhalten, schließlich will ich nicht den Rest meines Lebens Angst davor haben, dass mich jemand verfolgt oder mir etwas antun könnte.«

»Nein, aber der Typ klingt wirklich vollkommen krank. Du musst noch mal zur Polizei gehen, die sollen sich drum kümmern.«

»Das letzte Mal, als ich mit der Polizei gesprochen habe, wollten sie mich dafür drankriegen, dass ich eine Falschaussage gemacht habe. Ich kann auf keinen Fall zurück ins Revier.«

Zum ersten Mal war Alicia vollkommen sprachlos. Sie saß nur kopfschüttelnd da und wusste nicht, was sie Polly raten sollte.

In Pollys Kopf aber ratterte es nur so. Jetzt, wo sie Alicia alles erzählt hatte, hatte sich auch ihre eigene Perspektive auf die Situation noch einmal gewandelt.

»Was ich wirklich nicht verstehe, ist die Sache mit Charlotte«, murmelte sie.

»Olivers Schwester?«

»Ja. Sie spielt auf jeden Fall eine Rolle in der ganzen Angelegenheit. Das wurde mir erst so richtig klar, als Crispin sie vorhin erwähnt hat.«

»Das war der Typ, den du eben in der U-Bahn getroffen hast, oder?«, fragte Alicia, die sich darum bemühte, irgendwie den Überblick zu behalten.

»Jepp. Wie kommt es, dass Charlotte von mir und dem *Tubing* wusste?«

»Vielleicht ist sie ja auch Teil der Szene.«

»Das bezweifle ich – wenn du sie je gesehen hättest, dann wüsstest du, was ich meine. Sie ist viel zu perfekt.«

»Nichts für ungut, aber dir hätte ich diesen versauten Kram auch niemals zugetraut!«

Doch Polly hörte ihr schon gar nicht mehr zu. Plötzlich fiel ihr ein, dass Alicia Charlotte schon einmal gesehen haben musste.

»Fuck«, wisperte Polly ein wenig zu laut.

Die wenigen Gäste im Café blickten neugierig zu ihrem Tisch hinüber.

»Was ist los?«, fragte Alicia verdutzt.

»An diesem Abend«, meinte Polly mit großen Augen und nickte heftig, als müsste Alicia sofort begreifen, wovon sie sprach.

»Welchen Abend meinst du?«

»Na, den, an dem wir nach der Arbeit noch etwas trinken gegangen sind. Wo war das gleich?« Polly verstummte und dachte angestrengt nach. »Ach ja, richtig. Wir waren in irgendeinem neuen Schuppen in der Chancery Lane, dessen Namen ich vergessen habe.«

»Stimmt. Ich erinnere mich.«

»Charlotte war da.«

»Was meinst du damit?«

»Als ich auf die Toilette gegangen bin, bin ich in sie hineingelaufen.«

»Ach echt?« Alicia überlegte. »Ach, du meinst diese dünne, weiße Frau, mit der du dich an der Bar unterhalten hast? Das war Charlotte?«

»Das war Charlotte«, bestätigte Polly geistesabwesend. Sie sprang auf, plötzlich bereit zum Aufbruch.

»Hey, wo willst du hin?«

»Ich habe noch was zu erledigen.«

»Warte, ich komme mit!« Alicia griff nach ihrer Handtasche.

»Nein«, sagte Polly entschieden.

»Oh doch«, entgegnete Alicia mit fester Stimme. »Ich bezahle nur noch rasch.«

In dem Moment, in dem Alicia ihr den Rücken zugewandt hatte, war Polly auch schon zur Tür hinausgeflitzt. Sie war schon ein ganzes Stück die Straße hinabgeeilt, als sie hörte, wie Alicia ihr irgendetwas nachrief. Polly begann zu rennen. Sie hatte nicht vor, stehen zu bleiben.

43. KAPITEL

Polly war zwar bisher erst einmal in Charlottes Wohnung gewesen, aber an den Weg dorthin konnte sie sich noch grob erinnern. Sie stieg an der Station Hammersmith aus, ging unter der Überführung hindurch und lief dann die Fulham Palace Road entlang. Weil ein kalter Septemberwind wehte, zog sie den Mantel fester um sich und setzte ihre Kapuze auf. Sie wusste, dass Charlotte in der Nähe des Charing-Cross-Krankenhauses wohnte, also wandte sie sich direkt in diese Richtung und betete innerlich, dass sie ihre Straße dann schon erkennen würde, wenn sie da war.

Es dauerte nicht lange, bis sie sie gefunden hatte. Vor einem großen, umgebauten Reihenhaus blieb sie stehen. In der Dunkelheit kam es ihr fast ein wenig bedrohlich vor, wie es da vor ihr aufragte. Sie holte ein paarmal tief Luft und stieg dann die kleine Treppe zur Eingangstür hinauf.

Charlotte lebte in einer Wohnung im Erdgeschoss. Polly drückte auf die Klingel, und Charlotte öffnete sofort, als hätte sie Besuch erwartet. Ihr strahlendes Lächeln erlosch, als ihr Blick auf Polly fiel.

»Oh, Polly«, sagte sie und zwang sich dann doch wieder zu einem Lächeln. Sie war nun einmal furchtbar höflich. »Was machst du denn hier? Wegen deiner Kapuze dachte ich schon, du wärst ein Gangster.«

Polly wusste nicht, was sie dazu sagen sollte, also drängte sie sich einfach an Charlotte vorbei in die Wohnung.

»Na, dann komm doch rein«, meinte diese und trat zur Seite.

In der Wohnung war es ziemlich warm. Als ein heißer Schwall sie traf, zuckte Polly unwillkürlich zusammen. Sie setzte ihre Kapuze ab und öffnete ihre Jacke. Aus der Küche strömte ein scharfer, würziger Duft, und der elegante Esstisch war bereits gedeckt.

»Ich erwarte Gäste«, erklärte Charlotte, als sie durchs Esszimmer ins Wohnzimmer gingen. Der Tisch war für sechs Personen gedeckt. »Ich veranstalte eine kleine Dinnerparty.«

»Ach, kommt Sebastian auch? Oder vielleicht Ed?« Polly redete drauflos, ohne nachzudenken.

Charlotte blieb stehen und sah sie kalt an.

»Sorry, ich weiß nicht, was du meinst«, sagte sie mit zuckersüßer Stimme. Doch ihre Miene verriet sie. Sie deutete aufs Sofa, aber Polly setzte sich nicht.

»Tu dir keinen Zwang an«, meinte Charlotte und ging hinüber zu der antiken Kommode neben dem Kamin. Sie holte zwei Gläser heraus und füllte sie mit Rotwein, um direkt einen Schluck zu nehmen, bevor sie Polly ein Glas reichte.

Sie standen schweigend da, bis Charlotte irgendwann das Wort ergriff.

»Es ist wirklich eine bezaubernde Überraschung, dass du hier bist, aber was genau verschafft mir denn die Ehre?«

Polly hätte am liebsten losgelacht. Als ob sie das nicht wüsste!

»Was denkst du denn, Charlotte? Was denkst du, warum ich hier bin?!« Sie klang sarkastisch.

»Ich habe keine Ahnung.« Charlotte nahm einen weiteren großen Schluck.

»Mir sind in letzter Zeit eine Menge seltsame Dinge zugestoßen, weißt du? Es gab so richtig, richtig komische Zufälle.«

»A-ha ...« Charlotte sprach so überdeutlich, als wäre Polly

schwer von Begriff. Plötzlich war die Luft zwischen ihnen zum Zerreißen gespannt.

»Ich glaube aber nicht wirklich an Zufälle. Ich glaube, dass es für die meisten Dinge einen ziemlich guten Grund gibt.«

Charlotte gab sich alle Mühe, verdutzt auszusehen. »Ich verstehe wirklich nicht, was ...«

Polly redete einfach weiter. »Das Komische ist, dass in all dem Chaos der letzten Wochen nur ein Name immer und immer wiederauftaucht.«

Sie sah Charlotte direkt in die Augen, woraufhin diese rot anlief. »Wovon redest du denn ...«

»Dein Name, Charlotte. Es ist *dein* Name.«

Polly fiel auf, dass Charlottes Hände zu zittern begonnen hatten. Plötzlich sah sie ganz klein und zerbrechlich aus. Ein paar Sekunden später stellte sie ihr Glas ab und warf einen Blick auf ihre elegante Armbanduhr. »Meine Gäste müssten jeden Moment hier sein. Ich sollte jetzt wirklich meine Vorbereitungen zu Ende bringen.«

»Nein«, sagte Polly und knallte ihr Glas auf das kleine Tischchen neben ihr. Der zarte Stiel brach entzwei, und der Rotwein ergoss sich über ihre Hand und die Tischplatte. Vollkommen ungerührt ließ Polly den Wein von ihrer Hand auf den Boden tropfen. Charlotte krümmte sich, als sie sah, wie die rote Flüssigkeit ihren cremefarbenen Teppich besudelte, machte aber keinerlei Anstalten, etwas dagegen zu tun. »Ich gehe erst weg, wenn du mir sagst, was du im Schilde führst.«

»Es tut mir wirklich furchtbar leid, Polly, aber ich habe keine Ahnung, wovon du redest.«

Nein, Charlotte machte es ihr nicht leicht. Aber auch Polly konnte hartnäckig sein. »*Tubing*. Ich rede vom *Tubing*.«

Ein leises Lächeln huschte über Charlottes Gesicht und verschwand sofort wieder. »Oh«, sagte sie nur.

»Was hast du da nur angerichtet, Charlotte?«

»Ich habe nichts gemacht!«

»Du hast mich in die Falle gelockt.«

»Ich soll *was* gemacht haben? Dich in die Falle gelockt?!«, fragte sie und schüttelte den Kopf. »Ich habe dir nur die Streichhölzer gereicht – die Flamme hast du ganz allein entzündet, Polly. Was zwischen Sebastian und dir vorgefallen ist, das hast du dir wirklich selbst zuzuschreiben. Ich habe dich schließlich nicht gezwungen, dich auf ihn einzulassen!«

Polly war baff. Sie hatte es tatsächlich zugegeben!

»Warum?«, fragte Polly atemlos. »Warum hast du das gemacht?«

»Es war ein kleiner Spaß.«

»Ein Spaß? Einen verdammten Spaß nennst du das?!« Polly wurde lauter.

Charlotte schien Angst vor ihr zu bekommen. »Na ja, nicht direkt ein Spaß ... Ich meine ...«

Polly sah sie ungläubig an.

»Ich wollte eigentlich nicht so weit gehen. Ich wusste, was Oliver an eurem Jahrestag vorhatte, er hatte mir sogar schon den Ring gezeigt. Und das war einfach nicht richtig. Als ich dich so betrunken mit dieser schrecklichen Frau in der Bar gesehen habe, da habe ich gedacht ... dass es einfach nicht gut ist, wenn er sich mit dir verlobt.«

»Nicht gut? Ach ja, und woher willst du das wissen? Wie kannst du es wagen, über uns zu urteilen?«

»Oliver und du – ihr passt einfach nicht zusammen.«

»Oh, jetzt verstehe ich«, blaffte Polly sie an. »Du willst damit sagen, dass ich nicht gut genug für ihn bin.«

»Exakt.«

»Aber wie ... Wie genau hast du das mit unserem ersten Treffen angestellt?«

»Ich habe Sebastian eine Nachricht geschickt, in der stand, was du anhast und bei welcher Station er dich finden kann.«

»Moment mal ... Woher wusstest du denn, wo ich sein würde?«

»Na ja, man muss ja kein Genie sein, um rauszukriegen, mit welcher U-Bahn du nach Hause fährst.«

»Du verdammte Schlampe. Du bösartige, schreckliche Hexe!« Polly wusste, dass die wahllosen Schimpfworte sie auch nicht weiterbringen würden, aber das war ihr egal. Sie war so furchtbar wütend! Wie hatte Charlotte das nur tun können?

»Hast du eigentlich irgendeine Ahnung, wie Sebastian drauf ist? Was er mit diesen Frauen macht?«, stieß sie hervor.

»Um Himmels willen, erspar mir bitte die Details, Polly.«

Polly konnte gar nicht fassen, wie kalt Charlotte das alles ließ. Es kam ihr fast so vor, als amüsierte sie die Situation. Polly merkte, wie sie innerlich zu kochen begann.

»Nur weil das verdammte *Tubing* deine Beziehung zerstört hat, denkst du jetzt, dass du deinem Bruder dasselbe antun musst. Wirklich nett.« Das letzte Wort spuckte sie förmlich aus.

»Wovon redest du?«

Polly wusste, dass sie ins Schwarze getroffen hatte. »Ed. Deswegen habt ihr euch doch getrennt, nicht wahr?«

»Wer hat dir das erzählt?« Charlottes Blick war plötzlich ganz wild, und man merkte ihr immer noch an, wie verletzt und eifersüchtig sie damals gewesen war.

»Es ist doch offensichtlich.« Polly schwieg einen Moment lang. »Ich habe übrigens auch mit ihm eine Verabredung gehabt.«

»Mit wem? Mit Ed?«

»Ja. Mit deinem Verlobten. Sorry, mit deinem Exverlobten meine ich natürlich.«

»Du bist widerwärtig! Genau deswegen musste ich Oliver davon abhalten, dir einen Antrag zu machen. Ich konnte ihn doch nicht so einer dreckigen kleinen Schlampe wie dir überlassen! Die ganze Sache mit dem *Tubing* ist absolut pervers, eine einzige riesige Schweinerei!« Spuckefetzen flogen aus Charlottes Mund, als wäre sie ein tollwütiger Hund. Polly rechnete schon fast damit, dass Charlotte sie jeden Moment anfallen würde, aber das tat sie nicht. Sie rührte sich nicht vom Fleck, doch an ihren zitternden Gliedmaßen erkannte Polly, dass es sie viel Kraft kostete, nicht vollkommen auszurasten.

Sie sahen sich lange und hasserfüllt an.

»Na, du solltest dich besser an mich gewöhnen. So schnell wirst du mich nicht los«, meinte Polly schließlich, auch wenn sie selbst nicht so richtig wusste, ob sie es ernst meinte. Aber sie wusste, dass es allein ihre Entscheidung war.

»Oh, wirklich?« Charlotte hatte wieder zu ihrem giftigen Tonfall zurückgefunden. »Ich schätze mal, dass du die Hochzeitsglocken nicht so schnell läuten hören wirst, wenn Oliver alles erfährt.«

»Aber sobald er weiß, wer diese Intrige eingefädelt hat, kann ich mir auch nicht vorstellen, dass du deinen Bruder je wieder sehen wirst. Dafür werde ich schon sorgen.«

Charlotte sank ein wenig in sich zusammen.

»Männer kommen und gehen, und ja, ich wäre sehr traurig, wenn ich Oliver verlieren würde. Aber stell dir mal vor, dein Bruder verschwindet aus deinem Leben, dein geliebter *Olliepops* ... Und du hättest dir das auch noch selbst zuzuschreiben ... Das wäre unerträglich, oder?«

Charlotte öffnete schon den Mund, schloss ihn dann aber wieder.

»Gib mir Sebastians Nummer«, verlangte Polly.

»Was? Warum?«

»Weil ich seinem Treiben ein Ende setzen muss.«

»Ich habe versucht, dich zu warnen. Ich habe dir gesagt, dass er gefährlich ist.«

»Das kommt ein bisschen spät, oder? Und jetzt her mit der Nummer!«

Charlotte überlegte.

»Okay, ihm wird das wohl nicht schaden. Bei dir bin ich mir da aber nicht so sicher.«

»Gib sie mir einfach.«

Charlotte ging hinüber zum Kaffeetisch und griff nach ihrem Telefon, um sich dann langsam durch ihre Kontakte zu scrollen. Dafür hatte Polly keine Zeit. Sie riss ihr das Smartphone aus der Hand, woraufhin Charlotte heftig zusammenzuckte und zurückwich. Unterdessen tippte Polly die Nummer in ihr Telefon ein und warf Charlottes Smartphone dann einfach auf den Boden.

Sie war schon auf dem Weg zur Tür, da drehte sie sich noch einmal um.

»Charlotte.«

»Ja.«

»Hör auf, Oliver und mir auf die Nerven zu gehen. Du störst, ist das klar?«

Mit diesen Worten verschwand Polly. Sobald sie auf der Straße stand, schickte sie Sebastian eine Nachricht.

Lancaster Gate, 22:45 heute Abend am Bahnsteig
der Züge Richtung Osten.

44. KAPITEL

»Gerade hat uns folgende Meldung erreicht«, sagte ein Reporter direkt in die Kamera. »Die Londoner Polizei hat die Station Lancaster Gate gesperrt, nachdem dort am vergangenen Abend eine Person von einer U-Bahn erfasst worden war. Bis jetzt gibt es noch keine offizielle Stellungnahme der Polizei, aber es wird bereits darüber spekuliert, dass eine weitere Person in den Vorfall verwickelt gewesen sein könnte und deswegen der Verdacht auf Mord besteht. Unsere Reporterin Sally-Ann Devlin ist für Sie live vor Ort.«

Auf dem Bildschirm war jetzt die quirlige Bayswater Road zu sehen. Der morgendliche Verkehr staute sich hinter einer schmalen, unscheinbaren Frau, deren Haar zu einem Bob geschnitten war und die eine rote Jacke trug.

»Ja, Colin, die Polizei hat die Station nach dem gestrigen Vorfall gesperrt, wodurch es auf der Central Line zu erheblichen Verzögerungen im Betriebsablauf kam. Noch wurde nicht offiziell bestätigt, was hier vorgefallen ist. Bis jetzt ist nur bekannt, dass eine Person kurz vor dreiundzwanzig Uhr von der U-Bahn erfasst wurde, die Richtung Osten fuhr. In einer Mitteilung der Londoner Verkehrsbetriebe wurde ...«, Sally-Anne warf einen Blick auf ihre Unterlagen, die auf dem Bildschirm nicht zu sehen waren, »... verkündet, dass die Ermittlungen auf Hochtouren laufen und sie eng mit der Londoner Polizei zusammenarbeiten. Mehr ist zu diesem Zeitpunkt noch nicht bekannt.« Sie sah direkt in die Kamera. »Unseren

Quellen zufolge wird es in Kürze ein Statement der Polizeibehörde geben. Bis jetzt liegt aber noch keine offizielle Bekanntgabe zu den Geschehnissen vor, genauso wenig wie eine Prognose darüber, wann die Central Line ihren normalen Betrieb wiederaufnehmen wird. Im Moment lässt sich die Situation hier am besten mit den Worten ›pures Chaos‹ beschreiben. Hiermit übergebe ich wieder zurück ins Studio.«

Die Untertasse klirrte laut, als Polly ihre Tasse abstellte. Während des gesamten Fernsehberichts hatte sie vollkommen reglos dagesessen, die Tasse an ihre Unterlippe gedrückt. Jetzt aber zitterte ihre Hand so heftig, dass die eiskalte Flüssigkeit immer wieder aus der Tasse schwappte.

Sie warf einen Blick auf die anderen Gäste des Cafés, das rund um die Uhr geöffnet hatte. Die meisten von ihnen waren Taxifahrer, die zum Frühstücken hergekommen waren. Seit zwei Uhr morgens saß sie jetzt schon hier, jetzt war es halb sieben. Polly sah ziemlich ramponiert aus. Ihre Kleidung war von Ruß bedeckt, und auf ihrer Stirn hatte sie eine fiese Wunde. Die Spitze ihres Mittelfingers war beinahe komplett zerquetscht, der Nagel tief in die Haut gedrückt. Noch hatte sie nicht gewagt, den Finger genauer zu inspizieren.

Das Café befand sich in einem der Bahnbögen gleich bei der Station Paddington. Sie war direkt in die Damentoilette marschiert und hatte versucht, sich so gut wie möglich sauber zu machen. Aber ihre Stirn blutete immer noch, und auch am Zustand ihrer Klamotten konnte sie nicht viel ändern. Der Mann hinter dem Tresen war nicht sehr erfreut gewesen, als sie den Laden betreten hatte. Als er aber gemerkt hatte, dass Polly sich in einer Art Schockzustand befand, hatte er sie an einen Ecktisch gesetzt und eine Tasse mit heißem, süßem Tee vor sie gestellt. Er hatte mehrmals gefragt, ob bei ihr alles in Ordnung sei oder ob er jemanden anrufen solle; sie aber hatte nur den Kopf geschüttelt und gemurmelt, dass alles okay sei.

In den vergangenen Stunden hatte sich langsam eine Art Betäubung in ihrem gesamten Körper ausgebreitet. Selbst das Pochen in ihrem Finger hatte sich verlangsamt und einen regelmäßigen Rhythmus angenommen. Wieder blickte sie zu dem Fernseher, der in der Ecke hing. Er war die ganze Nacht gelaufen, aber das war der erste Bericht über den Zwischenfall in der U-Bahn-Station gewesen.

Als sie gesehen hatte, dass Sebastian am Bahnsteig in der Lancaster Gate Station auf sie wartete, hatte sie zu zittern begonnen. Dieses Mal allerdings nicht aus Angst, sondern einfach deswegen, weil sie so unbeschreiblich wütend war! Sie stand im Schatten der Treppe und beobachtete ihn eine Weile. Er war makellos gekleidet, trug eine Chino-Hose und einen teuren Wollmantel. Lässig lief er auf dem Bahnsteig auf und ab, während er auf die Bahn wartete.

Polly kniff die Augen zusammen. Es war wirklich nicht zu fassen: Dieser Mann lebte sein Leben weiter, als wäre nichts passiert. Sie war nur ein unangenehmer Zwischenfall für ihn gewesen, ein Ärgernis oder eine lästige Fliege, die es zu verscheuchen galt. Polly aber hatte seinetwegen so viel verloren ... Ohne es zu merken, ballte sie ihre Hände so fest zu Fäusten, dass ihre Fingernägel sich in ihre Handflächen bohrten und Blut hervortrat. Sebastian würde einfach weiterhin genau das machen, wonach ihm der Sinn stand, und dabei völlig unbehelligt bleiben, ganz so, als wäre die Welt ein riesiger Spielplatz.

Das Donnern der herannahenden U-Bahn hallte in ihren Ohren wider und wurde immer lauter und lauter. Noch ehe sie wusste, was sie tat, stürmte sie auf ihn zu. Er bemerkte sie erst, als sie ihn schon beinahe berührte. Polly hatte die Arme ausgestreckt und packte ihn am Mantel. Sofort fuhr er herum, um sich zu verteidigen, woraufhin sie beide Hände gegen seine Brust stemmte und ihn mit aller Kraft schubste. Ihre Nägel gruben sich so tief in sein Hemd, dass sie schließlich bis in seine Haut vordrangen. Sie biss sich auf die Zunge und drückte noch fester zu.

Sebastian musste notgedrungen einen Schritt zurücktreten, sodass die Absätze seiner Schuhe bereits über der Bahnsteigkante schwebten. Er reagierte blitzschnell und packte Polly an der Taille, um nicht zu stürzen. Beide taumelten hin und her, es sah beinahe so aus, als würden sie sich umarmen. Es fiel ihm nicht schwer, sein Gleichgewicht zurückzuerlangen – Polly war so schwach und dünn, dass er sie wie ein Kätzchen beiseiteschubsen konnte.

Sobald er wieder festen Stand hatte, blickte er Richtung Tunnel. Die Lichter der Bahn waren schon zu sehen, und ein hinterhältiges Lächeln umspielte seine Lippen. Schnell drehte er Polly so, dass sie mit dem Rücken zu den Gleisen stand. Sie konnte hören, wie die U-Bahn immer näher und näher kam.

»Es ist sehr nett, dass du mir die Möglichkeit gibst, die Sache direkt zu erledigen, Polly«, sagte er.

Er packte sie an den Schultern und schob sie langsam über die Bahnsteigkante. Polly versuchte irgendwie das Gleichgewicht zu halten und sich wieder nach vorn zu lehnen, aber er ließ ihr keinerlei Bewegungsspielraum. Die Spitze der U-Bahn erschien schon am Tunneleingang. Der Lärm war ohrenbetäubend.

In diesem Augenblick hatte Polly einen Moment der Klarheit, eine Erkenntnis. Wenn sie tatsächlich vor diese U-Bahn stürzen würde, dann würde sie ihn mit sich nehmen.

Sie hakte sich von beiden Seiten in seinen Mantel, drückte sich so fest wie möglich an ihn und schloss die Augen.

Als sie sprang, konnte sie trotz des Schienenkreischens seinen lauten Aufschrei hören.

45. KAPITEL

Pollys erster Gedanke war, dass man bestimmt nicht denken konnte, wenn man tot war.

Sie öffnete die Augen. Es war dunkel, richtig dunkel. Sie konnte kaum etwas erkennen und begann mit ihren Händen ihre Umgebung abzutasten. Sie wusste, dass sie auf dem Bauch lag, und streckte die Arme aus, so weit sie konnte, aber da war nichts. Sie trat mit den Füßen nach hinten und rutschte ein paar Zentimeter zurück, aber auch da gab es nichts zu erspüren. Als sie aber die Hände seitlich ausstreckte, stieß sie sofort auf Beton. Vermutlich lag sie in einer Art schmalem Tunnel. Über sich konnte sie Metall ertasten. Rasch zog sie die Hand zurück, als sie bemerkte, dass ihre Fingerspitzen brannten. Dann dämmerte es ihr. Sie lag unter der U-Bahn. Im Suizidschacht.

Langsam gewöhnten sich ihre Augen an die Dunkelheit, und sie konnte weiter vorn ein schwaches Licht ausmachen. Vorsichtig kroch sie unter den Schienen darauf zu. Als ihr bewusst wurde, wie gefährlich nah sie der dritten Schiene gekommen war, die unter Strom stand, erstarrte sie sofort. Schließlich rückte sie so weit wie möglich nach rechts, um möglichst viel Abstand zwischen sich und die elektrisierte Schiene zu bringen.

Sobald sie sich der Zugspitze näherte, entdeckte sie auf den Schienen etwas Sackartiges.

Die untere Hälfte war in den Schacht gesunken, der Rest hing über dem Betonblock. Als sie den Wollmantel erkannte, hielt Polly abrupt inne. Sebastians Klamotten schienen immer noch intakt zu sein und hielten seine zertrümmerten Überreste zusammen. Das Einzige, was fehlte, war sein Kopf.

Ihr Magen rebellierte so stark, dass sie kaum noch atmen konnte, und ihr Körper begann heftig zu zucken. Sie rollte sich wieder zurück unter die Bahn und holte tief Luft.

Plötzlich war es ganz still. Man hatte den Motor der U-Bahn ausgestellt.

Sie hörte, wie sich die Türen öffneten und dann die Stimmen der Pendler, die verwirrt ausstiegen.

Der Bahnsteig füllte sich mit Leben. Eilige Schritte erklangen auf dem gekachelten Boden und das Rauschen von Funkgeräten. Dann setzte eine Lautsprecherdurchsage ein.

Wir bitten die Fahrgäste, sich auf dem direktesten Weg zum nächsten Ausgang zu begeben. Es kam hier in der Station zu einem Zwischenfall. Wir müssen den Bahnsteig räumen und die Station schließen. Bitte begeben Sie sich ruhig und geordnet zum nächsten Ausgang.

Das Stimmengewirr auf dem Bahnsteig wurde lauter. Polly hörte, wie eine Tür geöffnet und dann wieder zugeknallt wurde. Der U-Bahn-Fahrer war aus seiner Kabine geklettert.

»O Gott«, sagte er. »Du lieber Herr im Himmel.«

Entsetzte Ausrufe ertönten, als weitere Menschen zur Zugspitze eilten und sahen, was passiert war.

»Meine Damen und Herren, machen Sie bitte Platz, und begeben Sie sich zum nächsten Ausgang«, rief ein Mann, der auf den Unfallort zueilte.

»Geht es Ihnen gut, Kumpel?«, fragte der Mann dann, wahrscheinlich den Fahrer. Die anderen Leute hatten sich entfernt, sodass Polly das Gespräch ohne Probleme hören konnte.

»Ich weiß nicht, was zur Hölle passiert ist. Die beiden kamen wirklich wie ... wie aus dem Nichts.«

»Die beiden? Sie meinen, dass mehr als eine Person aufs Gleis gestürzt ist?«

»Keine Ahnung, vielleicht. Ich dachte, ich hätte noch jemanden gesehen, aber ... ich weiß auch nicht. Sein Mantel ... der sah komisch aus, war irgendwie so verrutscht.«

»Machen Sie sich keine Sorgen. Die Polizei ist schon unterwegs, sie müsste jeden Moment hier sein.«

Schritte näherten sich der Bahn.

»Shit«, stöhnte der Fahrer, und Polly hörte, wie er würgte und sich auf die Schienen erbrach.

»Kommen Sie mit, schauen Sie nicht mehr hin. Darum kümmern sich die Verkehrsbetriebe.«

Polly wagte kaum, sich zu rühren. Sie hatte riesige Angst, dass man sie entdecken könnte.

»So, jetzt atmen Sie mal ganz tief ein und aus.«

Plötzlich ertönte hektisches Fußgetrappel auf dem Bahnsteig, und ein paar Funkgeräte knacksten laut.

»Alles klar«, sagte eine Frau. »Wir sind von der Polizei – ich bin Mrs Fowler, und das ist Mr Daniels. Drei Waggons mit Fahrgästen stecken immer noch im Tunnel fest. Die Stromschiene wurde abgestellt, sodass wir jetzt problemlos hinabsteigen und uns um die Leiche kümmern können. Dann müssen wir die U-Bahn wieder in Gang bringen, damit alle aussteigen können.«

»Leichen«, sagte der Mann, der sich mit dem Fahrer unterhalten hatte.

»Es gibt mehr als eine?«

»O Gott, ich weiß es nicht«, klagte der Fahrer. »Es ging doch alles so furchtbar schnell. Ich meine, dass ich noch eine zweite Person gesehen habe, aber ich bin mir nicht sicher.

Vielleicht war es ja nur sein Mantel. Hab ich schon gesagt, dass der so komisch verrutscht war?«

»Heißt das, dass mehr als eine Person vom Zug erfasst wurde?«

»Wie gesagt, ich weiß es nicht!«, meinte der Fahrer erschöpft und klang, als würde er jeden Moment zu weinen beginnen.

»Okay, dann riegeln wir die Station erst einmal ab und deklarieren sie als Tatort, bis wir die Aufnahmen der Überwachungskameras ausgewertet haben.«

»Na viel Glück!«, sagte der Mann.

»Wie bitte? Wie meinen Sie das?«, fragte die Polizistin.

»Die Überwachungskameras sind seit Montag außer Betrieb.«

»Wie bitte?!«

»Ich bin nicht dafür verantwortlich. Ist nicht meine Aufgabe, die Dinger zu reparieren!«

Polly hörte ein lautes Knacksen im Funkgerät. »Sarge, Sie werden es nicht glauben!«, sagte Mrs Fowler dann.

Es würde nicht mehr lange dauern, bis die Polizisten auf die Schienen hinunterkletterten. Polly musste hier schleunigst raus.

Sie versuchte sich umzudrehen, um in die andere Richtung gucken zu können, aber der Schacht war nicht breit genug. Sie begann, rückwärts zu kriechen, erst ganz langsam, dann schneller, weil sie hörte, dass jemand auf die Schienen hinabgesprungen war. Schmutz und Kies bohrten sich in ihre Handflächen, als sie so eilig krabbelte, wie sie nur konnte. Obwohl der Motor der U-Bahn abgestellt worden war, war die Hitze unerträglich. Schweiß lief über ihren Nacken und tropfte von ihrer Nasenspitze.

Sie war beinahe am Ende der U-Bahn angelangt, da hörte

sie ein lautes Quieken und spürte, wie etwas über ihre Hand flitzte. Erschrocken zuckte sie zusammen und stieß dabei mit ihrer Stirn an das Metallgestell, das über ihr verlief. Es dauerte ein paar gnädige Momente, bis der Schmerz einsetzte und sie mit voller Wucht traf. Er war überwältigend, und Polly brach auf dem Boden zusammen, während ihr das Blut warm und klebrig über die Stirn rann.

Es tat so weh, dass sie nicht einmal ein Stöhnen herausbrachte. Ein paar Minuten lang rührte sie sich nicht von der Stelle, war vollkommen außer Gefecht gesetzt. Kurz überlegte sie, ob sie einfach liegen bleiben und darauf warten sollte, dass die Bahn bewegt wurde und man sie entdeckte. Vielleicht war das jetzt der richtige Moment, um aufzugeben. Aber dann dachte sie an Sebastian. Sie *musste* ihr Leben weiterleben, weil er jetzt tot war. Wozu sollte das ganze Drama sonst gut gewesen sein?

Mit nahezu übermenschlichen Kräften rappelte sie sich auf und kroch weiter. Die U-Bahn reichte weit in den Tunnel hinein. Sobald sie sicher war, dass sie sie hinter sich gelassen hatte, erhob sie sich. Es war stockfinster, weil die Bahn den größten Teil des Lichts, das aus der Station in den Tunnel drang, abschirmte. Polly blickte in den Tunnel hinein und versuchte abzuschätzen, wie lange es dauern würde, wenn sie die Schienen entlang bis zur nächsten Haltestelle lief. Als Nächstes kam die Station Queensway. Aber wenn sie mit der Central Line fuhr, schien es ihr an diesem Abschnitt immer so, als bräuchte die U-Bahn eine halbe Ewigkeit bis dorthin. Wahrscheinlich lagen zwischen den beiden Stationen mindestens eineinhalb oder sogar zwei Kilometer. Einen Moment lang rang sie mit sich, bis ihr klar wurde, dass es eine dumme Idee war. Was, wenn auf dieser Strecke noch andere Züge fuhren? Sie hatten gesagt, dass die Schienen bald wieder in Betrieb genommen und der Strom wieder angestellt werden würde. Irgendwie bezweifelte sie das zwar nach allem, was passiert war, aber natürlich konnte sie sich nicht sicher sein.

Sie drehte sich wieder zur U-Bahn um. Zwischen den Tunnelwänden und der U-Bahn war ein wenig Abstand – nach genauerem Betrachten vermutete sie, dass sie sich die zehn Meter bis zum Bahnsteig schon irgendwie durchquetschen konnte. Polly holte tief Luft und machte sich dann auf den Weg. Sie war erst ein paar Schritte weit gekommen, als sie direkt vor dem hell erleuchteten Fenster eines Waggons stand. An der Tür warteten ein paar Leute ungeduldig darauf, endlich aussteigen zu können. Polly versuchte sich zu ducken, aber der Spalt war so schmal, dass das unmöglich war. Rasch glitt sie wieder hinter die U-Bahn, damit niemand sie entdeckte. Frustriert schlug sie an die Tunnelwand. Was nun? Sie musste doch irgendwie hier raus! Bald würde die Polizei die Bahn in Bewegung setzen. Was würden die Cops denken, wenn sie sie hier entdeckten? Plötzlich sah sie vor sich, wie Detective Watson in einem rappelvollen Gerichtssaal gegen sie aussagte. Sofort verengte sich ihre Kehle, und Tränen traten ihr in die Augen. Dann atmete sie tief durch. Das war nicht der richtige Moment, um die Nerven zu verlieren! Sobald sie es aus der Station hinausgeschafft hatte, konnte sie einen Heulkrampf nach dem anderen haben, aber bis dahin musste sie sich zusammenreißen.

Ein paar Minuten später war sie wieder ruhig genug, um klar denken zu können. Es musste doch eine logische Lösung geben! Langsam hatten ihre Augen sich an die Dunkelheit gewöhnt, sodass sie die Umrisse der Bahn besser erkennen konnte. Ihr fiel auf, dass es zwischen den Rädern und der Betonkante eine schmale Lücke gab. Polly schätzte, dass der Spalt nicht ganz einen Meter breit war.

»Du schaffst das, Polly«, machte sie sich selbst Mut.

Sie bückte sich, um den Spalt noch einmal genauer unter die Lupe zu nehmen. Wenn sie es bis zu den weiter vorn stehenden Waggons schaffte, dann konnte sie durch die Lücke, die sich zwischen zwei Wagen befand, hinauf auf den Bahnsteig klettern.

Auf Händen und Füßen kroch Polly langsam in den Spalt hinein. Sie streckte die Arme vor sich aus, um den Weg abtasten zu können, und robbte dann langsam los, flach auf den Boden gepresst wie eine Schlange. Das Licht des Bahnsteigs kam näher und näher.

»Weiter so, Polly«, wisperte sie. »Das machst du super.«

Plötzlich erwachte der Motor der Bahn über ihr wieder zum Leben. Die Vibrationen der Schienen waren sehr stark, und Polly brach in Panik aus – sollte sie weiterkriechen oder so schnell wie möglich umkehren? Aber sie war so kurz vorm Ziel. Sie durfte jetzt nicht aufgeben! Also griff sie nach der Schiene über ihrem Kopf und zog sich daran entlang, so schnell sie konnte. Plötzlich setzte sich die U-Bahn in Bewegung, und eine ganze Reihe von Rädern rollte über ihren Mittelfinger, sodass ihr Nagel tief in die Haut gedrückt und die zarten Fingerknochen zertrümmert wurden. Sie konnte einen lauten Aufschrei nicht unterdrücken. Auf einmal blieb die U-Bahn wieder stehen, und der Motor ging aus.

»Wow«, rief jemand. »Wir haben den Kopf gefunden. Jetzt muss nur noch jemand runterspringen und ihn holen, dann kann die U-Bahn aus dem Tunnel herausfahren.«

Jetzt oder nie. Polly robbte weiter, mobilisierte noch einmal all ihre Kraft, während sie sich die Handflächen an dem rauen Untergrund aufriss. Wenige Augenblicke später war sie bei der Lücke zwischen den Waggons angekommen. Sie legte ihre Hände an die Bahnsteigkante, setzte sich noch rasch die Kapuze auf, um nicht erkannt zu werden, und stemmte sich dann halb hinauf. Der Ausgang lag direkt vor ihr. Sie sah nach links, wo die Polizei und das U-Bahn-Personal den armen Kerl beobachteten, der den Kopf holen musste. Dann lehnte sie sich nach vorn und hievte sich auf den Bahnsteig. Im Nu war sie auf den Beinen und vom Bahnsteig verschwunden. In einem kleinen Nebengang versteckte sie sich eine Viertelstunde lang, bis die letzten Pendler die Bahn verlassen hatten. Dann ging sie ganz ruhig mit ihnen zum Ausgang.

»Um 22:49 Uhr wurde gestern Abend ein Mann am Bahnsteig der Lancaster-Gate-Station von einer in östliche Richtung fahrenden U-Bahn erfasst. Nach gründlichen Ermittlungen am Unfallort können wir bestätigen, dass der Vorfall sich Gerüchten zum Trotz ohne Einwirkung Dritter ereignet hat. Unklar ist allerdings nach wie vor, ob der Mann versehentlich oder absichtlich vor die U-Bahn gestürzt ist. Die Leiche wurde als Sebastian Black identifiziert, Robert Blacks Sohn.«

Sobald der letzte Satz verkündet worden war, konnten die Journalisten sich kaum noch beherrschen. Alle drängten sich nach vorn, Blitzlichter leuchteten auf, Dutzende Fragen prasselten auf den Hauptkommissar ein, der viel zu jung wirkte für eine solche Aufgabe und nun nicht mehr in der Lage war, die Erklärung der Polizei weiter zu verlesen. Stattdessen bemühte er sich darum, die Meute ein wenig zu beruhigen.

Der Nachrichtensender hatte einmal pro Stunde die neuesten Entwicklungen bekannt gegeben. Aber erst um 9:15 Uhr hatte die Polizei sich zu einer finalen Stellungnahme durchgerungen.

Ein paar Minuten später schaltete der Sender wieder zurück ins Studio, die Liveaufnahmen liefen weiterhin im Hintergrund.

Der Nachrichtensprecher wirkte schockiert. »Wie Sie gerade sehen konnten, wurde soeben der Selbstmord von Sebastian Black, dem Sohn des Medienmoguls Robert Black und Erbe des Black-Inc.-Imperiums, bestätigt.«

Danach versuchte er, die Durchsagen, die er über seine Kopfhörer empfing, einigermaßen zusammenhängend wiederzugeben.

Endlich gab es eine richtige Geschichte, über die sich berichten ließ. Und Polly würde in dieser Version keine Rolle spielen.

Sie atmete noch einmal tief ein und aus. Dann verließ sie das Café.

DANKSAGUNG Ganz besonders möchte ich den innovativen Frauen bei RedDoor danken, die dafür gesorgt haben, dass in der Verlagsbranche auch neue AutorInnen eine Chance auf Veröffentlichung haben. Tausend Dank für die endlose Begeisterung und die Unterstützung! Meiner Lektorin Linda McQueen danke ich für ihre Geduld und ihre Expertise, ebenso wie für ihre Recherche in all den U-Bahn-Stationen. Danke an meine Lehrer an der Brunel University, die den Roman vom ersten Tag an unterstützt haben, ganz besonders an Matt Thorne, Celia Brayfield und Fay Weldon. Außerdem möchte ich mich bei Kate Ramsays dafür bedanken, dass es ihr trotz meiner Unbeholfenheit gelungen ist, ein gutes Autorenfoto von mir zu schießen. Und dann noch ein herzliches Dankeschön an meine allerwichtigsten Unterstützer: meine Familie und meine Freunde. Ohne euch hätte ich das alles nie geschafft!